神学 美学

第 **3** 辑

刘光耀　杨慧林　主编

上海三联书店

目　录

巴尔塔萨研究

汉斯·乌尔斯·冯·巴尔塔萨的神学美学

麦克尔·万德斯坦（Michael Waldstein）文

刘阿斯（北京大学哲学系宗教学系）译

耶稣本人是上帝的启示，上帝的威严存在于绝对性和舍身性中，由此，祂在爱中将自身显现于世人。

汉斯·乌尔斯·冯·巴尔塔萨一贯强调基督教的美学方面。

让基督教与其他任何宗教彻底区分开来的全部奥秘就在于：基督教的形式（Gestalt）并不与无限之光对立，因为这形式是由上帝本人设定并断言的……由此，基督教成了全部美学卓绝而不可超越的准则，简单说来，它是出类拔萃的审美的宗教。[1]

巴尔塔萨选择美学作为出发点，这是他的神学理论综合研究的与众不同之处，而以上论述恰好说明了这一点。他综合研究的第一部分，《荣耀之美》（*Herrlichkeit*），从美学方面揭示了基督教信仰。

本文的目的在于为巴尔塔萨的神学美学提供一个介绍。在巴尔塔萨浩如烟海的丰富思想中，本文仅能挑出一些旨要来。但是，这样一个有限的收集却能对巴尔塔萨思想的本质核心作出一个说明，因为在他丰富的思想中，他始终是朝向一个中心之光的。

---

[1] Hans Urs von Balthasar, *Herrlichkeit* I (Einsiedeln: Johannes Verlag, 1961), p. 208. 本文中对巴尔塔萨著作原文的翻译出自作者之手。（本文根据英译译出，个别地方参照德文原文略有改动。文中拉丁文的汉语翻译得到四川大学宗教所查常平老师帮助，特致谢忱。——译者注）

一 从哲学的美学到神学的美学

美的现象的基础在于外在统一形式（Gestalt）与通过此形式而表现出的内在性（inwardness）的内在关联之中。美不仅包括被组织起来的质料（matter），也包括组织原则的力量，这力量通过被组织的质料而表现自身，同时也没有将自身遗失在其外被组织的质料之中。

美首先是一种形式，光并非来自此形式之上或之外，而是从此形式的内部迸发出来。形象（species）并不指称任何形式，而是指称悦人的、散射的光的形式，如果形象（*species*）不愧为这个名字，那么，在美中，*形象*（*species*）和光（*lumen*）为一。可见的形式并不仅仅指向深处的不可见的神秘，同时，这可见的形式也是这神秘之物的呈现（appearance）。形式将神秘性显明出来，同时这形式也庇护和遮盖了深处的神秘性。[2]

在第一个层次上，由一个有表现力的形式所展现的内在性仅为一个特殊的存在。例如，一个有着自由理性的人，或一个有感官意识的动物。然而，往深处讲，美的现象暗示了一个更具普遍性的光的显现，这光就是整体性的存在之光。

所有可被精神性地观看的形式都指向那个完全的、完美的存在，这个存在是高于所有形式的，而且，根据歌德的说法，它"不可能被我们思考"。所以，从形式迸发而出，并向理解敞开来的光也同时必然是形式之光本身——也正是出于这个原因中世纪的经院哲学家们说它是形式的荣光（*splendor formae*）——而且也是完全的存在状态之光，形式就沐浴在这种完全的存在状态中并以此获得了统一的样式。[3]

在存在之光之外，美的完整的现象暗示了对一种最终深度的表达，这深度即神圣的创造的自由。

托马斯的*非实体存在*（*esse non subsistens*）的美的领域，作为一个整体、作为存在，对一个神圣的实体的存在（*esse subsistens*）是透明的。这个神圣的实体存在，仅仅作为一个奥秘才能把握。作为隐秘的原始基础，它就是发光的*荣耀*（*Herrlichkeit*）。[4]

---

2 *Herrlichkeit* Ⅰ, p. 144.

3 Hans Urs von Balthasar, *Herrlichkeit* Ⅲ, 1(Einsiedeln: Johannes Verlag, 1965), p. 32.

4 *Herrlichkeit* Ⅲ, 1, p. 337.

神学感知行为(*aisthesis*)与美学沉思行为在这一点上相似,即它们都有着表现其原初对象的具体的、可理解的形式,这对象即耶稣基督,在他身上体现着三一之爱的终极之光。

如果所有世上的美和荣耀都是*上帝的神圣显现*(*epiphaneia*),如果它就是那隐秘而充满权能的本质基础(Wesensgründe)以具有表现力的形式迸发出来的光芒,那么,这位隐秘的、完全自由和完全自主的上帝以这个世界的形式,在话语和历史中,最终以人的形式(*Menschengestalt*)自我启示的事件,只能与世上之美构成一个鲜活的类比。⁵

美学体验以及它在形式和光的统一体中的关联,与神学沉思以及它在耶稣的富有表现力的形式中的关联,这两方面的类比,必须避免两个重要的误解。首先,不能把"美学的"当作一个纯粹的思考者与享受者的忽视启示之严格的戏剧性要求的一种有缺陷的态度。

……当上帝在这个世界中将自身显明,一个最为自由的行为便出现了,这个自由行为对人类的活动产生了重大的影响。袛作为这个世界的上帝主动把自己显明给世人,这只能带给这世界最浩大的戏剧,甚至这一行为自身都已经包含了这出戏剧。不可能存在单纯的感知或者是沉思性的确认。由相信所把握到的东西必须出席来面对这样一个世界——到目前为止,这世界认为它仅仅能观望这个信仰的对象。基督的上帝的*显现*(*epiphaneia*),不再仅仅具有柏拉图式的至善之太阳的照耀。它是最为自由的显现的行为,它使得最终的神圣的和人性的爱的深度与冒险行动联系起来。因此,"伦理的"恰恰在"美学的"形象中实现自身。⁶

对基督教启示的美学特征的另一个误解在于基础与表象、表现与形式的这种哲学模式中的概念——在这种单义的范畴下,上帝在耶稣中的启示被当作一个特殊的例子。上帝的启示并非仅为宇宙一般美学结构的一个例子。然而,即便在这个世界之内,万物在它们表象(appearance)上的呈现(manifestation)也是区别很大的。在这个世界上,表现(expression)和形式的观念也具有类比性,这就为这个世界之中的美学模式与启示结构的类比做出了铺垫。

---

5 Hans Urs von Balthasar, *Herrlichkeit* Ⅱ, 1(Einsiedeln: Johannes Verlag, 1962), p. 9.
6 *Herrlichkeit* Ⅱ, 1, pp. 10 - 11.

当所有存在在表现(expression)与形式(form)的两极结构中与我们相遇的时候——不论这相遇是主观的还是客观的——其都要同基督教神学的内容照面,这样一来,很清楚,没有单义的应用及翻译的问题……但是我们在别处也说明了这个模式(即光和形式)具有已然存在于这个世界的类比的层次,因为作为言语和创造行为的自由精神的表达在结构上与有机的、非精神性的自然的表现是不同的,但也并不在此模式之外。三一上帝的创造、和解和拯救,如果不是以一种言过其实的类比启示于和启示给这个世界和人,那么又是什么呢?上帝启示这一行为不仅是启示者在幕后无法被察觉、不可触摸的行动,同时,它也是上帝在自然、人和历史的世界之物中的自我揭示和彰显,因而在言过其实的意义上是呈现(appearance),或者是显圣(epiphany)。因为,藉着成为肉身之道的奥秘,你的明亮的新光已经照明我们心灵的眼睛。既然我们认识到上帝是可见的,我们就可以以此闯入不可见之物的爱中。(*Quia per incarnate verbi mysterium nova mentis nostrae oculis lux tuae claritatis infulsit: ut dum visibiliter deum cognoscimus, per hunc in invisibilium amorem rapiamur.*)[7]

然而,这两种秩序之间不仅仅是类比关系。创造中的美学秩序是上帝在其中将其最终启示显明给我们的器皿。因为世界中所有存在的总和是存在之光的媒介,折射出了神圣的创造自由之光,这便使上帝在创造中以结论性的方式表达自己成为可能。

上帝以耶稣这一特殊形式(*Einzelgestalt*)的启示的基础,以及人感知这一启示的可能性的先验基础在于:存在的总和有能力在存在物中表明并显现自身;这一基础在于每一个存在物都存在于绝对之光中,并且可以在此光中被解读和诠释(用奥古斯丁式的术语说);这基础还在于这光的本质的唯一性让不可分割的存在之总和的唯一性通过具体存在物的明晰性闪耀出来……当然,(创造性美学结构的)这一基础性功能的一个假设是,形式可以被解读为一个有意义(*meaningful*)的知觉形式(Sinngestalt),也可被解读为表现,也就是说,自身通过存在之整体而同存在物动态地进行交流的光线(ray)可以被感知和理解,不然,在未与依据和基础联系起来之前,存在物将是不可理解、无意义的,会被消解

以至于成为虚无（*nichtender Grund*），正如在禅定（Zen-contemplation）中那样。[8]

上帝使用宇宙的美学结构来塑造祂的显现，所以祂的显现以某种方式依赖于宇宙的美学结构，但是更根本的依赖关系却恰好相反。基督是这个世界的创造的目标，因此这个世界的美学结构的最根本原因就在基督身上。

……创造作为一个整体，人作为个体，难道不是为了基督的缘故才被创造和准备着的么？基督当然不只是罪的拯救者，即：倚靠居于其自身中的上帝的完满性，基督使得这个宇宙变得完美。这种完满性充盈于天地，并把天地归集到头脑中般地归集到自身。在时间之中化为肉身的那一位，其本身（并非那位非肉体性的逻各斯）就是最原初的思想，"上帝创造的原始之源"（启 3∶14）。人作为一个在基督里、为了基督的缘故而兼有精神和肉体的存在被放置在存在之中。[9]

因着这中心的和基础性位置，基督可被称为"美的原型"[10]或"一切美的审美典范"。[11]

巴尔塔萨坚持认为，克服基督教启示中那显现形式和被表现出来的光这两方面的同时性是不可能的。他一次次地反对基督教精神性中的这样一种倾向，即上帝在肉身中的呈现仅是一个对应于肉体性的人那可怜情形的暂时性的媒介，它会被一种更具启示性的东西所克服，最终随着受祝福的人在天堂中获得的对上帝的直接观看而彻底消失。

这个危险并不像人们所想所愿的那样是与基督教精神性的柏拉图化的潮流大相径庭的。不再由人子作为中介，因而也不再由上帝的整个"世界形式"（*Weltgestalt*）作为中介，这个对上帝"直接"观看的倾向的频频采用，已经有意无意地被当成是末世论思考的前提了。一种基督教的神学美学的关怀与对这些倾向的拒绝共命运。[12]

《圣经·启示录》中有一段有力的文本讨论这个问题。对圣城的描述说不会再有圣殿了，因为那位替罪羊就是最终的殿，上帝临现的地方。然后文本按

---

8 Hans Urs von Balthasar, *Theodramatik* II, 1 (Einsiedeln∶ Johannes Verlag, 1976), p. 21.

9 Hans Urs von Balthasar, *Das Betrachtende Gebet* (Einsiedeln∶ Johannes Verlag, 1955), p. 231.

10 *Herrlichkeit* I, p. 459.

11 *Ibid*, p. 585.

12 *Ibid*, p. 291.

此思路继续:"这城不需要日月照明,因为有神的荣耀照明,而羔羊就是城的灯。"(启 21:23)因此,那被宰杀、被荣耀的羔羊是最终的、不可胜越的中介,通过这中介,上帝的荣耀之光将被那些被祝福的人看到。确实,整座圣城并非直接嫁给了上帝而是嫁给了羔羊,并恰好是作为羔羊的新娘"带着神的荣耀"(启 21:11),从天堂降下。

上帝的荣耀从未离开羔羊片刻,三一之光从未与道成肉身的基督之光相分离,宇宙只有在基督里被聚集、被提升为新娘之城。因此,最终的结构只能是那个包含着现在的结构,虽然已经从希望(*spes*)过渡到现实(*res*)。如果将作为人的耶稣在此和以后仅仅作为通往目的的一个手段、工具,那么我们必然会错误地判断这个最终结构。但是如果祂在此和以后都是神的整个表达形式(*Ausdrucksgestalt*)的中心,那么在永恒中祂亦会如此。[13]

经常被巴尔塔萨用来论证启示的美学结构不能被丢弃的一点是说,如果上帝不保留祂的内在性祂就不可能显明。因此,在祂的任何一次启示中,启示的一个客观表现形式是不可或缺的。[14]

然而,耶稣这一表现形式之所以不能够被丢弃,其原因在上帝在耶稣中与人立约这一根本特质中。出于极度的爱上帝将祂的儿子给出来承担这个世界的罪,上帝完全地、不可撤回地交出了、慷慨地给出了他自己。祂在祂儿子中将自身作为礼物,这礼物是不可胜越的目的:"祂爱他们到底。"(约 13:1)

这最后的强调不仅表明了上帝是什么——爱,同时也表明了上帝已经不可胜越、不可逆转地将祂自己立约到爱的启示中了。这爱是血肉之中的爱,这血肉被祭献给了这个世界之中的生命。凡是能够理解在十字架上流血的圣子形象的人就不会为在与上帝的灵交中这种立约的继续而"惊诧"了。与上帝灵交中的立约仅仅是从第一次立约而来的一个维度。类似地,肉体的复活以及羔羊和新娘永恒的婚礼就不能被看成是奇怪的了。这所有的一切都包含在上帝在神圣的自由中,以神圣的彻底性、以祂创造中荣耀的启示之身躯,上帝为自己创造了自我的立约。[15]

---

13 *Herrlichkeit* I, pp. 421 – 422.

14 参见 *Herrlichkeit* I, pp. 413 – 417。

15 *Herrlichkeit* I, pp. 423 – 424.

二 耶稣作为上帝荣耀的最终表现

在叙述巴尔塔萨对耶稣作为上帝最终荣耀的表现时,我将采取这样的路径——首先,从阐释耶稣使命的三一源头开始到对他的形式作为上帝表现的一种先验理解。接着,我将从另一面揭示同样的联系——从耶稣的生命形式到他的死和复活,以及最后上升到这生命形式的三一源头。

巴尔塔萨基督论的核心是人与使命在耶稣中同一这样一个主题。耶稣的生命从对使命的一种绝对意识展开,这种意识与他对作为上帝唯一儿子的自我理解是同一的。当然,可以这样说,这种同一性只能从一个方面来考虑。依巴尔塔萨,耶稣的使命仅能被当作他永恒人格的一个功能来理解,但是他的永恒人格并非仅仅蕴含在他的使命当中。[16]

在耶稣里人格和使命的同一性这一主题可以在圣托马斯·阿奎那(Thomas Aquinas)那里清楚地看到。在他《神学大全》论三位一体的章节末尾,讨论圣徒们的使命时,圣托马斯指出:一方面,使命意味着与遣送者在本源上的联系,这暗示了被遣;另一方面,使命还意味着与被遣去的目标之间的特定关系。根据这种区分,接下来,圣托马斯分析了圣子的使命。与遣送者在本源上的联系只能是圣子来自于圣父。反过来说,这个本源的联系除了圣子的人格外别无其他。与圣子的被遣终点之间的关系就是他的道成肉身、生命、死亡和复活。[17]马提阿斯·舍本(Matthias Scheeben)是这样阐释托马斯的观点的:

> 上帝想要祂的本性和本质的无限的内在交流从外部表现出来并延续下去……由于上帝不仅在祂心底的内在空间中降生了祂的儿子,也把祂的爱子降生到外在的世界并使他获得被创造的人性。所以,上帝不仅在祂心底的内在空间中拓展了祂与祂内心深爱的圣子的自然的父性关系,祂还将这关系拓展到与人的关系上。[18]

在这段文本中,舍本阐明了圣托马斯教条的核心:圣父使祂的圣子获得了

---

16 参见 Hans Urs von Balthasar, *Theodramatik* Ⅲ (Einsiedeln: Johannes Verlag, 1980), pp. 297 - 305。

17 参见 Summa Theologica, I, q. 43, a.1. 同时参见巴尔塔萨在 *Theodramatik* Ⅱ, 2 (Einsiedeln: Johannes Verlag, 1978), p. 184 中对这一段的注解。

18 Matthias Scheeben, *Die Mysterien des Christentums*, 2nd ed. (Freiburg: Herder, 1941), pp. 296 - 297. 参见巴尔塔萨在 *Christlicher Stand* (Einsiedeln: Johannes Verlag, 1977), p. 62 中对这一段的应用。

人性,使得耶稣的人格与他在这个世界上的使命一致。因此,在这个使命中,耶稣与圣父之间是一种完美的父子关系。在紧接下来的一段中,舍本接着给出了以上原则的一些推论:

> 如果上帝自身中没有内在的无限沟通和荣耀,那么一个神圣者的道成肉身就没有了基础,这不仅是因为这样一来上帝就只有一个位格了,最关键的原因是无限的沟通和对上帝的荣耀的观念就找不到根基了,谈不上在祂的内在生命中可以找到此观念的源头了……然而以这种方式,道成肉身就不是作为一个不同寻常的事件出现了,而是作为包含在三一过程中那根基所开的花朵,作为栖居于其中的果核儿所展开的。[19]

舍本并不是说,耶稣的使命就是他永恒的人格之根开出来的花朵,如果没有达到这种完美,他的永恒人格就会一直只是一个刚刚开始的荣耀。相反,舍本的意思是说,神圣生命的无限沟通,耶稣在他生命、受难和复活中实现了的对上帝的无限荣耀,都倚仗于上帝内在生命中那个完美的现实。在成为可见的、由地球上的语言表述出来的意义上,这个完美的现实对我们展开了。舍本这一观点的基础是三位一体的过程,在此过程中,圣父是无限的、慷慨的爱,并在赐下祂爱子的过程中将这爱完全给出,爱子在被赐下时就是对他自己无尽感恩的庆贺,也因此是对圣父的爱的无限荣耀,而圣灵则是这个绝对、彻底的爱的联合中永恒的果实和信记。因为圣子总是向圣父的自我给予完全透明的,他最深的身份是他对此世界的使命的根源,所以圣子在他的使命中是上帝的完美的表达。

相较于这个世界的存在物的表达结构,三位一体这一根源从根本上改变了上帝在耶稣中表达的结构。

> 这一位本质上不可见的上帝显现了。但是祂的显现方式并不像我们所熟悉的这个世界的存在物的显现。在后者中,那个唯一和同样的存在(也许是一个人)在万物中显现的同时也并没有显现,作为显现的基础此存在仍然存留于自身,然而却由此进入到显现中去。这一极作为在上帝本质之中的一种个人关系而向我们显现……这种(表现方式)不可能被还原到这个世界的美的任何一种范畴中去,虽然它利用了双重的世界容器来显现:一方面是形式和它的荣耀,另一方面是爱和它的荣耀。美学的范畴并非简单地被破坏了,而是积极地以一种不可理解的方式——一种不

---

19 Scheeben, *Mysterien des Christentums*, p. 297.

是毁坏、而是提升、高举、成全的方式（*non destruit，sed elevat，extollit，perficit naturam*）——提升并使它们高于自身。因此，美学的范畴就被用来庇护某种比这些范畴本身无限伟大的东西。[20]

因此，耶稣是圣父的呈现，是由圣父之爱的中心之光联合起来的形式，但他是作为一个单独的人而具有这些特点的。表现和形式的这种独一无二的人格之极是耶稣的生命可被晓见的基础。

现在我要对巴尔塔萨所认为的耶稣的形式正是上帝的表现这一观点做出主要的阐释。我要采取的道路不是从三一的根源下降到对耶稣表现圣父的形式的理解，而是反方向的，从出现在信仰者眼前的"现象"追溯到它三位一体的根源。在表述巴尔塔萨的思想时，我会转而考察圣约翰的福音，使用他对一些关键性经文的使用和翻译。[21]

依巴尔塔萨，耶稣身上有占主导地位的三个方面：宣告、贫穷和被遗弃。[22] 在人类历史中，耶稣的宣告是独一无二的："我就是道路、真理和生命"（约 14:6）；"我实实在在告诉你们，我就是羊的门。所有在我以先来的，都是贼和强盗"（约 10:7—8）。这些章节仅仅是贯穿耶稣一生的"形式上的持续性"[23] 的一些例子。在他所行的神迹中，在他面对其他人并把这接触作为决定其他人命运的试金石的时候，在他讲道的权威中，一种绝对的、上帝般荣耀的声调出现了，这声调回响着旧约里上帝"我是"这一特征的绝对性。"唯有我是耶和华；除我以外，并没有拯救者……自头一天以来，我就是'那位'；谁也不能救人脱离我的手；我要行事，谁能拦阻呢？"（赛 43:11,13）。

耶稣的第二个基本特征似乎直接与这个绝对的上帝般的魄力相抵触。耶稣的宣告与威严并未得到普遍承认。但是，耶稣主动地让自己撞上抵抗，而不是被动地与之相遇。耶稣以一种彻底的贫穷和谦卑为特征。"我不求自己的荣耀……如果我荣耀自己，我的荣耀就算不得什么。"（约 8:50,54）

因此，耶稣的生命就有了一个深刻的悖论：他将他绝对的"我"——上帝荣耀的特权——置于绝对的贫乏和脆弱之中，即置于上帝荣耀的绝对缺乏之中。仅当我们把宣告和贫穷的这种悖论性的结合看成是耶稣仰望他父亲时那种独一无二的顺服和爱的表达时，这种结合的悖论性才会消失。"我从天上降下

---

20 *Herrlichkeit* Ⅰ，pp. 586‒587.
21 特别参见 Hans Urs von Balthasar，*Herrlichkeit* Ⅲ，2,2（Einsiedeln：Johannes Verlag，1969），pp. 226‒244。
22 参见 *Herrlichkeit* Ⅲ，2,2，pp. 105‒149。
23 *Herrlichkeit* Ⅲ，2,2，p. 113.

来,不是要行自己的意思,而是要行那差我来者的旨意"(约 6:38);"这些事是要使世人知道我爱父,并且知道父怎样吩咐了我,我就怎样作"(约 14:31);"我的食物就是遵行差我来者的旨意,并且完成他的工作"(约 4:34)。

耶稣从未离开对他天父的唯一顺服,而是在这唯一顺服之中来谈论他那绝对的"我是"。因此,耶稣的"我是"不能简单地等同于以色列所听到的带着绝对重量的"我是",但是前者向后者透明。因为耶稣与他的天父独特地联系着,"我是"也属于耶稣。耶稣完全拒绝那种以某人"自己名义而来"的自我荣耀和自我发光。"我奉我父的名而来。"(约 5:43)他指出这明确的一点就像是指出他自己内心深处的真理和正义一样。"那凭着自己的意思说的,是求自己的荣誉;但那寻求差他来者的荣耀的,才是真诚的人,在他里面没有不义。"(约 7:18)因着耶稣独一无二的顺从,宣告和贫穷这两方面悖论的对立得以消解:这两方面都是对耶稣的顺从这一绝对和神圣特征的阐释。

马丁·布伯(Martin Buber)看到了耶稣和上帝之间那绝对的联系,虽然在一个关键地方我们绝对不能采纳他的观点。

> 为了从这个绝对关系之域描述这样一种景象:耶稣那"我"的宣告是多么有力(*gewaltig*),简直是醍醐灌顶;他的宣告又是那样的正当,就好像是理所当然的事! 人们称耶稣所说的"你"为父,正是由于耶稣的这种处于绝对关系之中的"我",他才是唯一的儿子,并且仅仅是儿子。每当他说"我",他所指明的只可能是神圣的基础之词的"我",这词为他而把自己提升到绝对中了。[24]

布伯很深刻地理解到,耶稣所代表的"我"不是一个在其自身的"我",而是在与上帝的关系之中的"我"。这个"我"在"我—你"这个基本词中占有一席之地,并且它在这个基本的对话性词语中的品质是绝对而神圣的。然而,我们必须在布伯说"为他而把自己提升到绝对"的时候与布伯区别开来。"我从天上降下来,不是要行自己的意思,而是要行那差我来者的旨意。"(约 6:38)耶稣的绝对关系并没有将自己提升到绝对中去,而是萌生于绝对的那一层。没有任何创造物,哪怕它完美地顺服,能够凭借进入与上帝完美的关系中而跨越绝对存在和有条件的存在之间的界限。换句话说,这个基本的对话性的词"我—你"必须在上帝祂自身中才能找到。这就暗示了,在上帝自身之中,就存在着

---

24 Martin Buber, *Ich und Du*, in *Das Dialogische Prinzip*(Heidelberg: Lambert Scheider, 1979), p. 69.

人格间的区分。作为耶稣与其天父之间的绝对关系之表现的那宣告和贫穷的统一也因此必须被当成是本性上神圣的顺服的表达。

因此,耶稣的生命形式与先知的生命形式有着本质的不同。一个先知也是在某种程度上结合了绝对的断言和一种贫穷的姿态。这些都是他顺从上帝的表现。先知越多地贡献自己成为上帝之言那顺从的中介,这两个方面的特点就越会增加。耶稣存在的形式却是根本上不同的。

那从天上来的,是在万有之上;从地上来的,是属于地,所讲的也是属于地。那从天上来的,是超越万有之上。他把所见所闻的见证出来,可是没有人接受他的见证。那接受他的见证的,就确认神是真的。神所差来的那一位讲神的话,因为神把圣灵无限地赐给他。父爱子,已经把万有交在他手里。(约 3:31—35)

一个先知服从上帝的启示进而成为这启示的一位中介,耶稣自己就是上帝的启示本身,因为他源自上帝。

在刚才引用的那一段经文(约 3:31—35)中,重要的词不是"使命",因为先知和在此说话的施洗者也是被派遣来的。我们应该注意的是"来"自上帝和天上。耶稣不像先知们那样是迎合启示的神圣形式(offenbarungsgestalt)的。由于来自于上帝他自己就是上帝启示的形式。[25]

在把"顺从"一词用到一个神圣者身上去的时候,我们必须警惕拟人论的危险。这个名词只能类比地运用,因此必须包含否定的因素。然而耶稣的顺服是达到上帝内在生命的中心道路。

上帝的儿子在我们面前活出来的顺服是存在于他的人性中的,然而这顺服却绝非仅仅扎根于这个人性本身,因此也不是在我们这被造物之中为我们设立的一个榜样。如同他所有的表现一样,这不仅仅是一个神圣者所拥有的某种东西,同时,这也是他神圣位格、也因此是他神圣本性的一种启示,以人的形式表现出来。准确地说,圣子,在一切事上都指望圣父,并希望在一切事上只作"神荣耀的光辉,是神本质的真象"(来 1:3),这种态度,是圣子在其中使他与圣父的同一性展示给我们的方式和形

---

[25] *Herrlichkeit* I,p.310;同时参见 pp.178,451。

式;这是他为我们"彰显"(约 1:18)圣父那永恒之爱的方式。[26]

将神圣"翻译"到人之中的可能性建立在圣子作为圣父的形象和光辉之中的永恒位置中,建立在耶稣在感恩的赞美中对圣父的仰望之中,建立在他完全将自己等同于圣父荣耀的反照。圣父在形成圣子的时候将他的诫令传给了圣子,圣子以把握他来自于圣父的身份而服从这诫令。[27]所以,耶稣在他的使命中并不首先将自己启明为上帝,他启明的是圣父的善,圣父在形成祂儿子的时候就完全慷慨地给出了祂自己。

当上帝那完整和不可分割的爱呈现出儿子般的,也因此是最顺服的特征,这爱不能被设想为是屈从于上帝之爱的,而应被设想为只能是圣父之爱的永恒表达(来 1:3),这爱有着完美的无私和屈尊,并且,正是这爱决定了圣父不再将祂神圣的本性据为己有,而是慷慨地将之施与祂的儿子。形成的使命的模式中的爱正是主动地生成使命的模式中的爱之表现。[28]

如果我们不考察对耶稣生命的第三个重要的诠释,即他使命的目标,他被朝向死亡的遗弃,那么我们对耶稣是上帝表现方式的阐释就仍然处在一个抽象的层面。耶稣的顺从有一种在他的"时候"里,在他受难和死亡的时候里为天父的工作而牺牲自己的倾向。因此,这是圣子从"与天父同享"(约 17:5)的荣耀里一个单数的"降下"(约 3:13,6:38),通过极度的虚弱和被遗弃在十字架上的死亡来"除去世人的罪孽"(约 1:29),目的是"完成天父的工作"(约 4:34)。

只有当我们看到罪的邪恶之深和上帝反对这罪的无条件的愤怒的时候,我们才可能看到这个降下的真正的深度。

这个"愤怒"不是"好像",而是确定的现实。这是上帝针对这个世界对祂的所作所为而说的绝对的"不"。只要上帝的意志不像行在天上那样行在地上,出于祂自己和祂所喜悦的公义,上帝在立约中就会说这个"不"。[29]

正是上帝内心的爱,这以其最终深度显明自身的爱,表明了祂抵制伤

---

26 *Christlicher Stand*,p. 61.

27 参见 *Christlicher Stand*,p. 26。

28 *Christlicher Stand*,p. 61.

29 *Herrlichkeit* Ⅲ,2,2,p. 191.

害这爱的所有事物的决心；也正是在耶稣里显明的爱的三一形式让我们看到，爱和愤怒作为统一体是必要的。[30]

在上帝的神圣性中，祂绝不与罪结盟。祂无条件地拒绝这罪并把它完全驱逐出去。

耶稣在他的时候里降下正是为了承受我们的罪，就像圣保罗深刻地指出来的那样："神使那无罪的替我们成为有罪的，使我们在他里面成为神的义。"（哥后5：21）因此，耶稣站到了我们的立场上，当然不是通过让自己成为一个罪人，而是通过将我们的罪归到他自己身上，在神圣的拒绝之火之中将它们带走。

对耶稣受难的这种替代性，已经有一些解释了，但这些解释都不够。有一种解释是说耶稣替我们做了一些我们自己决不可能靠自己去做的事，从而为我们而死了。他为我们而死有两重意思：替我们（in our behalf）而死，死在我们的位置上，因为我们没有能力这么做（in our place since we were unable）。根据这种解释，他死亡中的恩惠，他在爱中将自己给了他天父这举动的纯粹性，超过了我们的罪的邪恶性。这样的解释无法跨越巴尔塔萨已经跨越的那道门槛。

这种解释已经把圣保罗的话的意思，和那施洗者指着"将这世界上的罪都带走了"的上帝的羔羊时所说的话的意思，都穷尽了么？耶稣把这个世界的罪都战胜了，而他自己并没有犯罪，但是在"时候"到来时他却能经历和体会这罪的本性和影响，而且这"时候"是天父的时候同时也是黑暗的时候，这其中有没有什么奥秘呢？拯救者把自身同他的弟兄们，这些罪人们等同起来，这种等同关系是这么地纯粹以至于在上帝面前他不想把自己与他们区别开来，以至于他像避雷针似地把上帝对这世界上反对祂的那些现实所做的审判都归到自己身上来，有没有这么一回事呢？[31]

在这一点上我们要非常谨慎，以免得出错误的结论。严格说来，我们不能说上帝惩罚了站在我们的位置上的耶稣，因为惩罚的全意暗含了严格意义上的罪，而无瑕的羔羊是完全远离这罪的。我们也不能说耶稣在我们的位置上受罚或觉得受罚，因为受罚这一概念和我们所理解的地狱暗示了罪，暗示了上帝在最终摈弃中凝结的憎恨。没有什么能比耶稣走得更远，在对他天父的爱的服从中，耶稣走到了尽头。

---

30 *Theodramatik* Ⅲ, p. 317.
31 Hans Urs von Balthasar, *Kennt Uns Jesus — Kennen Wir Ihn?* (Freiburg: Herder, 1980), p. 37.

把被钉十字架归因于对天父的愤恨，这是说不通的。但是承受那些罪人本应承受的，即与上帝相分离——也许是完全的和最终的分离——这种经历对于上帝之子来说却是很可能的。我们甚至可以说没人能够经受像圣子那样被上帝这么彻底地抛弃。[32]

当耶稣为了圣父的工作被最终抛弃，下降到他的"时候"，上帝对罪之摈弃的所有重量和动力都被袘双重之爱的伟大的重量和动力所囊括了。如果我们看到这一点，就不会得出错误的结论。这罪已被那"爱世人，甚至把袘的独生子赐给他们"（约 3：16）的圣父所接受了。圣父让圣子下降到贫穷和软弱中去，承担我们的罪，并把他自己抛弃到罪的弃绝中去，这样，圣父把爱给了圣子。这罪也被圣子的爱所接受了，圣子"爱世上属于自己的人，就爱他们到底"（约 13：1），承受着他们罪的重负一直到底。但是这双重的爱背后还有一个更基础的对爱的双重括弧。承受我们的罪直到那苦涩的结局，耶稣的这种整个的降下正是他对天父的爱的一个功能，出于这爱，他希望能尽一切力量恢复堕落的创造物与天父的关系。耶稣的使命也是上帝对袘儿子的爱的一个功能，出于对圣子的爱，上帝希望万物都以圣子为君王。[33]

所以，耶稣把我们的罪承担到底的下降显明了上帝的威严在深度上是自我舍弃的爱。《腓立比书》的伟大颂歌，第二章六至十一节，第一次言说了圣子的虚己（kenosis）、清空，由此他成了一个人，甚至是一个奴隶，"自甘卑微，顺服致死，而且死在十字架上"。这接下来的颂歌是：

> 因此神把他升为至高，并且赐给他超过万名之上的名。使天上、地上和地底下的一切，因着耶稣的名，都要屈膝，并且口里承认耶稣基督为主，使荣耀归给父神（腓 2：9—11）。

这段颂歌颂扬的正是圣子的降下是为承受我们的罪。圣约翰有一段经文最有力地表达了同样的思想："父爱我，因为我把生命舍去，好再把它取回来。"（约 10：17）耶稣最后的自我舍弃之所以被颂扬，是因为它是耶稣使命最完满的实现，而且耶稣的永恒人格，"爱子"（弗 1：6），就完全彰显了自身。因此，正是在耶稣为我们这些罪人最后的赴死中，他最终的权柄显现了。他向死的自我抛弃是他的宣告和贫穷的最终综合。"基督变得如此虚弱以至于能够承受

---

32 *Kennt Uns Jesus — Kennen Wir Ihn?*, p. 42. 参见 *Theodramatik* Ⅲ, pp. 312 - 315。
33 参见 *Herrlichkeit* Ⅲ, 2, 2, pp. 192 - 193。

这整个世界。"[34] 因此,耶稣的复活,以及圣父给予耶稣的"新名字",就不能被当成是羞辱之后的荣耀,而应该当成是带来存在于耶稣的下降之中的威严和有力的宏伟之光。在他为我们这些罪人的自我舍弃的死亡中,耶稣将天父的爱的范围拓展到在这爱到来之前只有罪的黑暗之地。[35]

这样,耶稣的使命也是天父威严的最终彰显。这个使命中所彰显出来的上帝之威严并非完全孤立的绝对力量。但是这力量存在于绝对之中,也可以说是舍己性中,由此,上帝在爱中彰显了自己。祂并不劳烦祂的创造物们从远处走过来,也不为了他们将他们折断,使他们变得完全地软弱。祂为他们洗脚。这种软弱是最内在的神圣之光对最黑暗角落的那最有效、最荣耀的穿透。"上帝侍奉祂的创造物,并为他们洗脚,由此祂便展现出了他最内在的神圣,也展现出了祂最终的荣耀"。[36] "十字架是这个世界中上帝之爱的自我荣耀。"[37] 在这个世界上,力量和失去力量是相互抵触的。在这个世界上,至高无上的荣耀与软弱、死亡和抛弃是不相容的,但是上帝的荣耀恰恰超越了这个世俗的对立。这荣耀是极度软弱中那至尊、有力的光辉。

表现在耶稣使命中那爱的威严的最后条件,就是由耶稣的顺服所彰显出来的内在的神圣生活。第一位格的圣父并不牢守着祂的神圣性,而是慷慨地让自己体现在圣子身上。更严格地说,祂只是圣子由之而来的那一位。圣父的这种彻底的流动性和无私性由耶稣在十字架上的降下而显明了。

> 对上帝的看法经历了由首要是"绝对的力量"到"绝对的爱"这一有着绝对影响力的转变,这是最重要的。上帝至高无上的权力并不由上帝将这权力把握在自己手中而彰显,而是通过上帝将自己贡献出来而彰显。因此,这个至高无上的权力超越了这个世界上权力和缺乏权力两者间的对立。上帝道成肉身的自我舍弃有其可能性的基础,这基础就存在于上帝永恒的自我舍弃、祂那三个位格性的自我的礼物之中。……因此,虚己(kenosis)最终的假设就是三个位格的"无私",它是三个位格在三位一体中的爱的生命中的纯粹的关系。[38]

---

34 Adrienne von Speyr, *Lumina und Neue Lumina*, (Einsiedeln: Johannes Verlag, 1969), p. 56.

35 参见 Herrlichkeit Ⅲ, 2, 2, p. 135。

36 Hans Urs von Balthasar, "Mysterium Paschale," in *Mysterium Salutis*, ed, J, Feiner and M. Löhrer, Ⅲ, 2(Einsiedeln: Benziger, 1970), p. 133.

37 Hans Urs von Balthasar, *Cordula oder der Ernstfall* (Einsiedeln: Johannes Verlag, 1966), p. 39.

38 "Mysterium Paschale," pp. 147, 153.

巴尔塔萨生平及著作述略

张　俊(陕西师范大学文学院)文

[**按语**]　本文粗线条地勾勒了巴尔塔萨一生行状,力求简略清晰地呈现这位大师主要著述与思想,以便于对其感兴趣的读者初步了解此翁生平与著作思想。文中提供的部分材料,是之前汉语学界相关译介中忽略或遗漏的。文末附录对海内外汉语学界的巴尔塔萨研究做了目录索引整理,并简扼述评,以方便国内感兴趣的研究者参考。

一

如果说陈寅恪、钱钟书在二十世纪汉语世界里是真正博古通今的硕彦巨擘,巴尔塔萨(Hans Urs von Balthasar, 1905 - 1988)在二十世纪欧洲也配称得上这般人物。早在二十世纪六十年代,当代天主教神学大师,"新神学"(Nouvelle Theologie)的奠基人物吕巴克(Henri de Lubac, 1896 - 1991),便誉之为"他的时代最有文化的人"。[1]他一生在神学、哲学、美学、逻辑学、伦理学、历史、戏剧、文学、艺术、音乐、文艺评论等诸多方面,都取得了辉煌的学术成就,生前生后出版了近百部著作,发表了不下五六百篇的文章。[2]只在神学方面,他的研究便从基督论到教会论到灵修学,从《圣

1　Henri de Lubac, "A Witness of Christ in the Church: Hans Urs von Balthasar", *Hans Urs von Balthasar: His Life and Work* (San Francisco: Ignatius Press, 1991), p. 272.

2　详参见 Cornelia Capol und Claudia Müller, *Hans Urs von Balthasar: Bibliographie 1925 - 2005* (Einsiedeln: Johannes Verlag, 2005)。

经》学到古代教父到中世纪及现代的天主教、新教神学家，从基督教神哲学到历史到艺术，几乎涉及基督教传统及系统神学的方方面面。所以，吕巴克都不禁感慨，"如果有所谓基督教文化，那就在他身上了。"[3] 他也是个勤奋的翻译家，一生从希腊、拉丁、法、西班牙等语文传统中翻译了近百种的作品，并且其中不乏古代经典。巴尔塔萨十分看中这些翻译，认为它们与他的神学著作是一个整体。除此之外，他还是一位杰出的出版家、编辑家，他早年（1947）便创办了现在著名的约翰出版社（Johannes Verlag），一生主编丛书十三种之多。其帮助神秘主义者、唯灵主义思想家斯佩尔（Adrienne von Speyr, 1902 - 1967）医生整理（绝大多数情况是斯佩尔口授，他记录整理——所以严格讲斯佩尔许多著作他其实也是有著作权的）出版的书籍就多达六十部。一九七二年他同吕巴克、鲍耶尔（L. Bouyer, 1913 - 2004），梅迪纳（J. Medina），勒基尤（M. J. Le Guillou）和拉辛格（Joseph Ratzinger）等几位天主教神学家发起创立的国际性神学刊物《团契》（Communio），迄今已成为天主教最重要的神学刊物之一，并已拥有至少十五种出版语言（Germany, Italy, North America, France, Croatia, Belgium, Spain, Poland, Brazil, Portugal, Slovenia, Hungary, Chile, Argentina, Czech Republic, etc.）。

人们常用"著作等身"来形容一个饱学之士著述宏富，但这个词用在巴尔塔萨身上却似乎大有言不尽意的意味。这位温文尔雅、古典气质的学者，是人类文化史上，少有的几位写出了让人一生都难以读完的书的大著作家。但如果因此就把他想象成一个不问世事的书斋学究，那就大谬不然了。他一生除了撰述、翻译之外，如前面提到的他还倾注大量精力于编辑、出版，并且举办各种学术会议、培训课程、演讲，另外，他还是一个热心的宗教实践家，担任过学生教牧工作，创办圣约翰团契，等等——也许人们难以置信，至少在他眼中，这才是最重要的，而不是他那些著作。实际上，巴尔塔萨始终是一个典型的游离于学院传统和教会正统之外的神学家，尽管他晚年亦曾受到学院派和教廷的推崇——曾有多所大学授予他荣誉博士衔，并且以他为研究题目的硕博士论文迄今已不下百篇，教廷在他没有主教衔的情况下擢升他为红衣主教，等等。

---

3 Henri de Lubac, "A Witness of Christ in the Church: Hans Urs von Balthasar", *Hans Urs von Balthasar: His Life and Work* (San Francisco: Ignatius Press, 1991), p. 272.

二

巴尔塔萨一九〇五年八月十二日出生于瑞士卢塞恩（Lucerne, Switzerland）一个天主教背景的贵族家庭，自幼受到良好的语言、艺术的熏陶，热爱文学并且在音乐尤其是钢琴演奏方面表现出极佳的天赋，并梦想有一番作为。但一九二四年进入大学后，他主动放弃了音乐这个专业，主要在文学和哲学方面寻求深造，辗转于维也纳（Vienna）、柏林（Berlin）、苏黎世（Zurich）之间求学，并最终于一九二八年秋天以《现代德国文学的末世论问题史》[4]获得苏黎世大学（Zurich Universität）德语文学博士学位。而作为天主教神学家，终其一生他也没有再读过一个神学的学位[5]，这似乎一开始便预示了他作为某种体制外神学家的边缘性。但这种非神学科班的学术经历，又恰恰在文化上给予他某种程度的自由——博宗群师，采众家之长，会教俗之学，通古今之变，究天人之际，成一家之言。

一九二七年夏天，由于在巴塞尔附近（Whylen）参加柯恩西德神父（Friedrich Kronseder, S. J.）组织的一个为期三十天的耶稣会静修营，在一次黑森林的散步中，他经历了一次类似保罗被呼召的信仰转折事件，后来他描述为"像被闪电击中一样"。[6]从来没有想过要从事教牧事业的他，毅然决定了毕业后参加耶稣会（Societas Jesus）。之后几年，他被耶稣会派遣到各地（Feldkirch、Pullach、Fourviere 等地）学习神学与哲学，并结识了普茨瓦拉（Erich Przywara, 1889 - 1972）、吕巴克等著名神学家，后者引导他进入了教父学的殿堂。在一九三六年七月他晋铎为神父之后，翌年至一九三九年，他则被派往慕尼黑的《时代之音》（*Stimmen der Zeit*）任副编辑，与普茨瓦拉共事。普氏对巴尔塔萨影响至深，尤其是"存在的类比"（analogia entis）思想，直接塑造了巴尔塔萨后来的神学美学的基本建构。欧战开战初期，他的上司曾给他一个选择的机会，结果他放弃赴罗马格利高里大学（Pontificia Università Gregoriara）任教授的机会，毅然选择留在巴塞尔大学（Basel Universität）做学

---

4 Hans Urs von Balthasar, *Geschichte des eschatologischen Problems in der modernen deautschen Literatur*（Zürich, 1930）.

5 Hans Urs von Balthasar, "Theology and Aesthetic", *Communio: International Catholic Review* 8 （Spring 1981）: 62 - 71.

6 Peter Herici, S. J. , "Hans Urs von Balthasar: A Sketch of His Life", *Hans Urs von Balthasar: His Life and Work*（San Francisco: Ignatius Press, 1991）, p. 11.

生教牧。

于是自一九四〇年到一九四八年，他便一直呆在巴塞尔从事这项相对比较轻松自由的教会工作。但这些年却是他思想和人生发生重大变化的时期。期间，他与二十世纪最重要的新教神学家巴特（Karl Barth，1886－1968）同事并结下深厚的友谊，后者的基督中心论对他影响很深，并成为他的主要神学对话伙伴之一。后来，他还就巴特神学开设一系列研究讲座（1949～1950），并在讲座基础上撰写了一部研究著作《卡尔·巴特神学的意义及诠释》[7]（1951），深为巴特称许。但还有一个在他生命中远比巴特更为重要的人物也在这时出现了，她便是斯佩尔医生。一九四〇年秋巴尔塔萨初次结识斯佩尔时，她还是个新教徒，在巴尔塔萨的引导下，她改宗天主教，并在以后的五年中从他那里接受了天主教的基本神学训练。而她的奇异的神秘主义灵性经历亦深深吸引了巴尔塔萨本人。在巴尔塔萨的鼓励和引导下，斯佩尔开始将其神学思想和灵性经验撰述出书。尤其是一九四四至一九四八年间，斯佩尔口述了大约三十五部作品，巴尔塔萨为这些著作的出版倾注了大量心血，甚至在找不到出版商出版斯佩尔四卷本的约翰评注的时候，毅然自己注册成立约翰出版社。这位极富幽默、言语犀利、作风强硬的女性，极大地改变了巴尔塔萨的生活轨迹和思想道路。因为她，他参与了圣约翰团契（Johannesgemeinschaft，1945）和出版社的创办，并因与她在世俗机构（主要指圣约翰团契）中的合作引起耶稣会高层的不满，终于使他无奈之下于一九五〇年正式退出耶稣会。在退出耶稣会前后的十多年里，他在神学界和教会内部受到严重的孤立，最后连"梵二"会议（Vatican Coucil Ⅱ，1962－1965）都没有获邀出席。须知，巴尔塔萨前期乃至其全部之神学进路都十分注重与文化的对话，并积极主张在吸收早期教父集体智慧的基础上实现教会的自我更新（与"梵二会议"的基调是相同的），甚至出版有著作高呼拆除教会藩篱（《夷平堡垒》[8]）。"梵二"是改革派大行其道的时候，这时巴尔塔萨却被体制化的教会忽略、遗忘。最后竟是巴尔塔萨对"梵二"后改革派的肤浅乐观主义表示担忧开始转向所谓的"保守"立场时（其实巴尔塔萨的立场是一以贯之的理性改革派，只是不认同抛弃传统不顾的过激改革派而已），才被教廷看重，为保罗六世（Pope Paul Ⅵ）聘为教皇国际神学委员会成员（The Pontifical International Theological Commission，1969），

7　Hans Urs von Balthasar, *Karl Barth. Darstellung und Deutung seiner Theologie* (Olten-Cologne, 1951).

8　Hans Urs von Balthasar, *Schleifung der Bastionen. Von der Kirche in dieser Zeit*, Einsiedeln, Johannes Verlag, 1952.

尔后又成为保罗二世(Pope Paul Ⅱ)最钟爱的神学家——保罗二世于一九八〇和一九八六年两次选他入神学委员会,并在一九八四年亲自授予他"教皇保罗六世奖"(Pope Paul Ⅵ Prize)。

不过,究竟斯佩尔有多么重要,迄今学界尚无定论,只是很少再有人像巴尔塔萨那样推崇她的了。他无数次讲到她对他的思想的影响,把自己的思想创新归功于她[9],甚至讲人们在读他的书之前应该先读斯佩尔的著作[10]。巴尔塔萨逝世后,有学者撰文,确实肯定了斯佩尔对他后来的著述至少存在十二个方面的影响[11],尤其是对约翰神学、圣母论和星期六神学的重视方面。毋庸置疑,巴尔塔萨神学思想的成熟,与她直接相关。但有一点始终无法低估,就是斯佩尔著作实际上也有巴尔塔萨参与创作的成分在其中。所以,为什么巴尔塔萨如此推重斯佩尔以及二者著作思想的关系,仍有值得巴氏研究者深究的地方。

大概"梵二"后期开始,巴尔塔萨时来运转,随着他的三部曲的第一部《上帝的荣耀:神学美学》的陆续闻世,声名鹊起,西方教界、学界争先恐后将各种荣誉头衔、奖励给予这位学富五车的老人。而这时,老人也进入了他思想创作的巅峰时期,在最后的二十余年中,他顺利完成了长达七千页的三部曲,还有其他数量庞大的著作和论文。三部曲的最后一卷即《神学逻辑学》的第三卷《真理的精神》和三部曲的《跋》是一九八七年出版的。次年五月在马德里开完"巴尔塔萨神学研讨会",在这次会议的开幕式发言上,他对自己一生的研究做了扼要总结[12],回到瑞士一月后(6月26日)即与世长辞。而这离教皇正式任命他为红衣主教的典礼仅还有两天。这个人圆满地走完了他的人生旅程,可以说了无遗憾,年轻时更新教会的理想,通过他的神学思想(无论是前期的锐意革新还是后期的谨慎保守)对教皇和许多主教的影响,基本上都已初步实现;所有的著作该发表的都已发表——没有发表的都是他遗嘱里要求焚毁的;所有世上至高无上的赞誉和景仰,他也都获得过;所有真诚的友谊——遍及天

---

9 Hans Urs von Balthasar, *My Work: In Restrospect* (San Francisco: Ignatius Press, 1991), p. 19., p. 106.; *A First Glance at Adrienne von Speyr* (San Francisco: Ignatius Press, 1981), p. 13.; *The von Balthasar Reader* (San Francisco: Ignatius Press, 1995), p. 42., etc.

10 M. Albus, "Geist und Geuer: Ein Gespräch mit Hans Urs von Balthasar", *Herder Korrespondenz* 30 (1976): 73.

11 Johann Roten, "The Two Halves of the Moon", *Communio: International Catholic Review* 16 (Fall 1989): 419–445.

12 Hans Urs von Balthasar, "A Résumé of My Thought", *Communio: International Catholic Review* 15 (Winter 1988): 468–473.

下的直友、谅友、多闻友，他都拥有过。也许他惟一没有收获的世俗幸福就是
爱情，但在圣爱（Agape）的荣耀中，他可能会讲他所获得的爱要远远超越于世
俗的男女情爱。

三

巴尔塔萨自二十岁出版《音乐理念的发展：一种音乐的综合尝试》[13]一书，
开始其学术写作生涯，到八十三岁临终前仍笔耕不辍，其著作之繁博，绝非
一言可尽。如他在马德里关于他的研讨会开幕式上的发言中提到的，其一
生著作，大致可以分为三类：一、那些传记著作（关于教父的、关于卡尔巴特、
布伯、贝尔纳诺斯、瓜尔蒂尼、莱茵霍尔德施奈德以及所有三部曲中涉及的
作家）；二、论灵性的书（比如那些论冥思祷告以及论基督、玛利亚、教会的
书）；三、对那些教父和中世纪以及现代的神学家著作数量颇大的翻译。[14]但这
只是他的神学研究的部分，他还有哲学、文学、历史、艺术等方面数量颇为可观
的著作。他对希腊哲学、德国哲学（如唯心主义、尼采、海德格尔等）、德国文
学、音乐（尤其是莫扎特）等方面俱有深湛造诣。三十出头的时候，他便出版了
哲学三部曲《德意志灵魂启示录》（第 1 卷《德意志唯心主义》，1937；第 2 卷《尼
采的标志》，1939；第 3 卷《神化死亡》，1939）。[15]这个三部曲，主要是在普茨瓦
拉的影响下完成的，但其内容却大致可以算作是对其博士论文的一个扩充。
而后来的神学三部曲，思想渊源就要复杂得多了。其中不仅有斯佩尔、吕巴
克、普茨瓦拉、巴特等当代人的影响，还有使徒约翰、奥利金、伪狄奥尼修斯、
阿奎那、伊纳爵·罗耀拉等渊源，甚至还有柏拉图、普洛提诺、歌德、康德、黑
格尔、克尔凯郭尔、海德格尔等思想来源。神学三部曲，实际是巴尔塔萨一
生学识与思想的大综合，他把从古至今的欧洲文学与哲学大传统，与从教父
神学、中世纪神学到现代神学及释经学和神秘主义的基督教传统熔铸为
一炉。

这一三部曲，包括了《上帝的荣耀：神学美学》、《神学戏剧学》、《神学逻辑

---

13 Hans Urs von Balthasar, *Die Entwicklung der musikalischen Idee. Versuch einer Synthese der Musik* (Braunschweig, 1925).

14 Ibid.

15 Hans Urs von Balthasar, *Apokalypse der deutschen Seele. Studien zu einer Lehre von letzten Haltungen Bd.* Ⅰ. *Der deutsche Idealismus* (Salzburg, 1937)；Bd. Ⅱ. *Im Zeichen Nietzsches* (Salzburg, 1939)；Bd. Ⅲ. *Die Vergöttlichung des Todes* (Salzburg, 1939).

学》,共十五卷(德文版十四册)。[16]这还不包括两本小册子,其导论——《信只是爱》[17](1963)和结论——《跋》[18](1987)。此外,原来神学美学写作计划中的最后一卷,即《普世教会主义》(Ökumene),后来巴尔塔萨虽放弃写作,但一九七五年面世的《大公教会的神秘面向》[19]大致可以作为这一卷的雏形。作为代表作,这是巴尔塔萨神学体系建构的集中体现。这个体系,在一种宽泛意义上被学界理解为神学美学。不错,神学美学是巴尔塔萨最具特色的创新贡献,其从十字架的荣耀之美的角度出发,不仅为基督教信仰发掘了美学的维度,也为现代美学提供了一种新的思考进路。但是,巴尔塔萨真正关心的绝不是纯粹"感知"或美学的问题,而是上帝在耶稣的十字架和复活中的荣显行动本身及人对这一行动的积极回应。这种荣显之美,本质上来自绝对存在或爱(Agape)。爱是行动,是参与。"因为存在是爱,所以三部曲的中心不是美学,而是戏剧。"[20]故而,《神学戏剧学》可能在三部曲中地位更为核心。但是这个体系也不能代表巴尔塔萨的全部思想,因为并不是他所有的著作都可以纳入

---

16 Herrlichkeit. *Eine theologische Ästhetik* (Einsiedeln, Johannes Verlag) Bd. Ⅰ: *Schau der Gestalt* (1961; 3d ed., 1988); *Bd. Ⅱ*: *Fächer der Stile*; *part* 1: *Klerikale Stile* (1962; 3d ed.,1984); *part* 2: *Laikale Stile* (1962; 3d ed., 1984); *Bd. Ⅲ/1*: *Im Raum der Metaphysik*; *part* 1: *Altertum* (1965; 2d ed., 1975); *part* 2: *Neuzeit* (1965; 2d ed., 1975); *Bd. Ⅲ/2*: *Theologie*; *part* 1: *Alter Bund* (1966; 2d ed., 1989); *part* 2: *Neuer Band* (1969; 2d ed., 1988)
英译本:*The Glory of the Lord*: *A Theological Aesthetics* (vol. Ⅰ - Ⅱ: San Francisco: Ignatius Press, New York: Crossroad; vol. Ⅲ - Ⅶ: San Francisco: Ignatius Press). *vol. Ⅰ*: *Seeing the Form* (1982); *vol. Ⅱ*: *Studies in Theological Style*: *Clerical Style* (1984); *vol. Ⅲ*: *Studies in Theological Style*: *Lay Styles* (1986); *vol. Ⅳ*: *The Realm of Metaphysics in Antiquity* (1989); *vol. Ⅴ*: *The Realm of Metaphysics in the Modern Age* (1991); *vol. Ⅵ*: *Theology*: *The Old Covenant* (1991); *vol. Ⅶ*: *Theology*: *The New Covenant* (1989)。
Theodramatik (Einsiedeln, Johannes Verlag) Bd. Ⅰ: *Prolegomena* (1973); *Bd. Ⅱ*: *Die Personen des Spiels*; *part* 1: *Der Mensch in Gott* (1976); *part* 2: *Der Mensch in Christus* (1978); *Bd. Ⅲ*: *Die Handlung* (1980); *Bd. Ⅳ*: *Das Endspiel* (1983).
英译本:*Theo-Drama*: *Theological Dramatic Theory* (San Francisco: Ignatius Press). *vol. Ⅰ*: *Prolegomena* (1988); *vol. Ⅱ*: *Dramatis Personae*: *Man in God* (1990); *vol. Ⅲ*: *Dramatis Personae*: *Persons in Christ* (1992); *vol.Ⅳ*: *The Action* (1994); *vol. Ⅴ*: *The Last Act* (1998)。
Theologik (Einsiedeln, Johannes Verlag) Bd. Ⅰ: *Wahrheit der Welt* (1985); *Bd. Ⅱ*: *Wahrheit Gottes* (1985); *Bd. Ⅲ*: *Der Geist der Wahrheit* (1987).
英译本:*Theo-Logic* (San Francisco: Ignatius Press). *vol. Ⅰ*: *Truth of the World* (2000); *vol. Ⅱ*: *Truth of God* (2004); *vol. Ⅲ*: *The Spirit of Truth* (2005)。

17 Hans Urs von Balthasar, *Glaubhaft ist nur Liebe* (Einsiedeln: Johannes Verlag, 1963).

18 Hans Urs von Balthasar, *Epilog* (Einsiedeln-Trier: Johannes Verlag, 1987).

19 Hans Urs von Balthasar, *Katholisch. Aspekte des Mysteriums* (Einsiedeln: Johannes Verlag, 1975).

20 Peter Henrici, "The Philosophy of Hans Urs von Balthasar", *Hans Urs von Balthasar*: *His Life and Work* (San Francisco: Ignatius Press, 1991), p. 167.

这个体系。其实正如我们前面提到过的,巴尔塔萨不是一位像拉纳(Karl Rahner, 1904 - 1984)或巴特那样的正统的系统神学家,所以与其说他的著作是"系统的",毋宁说他是"交响乐式的"。三部曲只是其中一个声部,当然也是一个最为重要的声部,因为它是巴尔塔萨思想成熟期体系追求的最高成果。

三部曲的基本构思来自中世纪关于存在的先验属性的观念,从存在的三大先验属性:美(pulchrum)、善(bonum)、真(verum),建构一个完整神学体系。这一体系构思最初至少可回溯至其一九四七年的《世界的真理》——此书即后来纳入三部曲之逻辑学的第一卷,甚至有些渊源在一九四三年他论莫扎特《魔笛》(*Die Zauberflöte*)的论文中都可以看到。他之所以从美着手,是因为自中世纪以来,信仰的美学维度就不断为神学所忽略,新教神学对美的漠视更是变本加厉。而美,作为神圣存在的先验属性,是不可与真、与善分割开来的。真、善、美是一,是神圣存在的三位一体。故而,神学三部曲是真、善、美的存在三部曲。这是巴尔塔萨对新柏拉图主义普洛提诺传统的基督教重释。但真、善、美的三位一体,并不是对应于圣父、圣子、圣灵的三位一体的。三部曲的神学核心论域是基督论,只有通过十字架基督的形式,上帝神圣的荣耀之美才得以完全呈现,善的神学戏剧才得以展开,并因此导向真的逻辑学。

所以,三部曲要解决的问题依次是:(一)人可以感知到什么(What can one perceive)?(二)人应该盼望什么(For what should one hope)?(三)人为何目的而具备理智(For what purpose has one intelligence)?第一个问题主要处理(基督徒)凝视(上帝),第二个问题主要处理(上帝和基督徒的)行动,第三个问题主要处理行动的内在逻辑。

《上帝的荣耀:神学美学》从上帝道成肉身的启示奥秘出发谈论的美学,其实是爱的美学。上帝通过爱的行动,下降,道成肉身,以耶稣这样一个历史形式(Gestalt),在十字架上自我揭示出自己。这种自我揭示,是人唯一认识神圣存在的形式,这个形式,就是不同于一切尘世荣耀的神圣荣耀,不同于一切尘世美的神圣之美。所以,神学美学的核心议题之一便是神圣荣耀(kābôd, doxa, gloria)或神圣之美与尘世之美(感性美)之间的关系。而类比的思维方式则是联接上帝与造物,荣耀与美的津梁。神学美学要解决的问题就是通过认识神圣荣耀而打开领悟启示奥秘之门。

《神学戏剧学》由美的完全显现,展开上帝道出肉身与十字架牺牲的神圣戏剧。其所涉及的核心问题是自由。即上帝的无限自由和人类的有限自由的相遇,这种相遇,构成了救赎历史的戏剧。而相遇源自上帝的下降,下降自然基于圣爱。神圣戏剧便是上帝为爱人类而斗争的戏剧。所以,神学戏剧学,是爱的戏剧学。

经过神圣戏剧上帝下降到历史中，《神学逻辑学》于是开始探讨的是上帝在历史中行动的内在逻辑，即上帝启示的逻辑，及其条件、形式和法则。上帝如何使他自己被人理解，一个无限的言如何以有限的言来言说，以及人的有限精神如何把握上帝之言的无限意义，这都是逻辑学关注的焦点。而上帝的逻辑，无非是爱，所以神学逻辑学，也是爱的逻辑学。

从而，神学三部曲，根本的主题只有一个：love（agape/caritas/eros/amor）。惟爱，是他在发现宇宙论（cosmology）和人类学（anthropology）的神学进路壅塞之后，疏通的第三条神学进路。故而，这个字也是他全部神学的基础。

四

虽然巴尔塔萨著作浩繁，但古人云："审堂下之阴，而知日月之行，阴阳之变；见瓶水之冰，而知天下之寒，鱼鳖之藏也；尝一脔肉，而知一镬之味，一鼎之调。"（《吕氏春秋·察今》）读书未尝不如是，若非专题研究，要了解巴尔塔萨，三部曲已基本足够。倘仍嫌三部曲过于庞大，则不妨先读"导论"和"跋"这两本小册子，了解大概，然后于三部曲本身则择其所需，如感兴趣其美学，不妨只读美学第一卷《形式的观照》。迄今为止，估计都没人真正通读过这位大师的全部著作。故而大凡这种浮光掠影般的概览式文章，其实大抵止于浅尝辄止而已。所以，欲知个中滋味，君不妨亲尝一脔。

附录：巴尔塔萨汉语译介及研究文献索引

西方学界（主要是天主教学界）对巴尔塔萨的研究已有近半个世纪的历史，尤其是在近三十年中，西方相关的研究已成果斐然，单博士论文恐怕就不下百篇，出版的专著也已有数百部，关注此翁神学及其他思想的人则难以计数。目前，西方的巴尔塔萨研究也渐渐突破神学界之藩篱，开始成为人文学界（尤其是美学界）的重要议题。汉语学界的巴尔塔萨研究则是晚近二十年或者说近十年中的事。现有文献显示，国内最早涉及此翁的是刘小枫。大概在上世纪八十年代末，他初到巴塞尔攻读神学博士学位时，便开始留意此翁之神学——巴尔塔萨与卡尔·巴特齐名，为巴塞尔城之双子星座（二位大师姓氏皆以 B 打头，故称巴塞尔"2B"）。台湾著名神学家张春申神父，在上世纪九十年代初出版的《神学简史》（台北：光启文化，1992）中，在谈及梵二会议后的天主教神学时，也简扼介绍了巴氏，并视之为梵二后最重要的天主教神学家——此书中除巴氏外，他只介绍了拉纳和吕巴克两位神学家。汉语学界最早的一篇研究巴尔塔萨的学位论文，是台湾天主教辅仁大学宗教学研究所的德保仁（Pierre-Henry de Bruyn）完成的硕士论文〈走向喜乐的道路：巴尔塔萨神学戏剧学的基督论〉（223 页，指导教授：谷寒松、胡国祯）。此君是比利时人（现任教于法国 Department of Applied Languages，University of La Rochelle），其指导教师谷寒松神父亦是奥地利人。尽管他们都精通中文，德保仁又是在中国大学中使用中文撰写的论文，其成果属于汉语学界，但严格讲来又跟汉语学界自发的研究关系不大——德保仁做论文的初衷是站在一个西方神学生、传教士的立场，向汉语学界介绍巴氏——当然他的推介并没有起到多少实质的作用，至少近十余年汉语学界的巴尔塔萨研究，受刘小枫推介影响较多，而并没有受到他的影响，甚至估计大陆汉语学界研究巴氏的学者，都没有人知道他曾写过这篇学位论文！据现有文献可知，汉语学界对巴氏的研究真正起步，是在上世纪九十年代中期。所以，汉语学界的巴尔塔萨研究是十分晚近的事情。不仅晚，进展也极其缓慢，目前真正关注过此翁思想的学者，也只有寥寥数人而已，其中长期研究或准备长期研究的学者，迄今没有超过五人。而且，关注面也十分狭小，即主要集中在其声名在外的神学美学方面——这实质取决于汉语人文学界的兴趣，因为（大陆）汉语神学界尤其是天主教神学界人才凋零的现状并未改观。最尴尬的是，迄今汉语学界还没有培育出可以直接从德语原著译介巴尔塔萨的专家。所以，尽管上智编译馆、神学美学研究所等研究机构努力推动，短时期内似乎仍难看到令人满意之成效。

（一）巴尔塔萨译介

（1）巴尔塔萨原著翻译部分

巴尔塔萨：《神学美学导论》，刘小枫选编，曹卫东、刁承俊译，香港：三联书店，1998（简体版：北京三联书店，2002）。

巴尔大撒（Hans Urs von Balthasar）：《赤子耶稣：除非你变得像这个小孩一样》，陈德馨译，台北：光启文化，2006［民 95］。

巴尔塔萨："今日末世论"，杨德友译，《生存神学与末世论》，刘小枫编，上海：上海三联书店，1995。

巴尔塔萨："神学与美学"，张俊译，《神学美学》第二辑（上海：三联书店，2008）。

巴尔塔萨："我的思想履历"，张俊译，《神学美学》第二辑（上海：三联书店，2008）。

巴尔塔萨:"启示的形式",张俊译,《天主教研究论辑》第五辑(北京:宗教文化出版社,2008)。

(2)西方巴尔塔萨研究译介部分

卢雪(Werner Loser):"巴尔大撒(Hans Urs von Balthasar)著作中的依纳爵神操",吴伯仁译,《神学论集》第140期,2004(9)。

卢雪(Werner Loser):"卢雪(Werner Loser)所认识的拉内(Karl Rahner)与巴尔大撒(Hans urs von Balthasar)",吴伯仁译,《神学论集》第138期,2004(12)。

John Richs,Ben Quash:"巴尔塔萨神学简介",静也译,《天主教研究论辑》第三辑(北京:宗教文化出版社,2006)。

路易斯·杜普雷(Louis Dupré):"上主的荣耀:巴尔塔萨神学美学",王涛译,《神学美学》第二辑(上海:三联书店,2008)。

(二) 巴尔塔萨研究部分

(1)专著:

宋旭红:《巴尔塔萨神学美学思想研究》,北京:宗教文化出版社,2007。

(2)论文:

刘小枫:"十字架上的荣耀之美",《走向十字架上的真:20世纪基督教神学引论》,香港三联书店,1990(台湾繁体版参风云时代1991年版;简体增订版参上海三联书店1994版)。另参《基督教文化评论》第四期(贵阳:贵州人民出版社,1994)。

德保仁:"巴尔塔萨的基督论的逻辑",《道风:汉语神学学刊》第三期(1995秋季卷)。

东　木:"论巴尔塔萨的神学美学及其对当代中国美学的影响性",《维真学刊》(加拿大)1998(1)。

卓新平:"巴尔塔萨",《当代西方天主教神学》,上海:三联书店,1998。

张　法:"巴尔塔萨的神学美学",《中国人民大学学报》2002(4)。

孟海霞:"略论神学美学思想",《岱宗学刊》2002(3)。

宋旭红:"惟一且至美的形式:巴尔塔萨基督论要义简析",《基督教思想评论》第1期(2004.10)。

宋旭红:"论美的超越性向度及其特征——一种对海德格尔和巴尔塔萨美学的思考",《基督教文化学刊》第7辑(2002)。

张华、宋旭红:"重视神圣之美——巴尔塔萨思想对西方文明现代性问题

的回应"，《南阳师范学院学报》2003(10)。

宋旭红："超越巴尔塔萨"：神学美学的当代处境分析"，《神学美学》第一辑（上海：三联书店，2006）。

宋旭红："论基督教审美主义的范式转换及其现代性问题"，《南京师范大学学报》（人文社科版）2006(3)。

宋旭红："巴尔塔萨的基督教多元思想"，《基督教思想评论》第五辑，2006(2)。

宋旭红："论巴尔塔萨与基督教神秘主义传统的关系"，《中国青年政治学院学报》2007(5)。

萧　潇："巴尔塔萨神学美学散论之一"，载《神学美学》第一辑（上海：三联书店，2006）。

赵建敏："天主教感恩祭之美——由巴尔塔萨神学美学角度的透视"，载《神学美学》第二辑（上海：三联书店，2008）。

王　涛："巴特与巴尔塔萨——当代基督教神学中圣爱—欲爱分离与统合的温和倾向"，《天主教研究论辑》第四辑（北京：宗教文化出版社，2007）。

张　俊："巴尔塔萨神学美学简论"，《天主教研究论辑》第四辑（北京：宗教文化出版社，2007）。

张　俊："神圣荣耀与尘世之美"，《神学美学》第二辑（上海：三联书店，2008）。

张　俊："美、形式与启示——巴尔塔萨神学美学救赎观锥指"，《道风：基督教文化评论》，第三十期，2009春季卷。

李进超："巴尔塔萨神学美学思想及其对美学研究的影响"，《天主教研究论辑》第五辑（北京：宗教文化出版社，2008）。

（3）硕博士论文：

德保仁："走向喜乐的道路：巴尔塔萨神学戏剧学的基督论"（硕士论文），台北县新庄市：辅仁大学宗教研究所，1992（民81）。

王学良："碎片中的整体：巴尔大撒的人学研究"（硕士论文），台北县新庄市：辅仁大学宗教研究所，1999（民88）。

宋旭红："现代性视域中的巴尔塔萨神学美学"（博士论文），北京：中国人民大学文学院，2003。

李进超："巴尔塔萨美学思想研究"（博士论文），天津：南开大学哲学系，2008。

俄罗斯神人思想研究

人格对世界的改造
——别尔嘉耶夫的人格主义

徐凤林(北京大学哲学系宗教学系)文

[内容提要] 人格主义是俄罗斯哲学的重要思想倾向。在俄国哲学家中,别尔嘉耶夫对人格主义学说的表达最为鲜明和具体。他在神人性思想基础上阐述了人格对自然、社会和个人的基础地位、独特价值和改造意义,主张通过"改造意识结构"的深层"精神革命"来达到人格的实现。这些思想对法国人格主义的主要代表穆尼埃具有一定影响。

人格主义作为一种基督教思想背景下的哲学学说,其一般特点是,强调人格的开放性和超越性,把人的人格当作第一位的存在,世界的中心,整个世界都因与人格相关而获得意义;认为人格是具有自我创造和自我控制力量的自由意志等。

在我国的某些现代西方哲学研究评述著作中,也包括论述人格主义的章节,把它作为现代西方哲学的一个流派,主要介绍 19 世纪末 20 世纪初的美国的人格主义,以 B. P. 鲍恩、R. T. 弗卢埃林、E. S. 布赖特曼为代表;以及 20 世纪 30—40 年代的法国人格主义,以 E. 穆尼埃和 J. 拉克鲁瓦为代表[1]。但这些著作中没有提及俄国的人格主义。然而,人格主义是俄罗斯哲学中颇具代表性的思想之一。

---

[1] 例如:刘放桐编著:《现代西方哲学》,人民出版社,1982 年版;涂纪亮:《美国哲学史》(上),武汉大学出版社,2007 年。

一、俄国人格主义

19世纪末20世纪初的许多俄国哲学家持人格主义观点。尼·洛斯基在《俄国哲学史》一书中指出："A. A. 科兹洛夫、Ё. Ì. 洛帕廷、H. B. 布加耶夫、E. A. 博布罗夫、Ì. 阿斯塔菲耶夫、C. A. 阿列克谢耶夫（阿斯科尔多夫）、H. O. 洛斯基等人的哲学学说具有人格主义性质"[2]。这些哲学家的具体观点各有不同，科兹洛夫把自己的观点称作"泛心理主义"和"一元论的多元论"，洛帕廷把自己的学说称作"一元论的唯灵论"，博布罗夫把自己的哲学观称作"批判的个人主义"。

但俄国人格主义的最主要代表是别尔嘉耶夫，他明确地把自己的哲学叫做"人格主义的哲学"[3]而且，别尔嘉耶夫对人格主义思想的阐述也最为鲜明和具体。他在1939年出版的重要著作《论人的奴役与自由》一书，副标题就是"人格主义哲学"[4]。而且，别尔嘉耶夫的人格主义对法国人格主义思潮具有重要影响。

那么，什么是人格主义所说的"人格"呢？人格一词来自拉丁文persona，原意是面具、戏剧角色。这个词进入哲学语境，是和基督教教义相关的。在三位一体教义中，这个词用来表示神的"位格"。是说神有一个本体，三个位格（圣父、圣子、圣灵）。在中世纪和近代哲学中，位格、人格一词获得了"人的总特点"、"人的精神本性"等意义。但它不是指人的物质属性、肉体属性、自然属性，而是人的心灵的、精神的属性。所以这个"人格"是与上帝、精神不可分割的。

俄文的人格主义（персонализм）一词直接译自西方语言personalism。但在俄国人格主义哲学中，"人格"一词是俄文原有的词 личность，这个词在俄语里并不是一个专名的哲学词语，含义很宽泛，很难确切地译成中文。通常在心理学领域译作"个性"，在社会学领域译作"个人"，但这两个都不很确切。先说"个性"。中文的"个性"一词强调个人与他人不同的特殊性，与"共性"相对，较为抽象；或者指人的个人的气质、性格等心理特征；再看"个人"。"个人"强调人不同于群体的个体性，可这个意思在俄语中已是另一个词 нидивидуум 了。

---

2 洛斯基：《俄国哲学史》，贾泽林等译，浙江人民出版社，1999年，第202页。
3 别尔嘉耶夫：《末世论形而上学》，张百春译，中国城市出版社，2003年，第52页。
4 别尔嘉耶夫：《论人的奴役与自由》，张百春译，中国城市出版社，2002年。

俄国哲学家普列汉诺夫有一本著名的书叫做《论个人在历史中的作用》，这里的"个人"一词，在俄文里就是 личность，是指个人所特有气质、性格等。这样，俄国哲学家的人格主义具有怎样的特点，要看某哲学家自己对人格概念、人格与世界、人格与社会等关系的具体解释。

别尔嘉耶夫人格主义中所阐述的"人格"，不是指个人的自然生理心理属性，而是个人的精神超越性，它既是个体性的，又是超个体的，既是主体的，又是超主观的，既是属人的，又是与超越于人的神性相联的。

人格主义具有多元论倾向，主张每个人格的独特性、唯一性、不可混同性和自由。这类似于莱布尼茨的单子论。但世界何以达到统一与和谐呢？莱布尼茨以"前定和谐"来解决；美国人格主义者通过每个人格都朝向至高的上帝，来实现统一，法国人格主义者试图通过社会革命来建立人格社会。别尔嘉耶夫在这一点上与他们不同，他是通过"改造意识结构"、"人格主义革命"、"积极创造的末世论"来实现统一的，人格的真正实现只在精神王国，而不可能在客体化的世界。

别尔嘉耶夫人格主义思想的关键，是他所阐述的"人格"概念。而人格概念又是与他的人性观紧密联系在一起的，也就是他关于人性的本质在于神性、而与神性相通的人格是世界的基础和中心的思想。

二、神人学说

别尔嘉耶夫关于人性的观点与传统基督教观念不同。在他的自由学说中，恶来自人的原初自由，就是说，人有作恶的自由，上帝也不能阻止；上帝之光能否照亮自由的黑暗，要取决于人是否自由接受。这样，似乎人高于上帝了。这岂不是背离了基督教信仰吗？

我们认为，别尔嘉耶夫的自由学说强调了人的价值，的确与传统基督教不同，甚至违背教会教义，他自己也说自己"一生都是反叛者和信神的自由思想者"；但他的哲学并没有以人来反抗上帝，从而走向无神论，像西方近代世俗人道主义那样；也没有走向超人，像尼采那样。而是相反，由于他对人性与神性的辩证关系的直觉体验和哲学论证（在他的精神哲学、自由哲学、创造论哲学和伦理学中），使得他在强调人性伟大的时候，也正是为了以人来证明上帝，也因此而对基督教思想的现代发展有所贡献。

别尔嘉耶夫走向基督教有自己的特殊道路，对神的信仰不是从通常的宗教情感中自然生长起来的。基督教的一般宗教情感是罪孽感和自卑感，人感到自己本性的罪孽,力量的脆弱,孤苦无援,所以才求助于伟大万能的上帝。但别尔嘉耶夫从小受到的教育不是宗教教育,家庭没有浓重虔诚的宗教气氛,父亲是开明的启蒙主义者。别尔嘉耶夫青少年时代的最强烈的感受不是人性之罪,而是世界之恶和人世间的不幸。另一个体验是对这个世界的不满足,不接受,对超越的世界的思念(陀思妥耶夫斯基和康德)。

这样,在他那里,人与神之间不是完全对立的。在他看来,人在面对上帝的时候,不是自己变得卑微和渺小,而是得到提升,从而变得高大。正是在人本身之中所开启的神性使得他变得伟大。最高价值的人性,精神、自由、创造、爱,这些在根本上不是自然人性所具有的,而是来自神的。如果割断这一神性源泉,则人也将不再是真正的人了。因此,别尔嘉耶夫说,"最高的人性是神性","神是人性的,而人是非人性的。因此,真正存在的只有神人的人性"[5]。所以,他说:"我成为基督徒不是因为不再相信人、人的尊严和最高使命、人的创造自由,而是因为我要为这种信仰寻找更深刻更坚实的证明"。而且,"我的这种信仰不会为人的极低状态所动摇,因为此信仰不是以人对人的思考为基础的,而是以上帝对人的思考为基础的"。

三、人格的含义

在这种神人的人性观基础上,就容易理解别尔嘉耶夫人格概念的含义了。别尔嘉耶夫在《论人的奴役与自由:人格主义哲学》一书中写道:"人是世界上的一个谜,也许是最大的谜。人是个谜不是因为他是一种动物,不是因为他是一种社会存在物,也不是因为他是自然界和社会的一部分,而是因为他是人格,而且只因为他是人格。与人的人格相比,与人的唯一面貌相比,与人的唯一命运相比,整个世界就是虚无。"[6]

别尔嘉耶夫从人格与世界、人格与社会、人格与个人、人格与创造、人格与基督教等五个方面论述了人格的含义。

(1)人格与世界。人格是人区别于自然存在物的本质特性,使人具有高于世界的本质和完善世界的使命。如果人不具备人格,即使这种人格被压抑而未充分表现,即使这种人格是病态的,即使这种人格是一种潜在可能性——即使这样,若无此人格存在,则人就不会异于草木禽兽和世界万物。

---

5 Бердяев Н. А. . Царство Духа и царство Кесаря. М. 1995. С. 298.

6 Бердяев Н. А. . Царство Духа и царство Кесаря. М. 1995. С. 11.

人格与世界上的任何其他东西都不相像，都不可比，它是唯一的、独特的、超越于自然世界的。人格是对世界的超越和改造。正是人身上的人格，证明了世界不是盲目自足的，世界是可以克服、可以超越的。"当唯一的、独特的人格进入世界的时候，世界过程就要中断，世界就必须改变自己的进程，虽然这种变化的外部表现是不显著的。"[7]人格不是世界进化的成分，不能融入连续不断的世界过程；人格的存在是自然进程的阻断，是对自然的创新。

生物学和社会学所了解的人，作为一种自然存在物和社会存在物，是世界的产物，是世界中所发生的自然过程的产物；但人格，作为人格的人，不是世界的产物，他有另外一种起源。正因为如此，才使人成为一个谜。

（2）人格与社会。人格不是社会学范畴，而是伦理学范畴和精神范畴。人格与他在社会生活中的外部表现不同。人在潜意识中仿佛沉入第一生命的喧嚣海洋，只是局部被理性化了，表现为一个正常的人。必须区分表层的自我和深层的自我。常常是人以自己的表层自我来对待他人、参与社会和文明，以适应社会关系。在这表层的下面，还有深层的自我。

别尔嘉耶夫说，托尔斯泰非常了解人的这种双重性，他总是描写人的双重生活，即人面对国家、社会和文明的表面的虚伪的生活，和人面对深层的第一生命的内在的真实的生活。人的表层自我是被社会化的、理性化的、文明化的，不是人的人格，但它却可以扭曲和掩盖人格。人格可以被压抑，于是可能具有多副面孔，以至于他的本真面目难以捉摸。人常常在生活中扮演角色，甚至可能扮演他人的角色。双重人格在原始人和精神病人那里是令他们奇怪的，而在正常的文明社会中这种双重性却获得了正常性——是适应文明条件的正常性，是由于虚伪的不可避免性所引起的，是自我保护所必需的。虽然社会化的训练和野蛮人的文明化具有积极意义，但这不应意味着使人格定型化。个人成为社会化的文明人可能是完全丧失人格的人，可能是奴隶，虽然他自己对此不知不觉。

人格问题不是社会学问题。关于人的社会学学说只知道表层的、客体化的人。真正的关于人格之人的学说，只有靠存在哲学才能建立，而不能靠社会哲学。人格是主体，不是诸客体中的一个客体。人格根植于精神世界、自由世界，社会才是客体。从存在哲学观点看，社会是人格的一部分，是人格的社会方面，而不是人格是社会的一部分。

（3）人格与个人。个人（индивидуум）是自然主义范畴、生物学和社会学

---

7 Бердяев Н. А. . Царство Духа и царство Кесаря. М. 1995. С. 12.

范畴。个人只能是人类或社会的一部分,一个原子,离开了人类整体就谈不上个人;但个人又是要脱离整体的部分,个人竭力进行以自我为中心的自我确立。"个人主义"这个词也正是来自"个人"。

个人与物质世界紧密相关,他产生于人类的自然过程;个人具有生物学的起源,生身于父母,受生物遗传和社会遗传的决定。人都是个体存在,是个人,但人不仅仅是个人,人还是人格,人的理想、观念、人在世界中的使命,都与人格有关。

人格是自由,人的人格表明人对自然、社会或国家的独立性、不依赖性。但人格并不是利己主义的自我确立,人格作为小宇宙,具有普遍的内涵。人格不是人类自然过程的产物,不是由父母所生,而是来自另一个世界,来自上帝;人格的存在证明人是两个世界的交汇点,在其中进行着精神与自然、自由与必然、独立性与依赖性的斗争。

人格不是社会肌体的一个细胞,人格是原初的价值,是一个统一整体,它对他人、社会和世界的关系是创造、自由和爱的关系,而不是被决定的关系。"人格不在个体与类的相互关系中、不在局部与整体的相互关系中、不在器官与肌体的相互关系中,而是在此关系之外;人格不是动物的个体。"[8] 因此,人之中的人格不受自然和社会遗传所决定,而是人所具有的自由,是人战胜世界决定的潜能。

(4)人格与创造。人格在任何情况下都不是既成物,不是所得到的现成赠品;人格是人的任务,人格的完整性和完善是人的理想,人格是自我创造的。任何人都不能说他自己就是完善的人格。人格是价值学范畴,是评价范畴。人格是一个创造过程,是完善化的过程。

这里遇到了人格存在的基本悖论:人格应当是在自己的全部生命过程中创造自身,以普遍的内容丰富自己,达到完整统一性。但为了做到这些,它又必须已经存在,人格应该在道路的起点,而完善的人格只能在道路的终点。

(5)人格与基督教。由上述可见,人格作为一种超越自然存在的精神存在,这种观念不是自然主义哲学提供的,而是基督教提供的。别尔嘉耶夫看到了基督教对待人的态度的两个方面。一方面,基督教的上帝崇拜贬低了人,认为人是有罪的、堕落的,人应当忍耐和顺从;另一方面,基督教又非同寻常地抬高了人,认为人是神的类似物,人具有神的形象和样式,承认人有超越自然和社会的精神本原,人有摆脱了恺撒王国的精神自由。

---

8 Бердяев Н. А. . Царство Духа и царство Кесаря. М. 1995. С. 21.

只有在此基础上才能进行人格主义的价值重估。怎样重估呢？就是价值中心的倒转：从以普遍为中心到以个性人格为中心。人格主义哲学确认，精神不是使人普遍化，而是使人个性化，精神创造的不是脱离人的普遍理念世界，而是具有本质内容的人性人格世界，精神形成人的人格。人的精神本原的胜利不是意味着使人服从共同宇宙，而是在人格中揭示出共同宇宙。

那么，人格怎样来实现自身呢？

四、人格的实现

人是一种不断克服自身、超越自身的存在物。别尔嘉耶夫指出，人走出自己的封闭的主观性，是朝着两个方向、甚至是两个相反的方向进行的。这样就有两条道路。一条路是客体化之路。沿着这条路，人进入具有普遍规则、普遍形式的社会。在这条道路上发生了人的本质的异化，人的本质被抛向客观世界，人格找不到自身。

另一条路是超越，不是进入客体世界，而是进入超主体之境。这条道路在生存的深处，在此路上发生的是与上帝在生存中的相遇；这条路不是建立客体之间的相互关系，而是建立生存的交流。只有在这条路上，人格才能充分实现。

所以，人格的实现不在物质世界，人格的实现是精神的解放。这是人的内在解放。人格的实现不仅仅在于战胜物质的决定性，这仅仅是一个方面；人格的实现的根本问题不在于战胜物质世界，而在于战胜奴役。这种奴役不仅来自物质方面，还来自意识方面。世界之所以不好，不是因为它是物质的，而是因为其中没有自由，使人受奴役。甚至可以说，物质的重负来自精神的错误导向。

只有摆脱了内在的奴役，才能获得外在的自由。所以，这里根本对立的不是物质和精神的对立，而是奴役与自由的对立。精神的胜利，人格的实现，不仅在于人战胜对物质的依赖性，更困难的是战胜意识的欺骗幻象，它们使人走向受奴役却又不自知。人能感知的、作为外在强制的、为人所痛恨的奴役并不可怕，更可怕的是诱惑人的、为人所爱的奴役。被变成绝对的相对之物，被变成无限的有限之物，被变成神圣的世俗之物，被变成神性的人性之物，这一切都是奴役人的诱惑。别尔嘉耶夫在《论人的奴役与自由》中全面论述了宇宙中的诱惑与奴役、社会中的诱惑与奴役，以及文明、自我、国家、民族、财产、革命、集体、爱欲、美感，这些东西的诱惑使人将其绝对化、神圣化，反而使人受它们的奴役。

由于奴役首先在于内在奴役，所以争取自由的任务首先在于人的精神改造,即所谓"人格主义革命",也就是改造意识结构,改变价值取向。

人有三种意识结构,或者说,人有三种存在状态:主人意识,奴隶意识,自由人意识。这些概念不是社会范畴,而是更深层的精神范畴。主人意识就是他人为自己存在的意识,奴隶意识是自己为他人存在的意识。自由人意识是自我存在意识。主人意识和奴隶意识都是人的本质的外化、异化。以上帝为主人,人自己就是奴隶;以教会为主人,人也成为奴隶;以国家为主人,以社会为主人,人都成为奴隶,等等。同样,奴役他人也是奴役自己,柏拉图说暴君本人也是奴隶。人之所以想成为他人的主人,是因为他在自己的意识结构上是统治意志的奴隶。

改造意识结构是一种"内在的深刻革命",这是一个漫长的过程,其结果只能慢慢显现出来。这个深层革命不是在历史时间中,而是在生存时间中进行的。别尔嘉耶夫提出,时间有三种形式:宇宙时间、历史时间、生存时间。每个人都生活在这三种时间形式中。

宇宙时间的标志符号是圆。它是和地球绕太阳转相联系的,表现为年、月、日、时,这是一种圆周运动,其中进行着一日早晚和一年四季的循环。这是自然界的时间,自然生物的时间。古希腊人主要认识的是宇宙时间,他们主要有对宇宙的审美直觉,他们几乎没有认识到历史时间。

历史时间不是宇宙循环的产物,而是另一种运动变化的产物,历史时间的标志不是圆,而是直线,指向未来。历史时间的特点就在于对未来的目的性,要在未来揭示意义;历史时间也同过去和传统相关,历史是由记忆和传统构造出来的。

生存时间的符号不是圆也不是直线,而是点。生存时间很难以空间符号来表示。这是一种没有被客体化的、没有被抛向外在空间的内在时间。它不能用数学计算,不能加减。生存时间的长度依赖于人的内在体验的强度。人格主义革命是在生存时间里进行的。这种意识结构的改造也是在如何理解内在性与超越性之关系问题上的改变。上帝的超越性,上帝摆脱世界必然性和一切客体性的自由,是人的自由的源泉,是人格存在的可能性;但这个超越性可能被奴隶式的理解,可能被理解为客体化和外化,于是人与上帝的关系成为奴隶与主人的关系。这是对超越性与内在性之关系的传统理解。应该改变这种理解,确认超越性是"在自由中的内在超越",应当消除人们关于上帝和天国是一种人应当服从的普遍实在的神话,现代文明中的人们仍然处于这一神话的统治之下。

人格主义革命的最终实现要求世界的终结和历史的终结。但这个末日的到来不是一场灾难,而是旧的客体化世界的末日,新的精神世界的来临。但它要求人们不是恐惧和忧虑地消极等待末日审判,而是积极创造,为末日来临做准备。认为改造意识结构只有在彼岸世界才能进行,在此世只能安于现状的观念是错误的。改造在此世就应该进行,在生活的全部过程,在生命的每时每刻。别尔嘉耶夫在《末世论形而上学》一书的结尾写道:"生命的每时每刻都需要结束旧世界,开始新世界,这就是精神的呼吸。终结的时代是精神的展现。"*9*

五、对法国人格主义的影响

法国人格主义与别尔嘉耶夫哲学有密切关系。法国人格主义思潮是在20世纪早期欧洲资本主义社会出现个性价值危机的背景下产生的,其显著标志是1931年开始出版的《精神》杂志。在该杂志周围聚集了一批具有激进情绪的青年知识分子,包括哲学家、艺术家、评论家。杂志主编是穆尼埃,这年他27岁,是天主教徒。他成为法国人格主义的主要代表,后来出版了《人格主义宣言》(1936年),《人格主义》(1950年)等著作。

穆尼埃认为,人格主义学说,就是确认人格对于物质必然性和机体机制的优越性,尽管后两者是人格发展的基础。这种学说是一种哲学推论的意向、方向,而不是一个思想体系或流派。人格主义不完全是新生事物,其许多问题在先前思想家那里早已潜在具有了,比如苏格拉底、帕斯卡尔、莱布尼茨、费希特、克尔凯郭尔、陀思妥耶夫斯基、马克思、柏格森等。人格概念是全部人格主义学说的核心。人格是"由自己的存在方式和存在的独立性所建立起来的精神存在物"*10*。人格的主要任务是与其他人格一道建立一个人格主义的共同体,在这个共同体中,人格不仅仅是最主要的价值,而且是最原初的实在。这样,人格主义社会是诸人格的人格。

如何实现这样的社会呢? 穆尼埃提出,应当为了人格而进行革命,不过只能运用符合人格的手段。为了人格的革命既是个人的精神革命,也是社会政治经济等领域的革命。精神革命与经济革命是同一的:"精神革命要么将成为经济革命,要么它就不会有。经济革命要么将成为精神革命,要么它

9 Бердяев Н. А. . Царство Духа и царство Кесаря. М. , 1995. С. 286.

10 Мунье Э. Манифест персонализма. М. , 1999. С. 301.

也不会有"[11]。

人格主义是 20 世纪上半叶法国四大哲学流派之一,另外三个是存在主义、新托马斯主义、现象学。法国人格主义与现象学、存在哲学有密切联系,如现象学的意向性学说,存在主义关于个人的观念。因为它们都强调人的精神意向的重要意义。但穆尼埃从基督教的超越性观点批评现象学的意向性概念只把人局限于理性认识方面,批评萨特的非宗教存在主义把人看做是孤立的个体,缺乏超越性。

从穆尼埃的上述观点中可以明显看到别尔嘉耶夫思想的影响,包括人格概念、精神革命思想以及关于社会共同体的本质的思想等。因为别尔嘉耶夫与穆尼埃有经常的思想交流。当穆尼埃主编《精神》杂志的时候,别尔嘉耶夫在巴黎郊区自己的住所经常举办学者沙龙,穆尼埃是沙龙的参加者之一。别尔嘉耶夫自己也直接参与了《精神》杂志的创立和发展,参加这一学者圈子的聚会。别尔嘉耶夫后来在哲学自传中回忆说:"《精神》杂志和它的圈子所显露的倾向最与我接近。法国青年中,这个派别对我的感激很多,这是它的代表不止一次表露的。第一次集会我就参加了,在这个会上决定了杂志的创办。"[12] 1935 年,别尔嘉耶夫为穆尼埃的《人格主义的和共同体的革命》一书写了书评,其中指出穆尼埃的许多观点与自己是一致的[13]。1948 年,俄国文化史家 Г. П. 费多托夫在纪念别尔嘉耶夫的文章《思想家别尔嘉耶夫》中写道:"别尔嘉耶夫喜欢把自己的哲学称作人格主义。这个或许是来自德国的术语,正是在别尔嘉耶夫和他的法国学生们的影响下在当今的法国风行起来的"[14]。

当然,在对人格主义革命问题上,别尔嘉耶夫与穆尼埃的观点是有所不同的。穆尼埃赞同别尔嘉耶夫的基本原理,但他赋予人格主义革命以更多的社会意义,制定了实现人格主义革命的具体机制。他不赞同别尔嘉耶夫的客体化思想,即精神与客体世界完全对立的二元论。他不把超越、上帝当作超乎人之外的彼岸世界的存在,而当作人本身的精神、人格的合目的的结构。而别尔嘉耶夫的人格主义革命主要是精神革命,而且更多具有末世论性质,不相信此革命在尘世能够真正实现。

---

11 Мунье Э. Что такое персонализм? М. , 1994. С. 15.

12 别尔嘉耶夫:《自我认知》,汪剑钊译,云南人民出版社,1998 年。第 231 页。

13 Н. А. Бердяев и Э. Мунье (два опыта построения персоналистической философии)// http://velimir-ch. narod. ru/Philosophy/berdandmunje. html.

14 Н. А. Бердяев: pro et contra. СПб. , 1994. С. 439.

陀思妥耶夫斯基作品中
关于人的启示[1]

别尔嘉耶夫(N. Berdjajev) 文

张百春(北京师范大学哲学系) 译

你宁取种种不寻常的,不确定的,

含糊可疑的东西,人们力所不及的东西,

因此你这样做,就好像你根本不爱他们似的。

——宗教大法官的传说

一

关于陀思妥耶夫斯基已经写了许多,也说出许多真话,这些真话几乎已成老生常谈。我指的不是旧俄的批评界,米哈伊洛夫斯基《残酷的天才》一文可算作是这个批评界的典范。对这个类型的政论批评而言,陀思妥耶夫斯基是根本不可及的,因为它没有办法揭开他的创作秘密。但是,写陀思妥耶夫斯基的还有另外一种精神气质的人,这种精神气质与他更接近。这是另一代人,他们关注精神的深处:索洛维约夫、罗赞诺夫、梅列日科夫斯基、沃伦斯基、舍斯托夫、布尔加科夫、沃尔日斯基、维·伊万诺夫。所有这些作家都企图按照自己的方式对待陀思妥耶夫斯基,揭示他的深度。在他的作品里,他们看到了最伟大的启示,基督与敌基督的斗争,神的原则和魔鬼原则的斗争,对俄罗斯民族神秘本质的揭示,对独特的俄罗斯东正教和俄罗斯谦卑的揭示。具有宗教倾向的思想家们认为,陀思妥耶夫斯基全部作品的实质内容是关于基督的独

---

1 〔译注〕本文首次发表在《俄罗斯思想》1918年第三,四卷。译文选自别尔嘉耶夫文集第三卷《俄罗斯宗教思想的类型》,1989年巴黎俄文版,YMCA - PRESS,第68—98页。

特启示,关于永生和俄罗斯民族心怀神的特征的启示。他们赋予陀思妥耶夫斯基思想体系以特殊的意义。对另外一些人而言,陀思妥耶夫斯基首先是个揭示地下室心理的心理学家。所有这一切在陀思妥耶夫斯基身上都有。他是个非常丰富的人,从他那里引出许多线索,每个人都可以为自己的目的而利用他。可以从各个方面接近陀思妥耶夫斯基之谜。我打算选择一个人们还没有充分开发的角度接近这个谜。我并不认为,在我们这里占据主导地位的那种对陀思妥耶夫斯基的宗教阐释抓住了他身上最主要的东西,以及其激情与之相关的那个核心主题。无法在一篇文章的有限篇幅内涉猎整个陀思妥耶夫斯基,但可以指出他的一个主题。我认为这是个核心主题,可以从它出发完整地解释陀思妥耶夫斯基。

陀思妥耶夫斯基有一个前所未有的,只属于他自己的对待人及其命运的态度——应该在这里寻找他的激情所在,其创作类型的唯一性就与此相关。在陀思妥耶夫斯基那里,除了人之外什么都没有,一切只在人里被揭示,一切只服从人。与他关系密切的斯特拉霍夫就曾指出:

> 他的全部注意力都指向人,他关注的都是人的本质和性格。他感兴趣的是人,也只有人及其精神气质、生活方式,他们的情感和思想才能引起他的注意。出国旅行时,无论自然景观,历史古迹,还是艺术品,都没有特别引起陀思妥耶夫斯基的注意。

陀思妥耶夫斯基的全部作品都可以证明这一点。人的主题如此彻底地占据他的心灵,在任何人那里,在任何时候都未曾有过。在揭示人的本质的秘密方面,谁也没有他这样的天赋。陀思妥耶夫斯基首先是个伟大的人学家,是人的本质研究者,他研究人的本质的深度及其秘密,其全部作品都是人学的体验和实验。陀思妥耶夫斯基不是现实主义艺术家,而是个实验者,他创立了关于人的本质的经验形而上学。他的全部艺术只是人学探索和发现的方法。作为艺术家,他逊色于托尔斯泰,在严格的意义上,他不能被称为艺术家。陀思妥耶夫斯基所写的东西既不是长篇小说,也不是悲剧,不属于任何形式的艺术创作。当然,这是一种伟大的艺术,它能彻底地征服人,把人吸引到自己独特的世界里,对人有着魔法般的作用。但是,不能用一般的标准和要求来对待这种艺术。在陀思妥耶夫斯基小说里找出艺术上的不足之处,这是再容易不过的事。在他身上找不到艺术的净化(художественный катарсис),他的小说令人痛苦,它们总是超越艺术的界限。陀思妥耶夫斯基小说的故事情节不足信,人物也不真实,所有角色在同一个地方和同一个时间里发生冲突——总让人觉得这是一种无法容忍的勉强，为了人学的实验而牵涉太多的东西，所有主人公说同一种语言，这种语言有时十分粗俗，一些片段类似于质量不高的刑事犯罪小说。如果把这些悲剧小说的故事情节当作真实的，这只能是出于误解。在这些小说里，没有任何叙事，没有对日常生活方式的刻画，没有对人和自然界生活的客观描绘。也许，在所有时代的人所写出来的全部小说中，托尔斯泰的小说最完善，他的小说给人这样一种感觉，仿佛自然生活自身在展开这些小说，世界灵魂自身在写小说。在陀思妥耶夫斯基小说里，找不到源于生活，有血有肉的真实的人。他的所有主人公都是他自己，是他自己精神的不同侧面，其小说的复杂故事情节都从不同侧面和方面揭示人。陀思妥耶夫斯基在挖掘和描述人的精神的永恒本性。他在人的本质深处揭示神和魔鬼以及无限的世界，这种揭示总是通过人和出于对人的狂热兴趣来进行的。在陀思妥耶夫斯基的小说里没有自然界，没有自然生活，没有事物与客体，一切都被人和无限的人的世界掩盖，一切都包含在人里。疯狂的、神魂颠倒的、旋风般的自发力量在人身上活动。陀思妥耶夫斯基把人们吸引和引诱到一种炽烈的气氛里。进入陀思妥耶夫斯基的王国之后，其他一切都变得乏味了，他扼杀了阅读其他作家的兴趣。陀思妥耶夫斯基的艺术完全是一种独特的类型。在做自己的人学研究时，他使用了一种能把人吸引到人的本质最神秘深处的技巧。疯狂的、神魂颠倒的旋风总是把人卷入这个深处。这种旋风是人学发现的方法。陀思妥耶夫斯基所写的全部作品都是旋风式的人学，在这里一切都在神魂颠倒的、炽烈的气氛中获得揭示。他发现了关于人的新科学，这是一种神秘主义的科学。只有被卷入到旋风里的人才能够接近这个科学。通过这一途径才能领悟陀思妥耶夫斯基洞察秘密的本领。在这门科学及其方法里，没有任何静态的东西，一切都是动态的，一切都在运动中，没有任何凝固的、僵化的、静止的东西，这是赤热的熔岩流。在陀思妥耶夫斯基的人学里，一切都是极其热烈的，一切都是疯狂的，一切都超越界限和限制。他能够在人的极其热烈的、狂暴的、疯狂的运动中认识人。在他所揭示的人物中，没有幽雅的形象，没有托尔斯泰式的优雅形象，后者总是处于静止状态。

二

在陀思妥耶夫斯基的小说里，除了人和人的关系之外再没有任何东西。对每个仔细阅读过这些作品的人而言，这一点应该是清楚的，他的作品是能够吸引人的精神的人学作品。陀思妥耶夫斯基的所有主人公所做的事情只有相互拜访、谈话,他们都卷入人的悲剧命运的诱人深渊。他的主人公唯一严肃的生活事件就是他们的相互关系,相互之间强烈的吸引和排斥。除此之外,在这个无限多样化的人的庞大王国里,找不到任何其他"事情",任何其他安顿生活的事业。在这里总是能够形成某种人的中心,某种核心的人的激情,一切都围绕这个轴心徘徊和旋转。在这里总是能够形成人的充满激情的相互关系的旋风,一切都被卷入这个旋风。在人的本性里形成的充满激情、炽烈的旋风把人吸引到这个本性神秘的、难以测度的、无限的深处。陀思妥耶夫斯基就在这里揭示人的无限性,人的本质的无限性。但在这个深处,在这个底部,在深渊里,始终还有人,人的形象和面孔并没有消失。我们随便看一部陀思妥耶夫斯基的小说,都是如此。在每篇小说里都展示着充满激情的、走向无法解释的深处的人的王国,一切都以这个王国结束。无限性和无底性在人身上获得揭示。除了人之外,什么也没有,除了人的东西外,什么都没有意思。比如《少年》,这是陀思妥耶夫斯基还没有获得充分评价的最天才作品之一。在这里,一切都围绕着维尔希洛夫的形象转,一切都充满着针对他的强烈感受,充满着围绕他而产生的人性的吸引和排斥。故事由少年讲述,他是维尔希洛夫的私生子。谁都不干任何事,在日常生活秩序里,谁都没有一个稳定的合理位置,所有的人都脱离常轨,脱离生活安顿之路。所有的人都处在歇斯底里和发疯的状态。但毕竟还能感觉到,所有的人都在做一件大事,无比严肃的事,都在解决十分重要的问题。这个事业是什么,这些问题是什么?少年从早到晚在忙碌着,急着干什么去,他为什么没有喘息和休息的时刻?在通常的意义上,少年完全是个游手好闲的人,和他父亲维尔希洛夫一样,几乎和陀思妥耶夫斯基小说中的所有人物一样。但陀思妥耶夫斯基还是能让人感觉到,主人公们正在做一件重要的、严肃的、神圣的事情。对陀思妥耶夫斯基来说,人高于一切事,人自己就是一个事业。此处提出一个关于维尔希洛夫的生活之谜,这是关于一个人及其命运之谜,关于他身上神的形象之谜。解开这个谜是个伟大的事业,是事业中最伟大的一个。少年想揭开维尔希洛夫的秘密。这个秘密隐藏在人的深处。所有的人都感觉到维尔希洛夫的重要性,都被其本质的矛盾所震惊,都注意到其性格和生活里某种深刻的、非理性的东西。维尔希洛夫复杂的、矛盾的、非理性的性格和他的奇怪命运之谜,一个非凡的人的谜,对陀思妥耶夫斯基而言就是一般意义上的人的谜。小说全部复杂的故事情节,复杂的阴谋只是解释维尔希洛夫这个人的方法,是对人的复杂本质的启示,是对人的本质中矛盾欲望的启示。在男人和女人的关系中最能够揭示人的本质的秘密。关于爱情,陀思妥耶夫斯基成功地发现了某种在俄罗斯和世界文学里从来没有过的东西,其关于爱情的思想是炽烈的。维尔希洛夫对卡捷琳娜·尼古拉耶夫娜的爱情把人们引入到如此炽烈的情感的自发力量之中,无论在什么地方从来都找不到这样的炽烈情感。但炽烈的情感却隐藏在安宁的外表下面。有时你会觉得,维尔希洛夫是座熄灭的火山。但是,维尔希洛夫的爱情形象却因此给我们留下更强烈的印象。陀思妥耶夫斯基在强烈情感的本质里揭示矛盾、极化性和二律背反。最强烈的爱情在人间无法获得实现,这种爱情是无希望的,绝对是悲剧性的,它将导致死亡和毁灭。陀思妥耶夫斯基不喜欢在此世稳定的生活秩序上研究人。他总是向我们展示处在无尽的悲剧之中,处在触及最深处的矛盾之中的人。这就是陀思妥耶夫斯基所展现的最高的人的类型。

《白痴》也许是陀思妥耶夫斯基在艺术上最完善的作品,其中的一切还是以炽烈的人际关系世界而告终。梅什金公爵一来到彼得堡,立刻就陷入人际关系炽烈的、神魂颠倒的气氛之中。这个气氛完全吸引了他,他也把自己温和的,但却能引起强烈旋风的神魂颠倒加入其中。梅什金的形象是对基督教狄奥尼索斯精神的真正启示。梅什金什么也不做,和陀思妥耶夫斯基的所有主人公一样,他不从事生活安顿。当他陷入人际关系的旋风时,摆在他面前的内心生活的巨大任务就是洞悉所有人的命运,首先是两个女人的命运——娜斯塔霞·菲立波夫娜和阿格拉雅。在《少年》里,所有的人都在围绕维尔希洛夫一个人忙活。在《白痴》里,梅什金一个人忙于所有的人。这两部作品所描绘的都是主人公彻底沉浸在对人的命运的猜测之中。人间爱情二律背反的、矛盾的本质在《白痴》里获得了最深刻的揭示。梅什金用不同的爱爱着娜斯塔霞·菲立波夫娜和阿格拉雅,这种爱不可能有任何结果。显而易见,对娜斯塔霞·菲立波夫娜的爱是无尽的悲剧,并导致毁灭。陀思妥耶夫斯基在这里揭示了人的爱的本质及其在此世的命运。这不是个别和偶然的叙事,而是一种只有当人沉浸在白热化的炽烈气氛时才能获得人学知识,这种气氛能够展示深度。在梅什金和罗果仁之间有一种充满激情的、炽烈的联系。陀思妥耶夫斯基明白,对同一个女人的爱情不但使两个男人分离,而且也能使他们联合,把他们束缚在一起。在《永久的丈夫》里,这个联系和束缚按照另外的方式,在其他色调里获得表现,这是陀思妥耶夫斯基最天才的作品之一。在《白痴》里,生活的客观秩序,自然秩序和社会秩序根本不能引起陀思妥耶夫斯基的兴趣,平淡的日常生活,生活形式的静止状态,生活安顿方面的成就和价值,包括家庭、社会和文化的生活安顿,都不能引起他的兴趣,这一点是非常清楚的。能够引起他的兴趣的只有对人的本质进行天才的实验。在他这里一切始终都在深处,这里指的不是安顿生活方面,而是在完全另外的一个维度上。

在《群魔》里,一切都聚集在斯塔夫罗金的周围,如同在《少年》里一切都聚集在维尔希洛夫周围一样。确定对斯塔夫罗金的态度,猜测他的性格及其命运是唯一重要的事,故事情节就集中在这件事上。一切都朝向斯塔夫罗金,如同朝向太阳一样,一切都来自他,并归到他那里。一切都只是他的命运,他的流溢,都是从他那里分离出来的疯狂。一个在其无限渴望中耗尽自己力量的人的命运——这就是《群魔》的主题。讲故事者完全陷入人的强烈情感世界和围着斯塔夫罗金所形成的人的疯狂世界。在《群魔》里,没有任何价值上的成就,没有任何建树,没有任何可以被有机地实现的生活。在这里,还是那个关于人的谜和对这个谜进行猜测的强烈渴望。我们被吸引到炽烈的洪流之中,所有僵化的外表,所有稳定的形式,所有业已冷淡的陈规旧俗都将在这个洪流里熔化和毁灭,它们妨碍关于人及其深度的启示,妨碍关于人的触及灵魂深处的矛盾的启示。在陀思妥耶夫斯基这里,人的深度总是无法获得彻底表达、揭示和实现。对人的深度的揭示总是导致灾难,导致超越此世高雅生活的界限和限制。在《罪与罚》里,除了对人的内心生活的揭示以及对自己的本质和一般人的本质所进行的实验之外,除了对包含在人身上的所有可能性和不可能性的揭示之外,什么也没有。但是,《罪与罚》的人学研究方式与其他小说不同,在这里没有如此紧张激烈的人际关系,不是通过大量的人物形象来揭示某个人物。《罪与罚》比所有其他小说更能预示一种关于人的新科学。

《卡拉马佐夫兄弟》是陀思妥耶夫斯基内容最丰富,充满天才思想的作品,尽管不是其最完善的作品。在众多人物之间强烈而紧张的气氛中出现的还是人的问题。阿辽莎是陀思妥耶夫斯基塑造的形象中最不成功的一个。阿辽莎认为自己唯一的重大事业就是处理自己与哥哥伊万及德米特里兄弟之间的积极关系,处理自己同与他们相关的女人格鲁什卡和卡捷琳娜·伊万诺夫娜的关系,还有与孩子的关系。他也不从事生活安顿。他被卷入人的强烈情感的旋风,他一会儿找这个人,一会儿又去找另外一个人,企图猜测人之谜。最吸引他的是哥哥伊万之谜。伊万是个普世之谜,是一般意义上的人的问题。在陀思妥耶夫斯基笔下,一切与伊万相关的东西都是深刻的人的形而上学。伊万参与了斯麦尔佳科夫(这是他的另外一半)所实施的杀人行动,伊万良心上的内疚,他与鬼的谈话,——所有这一切都是人学实验,是对人的本质的可能性和不可能性的研究,对这个本质的难以把握的、最敏感的体验的研究,对内心的杀人行为的研究。根据陀思妥耶夫斯基最喜欢的手法,米佳被置于两个女人之间,因此米佳的爱情导致毁灭。在生活的外部秩序上,没有任何结果,一切可能性都指向无限的、无法解释的深处。陀思妥耶夫斯基没有展示过阿

辽莎实际的高尚生活,对其人学探索来说,这种生活并不十分需要。正面的优雅形象通过佐西马长老训言的形式给出,陀思妥耶夫斯基让他在小说一开始就死去,这不是偶然的。因为长老的继续存在只能妨碍揭示人的本质的全部矛盾和极化性。陀思妥耶夫斯基的所有主要小说都在说明,只有人和人的关系才能引起他的兴趣,他只研究人的本质,而且是用他自己发明的艺术实验方法。他让人的本质沉浸在炽烈和神魂颠倒的气氛之中,进而挖掘人的本质的全部矛盾。

三

陀思妥耶夫斯基是个具有狄奥尼索斯精神和神魂颠倒精神的人。在他身上没有任何阿波罗精神,缺乏有节制和能够保持在界限之内的形式。他在一切方面都是无度的,总是处在狂怒之中,在他的作品里,所有界限都在崩溃。陀思妥耶夫斯基最独特的地方就是,在狄奥尼索斯的神魂颠倒和狂怒中,人在他那里从未消失,在神魂颠倒的体验的最深处,仍保留着人的形象,人的面孔没有遭到破坏,人的个体性原则始保持着,直到存在的最底部。人不是存在的边缘,如许多神秘主义者和形而上学家所认为的那样。人不是暂时的现象,而是存在的最深处,这个存在的深处根源于神的生命内部。在古代狄奥尼索斯的神魂颠倒里,人的个体性原则被消解,导致向无个性的统一沉入。神魂颠倒曾是消灭统一中的任何多样性的一种途径。狄奥尼索斯本性是人之外的和无个性的。陀思妥耶夫斯基不是这样。他与神秘主义者有深刻区别,在这些神秘主义者那里,人的面孔在神魂颠倒中消失,一切都在神的统一中死亡。在神魂颠倒和狂怒中,陀思妥耶夫斯基最终还是个基督徒,因为在他那里,人及其面孔一直保留到最后。陀思妥耶夫斯基与德国唯心主义一元论的对立是深刻的,后者总是基督一性论的异端,否定人的本质的独立性,用神的本质掩盖人的本质。陀思妥耶夫斯基完全不是一元论者,他始终承认面孔的多样性,存在的多元性和复杂性。他固有对人的个性及其永恒的、无法毁灭的命运的某种狂热。在他那里,人的个性从来不在神以及神的统一里死亡。陀思妥耶夫斯基总是就人的个性命运问题与神打官司,他不愿意放弃这个命运里的任何东西。他神魂颠倒地感受和体验人,而不仅仅是感受和体验神。他总是因对人的永生的渴望而筋疲力尽。他宁可认同斯维德里盖洛夫在带有蜘蛛的低矮房间里关于永恒生命的可怕梦幻,也不接受人在无个性的一元论里的消失。对人的个性而言,地狱比无个性和无人性的无上幸福好。有一个关于小孩眼泪的辩证法,世界因为这个辩证法曾被拒绝,尽管这个辩证法是由无神论者伊万说出来的,但是,它终究属于陀思妥耶夫斯基自己创造的想象。陀思妥耶夫斯基始终是人的辩护者,是人的命运的庇护者。

陀思妥耶夫斯基与托尔斯泰之间的差别非常大。在托尔斯泰那里,人的面孔消失在有机的本性之中。多样性在他那里只是日常生活方面的,只存在于生活的有机秩序的现象里。作为艺术家和思想家,托尔斯泰是个一元论者。无个性和圆滑的普拉东·卡拉塔耶夫是其创作的最高成就。在托尔斯泰那里,人不走向最深处,人只是存在的边缘现象。托尔斯泰不关注人的问题,折磨他的只有神的问题。对陀思妥耶夫斯基而言,神的问题与人的问题相关。托尔斯泰比陀思妥耶夫斯基更像个神学家。拉斯科里尼科夫和伊万完全就是关于人,关于为人设置的界限的难题。甚至当梅什金陷入轻微的丧失理智时,我们仍然可以坚信,人的面孔没有消失在神圣的神魂颠倒里。陀思妥耶夫斯基向我们揭示人的神魂颠倒,人的旋风式运动,但无论什么时候,无论在什么地方,人在他那里都没有陷入宇宙的无限性中,如在安·别雷的作品里那样。神魂颠倒永远只是向人的深处的运动。陀思妥耶夫斯基对犯罪的独特兴趣是纯粹的人学兴趣。这是对人的本质的界限和边缘的兴趣。犯罪在陀思妥耶夫斯基那里总是一种疯狂,即使在犯罪里,人也不毁灭,不消失,而是被肯定,并将再生。

还必须强调陀思妥耶夫斯基的一个特点。他极度聪明,其思想特别敏锐,辩证法极其有力。在自己的艺术创作中,陀思妥耶夫斯基是个伟大的思想家,首先是思想的艺术家。在全世界伟大的艺术家当中,就智慧的力量而言,只有莎士比亚可以部分地能够与他相提并论。莎士比亚也是研究人的本质的大家,其作品充满非常敏锐的智慧——这是文艺复兴的智慧。在陀思妥耶夫斯基那里敞开一个智慧的深渊,这是另外一种智慧,更广阔和更敏锐的智慧。光是《地下室手记》和《关于宗教大法官的传说》就可以代表无限的智慧财富。对一个艺术家而言,陀思妥耶夫斯基太聪明了,他的智慧不利于获得艺术上的净化。应该指出的是,陀思妥耶夫斯基的狄奥尼索斯精神和神魂颠倒状态没有压制他的智慧和思想,其实这种情况(在其他人那里)是经常发生的。丧失理智和神圣的陶醉状态没有削弱陀思妥耶夫斯基智慧和思想的尖锐性。神秘主义者陀思妥耶夫斯基是理性主义和理智主义的敌人和揭露者,他崇拜思想,迷恋辩证法。陀思妥耶夫斯基是思想自身的狂欢和神魂颠倒的非凡现象,他因自己智慧的力量而陶醉。他的思想总是旋风式的,狂欢狂怒式的,但其思想并没有因此而在力量和尖锐性上有所降低。陀思妥耶夫斯基通过自己创作的例子表明,克服理性主义,揭示生活的非理性,不必非要贬低智慧,智慧的尖锐性自身有助于对非理性的揭示。陀思妥耶夫斯基的这个独特性的根源是,人在他那里始终获得保留,人从来也没有消失在无个性的统一里。所以他非常了解对立。在德国类型的一元论里有深度,但缺乏对立面的知识所提供的那种思想的尖锐性、敏锐性,一切都消失在统一之中。歌德是个巨大的天才,但无论如何无法设想他是个绝顶聪明的人,因为在其智慧里没有尖锐性,没有对对立的洞悉。陀思妥耶夫斯基总是对立地思考,并以此使自己的思想尖锐化。基督一性论使思想的尖锐性变得迟钝。在深处,陀思妥耶夫斯基不但能够看见神,而且还看见人,不但看见统一,而且还看见多样化,不但看见一个方面,而且看见其对立面。其思想的尖锐性是思想的极化性。他是伟大的思想家,最伟大的思想家,首先在自己的艺术作品中,在自己的小说中。在政论文章里,其思想的力量和尖锐性弱化和迟钝了。在他的斯拉夫主义的乡土主义和东正教的思想体系里,对立和极化消失了,这些对立和极化曾向其天才敏锐的智慧显现。陀思妥耶夫斯基是个很平凡的政论家,当他开始宣传(自己的政治学说)时,其思想的水平就下降了;其思想观念就简单化了。甚至他关于普希金的著名讲话也被过分夸大。与伊万、维尔希洛夫或基里洛夫的思想相比,与《关于宗教大法官的传说》或《地下室手记》的思想相比,关于普希金的讲话和《作家日记》在思想方面逊色而平淡。

人们已经多次指出,作为艺术家的陀思妥耶夫斯基是令人痛苦的,在他那里没有艺术净化和出路。人们曾在他的一些肯定的理念和信念中寻找出路,这些理念和信念部分地表达在《卡拉马佐夫兄弟》里,部分地表达在《作家日记》里。这样对待陀思妥耶夫斯基是错误的。他在折磨人,但他从来不让人停留在黑暗中,停留在没有出路的处境里。在他那里总有神魂颠倒的出路。他用自己的旋风使人超越一切界限,打破一切黑暗的界限。在阅读陀思妥耶夫斯基作品时所体验到的神魂颠倒自身就是一种出路。不应该在作为宣传者和政论家的陀思妥耶夫斯基的学说和思想体系里寻找这个出路,也不应该在《作家日记》里寻找,而应该在其悲剧小说里寻找,在这些小说里揭示出来的那个艺术灵知(гнозис)里寻找。阿辽莎这个人物形象并不十分成功,如果从他的角度出发作结论,把他看作是走出黑暗的光明出路,即伊万和德米特里的黑暗,及以前由拉斯科里尼科夫、斯塔夫罗金、维尔希洛夫所积累下来的黑暗,这将是错误的。这是对待陀思妥耶夫斯基作品的教条主义态度。出路是有的,但不需要宣传和说教,出路在神魂颠倒知识的大彻大悟里,在向人的炽烈本性的沉入之中。在神学方面,陀思妥耶夫斯基是贫乏的,只有在自己的人学研究里,他才是丰富的。他只在自己的人学研究中揭示神。在陀思妥耶夫斯基那里被深刻提出来的只有人的问题。社会和国家的问题在他那里提得并不十分独特。他的神权政治宣传几乎是平庸的。(不)应该在这个宣传里寻找他的力量[2]。对陀思妥耶夫斯基来说,最高和最重要的问题是人的灵魂,它比所有的王国和诸世界,整个世界历史,整个荣耀的进步更值钱。在米佳的案件里,陀思妥耶夫斯基揭示了冷淡、客观、非人性的国家与人的灵魂的不可比性,国家无能力渗透到灵魂的真理之中。但是他没有很好地理解国家的本质。人们根据主题和兴趣把陀思妥耶夫斯基看作是个犯罪侦查学家。在揭示犯罪心理学方面,他比任何人做得都多。但这只是个方法,他通过这个方法进行自己的人学研究,研究人的本质的非理性,研究人的本质与生活的任何秩序,与任何合理的国家,与历史和进步的任何任务之间的不可比性。陀思妥耶夫斯基是个具有炽烈的宗教气质的人,是作家中最具有基督教信仰的一个。他是个基督徒,首先是、更多地是在自己关于人的艺术启示里,而不是在宣传里,也不是在理论上。

四

陀思妥耶夫斯基做出了伟大的人学发现,应该首先在这一点上寻找其艺术、哲学和宗教的意义。这个发现是什么? 所有的艺术家都描绘人,其中有许多心理学家。比如司汤达(又译斯丹达尔)是个十分精细的心理学家。莎士比亚揭示了多样而丰富的人的世界。他的作品展现出在文艺复兴时代获得自由的人性力量的激烈角逐。但不能把陀思妥耶夫斯基的发现与任何人和任何东西相提并论。无论是人的问题的提出,还是对这个问题的解决方法,在他那里都是独特而唯一的。他所感兴趣的只有人的本性的永恒实质,其隐藏着的深度,还没有谁达到过这个深度。引起他注意的不是这个深度的静止状态,而是它的动态进程,仿佛是在永恒里发生的运动。这个运动完全是内在的,不服从历史上外部进化的规律。陀思妥耶夫斯基揭示的不是现象的动态进程,而是本体的动态进程。在人的最后深处,在存在的深渊里,不是静止,而是运动。在人的心理现象里,在存在的边缘,任何人都能看见人性欲望的角逐。但陀思妥耶夫斯基在人的存在的最后一个层面发现了悲剧矛盾和悲剧运动,在这个层面里,矛盾和运动已经陷入神的存在之中,但并未消失在其中。人们非常熟

---

2 原文疑有印刷错误,根据上下文,应在本句首加"不"字。——译注

悉米佳的那段话：

> 美是一种可怕的东西！可怕是因为无从捉摸。而且也不可能捉摸，因为上帝设下的本来就是一些谜。在这里，两岸可以合拢，一切矛盾可以同时并存。……美啊！我最不忍看一个有时甚至心地高尚、绝顶聪明的人，从圣母玛利亚的理想开始，而以所多玛城的理想告终。更有些人心灵里具有所多玛城的理想，而又不否认圣母玛利亚的理想，而且他的心还为了这理想而燃烧，象还在天真无邪的年代里那么真正地燃烧，这样的人就更加可怕。不，人是宽广莫测的，甚至太宽广了，我宁愿它狭窄一些（陀思妥耶夫斯基：《卡拉马佐夫兄弟》，耿济之译，人民文学出版社，1994年，第154页。以下凡引此书，只注书名和页码）。

陀思妥耶夫斯基的所有主人公都是他自己，是其无限丰富和无限复杂的精神的一个侧面，他总是借主人公之口说出自己天才的思想。美是本体完善的最高形象，关于美，在另外一个地方他曾说过，美应该拯救世界。然而，陀思妥耶夫斯基觉得这个美原来是矛盾的、模糊的、可怕的、令人恐惧的。他没有去观察美的神圣静止状态，美的柏拉图式的理念，他彻底洞悉了美的炽烈的、旋风式的运动，美的极化性。美只能通过人向他展示，借助人的广泛的、过分广泛的、神秘的、矛盾的、永恒地运动着的本质。他没有在宇宙和神的秩序中直观美。由此导致永恒的不安。

> 美不只是可怕的东西，而且也是神秘的东西。这里，魔鬼同上帝在进行斗争，而斗争的战场就是人心（《卡拉马佐夫兄弟》，第154页）。

在陀思妥耶夫斯基那里，"神"与"魔鬼"之间的区别同善与恶之间的通常区别并不一致。这就是他的人学的秘密所在。善与恶之间的区别是表面的。炽烈的极化性才能到达存在的最深处，这极化性是最高的东西——美所固有的。假如陀思妥耶夫斯基公开自己关于神的学说，那么他应该承认，在神的本质自身里有矛盾，在神本质的最深处有光明的原则和黑暗的原则。通过自己天才的人学，他稍微揭开了这个真理。陀思妥耶夫斯基是个反柏拉图主义者。

斯塔夫罗金也谈两个对立的极，圣母的理想和所多玛城的理想的相同引力。这不是善与恶在人心里的简单斗争。问题就在于，对陀思妥耶夫斯基而言，人心在其最原初的基础里是极化的，这个极化性产生炽烈的运动，不允许静止。像陀思妥耶夫斯基那样窥探最深处的人不注意看人心和人的灵魂里的静止、统一，只有害怕看深渊、始终停留在表面的人才能看到这个静止和统一。陀思妥耶夫斯基对待恶的态度非常矛盾。他总想认识恶的秘密，在这一点上他是个诺斯替主义者，没有把恶驱赶到不可认识之物的领域，没有把恶向外抛。对他来说恶就是恶，这个恶在地狱之火上煎熬，他强烈地渴望战胜恶。然而，他也想针对恶做点事情，想把恶变成贵金属，变成最高的神性存在，并以此拯救恶，即真正地战胜它，而不是把它丢弃在外部黑暗里。这是陀思妥耶夫斯基身上非常神秘主义的动机，是其伟大的心的启示，是他对人和基督炽烈的爱的启示。对陀思妥耶夫斯基而言，堕落、分裂、背叛从来也不仅仅是恶，这也是一条路。他没有利用拉斯科里尼科夫、斯塔夫罗金、基里洛夫、维尔希洛夫、德米特里和伊万的生活悲剧进行道德说教，不用教义手册上的基本真理与他们对立。恶应该被克服和战胜，但恶也能提供丰富人的经验，在分裂里可以启示许多东西，这些东西能够提供知识，丰富人。恶也是人的道路。每个经历和体验过陀思妥耶夫斯基的人，都认识到分裂的秘密，获得有关对立的知识，在与恶的斗争中用强大的新武器——关于恶的知识武装自己，获得从内部克服恶的可能性，而不只是外部地逃避、抛弃恶，那仍然是对恶的黑暗本性的无能为力。人可以通过陀思妥耶夫斯基主人公的成长来走自己的路，在对待恶的态度上达到成熟和内在的自由。但在陀思妥耶夫斯基身上也有影子人（двойники）分离出来，他们是虚幻存在中的反衬（обратные подобия），这是发展道路上的废物。他们没有独立的存在，过着虚幻的生活。斯维德里盖洛夫、彼得·韦尔霍文斯基、永久的丈夫、斯麦尔佳科夫就是如此。他们是草芥，是不存在的。这些人过着吸血鬼的生活。

五

陀思妥耶夫斯基在《地下室手记》里做出了自己关于人的本质的最初发现，这是些十分重要的发现，在《关于宗教大法官的传说》里，他完成了自己的这些发现。首先，他从根本上否定人在其本质上渴望好处、幸福和快乐，否定人的本质是理性的。在人身上有对个人意愿的需求，对高于一切幸福的自由的需求，对无限自由的需求。人是非理性的存在物。《地下室手记》的主人公说：

> 譬如就拿我来说，如果在普遍的合乎理智的未来，忽然莫名其妙地出现一个绅士（他有一张不高尚的，或者不如说有那么一张冥顽不灵的和好讥笑人的面孔），他两手叉着腰对我们大家说："先生们，我们是否用脚把这一切理性一下子扫它个干净，唯一的目的是为了把所有这些对数表都给打发了去见鬼，并使我们重新按我们愚蠢的意志来生活（黑体是我加

的——尼·别尔嘉耶夫）！"这还没有什么，但可气的是，总是一定会出现一些追随者，因为人就是这样构成的。这一切都是由于最空洞的理由造成的，这种理由看来是不值一提的：正是由于人（不管何时何地，也不管他是谁）喜欢照他所愿意的那样，而完全不是按照理智和利益驱使他的那样去行动；也可能愿意违反自身的利益，而在有时却还是完全应该的。自己本身的、随心所欲的和自由的意愿，自己本身的、即便是最野蛮的任性，自己本身的、有时甚至是被激怒到发狂程度的幻想，——这一切便是那些最容易被遗漏的、最为有利的利益，它对任何分类法都不适合，由于它，一切体系和理论经常化为乌有。所有那些哲人以为人必须有某种正常的、某种合乎道德的意愿，他们这样说又有什么根据呢？他们又有什么根据而一定认为人必须合乎理智地具备图谋利益的意愿？人只需要独立的意愿，不管这种独立的价值如何，也不管它会导致什么（陀思妥耶夫斯基：《地下室手记》，伊信译，商务印书馆，1995年，第47—49页。以下凡引此书，只注书名和页码）。

这些话已经在萌芽的形式里给出一个关于人的绝妙辩证法，通过陀思妥耶夫斯基的所有主人公，这个辩证法获得进一步发展，并在《关于宗教大法官的传说》中以肯定的形式结束。

只有在一种情况下、唯一的一种情况下，人可以故意地、有意识地甚至去向往那对自己有害的、愚蠢的，甚至是最愚蠢的东西，那就是为了有权向往对自己甚至是最愚蠢的东西，而不致受那种只向往使自己得到聪明东西的义务所拘束。须知这是最愚蠢的，须知这是自己的任性，先生们，事实上对于地球上所有我们的弟兄，这也许是最有利的，特别在有的情况下是如此。但这中间，一切利益的更为有利之处甚至可能就在于能给我们带来明显的危害，并且是在同我们关于利益的判断的最正确结论相对立的情况下发生的，因为无论如何它都能给我们保存最主要的和最宝贵的东西，即我们的个性和我们的特性（《地下室手记》，第55页。黑体是我加的——尼·别尔嘉耶夫）。

人不是算术，人是有问题和神秘的存在物。人的本质是彻底极化和矛盾的。"对于天生具有这些奇怪性格的存在物，又能期望什么呢？"（《地下室手记》，第59页，译文略有改动）陀思妥耶夫斯基给关于人类幸福、人类地上的无上幸福、终极安顿与和谐的所有理论和乌托邦一个接一个的打击。

人希望最有害的胡言乱语、最不经济的荒谬的东西，仅仅是为了往这一切积极的合理的东西里羼进自己有害的荒唐的成分。他之所以想坚持自己荒谬的幻想和最庸俗的蠢举不放,唯一的目的正是为了向自己证明,人毕竟是人,而不是钢琴键。

假如你们要说,混乱呀、黑暗呀、诅咒呀,这些都可以按照图表计算出来,所以预先计算的这一可能性就会使一切停止,理性便会发出作用,所以人在这种情况下故意会变成疯子,以便能失去理性和固执己见!我相信这一点,我对这一点负责,因为人类所有的问题似乎的确只在于人总是不断地向自己证明他是人而不是风琴上的小销钉(《地下室手记》,第59—61页。黑体是我加的——尼·别尔嘉耶夫)。

陀思妥耶夫斯基表明,自由的、矛盾的和非理性的人性本质与理性主义的人道主义,与理性主义的进步理论,与极端理性化的社会安顿,与关于水晶宫的一切乌托邦之间不可相提并论。他觉得这一切对人,对人的尊严都是侮辱性的。

当事情弄到图表和算术的地步,当只有二二得四时兴的时候,还说得上什么自己的意志呀?二二即便没有我的意志也是得四。真的有这样的自己的意志吗!

人之所以那么喜欢破坏和混乱,是否可能是因为他自己也本能地害怕达到目的和完成他所建造的建筑?……而且谁知道,人类在地球上的一切突进的目的也许只不过是为达到目的而经过的连绵不断的过程,换句话说,是生活本身,而其实并不是目的,这目的当然应该不外乎是二二得四,就是说是个公式,须知二二得四已经不是生活,它已经是死亡的开始了(《地下室手记》,第67页。黑体是我加的——尼·别尔嘉耶夫)。

算术不适用于人的本质。这里需要高等数学。如果深入分析起来,那么人身上有对痛苦的需求,对幸福的鄙视。

你们为什么如此斩钉截铁地、如此郑重庄严地确信只有一种正常的和积极的——一言以蔽之,只有一种幸福对人才是有利的?在理解有利这一点上是否出了差错?也可能人所爱的不只是一种幸福?也可能他同等程度地爱那苦难?苦难对于他,也许就像幸福那样,程度相等地同样有利?而人有时强烈地爱上苦难,爱到了吓人的程度……我深信人不会拒绝真正的苦难,也就是说永远也不会拒绝破坏和混乱。苦难——须知那就是意识的唯一的原因呀(《地下室手记》,第67页)。

就尖锐性而言，地下室主人公的这些思想令人惊叹，陀思妥耶夫斯基用这些话为自己的新人学奠定了基础，这个人学在拉斯科里尼科夫、斯塔夫罗金、梅什金、维尔希洛夫、伊万和德米特里的命运里获得展开。舍斯托夫指出了《地下室手记》的巨大意义，但他完全从地下室心理学方面来研究这部作品，对陀思妥耶夫斯基做出了片面的解释。

<h2 style="text-align:center">六</h2>

陀思妥耶夫斯基的创作分为两个时期——《地下室手记》之前和《地下室手记》之后，这应该是没有争议的。在这两个时期之间，陀思妥耶夫斯基的精神世界发生了根本变化。在这个变化之后，关于人的某种新东西向他启示了。此后才开始真正的陀思妥耶夫斯基，即《罪与罚》、《白痴》、《群魔》、《少年》、《卡拉马佐夫兄弟》的作者。在第一个时期，当他写《穷人》、《死屋手记》、《被侮辱的和被损害的》时，他还是个人道主义者，心地单纯、天真、没有摆脱伤感之情的人道主义者。他尚处在别林斯基思想的影响之下，在其作品里可以感觉到乔治·桑、雨果、狄更斯的影响。陀思妥耶夫斯基的特点在那时已经表现出来，但他还没有完全成为他自己。这个时期的他还是个"席勒"。后来他喜欢用这个名字称呼心灵美好的人，称呼崇拜一切"美好而崇高的"东西的人。对人的同情，对被侮辱和被损害的人的同情在那时就已经成为陀思妥耶夫斯基的激情所在。从《地下室手记》开始，可以感觉到一个认识了善与恶，经历了分裂的人。这时他成了旧人道主义的敌人，成为人道主义乌托邦和幻想的揭露者。在他身上结合着两极对立，即强烈的爱人与恨人，对人的炽烈同情和残忍。他继承俄罗斯文学中的人道主义，对所有不幸的人、受委屈的人和堕落的人怀有俄罗斯式同情，对人的灵魂的价值怀有俄罗斯式感受。但他克服了旧人道主义天真、简单的依据，一种完全新的、悲剧的人道主义向他启示了。在这方面，只能把陀思妥耶夫斯基与尼采相比。在尼采身上欧洲的旧人道主义结束了，并以新的方式提出关于人的悲剧性问题。人们已经多次指出，陀思妥耶夫斯基预见了尼采的理念。他们俩都是关于人的新启示的代言人，首先都是伟大的人学家。在他们两人那里，人学都是启示的，都接近边缘、界限和终结。陀思妥耶夫斯基关于人神所说的东西，和尼采关于超人所说的东西，都是关于人的启示思想。基里洛夫就这样提出人的问题。《群魔》中基里洛夫的形象是一个近乎天使般纯洁的清晰理念，即关于人摆脱一切恐惧的统治和获得神圣状态的理念。

谁能战胜痛苦和恐惧,他自己就会成为上帝。那时就会出现新的生活,那时就会出现新人,一切都是新的。

人将成为上帝,并将发生本质上的变化。世界将发生变化,事物将发生变化,种种思想和一切感情亦将如此。

任何人只要追求最大的自由,他就应该敢于自杀……谁胆敢自杀,谁就是上帝(陀思妥耶夫斯基:《群魔》,南江译,人民文学出版社,1993 年,上卷第 151 页。以下凡引此书,只注书名和页码)。

在另外一次谈话中,基里洛夫说:

他会来的,他的名字将是人神。

是神人吧?——斯塔夫罗金再问。

是人神,区别就在这儿(《群魔》,第 317 页)。

这个对立后来在俄罗斯宗教哲学思想里遭到严重的滥用。基里洛夫所显示出来的人神理念,就其纯粹的精神性而言,是陀思妥耶夫斯基关于人及其道路的天才辩证法的一个方面。神人和人神是人的本质的极化。这是两条路——从神到人和从人到神。陀思妥耶夫斯基没有对基里洛夫持彻底否定的态度,没有把他看作是敌基督原则的表达者。基里洛夫之路是英雄主义的精神之路,这种精神能战胜一切恐惧,渴望高尚的自由。但基里洛夫是人的本质的原则之一,这个原则自身不充分,他是精神的一个极。这个原则的全面胜利将导致毁灭。但在陀思妥耶夫斯基笔下,基里洛夫是关于人的启示中的一个必然因素,是陀思妥耶夫斯基的人学研究所必需的。陀思妥耶夫斯基根本无意宣传这样一种道德说教,即追求人神是不好的。在他那里总是给定一种内在的辩证法。基里洛夫这个人物是一个在纯粹的高山环境下所做的人学实验。

陀思妥耶夫斯基以同样的内在辩证法揭示了人的神性基础,人身上神的形象,由于这个形象,并非"一切都是允许的"。一切都是允许的吗?人的本质的界限和可能性是什么?这个主题顽固地吸引着陀思妥耶夫斯基的注意,他也经常返回这个主题。这是拉斯科里尼科夫和伊万的主题。无论拉斯科里尼科夫,他是个思想和行动的人,还是伊万,他完全是个思想的人,都没能跨越界限,他们用自己的全部生活悲剧拒绝:一切都是允许的。但是,为什么不允许呢?可否这样说,他们害怕了,感觉到自己是个普通人?陀思妥耶夫斯基的人学辩证法按照另外的方式展开。从任何一个人的无限价值中,哪怕是最渺小的一个人,从任何一个人的个性的无限价值中,陀思妥耶夫斯基获得这样一个结论：并非一切都是允许的，不允许践踏人的面孔，把它变成普通的手段。在陀思妥耶夫斯基那里，可能性范围缩小了，缩小的根源是对每个人灵魂的可能性范围的无限扩大。对人的恶毒侵害就是对无限性的侵害，就是对无限可能性的侵害。陀思妥耶夫斯基总是肯定人的灵魂和个性的无限的神圣价值，反对对人的任何侵害，反对犯罪，同样也反对进步理论。这是对个性和个人命运的某种疯狂的感觉。通常认为，一生最折磨陀思妥耶夫斯基的问题是灵魂的永生。但永生问题对他而言也是人的本质和人的命运问题。这是人学的兴趣。在陀思妥耶夫斯基那里，不但永生问题，而且还有神的问题都服从人及其永恒命运的问题。在他那里，神在人的深处和通过人而被揭示。神和永生是通过人们的爱，人与人的关系而获得揭示。但人自身在等级上被极大地提高，被提升到前所未有的高度。小孩子的眼泪，孩子们的哭声——这一切都是人的命运问题，这个问题是由爱提出的。陀思妥耶夫斯基由于人在此世的悲剧命运而不打算接受神的世界。伊万及其他主人公的全部辩证法就是陀思妥耶夫斯基自己的辩证法。但在他自己身上，一切都要比在其主人公身上更复杂、更丰富，他比他们知道得更多。在陀思妥耶夫斯基身上，主要的东西不应该在谦卑里寻找（"谦卑吧，高傲的人"），不应该在对罪恶的意识里寻找，而应该在人的秘密里，在自由里寻找。在托尔斯泰那里，人受法律约束。在陀思妥耶夫斯基那里，人在恩赐里，在自由里。

七

在《关于宗教大法官的传说》里，陀思妥耶夫斯基达到了自己意识的顶峰。他的人学启示在这里结束，人的问题在新的宗教意义上被提出。在《地下室手记》里，人的使命是成为非理性的、有问题的存在物，这个存在物充满矛盾，并被赋予了对个人意愿的渴望和对痛苦的需求。但是在此处，这只是复杂和精致的心理学，还没有给出宗教的人学。宗教人学只在伊万所讲述的这个传说里获得揭示。只有当主人公在《罪与罚》、《白痴》、《群魔》、《少年》里经历漫长而悲惨的道路之后，宗教人学才成为可能。具有非常重要意义的是，陀思妥耶夫斯基通过伊万讲述其最伟大的发现，他没有给自己的这些发现赋予思想体系的说教形式，而是以隐秘的"幻想"形式表达出来，某种最后的东西在这个形式里透露出来，但却仍然是隐秘的。最终还剩下某种矛盾的，只能对其进行对立解释的东西，对许多人而言，这几乎是含混的东西。到底还是阿辽莎正确，他激动地对伊万说："你的诗是对耶稣的赞美"。是的，这是用人类语言在任何时候所能说出的最伟大的赞美。伊万诗作的天主教背景和外表没有实质意义,可以完全抛开反天主教的争论。在这部诗作里,陀思妥耶夫斯基把自己关于人的秘密与基督的秘密紧紧地结合在一起。人最珍视自己的自由,而人的自由又是基督最珍视的。宗教大法官说:

> 他们的信仰自由,还在一千五百年以前,你就曾看得比一切都更为珍贵。你不是在那时候常说"我要使你们成为自由的"么?……(《卡拉马佐夫兄弟》,第 375 页)

宗教大法官想使人们成为幸福的、被安顿好的、安宁的,他扮演的角色是人类幸福与安顿的永恒原则的体现者。

> 他恰好认为他和他的人的功绩,就在于他们终于压制了自由,而且他们这样做,是为了使人们幸福……人造出来就是叛逆者;难道叛逆者能有幸福么?(《卡拉马佐夫兄弟》,第 376 页.)

宗教大法官指责那位成了人的精神的无限自由的体现者:

> 你不承认那条可以使人们得到幸福的唯一的道路(《卡拉马佐夫兄弟》,第 376 页)。

> 你想进入世界,空着手走去,带着某种自由的誓约,但是他们由于平庸无知和天生的粗野不驯,根本不能理解它,还对它满心畏惧,——因为从来对于人类和人类社会来说,再没有比自由更难忍受的东西了!(《卡拉马佐夫兄弟》,第 377—378 页)

宗教大法官接受荒漠中的第一个诱惑——面包的诱惑,并在这个诱惑的基础上建立人们的幸福。

> 自由和尽情地享用地上的面包对任何人而言都是不可得兼的。

> 他们也将深信,他们永远不能得到自由,因为他们软弱,渺小,没有道德,他们是叛逆成性的。你答应给他们天上的面包,但在软弱而永远败德不义的人类的眼里,它还能和地上的面包相比?(《卡拉马佐夫兄弟》,第 379 页)

随后宗教大法官指责基督的贵族主义,忽视"几百万人,那多得像海边沙子的芸芸众生,那些软弱者"。他感叹道:"或者你只珍重几万个伟大而强有力的人?""不,我们也珍视弱者"。基督拒绝了第一个诱惑,"为了自由,他置自由高于一切"。

你并没有接过人们的自由，却给他们更增添了自由！……你宁取种种不寻常的，不确定的，含糊可疑的东西，人们力所不及的东西，因此你这样做，就好像你根本不爱他们似的……你不接过人们的自由，却反而给他们增加些自由，使人们的精神世界永远承受着自由的折磨。你希望人们能自由地爱，使他们受你的诱惑和俘虏而自由地追随着你。取代严峻的古代法律，改为从此由人根据自由的意志来自行决定什么是善，什么是恶，只用你的形象作为自己的指导（《卡拉马佐夫兄弟》，第381页）。

你没有从十字架上下来。你所以没有下来，同样是因为你不愿意用奇迹降服人，你要求自由的信仰，而不是凭仗奇迹的信仰。渴求自由的爱，而不是囚犯面对把他永远吓呆了的权力而发出的那种奴隶般的惊叹。但是在这方面你对于人们的估价同样过高了，因为他们当然是囚犯（《卡拉马佐夫兄弟》，第382—383页）。

你这样尊敬他，你所采取的行动就好像是不再怜悯他了，因为你要求于他的太多了……你少尊敬他，少要求他一些，那倒同爱更近些，因为那样可以使他对你的爱更容易承受些（《卡拉马佐夫兄弟》，第383页）。

你可以指着这些自由的、自由的爱的孩子，自由而庄严地为了你的名而牺牲的孩子们来自豪。但是不要忘记：他们总共只有几千人，而且全都是神，可是其余的人呢？其余那些软弱的，不能忍受强者们所忍受的事物的人，他们又有什么错呢？无力承受这么可怕的赐与的软弱的灵魂，又有什么错呢？难道你真的只是到少数选民那里来，而且是为了少数选民而来的么？（《卡拉马佐夫兄弟》，第384页）。

宗教大法官感叹道："我们不拥护你，而拥护他，这就是我们的秘密"。于是宗教大法官描绘几百万软弱的，丧失了自由的存在物的幸福和安宁的画面。最后他说："我离开了高傲的人们，为了卑微的人们的幸福而回到他们那里"。他用"上百亿的幸福的赤子"来为自己证明（以上引文参见陀思妥耶夫斯基：《卡拉马佐夫兄弟》，上卷第377—389页，个别译文有改动）。

这是一部天才的形而上学长诗，也许是人类所能写出来的最伟大的长诗。在这部诗作里，陀思妥耶夫斯基揭示了两个世界原则的斗争——基督和敌基督，自由和强迫。一直都是宗教大法官在说话，他是自由的敌人，鄙视人，并希望通过强迫而使人幸福。在这个否定的形式里，陀思妥耶夫斯基揭示了自己关于人，人的无限尊严，人的无限自由的肯定学说。《地下室手记》以否定的形式隐约揭示出来的东西在这部长诗里以肯定的形式获得揭示。这部长诗展示了人的自豪而崇高的自由，人的无比高尚的使命，以及包含在人身上的无限力量。对基督的一种非常独特的情感被融入到这部长诗里。基督精神与查拉图斯特拉精神的相似性令人惊奇。体现敌基督原则的不是基里洛夫及其对人神的渴望,而是宗教大法官及其为了幸福的名义而剥夺人类自由的渴望。在索洛维约夫那里,敌基督具有与宗教大法官接近的特征。基督精神更珍视自由,而不是幸福,敌基督精神珍视幸福,而不是自由。人的高尚的、类神的尊严要求个人意愿和痛苦的权利。人是悲剧的存在物,这标志着人不仅仅属于这个世界,而且还属于另外一个世界。对自身包含无限性的悲剧式的存在物来说,只有通过放弃自由,放弃自身中神的形象的途径才可能获得在大地上的终极安顿、安宁和幸福。地下室人的思想变成了新的基督教启示,这些思想经历了陀思妥耶夫斯基全部悲剧的净化之火。《关于宗教大法官的传说》是关于人的启示,这个启示被置于同基督启示的隐秘联系之中。这是贵族主义的人学。敌基督可以具有各种最矛盾的外表,从天主教特色到社会主义特色的外表,从该撒主义特色到民主主义特色的外表。但是,敌基督原则总是敌视人,毁灭人的尊严。从宗教大法官魔鬼般的话语里投射出耀眼的反光,在这反光中包含着比佐西马长老的教训以及阿辽莎的形象更多的宗教启示,而且是基督教的启示。应该在这里寻找陀思妥耶夫斯基伟大人学启示的关键,寻找其关于人的肯定的宗教思想的关键。

八

陀思妥耶夫斯基在自己的政论作品里发展其"乡土主义"的思想体系。该思想体系及他的宗教民粹主义与关于人的启示处在矛盾之中。在其长篇小说里隐藏着另外一种天才的思想体系,深刻的生命形而上学和人的形而上学。陀思妥耶夫斯基是个民粹主义者,但他从来不描写百姓。《死屋手记》是个例外,但在这里所描绘的是罪犯的世界,而不是通常的、日常生活中的百姓。百姓、农民的生活的静止状态、日常生活方式没有引起他的注意。他是城市知识分子阶层的作家,或者是小官僚和小市民阶层的作家。在城市生活里,主要是彼得堡的生活,在脱离百姓土壤的公民的灵魂里,陀思妥耶夫斯基发现了独特的动态进程,揭露出人的本质的边缘。所有这些大尉们,列比亚德金们和斯涅吉廖夫们等等,都处在旋风式的运动里,处在边缘。他不关注具有浓厚乡土气息的生活方式的人,大地的人,过日常生活的人,忠实于乡土、日常生活传统的人。陀思妥耶夫斯基总是研究熔化在炽烈气氛中的人的本质。冷淡、静止僵化的人的本质无法引起他的兴趣,是他所不需要的。他感兴趣的只是被社会抛弃的人,喜欢俄罗斯的漂泊者。在俄罗斯的灵魂里,他找到了永恒运动、漂泊、寻找新城的根源。根据陀思妥耶夫斯基的意见,俄罗斯灵魂的特征不是其乡土精神,不是在有牢固堤岸的河流里畅游,而是它对所有界限和边缘的超越。陀思妥耶夫斯基展示了俄罗斯人在无限中的形象。乡土气息的存在是在界限内的存在。

陀思妥耶夫斯基的作品不但充满对一般意义上的人性本质的启示,而且还有关于俄罗斯人的本质,俄罗斯灵魂的特殊启示。在这一点上谁都无法和他相提并论。他深入到俄罗斯精神的最深处。他揭示俄罗斯精神的极化性,认为这是其最深刻的特征。在这一点上俄罗斯精神与一元论的德国精神的区别太大了。当一个德国人陷入自己精神的深处时,他在深处找到的是神性,但一切极化和矛盾都被消除。之所以如此,是因为对德国人来说,人在深处消失了,人只存在于边缘,只存在于现象里,而不在本质里。俄罗斯人比西方人更具矛盾性和二律背反性,在他身上结合着亚洲灵魂和欧洲灵魂,东方和西方。这就为俄罗斯人提供了巨大的可能性。与西方相比,在俄罗斯,人获得了较少的揭示,人也不那么积极,但是在自己的深处,在自己的内心生活方面,俄罗斯人更复杂和丰富。人的本质,人的灵魂的本质最应该在俄罗斯被揭示。新的宗教人学在俄罗斯是可能的。被社会抛弃、漂泊和漫游——这是俄罗斯的特征。西方人更具乡土气息,他更忠实于传统,更服从规范。俄罗斯人(的气质)广泛。宽广、辽阔、无限不但是俄罗斯本质的物质特征,而且也是其形而上学的、精神的特征,是其内在的维度。陀思妥耶夫斯基揭示了可怕的、火热而强烈的俄罗斯本性,这个本性不为托尔斯泰所知,也不为民粹派作家所知。陀思妥耶夫斯基在文化、知识分子的阶层里,通过艺术揭示了同样可怕的充满淫欲的本性,这个本性在我们的民间表现在鞭笞派里。这种狂欢神魂颠倒的本性存在于陀思妥耶夫斯基自己身上,就这个本性而言,他是彻头彻尾的俄罗斯人。他研究俄罗斯精神的形而上学的歇斯底里。歇斯底里是俄罗斯精神的未定型性,是对界限和规范的不服从。陀思妥耶夫斯基发现,俄罗斯人总是需要宽恕,自己也宽恕别人。在西方的生活秩序里有其不宽容的一面,它与人对纪律和规范的服从相关。俄罗斯人比西方人更具人性。陀思妥耶夫斯基在俄罗斯人的本质方面所发现的东西既关涉到最大的可能性,也关涉到最大的危险性。精神仍然没有控制俄罗斯人身上的心理本性。人的本质在俄罗斯比在西方更少积极性,但与有规律和受限制的欧洲相比,在俄罗斯包含着更多的人性财富,更多的人性可能性。陀思妥耶夫斯基在俄罗斯人的"整全的人性(всечеловечность)"里,在俄罗斯人的无限宽泛和无限可能性里看到了俄罗斯的理念。和俄罗斯的灵魂一样，陀思妥耶夫斯基整个地是由矛盾构成的。在阅读陀思妥耶夫斯基的作品时所感觉到的出路就是关于人的诺斯替主义启示的出路。他创造了前所未有的艺术诺斯替主义的人学类型，创造了通过神魂颠倒的旋风把人卷入人的精神深处的方法。他的那些神魂颠倒的旋风是精神的，所以它们永远也不能瓦解人的形象。只有陀思妥耶夫斯基一个人不担心人会在神魂颠倒和无限性里消失。人的个性的界限和形式总是与阿波罗精神相关。只有在陀思妥耶夫斯基一个人那里，人的形式，人的永恒形象始终处在精神的狄奥尼索斯里。在他的笔下，甚至犯罪也不能毁灭人，死亡也不可怕，因为在这里，永恒总能在人身上获得揭示。作为艺术家的陀思妥耶夫斯基揭示的不是无个性的深渊，在这个深渊里没有人的形象，而是人性的、人性无限性的深渊。就这一点而言，他是世界上最伟大的作家，是世界级的天才，这样的天才在历史上屈指可数，他是最伟大的智者。这个伟大的智者整个地处在与人的能动、积极的关系之中，通过人揭示另外的诸世界。陀思妥耶夫斯基就是这样一个人，如同包括全部黑暗和光明在内的俄罗斯一样。他是俄罗斯对全世界精神生活的最大贡献。他是最具基督教精神的作家，因为在他那里，人、人的爱以及人的灵魂的启示处在中心位置。整个陀思妥耶夫斯基就是人性存在中心的启示，耶稣之心的启示。

1918 年

神 学 批 评

海子诗歌美学与
基督教超越观

齐宏伟（南京大学中文系）文

[内容提要]　海子诗歌不再走中国传统诗歌"诗言志"的老路,开始从生存论意义上透视个体生存困境,深味人性的荒凉和幽暗,为中国当代诗歌创作带来优美的抒情转向。但人不可能永远面对荒凉,海子必须得给出一种超越的意义好承载荒凉的压力,这为他的诗歌走向某种基督教意义上的忏悔、祈祷和祝福的大境界提供了某种可能性,但海子诗歌美学和精神资源本身最终无法克服其内在矛盾,他在"原肉体"和"惟灵魂"的摇摆中走向了"生命中不能承受之轻"式自戕。

　　奥地利诗人里尔克说:"请你走向内心。探索那叫你写的缘由,考察它的根是不是盘在你心的深处;你要坦白承认,万一你写不出来,是不是必得因此死去。这是最重要的:在夜深人静的时刻问问自己:我必须写吗？你要在自身内挖掘一个深的答复。"[1]

　　那真正"在自身内挖掘一个深的答复"的中国诗人出现了,他之所以写诗是因为万一写不出来,就"必得因此死去"。他真因此死去。

　　这位诗人就是海子。

　　他说到诗歌,"她不在修辞中做窝……她是安静的,有她自己的呼吸"[2]。所以,海子诗歌最大的特点就是其质朴无华,正如他说的,痛苦深了,诗就短了,每一行就像一道闪电,或一把匕首,准确击中你的心。这并不是不要技巧,而是一种不追求技巧的大技巧。这和里尔克对艺术境界的理解是相通的,这也

1　[奥地利]里尔克:《给一个青年诗人的十封信》,冯至译,北京:三联书店,1994年版,第3页。

2　海子:《我热爱的诗人——荷尔德林》,《海子诗全编》,第917页。本文所引海子诗均见该书,只注诗名,不再另加注。

使海子脱离了一切宏大无我之魂,执着地追求着关于人类,关于宇宙,关于生存的艺术境界。因为他认为"真正的艺术家在'人类生活'之外展示了另一种'宇宙的生活'(生存)"[3]。

中国诗歌从海子开始不再走"诗言志"的传统诗路[4],而真正从生存论意义上以诗袒露个我心魂,脱离"情景交融"、"天人合一"旧轨,呈现"情景破碎"、"天人断裂"的荒凉境界。

这是中国诗歌一次优美的抒情转向。

深 味 荒 凉

第一次接触海子诗歌,是在一位朋友那边,读到他手抄的海子短诗《答复》,读之前并不知是谁写的,心却立即被那些诗句刺痛了,几乎过目不忘:

> 麦地/别人看见你/觉得你温暖,美丽/我则站在你痛苦质问的中心/被你灼伤/我站在太阳痛苦的芒上//麦地/神秘的质问者啊//当我痛苦地站在你的面前/你不能说我一无所有/你不能说我两手空空//麦地啊,人类的痛苦/是他放射的诗歌和光芒!

仿佛自己的心也遇到麦地这神秘的质问,而麦地这"神秘的质问者"正像生存本身在发问。庄严美丽的存在借助麦地展开,绵延不断;长长的麦芒和太阳的光芒交相辉映,太阳也成为那辽阔铺排的焦点,铺满整个天空。在天空和大地的辉映中,存在出场,对人类心灵拷问。天空的温暖和大地的神秘动人地组合,越发衬托出现实的荒凉和人类的虚无。麦地的温暖美丽和诗人的荒凉痛苦形成尖锐对比,以致这种对比本身就是"有意味的形式":诗人啊,和我的温暖、美丽、饱满相比,你到我这里来为何一无所有、两手空空? 这一刻,太阳在写诗,麦地在写诗,存在在写诗。惟独远离大地的诗人不写诗。因为饱满的

---

3 海子:《诗学:一份提纲》,《海子诗全编》,西川编,上海三联书店,1997年版,第909页。

4 "诗言志"到底何意? 钱钟书谈到"诗以言志"和"文以载道"差不多,不过是说到"诗"和"文"的不同,而绝非"载道"和"言志"的对立(钱钟书《七缀集》,修订本,上海古籍出版社,1994年第2版,第4页)。李泽厚也认为所谓"诗言志",仍是在言国家政事之"志"而非个人之"志"(《李泽厚十年集》第一卷,合肥:安徽文艺出版社,1994年版,第241页)。陈良运在《中国诗学体系论》(北京:中国社会科学出版社,1992年版)第61—63页也谈到对"诗言志"最早开始作出规范的是荀子,而荀子把"道"和"欲"、"志"和"情"对立起来,"强化了志的理性色彩,以圣人之道为志的理念核心,志不再是、也不应该是作诗者个人的思想感情,而只是圣人思想意志的传道"。从中国诗歌的实际发展来看,上述说法是有道理的。

生存、丰满的收获本身是诗。没有成熟的存在，就没有成熟的诗歌。太阳存在，麦地存在，存在存在，惟独人不存在。心灵若没有成长、收获，面对存在的庄严、饱满，就会空虚迷惘、痛苦惆怅。质朴无华的麦地和太阳剥去了人的矫饰和伪装，让你单独面对存在，才发现自己辜负了大地、空气和阳光。

然而，诗人在此诗中答复说：不，我们人类没有辜负，在这个时刻我们也有自己的收获，那就是痛苦。对人来说，痛苦才是真正的诗歌，惟一的诗歌。面对存在的质问，我们呈现苍凉。这才是人类生存的真相。凡昧于这真相，无论说得多动听，都不是艺术，而是修辞。艺术的本质和修辞无关，而和生存真相祖露为灵魂语言有关。

西藏的村庄/神秘的村庄/忧伤的村庄/你躺倒在路上/你不姓李也不姓王/你嫁给的男人/脾气怎么样/神秘的村庄/忧伤的村庄/你生了几个儿子/有哪些闺女已嫁到远方/神秘的村庄/忧伤的村庄/当经幡吹响/你多像无人居住的村庄/当经幡五颜六色如我受伤的头发迎风飘扬/你多像无人居住的村庄/当藏族老乡亲在屋顶下酣睡/你多像无人居住的村庄/你周围的土墙画满慈祥的佛像/你多像无人居住的村庄（《云朵》）

"西藏的村庄"就像上首诗中的麦地一样，成为提出"神秘"、"忧伤"的存在本身，从文化的遮蔽中撕裂开，"不姓李也不姓王"，而就是神秘存在本身，来质问人类荒凉的心灵。仿佛那神秘的存在，化成云朵，化成村庄，把人类的空虚映照出来。人类的文明多么脆弱，人类的居住多么空洞，惟有沉睡和膜拜那么真实，是人类呈献出来的苍凉。

于是，诗歌在海子那里成为一种疼痛，一种虚假的文化性存在与真实的生存本身割裂的痛楚，灵魂与肉体拉扯中的疼痛。海子不断走向麦地和西藏，走向荒芜和边缘，以此拷问城市文明和宏大价值，甚至拷问文化，他的诗歌要把灵魂从虚假的大我之魂中扯出来，诗便成为灵魂在撕扯过程中的尖叫。海子的诗是尖叫，呼唤我们从沉沦肉身和文化假魂中醒过来一起去面对存在的拷问，也一起出发去探询：那神秘而又忧伤的存在到底是什么？

体 验 虚 无

生存无须洞察/大地自己呈现/用幸福也用痛苦/来重建家乡的屋顶//放弃沉思和智慧/如果不能带来麦粒/请对诚实的大地/保持缄默和你那幽暗的本性（《重建家园》）

这神秘而忧伤的存在不靠"洞察",而是大地自己"呈现"。伴随着人类的"幸福"和"痛苦",在大地上筑居。有时,文化是一种遮蔽,只有把文化的遮蔽揭开,放弃"沉思和智慧"等理性手段,用诚实的心灵,用对生活的实践和热情,才能在沉默中,在"保持缄默"中,领会到存在的丰盈,反观人类那"幽暗的本性"。

而大地呈现出的是什么?房屋吗?旷野吗?都是,也都不是,说到底就是虚无。虚无不是空虚,而是一种召唤,要求人类来创造、耕种、筑居和收获。温暖在苍凉的背景中被珍藏。一种新的没有遮蔽的灵魂在深沉反省幽暗本性后重建。于是——

　　八月逝去山峦清晰/河水平滑起伏/此刻才见天空/天空高过往日
（《八月之杯》）

原来,这份存在一直存在,就像海子诗歌中的"天空"。不过,人类一直没注意,只有在心灵重返虚无,面对存在,在时间的流中伫立凝望,才骤见那"天空",这"此刻才见"的"天空",已不同于以往的天空,这"天空""高过往日",像法国艺术大师罗丹说他自己每天散步,都没有看见天,直到有一天他看见了"天"。

筑居的渴望是因荒凉和幽暗,房屋能抗衡那旷野的荒芜吗?

　　黑夜从大地上升起/遮住了光明的天空/丰收之后荒凉的大地/黑夜从你内部上升//你从远方来,我到远方去/遥远的路程经过这里/天空一无所有/为何给我安慰//丰收之后荒凉的大地/人们取走了一年的收成/取走了粮食骑走了马/留在地里的人,埋得很深//草权闪闪发光,稻草堆在火上/稻谷堆在黑暗的谷仓/谷仓中太黑暗,太寂静,太丰收/也太荒凉,我在丰收中看到了阎王的眼睛//黑雨滴一样的鸟群/从黄昏飞入黑夜/黑夜一无所有/为何给我安慰//走在路上/放声歌唱/大风刮过山冈/上面是无边的天空(《黑夜的献诗》)

此诗尤为深刻。《答复》一诗中毕竟还有丰收,而这诗里的丰收却藏着苍凉和死亡,现实被撕裂,在某个生存瞬间,虚无和死亡凸显,如闪电照亮无法照亮的黑暗。这黑暗单单来自现实吗?不也来自生存深处?!而这里所写现实的荒凉,实际上是某种价值被消解后面对"原大地"的荒凉。人在不断漂泊,从远方到远方,这也是生的苍凉;在不断索取中,大地被榨干,人也被榨干,这份黑暗就从大地深处升起,从人性深处升起。浓重的黑暗与虚无淹没了丰收、淹没了鸟群,人类惟一的安慰就是一无安慰,人类苍茫的歌声被风刮跑,"上边是无边的天空"。记不起哪位诗人说过，一想到在漆黑的大海深处有一条黑色的大鱼，就给我们安慰。毕竟，"无"也代表了无限的可能性，一无所有的"黑夜"，反而"给我安慰"。为什么？奥秘就在于"无"中。

鲁迅从"立人"精神和生命意识出发看到了中国文化传统在生命个体价值论上的虚无，海子却从揭露文明的遮蔽和直面存在出发看到了人本身在价值论上的虚无。从这个意义上说，海子摆脱了鲁迅的启蒙意识和国民性批判思维，看到了生存之"无"，从而和德国诗人荷尔德林的精神资源有相近处，两位诗人都开始歌唱人类之痛，昭示灵魂和神圣缺场的痛苦，而非转身高蹈徜徉或归田园居。

饶有趣味的是，同样批判东晋诗人陶渊明的归隐，鲁迅是通过找陶渊明所写金刚怒目式诗歌并揶揄说有钱方可有闲来否定归隐精神，并从道家"无为无不为"找到"无为"沦落为"不为"的根源，在小说《出关》中更是大肆嘲讽老子，并送这位老人家出关了事；而海子提到"我恨东方诗人的文人气质。他们苍白孱弱，自以为是。他们隐藏和陶醉于自己的趣味之中。他们把一切都变成趣味，这是最令我难以忍受的。比如说，陶渊明和梭罗同时归隐山水，但陶重趣味，梭罗却要对自己的生命和存在本身表示极大的珍惜和关注。这就是我的诗歌理想，应抛弃文人趣味，直接关注生命存在本身。这是中国诗歌的自新之路"[5]。海子说："我不想成为一个抒情诗人，或一位戏剧诗人，甚至不想成为一名史诗诗人，我只想融合中国的行动成就一种民族和人类的结合，诗和真理合一的大诗。"[6]这使中国诗歌有了真正的抒情，而非海子不喜欢的言志。

不过，若人在宇宙中根本就处于无根状态，诗和真理的合一谈何容易？所以，诗人海子和荷尔德林都在这个贫困的时代暗夜中忧伤孤独，彻夜难眠，起来走遍大地：

> 今夜你的黑头发/是岩石上寂寞的黑夜/牧羊人用雪白的羊群/填满飞机场周围的黑暗//黑夜比我更早睡去/黑夜是神的伤口/你是我的伤口/羊群和花朵也是岩石的伤口//雪山用大雪填满飞机场周围的黑暗/雪山女神吃的是野兽穿的是鲜花/今夜九十九座雪山高出天堂/使我彻夜难眠（《最后一夜和第一日的献诗》）

再也没有天人合一的高蹈和自我欺骗的安慰。黑夜所昭示的无价值，成

5　海子：《诗学：一份提纲》，《海子诗全编》，西川编，上海三联书店，1997年版，第897页。

6　西川编《海子诗全编·海子简历》，《海子诗全编》，上海三联书店，1997年版。

为价值缺场的伤口,茫茫大雪要来"填满"注定填不满的"黑暗"。高高的雪山带有了神性因素,来揭示现实中天堂价值阙如。诗人因此才"彻夜难眠",心中忧伤。

这一夜真成为"最后一夜",这首诗歌也成为展示某种新价值的"第一日的献诗"。

然而,灵魂醒来找到了自己的语言,要对谁诉说呢?

忏悔、祈祷与祝福的大境界

海子看到了闪电般的神圣价值,也为其缺场而忧心忡忡,绝不能说神圣缺场只是一次西方事件而不是东方事件,这本身就是生存和心灵事件,凭什么说只有西方人的生存才需要神圣而我们就根本不需要?难道我们根本就处于神圣状态?这种虚妄早被撕裂,绝不可能再蛊惑海子。对海子来说,生存的忧伤首先不是为时代、为民族、国家,而首先是为自己、为人性、为生存:

> 我的灯和酒坛上落满灰尘/而遥远的路程上却干干净净/我站在元月七日的大雪中,还是四年前的我/我站在这里,落满了灰尘,四年多像一天,没有变动/大雪使屋子内部更暗,待到明日天晴/阳光下的大雪刺痛人的眼睛,这是雪地,使人羞愧/一双寂寞的黑眼睛多想大雪一直下到他内部//雪地上树是黑暗的,黑暗得像平常天空飞过的鸟群/那时候你是愉快的,忧伤的,混沌的/大雪今日为我而下,映照我的肮脏/我就是一把空空的铁锹/铁锹空得连灰尘也没有/大雪一直纷纷扬扬/远方就是这样的,就是我站立的地方(《遥远的路程》)

此诗涉及一场大雪、一间屋子、一把铁锹和四年多时间。不必去关心到底有没有这样一场雪,有没有这样一间屋子,有没有这样一把铁锹和四年多时间,诗里的叙事和抒情主人公确实发现"大雪今日为我而下",顿时发现了自己的"肮脏"。大雪带来某种神圣光照,照亮黑暗,一直下到"寂寞的黑眼睛"内部,那就是心灵深处的空洞,这和大雪带来的丰盈又形成尖锐对照,使这位诗歌抒情主人公说自己"就是一把空空的铁锹",也顿时发现自己一直在漂泊,连站立的所在似乎也是远方,自己也不在所在处,永远处在即将到达的途中,似乎永远到达不了,只有靠着这场雪来追问和忏悔。

准备上路吧,哪怕是"遥远的路程",只有确认了自己的"无"和"空",才有去追求"有"和"满"的可能。忏悔不是自贬,而是价值回归和重新上路。

对存在的真诚使诗人走向神性，走向神圣的期待。在"天、地、神、人"的交响中，海子的诗歌不单为中国诗歌增加了存在因素和忏悔因素，也增加了神性因素。

下边就是笔者最为钟爱的一首海子的诗歌：

姐姐，今夜我在德令哈，夜色笼罩/姐姐，今夜我只有戈壁//草原尽头我两手空空/悲痛时握不住一颗泪滴/姐姐，今夜我在德令哈/这是雨水中一座荒凉的城//除了那些路过的和居住的/德令哈……今夜/这是唯一的，最后的，抒情。/这是唯一的，最后的，草原。//我把石头还给石头/让胜利的胜利/今夜青稞只属于她自己/一切都在生长//今夜我只有美丽的戈壁空空/姐姐，今夜我不关心人类，我只想你(《日记》)

这首诗中最引人注目的词汇就是"姐姐"，不断在诗中重复，多么像是呢喃不断地祈祷。不管"姐姐"是谁，不管有没有这样一位"姐姐"，这首诗的"姐姐"已被赋予神圣内涵。面对这一神圣，戈壁成了圣殿，时间断裂为末日，一切都归于凡俗和无足轻重，只有人与神圣者的美好关联，一对一的爱与交流，这是怎样一幅惊心动魄的末日图景。美丽戈壁向虚无天空伸展，而下一刻似乎就会粉碎，马上就要被雨水淹没！悲痛的诗人伴随着夜幕笼罩下的戈壁、小城，偏偏看到这醉人的美丽还在生长，这"唯一的"美惟其属于"最后"，才更令人忧伤和心碎。

在这种忧伤和心碎中，诗人不断重复着"姐姐"字样，甚至说"今夜我不关心人类，我只想你"。只有人对神的祈祷才会如此呢喃与虔诚。诗中，既有诗人末日的绝望，又有绝望中深沉的祈祷。正是这种祈祷的力量使石头和青稞，小城和戈壁超越了文化的重压，不再为人而存在而返回它们自身。诗人也离开了人类和文明，孤独一人，把自己还给自己，在"空空"中等待。"姐姐"正是支撑诗人超越世俗的神性力量。

于是，才有海子从祈祷走向祝福的境界，才有《面朝大海，春暖花开》：

从明天起，做一个幸福的人/喂马、劈柴，周游世界/从明天起，关心粮食和蔬菜/我有一所房子，面朝大海，春暖花开/从明天起，和每一个亲人通信/告诉他们我的幸福//那幸福的闪电告诉我的/将告诉每一个人//给每一条河每一座山取一个温暖的名字/陌生人，我也为你祝福/愿你有一个灿烂的前程/愿你有情人终成眷属/愿你在尘世获得幸福/我只愿面朝大海，春暖花开

这首诗的诗眼是"闪电的幸福"。诗人在诗歌中是一个聆听者，他看到了

"幸福的闪电",更听到了"闪电的幸福"。这一束超验之光一下子照亮了尘世,才赋予了日常生活和尘世生活以神圣意义,而不是把尘世生活升华为天堂生活。只不过这幸福也不过是"闪电"般一闪而过,诗人注定无法把捉,只能向往,因此是无缘享受这幸福,只盼望自己能在春暖花开的季节独自面朝大海,让这一切幸福化作给别人的祝福,自己只好一个人承受闪电过后的幽暗。因此,诗人在诗歌中才不断说"从明天起"。

那么,这闪电的幸福到底是什么?

海子和这首诗中的抒情主人公一样对幸福充满了神圣渴望,可他为何写作此诗仅仅两个月后便自杀?

这大海的意象和春天的温暖,似乎可以抚慰心灵的疼痛和荒凉,也大概不是尘世可以赋予的。海子自己通过诗歌表达出期待,但最终只是像诗歌抒情主人公一样在一闪之间看到了天堂的幸福而已,因此,他越发忍受不了生之苍凉和夜之黑暗。

不久,海子便在山海关卧轨自杀。

自杀、诗歌与意义

当然,要区分海子本人和海子诗歌中的那位隐含的抒情者,海子为何自杀与他的诗歌好坏并没有直接关系,诗歌中呈现出的隐含抒情者的情况也不必和海子本人的现实生活一一对应。不过,对于海子来说,写作对于他是一种生活方式,甚至是一种拯救方式,他的自杀也为诗歌作出了深邃注解。

那么,对于汉语诗歌来说,海子诗歌的意义何在?

"当众人齐集河畔高声歌唱生活/我定会孤独返回空无一人的山峦"(《汉俳·诗歌皇帝》)。还有比这首诗更好的解释吗?在上个世纪八十年代末,汉语文学还在为"宏大叙事"陶醉不已时,这位诗人就已不再被任何外在的民族、国家、社会乃至血缘关系困扰,剥去了它们神圣的外衣,独自一人走向了大地,凝视着生存的虚无和幽暗的本性。看看这位"王"在做什么——"秋天深了,王在写诗/在这个世界上秋天深了/该得到的尚未得到/该丧失的早已丧失"(《秋》)。这种独味深秋的悲伤早已不是南唐后主李煜因为丧失皇位和家国而感到的悲凉,海子诗中的抒情主人公认为一个人是通过写诗成为"王",而不是王因为失去了王位所以写诗。且听他说:

西藏,一块孤独的石头坐满整个天空/没有任何夜晚能使我沉睡/没有任何黎明能使我醒来//一块孤独的石头坐满整个天空/他说:在这一千

年里我只热爱我自己//一块孤独的石头坐满整个天空/没有任何泪水使我变成花朵/没有任何国王使我变成王座（《西藏》）

诗中的"西藏"和现实中的西藏一样，相对于儒道为主的中国文化传统来说那么遥远而神秘，恰因其偏于一隅才更使诗人脱离了文化传统的重压，深味生命的荒凉与孤独。也恰在这种孤独中，诗人发现这块桀骜不驯的石头"在这一千年里我只热爱我自己"而且"没有任何国王使我变成王座"，它也不屑于成为王座，诗人对它肃然起敬，甚至称呼它为"他"，这当然是诗人自喻。在八十年代末汉语诗歌纷纷俗化之际，海子却为诗人、给诗歌赋予了神圣的意义和价值，使诗歌毅然决然成为个我灵魂的歌唱，哪怕成为哀歌与绝唱。

海子的诗歌尽管写到了祖国、集体、人民、祖先、民族、毛泽东、雷锋、草原英雄小姐妹等人物，也写到了"花儿为什么这样红"等，但已不再是宏大叙事模式下的歌功颂德，而是个人面对大地上人与事的私人感悟，甚至这种感悟中都带有深深忧伤，且来读读这首叫《祖国（或以梦为马）》的诗：

我要做远方的忠诚的儿子/和物质的短暂情人/和所有以梦为马的诗人一样/我不得不和烈士和小丑走在同一道路上//万人都要将火熄灭我一人独将此火高高举起/此火为大　开花落英于神圣的祖国/和所有以梦为马的诗人一样/我借此火得度一生的茫茫黑夜

诗中这位高高举火的人，也是一位"远方的忠诚的儿子"、"物质的短暂情人"，他生活在流浪漂泊和极度贫困中，仍旧不断梦想着骑马远行。这岂不正是一位浪子？

我是浪子/我戴着水浪的帽子/我戴着漂泊的屋顶（《旅程》）

但正是这位浪子高举着诗歌太阳，照亮贫困暗夜。在《祖国（或以梦为马）》中，诗人甘愿"一切从头开始"，"选择永恒的事业"，"去建筑祖国的语言"，"成为太阳的一生"，尽管"我必将失败"，"但诗歌本身以太阳必将胜利"！

诗人海子恰好如诗中描述的那样就是这样的人，他一个人在几乎没有什么家具的昌平宿舍里过着孤独的生活，他所爱的四个女人先后弃他而去，他喜欢流浪和漂泊，除了很少的几个朋友他不愿跟人交往。他昼寝夜作，性格羞怯、封闭、内向。他本人练气功走火入魔后自杀，但他的诗歌却像太阳一样获得了胜利。也许，汉语诗歌到了要寻找一个伟大的祛魅者和生存论意义上的个体抒情者的时候了，哪怕借着他的叛逆、偏激、漂泊和崩溃，也许非如此就不足以脱离文化、道德、审美、社会、单位、家庭等构织的网。他把生命投注于诗歌,没白没黑地写,短短 25 岁的人生活出了强烈的诗性。

由此,诗人猛地以个人诗性之眼看到了黄土地作为"亚洲铜"的荒凉与美丽,看到月亮作为"黑暗中跳舞的心脏"(《亚洲铜》)的神奇与痛惜,看到了"农业只有胜利/战争只有失败"(《传说》)的历史,看到了"阳光打在地上"(《歌:阳光打在地上》)的景象,更是在《但是水,水》作为诗人听到了各种各样的声音乃至"雪花和乳房的声音",而不是像那座兵马俑一样只是听到前后一样的声音。甚至,"在我手能摸到的地方/床脚变成果园温暖的树桩"(《肉体(之一)》),于是,诗人看到了纯粹的肉体:

> 肉体美丽/肉体是树林中/唯一活着的肉体/肉体美丽//肉体,远离其他财宝/远离其他的神秘兄弟//肉体独自站立/看见了鸟和鱼//肉体睡在河水两岸/雨和森林的新娘/睡在河水两岸//垂着谷子的大地上/太阳的肉体/一升一落,照耀四方/像寂静的/节日的/财宝和村庄/照耀//只有肉体美丽(《肉体(之二)》)

这是灵魂般美丽的肉体,连太阳都不再是象征革命和光明的"红日",而是"肉体",和大地上其他任何物质一样,剥离了认为附加的意义,剩下原大地般的赤裸和美丽。

海子尽管不喜欢只作一个抒情诗人,但把他写的所有诗歌看下来,他最好的诗歌中那位隐含的叙述者乃是一位非常纯粹的抒情者,这种清澈纯粹的抒情气质是一种生命与文字合一的诗性气质,汉语诗歌通过他获得一次优美的"抒情转向",寻找到了一种个我心魂在生存论意义上的语言,从这个方面说,海子诗歌既是对鲁迅艺术的继承,又是某种超越,只是这样的意义和价值还没有被充分发掘。当然,海子比前辈"朦胧派"诗人们更深入地走向了大地和荒野,语言更为纯粹空灵,更具抒情性和诗性。

海子诗歌与基督教超越观

海子对存在的虚假大刀阔斧地砍削,不惜打破语法规则。然而,没有一个人可以忍受得了这种"原大地"的荒凉与虚无,追求超越的渴望使海子诗歌从美丽的"原肉体"转身走向了"惟灵魂"。

中国汉语诗歌传统不管是儒家式悬古圣之志贯个我怀抱还是道家式以自然之虚对社会之实,都是在同样一个平面上预设了古圣之志或自然本位的高贵神圣。到了二十世纪,汉语诗歌仍有自己的诸神预设,救亡图存、国家民族的大业当然也成为吟唱的前提和共识，乃至新中国成立后诗歌更是为国家、政党的正当性发出慷慨激昂的颂扬。海子崇尚凡·高的话"一切我所向着自然创作的，是栗子，从火中取出来的。啊，那些不信任太阳的人是背弃了神的人"，特意选作自己诗歌《阿尔的太阳——给我的瘦哥哥》题词。借助《圣经》、荷尔德林、梭罗、凡·高、尼采、叶赛宁等人，海子反叛了汉语诗歌的传统预设，走向了大地本身和生命本身，带有强烈的生命意识和个人意志，走向了神性，他的写作也被很多人誉为神性写作。基督教把神圣者自身和任何诸神价值截然分开，诸神居住的大地所在因罪恶泛滥而使神圣缺场。对生存荒凉的深味和对虚无的体验成为神圣缺场的反证。正是在这一点上海子的批判利刃与基督教生存观有相通之处。但是，基督教生存观断然拒绝任何诸神、自然、凡俗、此世都能上升为至圣者、独一者、真理本体，对于此世的救赎是借着圣子道成肉身的临在，是上界神恩倾注下界，从而得以承载下界荒凉，虚无得以托起，并非下界通达上界，也非虚无反转自身从深渊超拔而出，这正是超越路向的迥异，而海子诗歌的致命缺陷就在于超越路向上的危机。

几乎可以说，作为诗人的海子有那么一些时刻意识到了某种神圣临在的"闪电"，要不他不会这样说：

> ……语言的复出是为祈祷。（《向日葵——纪念梵高》）

要不，他也不会在他的"大诗"《太阳》中把最后一部命名为《弥赛亚》，在诗中还特意画了一张图：

熟悉《圣经》的都知道，《旧约·创世记》中就记载了犹太人的一位先祖雅各就曾在伯特利梦见过天梯（《创世记》28:12），《新约·约翰福音》中耶稣也曾把自己近乎比喻成天梯（《约翰福音》1:51）。只是，《圣经》中的天梯是天开了，神的使者从上边下来，而海子的天梯却是人从下边上去，这些人是一些普普通通的劳动者，有打柴人、铁匠、石匠、猎人、卖酒人和一个叫"二十一"的，"找到天梯/然后从天梯走回天堂"。

只是，这大地太沉重了，陷落在深渊中太深了，海子不是不知道，"在七月我总能突然回到荒凉"（《七月的大海》），"我走进比爱情更黑的地方"（《太阳·

诗剧》），而"该得到的尚未得到/该丧失的早已丧失"（《秋》）。这荒凉太荒凉，连最炎热的炎热也无法掩盖，这黑暗太深沉，连爱情也无法照亮，这虚无太虚无，如秋天的落叶飘零。因此，也就注定了通过诗歌表达出来的超越就像他自身的生活一样是个悲剧，尽管"肉体美丽"，却仍要"迎向墓地"，"死在树林里"（《肉体（之二）》），因为这肉体太沉重了，不能陪灵魂一起飞升。

最明显体现出海子诗歌悲剧的就是海子倾其生命创作的"大诗"《太阳·七部书》，包括《太阳·断头篇》、《太阳·土地篇》、《太阳·大札撒》、《太阳·你是父亲的好女儿》、《太阳·诗剧》、《太阳·弑》和《太阳·弥赛亚》。在这后人集成的"七部书"里，海子一反过去描述事物的从容、简练、节制和婉约，而显得激昂、放纵、喧闹乃至混乱，因为他要急于制造自己诗歌帝国的超越神话，不惜使语言肉身爆炸为一颗颗耀眼的"火球"：

> 我要说，我是一颗原始火球、炸开/宇宙诞生在我肉上，我以爆炸的方式赞美我自己（《太阳·断头篇》）

海子前期诗歌的批判锋芒到了这里更加发出炫目光芒，在被很多人认为"七部书"水平最高的《太阳·弑》中，一向作为天命精神象征的国王赤裸裸地成了暴君，他是巴比伦王，又曾是洪秀全、项羽、李自成、血王、魔王等等，这么多人混合在一起，正是诗人对于天命皇权文化传统的猛烈抨击。中国儒家文化极其重视血缘关系，海子对此反叛到极点，安排青年剑和亲妹妹红相爱结婚，后来剑把红错当成巴比伦王刺死，偏偏巴比伦王是剑自己的生父。父亲在儿子复仇利剑下喝毒药而死，剑亦自刎身亡。儒家文化向来强调身体发肤受之父母，不可随意自戕。况且，剑已成新国王，担当重整乾坤的重大责任，海子却安排他自杀。诗人燎原在《海子评传》中评论此诗说："海子在《弑》中调动了来自历史、民间、现代、俚俗的各种材料和语言资源，更以非如此而不能的荒诞魔幻方式，使之成为一个时代、一个社会可怕真相的寓言，并激活了我们与之相关的深刻联想和想像。而这样的语言元素和艺术方式，又使作品在其诗性空间中，纳入了大地原生性的粗糙质地，以及民间场景驳杂的多声部交响。"[7]

燎原如此激赏海子此诗，很有道理，不过，海子这样的写法真"非如此而不能"吗？燎原甚至认为海子凭借此诗已经进入了歌德、但丁和莎士比亚的序列，而根本没有看到诗中已严重暴露了海子诗歌创作的深层危机。海子的诗作越来越成为脱离文化母体的幻想，成为没有节制的语言狂欢。神话可以制

---

7 燎原：《海子评传（修订本）》，长春：时代文艺出版社，2006年版，第204页。

造吗？海子曾受杨炼等诗人的影响，想写出中国的新神话诗作。杨炼毕竟还老老实实选取在今天注定无法整一的古代神话和文化表征元素，海子却天马行空，近乎随意地抽取汉族、蒙古、西藏、印度、古巴比伦、阿拉伯和希伯来等等各民族神话元素，他笔下的各种人物、事物也越来越丧失了内在的规定性，成了脱离了"所指"的滑翔"能指"，可以任意向任何一方转化，也越来越成为没有任何意义的符号。

学者崔卫平在有名的《海子神话》一文中认为海子自己看重的《太阳·土地》走向了狂欢："狂欢意味着自相矛盾，当自相矛盾无法解决时必然走向狂欢。这种狂欢意味着一切秩序的颠倒，《土地》从根本上来说就是一个颠倒了的世界，其中人与兽、动物与植物、诸神与草木、天空与大地、上升与下降、沉睡与打开、飞往与返回、灭绝与生长、照亮与熄灭，全都以一种'暴力的循环的'（第十二章）方式结合在一起，它们随时可能转向对方，成为自己新的对立面。种种古怪行径；闹剧；剧烈的变化更迭；真理与粗俗恐怖的结合；有悖常理的矛盾语、反语、魔语、咒语、各式对话，模拟的审判场面，全是那些离奇的、闻所未闻的东西构成了该诗长达两千多行'如画的焰火'（尼采语）。"[8]

不妨认为海子整个《太阳·七部书》都是采用一种特有的狂欢文体，对于汉语诗歌高雅、中庸、节制、含蓄、意象美等审美传统是某种彻底颠覆、破坏，更是一次了不起的文体转向，呈现出某种现代诗歌的断裂乃至支离破碎的文体形式。

更深一步说，《太阳·七部书》的狂欢文体是为了解决诗歌的超越问题。文体的狂欢本身正是灵魂脱离了肉体的狂欢，意义脱离了语言限制的狂欢，这也就导致了语言也脱离了意义。作为诗人的海子想着综合各个民族的神话因素，合在一起，凝铸成"民族和人类的结合，诗和真理合一的大诗"，想着给诗歌的语言赋予崇高庄严的意义，这一盼望最终遭到拆解没有完成。是啊，任意供人任意驱遣的语言何尝不是陷阱处处？既然在海子诗歌中任何语言所代表的事物都可以任意转化，那你通过语言来诉说的又怎能是你要说的呢？你又何必通过语言来说呢？于是，在海子的诗歌中，语言造反了。惊人巧合的是，在现实生活中的海子，临自杀前几天，他的肉体也起来造反了，不再听从他灵魂的差遣，使他陷入崩溃，海子于是就通过天梯（铁轨）来切断已通了"小周天"的上半身和沉重的下半身的关联，任由灵魂飞翔而去。[9]学者谢有顺批评"海子的写作就是典型的拒绝了身体的写作，他所谓的'王在深秋'、'我的人民坐在水边'

---

8 崔卫平：《海子神话》，《文艺争鸣》1994 年第 2 期。

9 余徐刚：《海子传》，南京：江苏文艺出版社，2004 年版，第 214—215 页。

等,均是虚幻的描写,即便写到爱情这样实在的事物,也是虚幻的——'四姐妹站在山岗上/所有的风为她们而吹/所有的日子为她们而破碎'。他的写作不是为了把灵魂物化为身体,而是试图寻找一条灵魂撇开肉身而单独存在的道路,可以想像,最终他只能亲手结束(自杀)那个阻碍他灵魂飞翔的肉身"[10]。

当然,海子诗歌一开始追求某种"虚幻"乃至虚无是有价值的,甚至诗人直面大地和纯粹的肉体本身都可说是一种大发现。这对于越来越不能表露灵魂之声的汉语诗歌传统有极大意义。但是,批判是一把过于锋利的刀刃,难免反过来割伤自己。批判自身无法给语言提供意义,无法给肉体注入灵魂,也无法给现实带来终极。海子诗歌的语言越来越渴求意义,可是供海子超越的精神资源却越来越不够了。

纵观海子一生的诗歌创作,在诗歌中一开始就能直面荒凉的存在,直面纯粹的肉体,使汉语诗歌提升到与世界文学精神对话的高度,他的诗歌也凸显了强烈的生命意识。可越到后来,荒凉的存在和纯粹的肉体本身会反过来拷问生存的价值和灵魂的存在,诗人却难以提供,而对文化和伪灵魂的戕害之剑就变成对存在和肉体的自戕,为了反对虚假灵魂的肉体化、艺术的政治化和伪善意义的语言化特征,海子诗歌就体现出以语言冲击意义的狂欢化、暴力的艺术化和肉体编织的虚幻化特点。海子诗歌的这种倾向越来越危险,按照德国思想家本雅明的洞见,这种倾向甚至和法西斯主义都有某种神秘的联系:"荷马的时代,奥林匹亚山的诸神献上表演;而今天人们为了自己而表演,自己已变得很疏离陌生,陌生到可以经历自身的毁灭,竟以自身的毁灭作为一等的美感享乐。这就是法西斯主义政治运作的美学化。"[11]

而真正的批判则要反对一味为批判而批判,不过是对伪神圣充斥的现世批判,这种批判带有追寻真理和聆听圣言的性质,而不是一味批判和颠覆。神圣价值虽是眼不能见却是凛然存在,惟其如此,一切尘世的定规才允许打破,也不允许随意打破,区别才不至于走向分裂,合一才不至于成为僭越。作为海子诗学缺少超越性建构的精神资源,无法弥合越来越分裂的灵魂和肉体。他渴望透过语言的狂欢完成意义的超越,可惜语言在被过度征用中造反了,再次带来某种遮蔽,这次遮蔽是由虚妄的神性和太过轻盈的灵魂带来的。

---

10 谢有顺:《话语的德性》,海口:海南出版社,2002 年版,第 190 页。

11 [德]瓦尔特·本雅明:《机械复制时代的艺术作品》,载《迎向灵光消逝的年代:本雅明论艺术》,许绮玲等译,桂林:广西师范大学出版社,2004 年版,第 102 页。

《红字》里清教群体价值观
的信仰偏离

谢伊霖（四川大学道教与宗教文化研究所）文

[内容提要]　本文从《红字》文本自身的结构性关系出发，以符号矩阵揭示出新英格兰殖民地群众共同体在审判海丝特方面的角色及其作用，并尝试以马克斯·舍勒的价值伦理学来阐释当时清教徒们群体无意识下的怨恨所催生出的一种颠倒价值观是如何假以一种共同体的名义在对脆弱的个体加以压制和戕害，结果在此基础上产生了一种自以为义的自欺（self-deceive）的宗教行为，以基督教传统教义审视之，则它严重偏离了基督教信仰中上帝的救恩实质，从而以此引发我们对当时新英格兰清教运动进行再反思。

　　我国先锋小说家马原对霍桑是不吝溢美之辞，盛赞他是"作家的作家"。[1]他对《红字》推崇备至，认为这是一本影响了他一生的书，"是所谓经典中的经典"。[2]《红字》能产生经久不衰的魅力，不仅在于霍桑出神入化的艺术描写和塑造了鲜明的人物形象，还在于它的被阅读和阐释因文化、历史甚或神学的因素而呈现多样性。如果要从文本结构中去辨析它的神学思想及其伦理观，我们就会发现诸多观点和结论是从不同读者的既有之"此"即人生存的时间性和历史性处境而得来的。理解的"先行结构"或"先入之见"总是在此在的理解中得以理解，所以不存在由客观解释学所设想的那种超越时间和历史的纯粹客观理解。因而，直面作为向未来生存的无限可能性开放和存在显现的无限可能

1　马原：《阅读大师》，上海文艺出版社，上海：2002，第82页。
2　同上。

性文本,笔者尝试如何从文本自身所呈现的维度来重新梳理文本后所蕴涵的意义,即探讨群体价值观对个体的压制,以一种价值伦理学来审视,希望对当时清教运动提供一个新的认识维度。

一、从符号矩阵看《红字》里群体意识的角色和地位

任何文本的结构构成方式,都不完全是作者本意的直接显现,文本是自成系统的,可以说某种程度上是对作者主观意图的"背叛"。组成文本的各要素在文本内形成独立自足的网状结构,因而形成了文本自身的意义结构。法国结构主义学者格雷马斯认为列维·施特劳斯的"二元对立"理论过于单调,他创立了新的"符号矩阵"(semiotic rectangle)来说明文本中可能存在的丰富的人物社会关系。笔者尝试将其运用在《红字》的人物关系分析上,来剖析这复杂关系背后的社会文化意义。

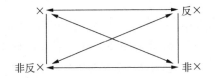

根据人物角色在文本中的不同地位和作用,按照符号矩阵的内部结构要求,我们先找出在文本中起着主导因素的人或事物,我们称其为 X,那么,与 X 产生直接冲突的对立面就是反 X。与 X 有着共同的命运遭遇或内在价值关联因素的人或事物我们称之为非 X,同时还有第四方即与其他三方都不一样的人或事物我们称其为非反 X。这样复杂的多向度网状结构,大大拓展了简单的"二元对立"模式,从而丰富了文本的内在意蕴。在此矩阵中,X 与反 X 之间的对立冲突是根本性的。如果把 X 设立成为《红字》的海丝特·白兰太太和丁梅斯代尔牧师,是被压迫被欺凌者和犯罪者(只不过他俩的罪是一显一隐)的代表,那么以贝灵汉总督为代表的世俗政权和以威尔逊牧师为代表的教会就是反 X,是所谓正义审判官的代表。与世俗政权和教会既没造成冲突,又不是被压迫者,那非反 X 就是齐灵渥斯,他以"慈善的医生"身份出现,还赢得了交口称赞,笔者称他为隐形压迫者。依照符号矩阵这一逻辑模式,非 X 我们可推断出就是当时参与审判和诋毁海丝特·白兰的波士顿居民,笔者称之为群众共同体,在审判海丝特·白兰的举动中,正是他们给了当时世俗当权者和清教教会压力,他们可谓是压迫力量的大本营。开启和明了这样一个多向

维度的人物关系,将会左右和决定文本向纵深层次发展,从而使我们的阅读在空间上呈现出新的意义。

被压迫者、犯罪者: 审判官:贝灵汉总督、威尔逊牧师
海丝特·白兰和丁梅斯代尔

```
×━━━━━━━━━━━→反×
 ╲         ╱
  ╲       ╱
   ╲     ╱
    ╲   ╱
     ╳
    ╱   ╲
   ╱     ╲
  ╱       ╲
 ╱         ╲
非反×━━━━━━━━━━━→非×
```

隐形压迫者:齐灵渥斯   压迫力量的大本营:波士顿居民群体

二、从价值伦理学探源群体价值观的颠倒

我们先来列举《红字》中群体意识的表现,当海丝特即将走上刑台示众时,台下围观的波士顿主妇们称呼她为"破鞋"、"破烂货"、"淫妇",[3]认为"应该在海丝特·白兰的脑门上烙个记号"、"这女人给我们大伙丢了脸,她就该死"、对于她佩带在胸前的红字"倒愿意赏给她一块我害风湿病用过的法兰绒破布片,做出来才更合适呢!"(《红字》第二章:市场)当海丝特从牢里出来后,那些清教徒的孩子们都会蹑手蹑脚地来到茅屋外窥探她的红字,少女更是一瞧见红字就羞赧地走开,"她一心一意接济穷苦人,但她伸出的救援之手所得到的回报却是谩骂"(《红字》第五章:海丝特做针线)。更为出格的是,笔者满以为经年之后镇上的居民已经宽恕了海丝特,可在海丝特打算出逃的前夕,在游行大典的当儿,水手、印第安人、白人、居民又全都因红字聚拢来,"就在她即将甩掉那灼人的字母之前的最后时刻,它居然莫名其妙地成为更令人瞩目和激动的中心,因而也使她自佩带它以来,此时最为痛苦地感到它在烫烧着她的胸膛"(《红字》第二十二章:游行)。我们不禁要问,这些所谓的清教徒群体为何有如此表现?这种群体意识是从何而来?当时的世俗当权者和清教教会为什么会受到群体意识的驱遣?下面,笔者尝试从价值伦理学的角度加以探讨。

马克斯·舍勒的价值伦理学认为:在社会的集体灵魂中,存在着各种缺陷、弱点和价值错觉。而"怨恨"就是他关注的主要对象。怨恨这种情感,是存在于某些人心中的冥顽不化的憎恨。怨恨同样也根源于在人的潜意识的情感

---

3 笔者注:本稿所引《红字》译文皆出自:[美]霍桑:《红字》,胡允桓译,人民文学出版社,北京:1991。以下引用不再予以说明。

体验层次上被隐藏起来的那些无可救药的无能……怨恨就是一种存在于价值感中心的紊乱;它也是价值偏好发生紊乱的原因。也就是说,价值秩序是在爱的秩序这个棱镜中建构起来的,而怨恨却是对这种价值秩序的背离,并因此反映出一个人的道德品位出现了反常。[4]因而,在怨恨情感中,笔者就择其最主要的一种结构即对那些怨恨主体无力获得肯定价值的"诽谤"进行分析。按照舍勒的说法,"怨恨主体从情感上用根源于他的无能的那些反面价值代替了肯定价值,所以,他仍不断地被那些无法获得的价值的诽谤所折磨……怨恨颠倒了肯定价值和否定价值,怨恨感受根源于肯定价值的难以获得性。难以获得的价值会被人从情感上加以毁谤和贬低,而在无法治愈的生理上的、心理上的、智力上的或社交上的无能中存在的否定价值则会被人下意识地抬高到难以获得的价值所在的更高等级上,而这些否定价值原本并不处在这些价值等级上……这种价值诽谤的消极倾向在蔑视的神态、奚落、冷嘲热讽或故作姿态地无视另一个人的存在中就已经能体现出来了。它们全都充斥着不可救药的、从情感上对在他人身上呈现出来的难以获得的价值的拒绝。"[5]海丝特在《红字》中一出场,霍桑就浓墨重彩地从身材、体态、浓发、容貌、气质及风范描写她惊艳的美,与围观的妇人们的讥讽、刻薄言语相比较,海丝特的容忍、担当与谦卑更映衬出了那些一样到新英格兰寻梦的妇人们的丑陋和苦毒(第二章:市场);出狱后,当海丝特以容忍、怜悯和谦卑的行为来善待镇上的邻居们时,结果换来的却是讥讽、规劝和躲避(第五章:海丝特做针线)。可以说,正是海丝特的美丽、脱俗、高贵和在大洋彼岸的虔诚世家身份——虽然犯了罪——让她卓尔不群的独特性彰显无余,确非当时镇上的居民可及,这让当时怀抱梦想而奔逃到新英格兰的清教徒们在臆想的恩典之约还未完全实现的情况下"烛照"到了自己现实生活的缺乏。因而,"吃不到葡萄说葡萄酸"的潜意识心理在群体中作祟,一种无力得到或实现的怨恨情感不由自主地产生。同时,从霍桑在全书的引子《海关》里的记叙来看,清教徒们的生活状态和作风已经与他们的祖先初到北美大陆时的期望相去甚远,他们的革新诉求已远远抵挡不了世俗生活的引诱和腐化。在这样的一种张力中,他们的思想不免从天堂跌落尘埃,期望实现的远没实现,只要生活中有一丝可诱发他们产生自以为义的契机,他

---

4 [美]曼弗雷德·弗林斯:《舍勒的心灵》,张志平、张任之译,上海三联书店,上海:2006,第145页。

5 同上,第145—147页。笔者注:关于价值等级,马克斯·舍勒在论到价值的等级时把价值分为五级,由高到低排列的情况:(1)神圣的价值和非神圣的价值;(2)精神价值的价值等级:A,判决价值,B,审美价值,C,知识价值;(3)生命价值的价值等级:高贵的与卑贱的;(4)有用价值的价值等级;(5)感官价值的价值等级。参见曼弗雷德·弗林斯《舍勒的心灵》第19—29页详细而又精彩的论述。

们都会毫不犹豫却又是全然不觉察地抓住。诚如舍勒所言，价值的畸变在群体的整个心理结构中产生，并导致假以正义和道德的群体身份来实施宗教"审判"的行为。殊不知，"有道德的人，乃是报复欲最强的人，他们把自己的道德，当作最可手、最精致的报复武器来使用。光是鄙视或谴责自己的邻人已经不能令他们满足了，他们想要让他们的谴责成为普遍必然的谴责，也就是说，以便让被谴责者的良心，也能站在他们一边。只有这样，他们也才能彻底满足而心定神安起来。除道德以外，世上任何东西也无法得出如此辉煌的战果"[6]。他们正是通过毁谤和贬低别人的"罪行"来抬高自己的错位的价值，主体行为的实施与价值畸变从而与此有了很大的相关性。

尼布尔认为，"个人生活和集体组织之间最重要的相似性在于后者和前者一样，也能意识到人类生存的偶然性和不安全性"[7]。群体的不安也往往将群体导向破坏性的方面，它是罪的前提。这是因为群体为克服不安，总是想尽办法扩充自己的权力。那清教徒的不安怎样产生的呢？在16、17世纪，英国的一部分新教徒希望改革英国国教，摆脱罗马天主教的影响，回归《圣经》，他们期待信仰和教会生活的纯洁化，因此被称为"清教徒"（Puritans）。为摆脱英国国教对他们的长期压制——以"五月花号"事件为标志——他们开始前往美洲新大陆寻找宗教生活的自由，认为上帝在那里给了他们新的应许之地。这些虔诚的清教徒相信，上帝在那里为他们安排了一切，并会与他们订立新的圣约，因而，《圣经》成为他们的社会道德标准和审判一切的根基。他们注重理智和推崇理想，排斥情感和禁绝欲望，但刻板的教条主义要求人们的想法、行为、言语和感受必须比照《圣经》。凡是挑战《圣经》的权威都必将受到迫害，忏悔和恕罪成为了生活必不可少的主题。尼布尔指出，像个人一样，群体总不免把生存意志（will to live）扩张成权力意志（will to power）……群体的罪是在生存意志向权力意志转化的过程中形成的。在此过程中，群体神化自我利益，赋予自身以永恒绝对的价值，这是一种隐蔽的偶像崇拜，是宗教意义上的罪。[8] 可以说，透过《红字》我们可看到，当时新英格兰殖民地的清教徒们，正在把自我所追寻的信仰理想化和自我利益化。实施对海丝特的惩罚示众事件，他们想象由此正好可以成为纯洁教会的好契机，正好显示出与英

---

6 ［俄罗斯］舍斯托夫：《以头撞墙：舍斯托夫无根基生活集》，方珊等译，天津人民出版社，天津：2007，第154页。

7 转引自刘时工：《爱与正义——尼布尔基督教伦理思想探究》，中国社会科学出版社，北京：2004，第156页。

8 同上。

国国教的区别；清教教会和世俗当权者的结合则为这样的信仰理想化提供了实施的平台。所以，海丝特的罪行正好可以使清教徒们的生存意志有用武之地，所以他们动用了他们自认为是上帝所赐的权力意志。在这样的一种群体意志下，海丝特的受审和示众实在无可避免。但清教徒们在实施权力意志的过程中，他们的罪行也随之彰显出来。诚如西蒙·薇依所说：一个像教会那样欲成为神圣的社会，也许会由于它包含着善的代用物而比玷污它的恶使它变得更加危险。神圣的标签贴在社会上：包含着一切许可的令人陶醉的混合物。乔装打扮的魔鬼。[9] 本是对英国国教的改革诉求，最终却走向极端，使之成了束缚自己的脚链。可以说，他们诉求、追寻所导致的信仰和现实脱节是他们内心不安的原因，海丝特的犯罪际遇只是他们发泄不安的一个端口罢了。

三、偏离信仰而产生的自以为义

在基督教的信仰看来，上帝通过耶稣基督临到人类，拣选的是在罪中悔改的人，而不是义人。人所本不配得却白白得到的，那才称之为恩典。海丝特·白兰和丁梅斯代尔牧师，在偶然的境遇下由于偶然的个体性情犯了"十诫"中的"不可奸淫"的律令。在旧约律法中，这是一则要求承受被石头打死的罪。刘小枫说：一个人遭遇不幸或自己无意中造成的不幸，远远超出了人的情感定义和道德判断能力。人们期待生命中幸福的相遇，而一生遇到的大多是误会。生活是由无数偶然的、千差万别的欲望聚合起来的，幸福的相遇——相契的欲望个体的相遇是这种聚合中的例外，误会倒是常态。[10] 可以说，海丝特·白兰和丁梅斯代尔牧师正是由于在偶然境遇下的偶然个体性情——罪性使然——的冲动而犯了罪，生命偶然产生的"误会"让他们在直面上帝的圣洁时处于不断的悔恨、羞惭和自责的生命状态中。从基督教的原罪论来看，罪是人亏缺了上帝的荣耀，是人自身的亏欠和不圆满。"世人都犯了罪，亏缺了上帝的荣耀"（罗 3：23），"就如经上所记：'没有义人，连一个也没有'"（罗 3：11）。罪是人类实存的混乱与失衡，是对上帝的背离（aversio a Deo），对创造的颠倒（conversio ad creaturam）。[11] 正是罪让人处于一种放逐状态，不可回到创世之

---

9 ［法］薇依：《重负与神恩》，顾嘉琛、杜小真译，中国人民大学出版社，北京：2005，第 165 页。

10 刘小枫：《沉重的肉身》，上海人民出版社，上海：1999，第 50 页。

11 ［英］约翰·麦奎利：《基督教神学原理》，何光沪译，上海：三联书店，2007 年，第 250 页。

初与上帝相处会面的那种和谐状态。但是,上帝的恩典让神人有和好的契机,那就是通过十字架上基督的受难作为挽回祭而实现的。基督不是为义人受难,乃是为罪人受难,因而罪人需要向基督悔改方可进天国。海丝特·白兰和丁梅斯代尔的悔改,本是向着上帝而生的悔改,却遭遇了新英格兰殖民地的世俗当权者和清教教会的"惩罚",为了让海丝特·白兰招供导致此罪行的另一参与者。霍桑这样来描述贝灵汉总督以及随从官员们:

> 不消说,他们都是为人圣洁、主持正义的好人。(《红字》第三章:相认)

在审判海丝特时,作者富有深意地描述威尔逊牧师由于她不肯招供的反应:

> "女人,你违背上天的仁慈,可不要超过限度!"威尔逊牧师先生更加严厉地嚷道。"你那小小的婴儿都用她那天赐的声音,来附和并肯定你所听到的规劝了。把那人的姓名说出来吧!那样,再加上你的悔改,将有助于你从胸前取下那红字。"(《红字》第三章:相认)

似乎世俗当权者和教会的领袖们是完全公义的全知全能者,连婴孩都在传递着他们的正义呼声。罪可以从自以为义的人那里取消吗?那基督教教义中的基督救赎的意义在哪里?

在历史上,不仅是耶稣时代的犹太人,就是后来的许多基督徒,都有一种道德主义的圣人追求,要求每个人必须追求道德化的人格,据说道德化人格的实现,就是理想社会的实现,还说这就是上帝的国。我不觉得理想社会的实现就是上帝的国。耶稣说:"日子满了,上帝的国近了。"(可 1:15)上帝的国不是我们人建造起来的,而是从人的一切可能性和历史限制的彼岸撞进我们身处的这个世界来的。[12]上帝的国是通过耶稣医病、赶鬼、治愈伤心的人,赦免行淫的妇人,让死人复活,祂自己亲自死在十字架上的担当来实现的。当时新英格兰殖民地的世俗政权和清教教会建立他们所追求的理想社会的途径,是让罪人海丝特走上示众的刑台来获得"宽恕",这还不够,她还需要生活在千夫所指的群众生活中,永远佩带着她那耻辱的红字而不可取下。

真实的上帝,彻底越出人的言辞所能描述的范围,同人有着不可逾越的鸿沟。这个鸿沟就是上帝对世俗一切所发出的怒吼——不!这个纯粹否定宣布了一切人对上帝的论述不可能性,取消了人的一切狂妄和宗教对认识上帝的

---

12 同上注10,第9页。

可能,上帝之言永远地保持未被言说。[13]新英格兰的清教徒们完全理解了上帝的圣言了吗?是上帝亲自启示了他们,还是自己单方面的理解?就如经上所记,没有义人,连一个也没有(罗 3:10)。法利赛人捉拿了行淫的妇人来刁难耶稣,耶稣用指头在地上画字,给他们以延宕的时间来反观己心和宽恕别人,但他们仍然不依不饶,耶稣只有说:你们中间谁是没罪的,谁就可以先拿石头打她。结果他们都走了。耶稣宽恕那妇人,叫她"从此不要再犯罪了"(约 8:11)。当时的世俗政权和清教教会无疑是把神人的位置颠倒,以为自己就是上帝的临在,是正义的化身,殊不知以属世的方式来处理罪已经远离信仰上的恩典实质而走上了宗教化的道路。人与上帝的无限距离的关键原因,在于人的无一例外的罪性,即使人是在其理解上帝的活动中,罪性依然存在——换言之,神学、牧师、教会、基督教都不可避免地带有人之罪性。[14]巴特的话语何其明确,相对于上帝的启示真理,只有亲自向人开启他恩典的耶稣基督,才配得上是义。新英格兰殖民地的世俗当权者和教会领袖们,却错误地理解了基督信仰之罪和赦免的内涵,本是为着躲避宗教迫害和追寻宗教宽容来到新大陆,最终自己却堕入了所反对的怪圈,不可不说是悲剧。卡尔·巴特在《罗马书释义》中阐述"人之义"时把宗教与信仰明确区分开来:"因为这种误解……于是,典型'宗教的'生活产生了;它带有一种浪漫的不可信性;在蔑视它的人面前,无能怎样能言善辩都不能使它变得可信。于是,先知的神性之义演变成为了法利赛人的人性之义;然而人性之义就意味着不虔不义。……暂时还演变成了法利赛人的先知……还在越来越高地建造他的巴比伦通天塔——贪得无厌地向上帝提要求,自信对上帝有把握,享受着上帝;然而,……他是身居高位,但已坠落下来。他是上帝之友,但已成为上帝最痛恨的敌人。他是义者,但已受到正义的审判。"[15]因此,莱肯也指出:"在新英格兰,由于清教徒们更全面地掌握了社会与各级机构的主宰权,因此,清教主义……也更倾向于态度的不宽容、手段的强硬,倾向于自满自义、律法主义,倾向于内在的败坏"。[16]当新英格兰殖民地的人们还陶醉于自以为义的道德体系中,自以为凭着"恩典之约"是上帝的新选民来审判世界时,笔者以为拿卡西尔的话正好警示那些陶醉在自以为义中的人:"人不能逃避他自己的成就。他不能不接受他自己生活的情

---

13 吴冠军:《冒称的'上帝'——巴特神学的崇高化》,见许志伟编《基督教思想评论》(Vol. 5, No. 2,),上海人民出版社,上海:2006,第 87 页。

14 转引自刘小枫:《走向十字架上的真》,上海三联书店,上海:1994,第 59 页。

15 [瑞士]卡尔·巴特:《罗马书释义》,魏育青译,华东师范大学出版社,上海:2005,第 61 页。

16 Ryken, *Worldly Saints*, Grand Rapids: Zondervan publishing House, 1990, p. 12.

状。……人在自义下经常和自己谈话。他这样把自己包裹在语言的形式、艺术的形象、神话的符号或宗教的仪式之中，以致除了依赖介入这个人工的媒介以外，他不能看到和认知任何事物了……人也不再生活在一个坚硬的事实的世界中，或者依照他当下的需要和欲望而生活。他毋宁生活在想象的情感、希望和恐惧、错觉和觉醒以及他自己的幻想和睡梦中。"[17]《圣经》话语的独特启示性，虽然以属世的语言外壳出现，但在基督信仰看来，它乃是神的亲自言说，是一种属灵的亮光，这在《创世记》1：3 和《约翰福音》1：1—2 里就很清楚表明了"圣言"不属世的独特性。因而，作为基督信仰的恰当理解，应该是回归到《圣经》中看上帝的启示而不是人的自以为义的建构。"凡自高的必降为卑，自卑的必升为高"（太 23：12）。当清教以政教合一的形式占据社会主流意识形态时，它已经背离了"我的国不属这世界"（约 18：36）的教导，由此导致的弊端不仅霍桑不以为然，后世一些有深刻见解的基督教思想家也对此多有诟病。因而，如何摆脱自欺的颠倒价值结构作为一个恒久主题，不仅针对霍桑所记叙的新英格兰清教时代，而且对如何应用在当今教会的伦理指导方面，都是值得引人深思的。

---

17 ［德］恩斯特·卡西尔：《论人：人类文化哲学导论》，刘述先译，广西师范大学出版社，桂林：2006，第36页。

神学诗学探索

宗教问题:中国文学的命运
和当今诗人的使命
——一个耽于沉思的诗人的内心独白

刘光耀(襄樊学院神学美学研究所) 文

[内容提要] 文学是对人生存意义的言说,以对绝对的认同为根基,绝对的刻画者是宗教,故本文以言述绝对的宗教为起点。自然宗教出现最早,以物质性的东西为最高实在。佛教则继而以对实在的彻底否定而否定了自然宗教。但由于能否定实在的东西本身必须具有实在性,而这种实在在佛教中阙如,故在逻辑上,基督教实际上构成了对前述两种宗教的超越,堪为更高级、更具绝对品质的宗教。中国宗教无论儒、道,其最高实在皆为实际上是物质性的混沌;佛教虽非如此,但其"真如"在形态上亦为混沌性的。混沌之为物一是各种要素在其中混杂纠结,未相互分化、分离,二是其运动没有方向,只在自身内循环重复。整体上儒道释堪称混沌宗教。从逻辑的观点看,混沌终将被来自其外的即基督教所刻画的三一上帝之光所照亮。与此相应,中国文学堪称混沌文学,各种意义元素其中皆有而皆不发达,故演化至今而创造力尽失,惟有接受上帝之光的照耀方可获新生,此为其命运。但依别尔嘉耶夫,在西方发展起来的基督教传统亦不乏混沌、偏颇之处,其重救赎而轻创造,明于神性而昧于神人性,强调罪性、顺服而贬抑人的神性与自由,此对中国文学亦有负面影响。走出其中的种种阴影,由对人的神人性的彰显而引导中国文学的新生,乃当今中国诗人之使命。

一 "绝对":问题的起点

1. "中国文学的命运和当今诗人的使命"这个"宏大叙事"意味着另有一

更"宏大"，且更在其之前的"叙事"：世界的绝对依峙或终极基础。因文学作为"人的原初精神方式"，"是存在的歌唱，生命本身的言说"，[1]她要给出的是人生存的意义，而该意义归根结底则要以通常所谓"绝对"或"绝对者"为根基。[2]而很明显，这便引出了宗教，因"绝对"或"绝对者"正是由宗教所给出、所刻画的。况且，在起源上，文学将宗教的神明世界和哲学的形上世界本是全部包蕴于一身的。[3]当然，在后来的演化中，宗教同诗相互分化了，但这却并非即意味着诗在存身维度上成了低于宗教或同宗教不相干的东西。相反，正是由于这种分化、分离，诗得以以自己的方式使自身的宗教品格得到了新的发展和强化。例如整个英语文学同《圣经》传统源远流长的关联，[4]便都清楚表明了这一点。

2. 那么，这意味着什么呢？

这意味着：要谈论文学的命运、使命，要想使相关的谈论合乎逻辑，要想和那些不知逻辑为何物的教授、美学家、批评家、文学理论家、作家、诗人区别开来，就要先行谈论绝对问题，就必须将对文学命运与使命的言说置之于关于宗教的言说之下，将关于宗教的言说作为言说文学的逻辑前设——这意味着哲学家、殉道者朋霍费尔（D. Bonheffer）是对的：人的言说是演绎性的，人只有"将一个未知事物列入现存的分类"，"这未知的对象"，才"会变为已知"。[5]

2.1. 赘言之，虽然文学是关乎绝对并始终维系于绝对的，但由于在意识形式上其同宗教、形而上学在后来的相互分化，文学同绝对的关联常常是隐藏的、非直接的。[6]而我们知道，宗教则直接、明白而集中地言说并实现着这种关联。这使我们可以更方便地从宗教去讨论绝对，并有理由相信：一旦宗教论阈中的绝对问题得到了如其所是的把握，文学命运与使命问题便会随之明朗的。

二 基督教：关于绝对的逻各斯

3. 在诸多宗教关于所谓绝对的学说里，我们选择 19 世纪晚期俄罗斯哲

1 刘小枫：《拯救与逍遥》，上海三联书店，上海：2001，第 31 页。
2 ［美］蒂利希：《文化神学》，陈新权、王平译，见何光沪主编《蒂利希选集》上，上海三联书店，上海：1999，第 384 页。
3 ［意大利］维柯：《新科学》，朱光潜译，人民文学出版社，北京：第 151—166 页。
4 D. Jeffrey, ed. A. *Dictionary of Biblical Tradition in English Literature*, Grand Raoid. Michigen.
5 ［德］朋霍费尔：《第一亚当与第二亚当》，朱雁冰、王彤译，华夏出版社，北京：2004，第 42 页。
6 ［美］蒂利希：《文化神学》，陈新权、王平译，见何光沪主编《蒂利希选集》上，上海三联书店，上海：1999，第 432—439 页。

学的伟大奠基者索洛维约夫 (W. Solovjeff, 1853 - 1900) 为基本参照。我觉得，迄今为止也许还没有谁能够像他那样，既合乎历史、也合乎逻辑，即在逻辑与历史的统一上揭明"绝对"的真相的——当然，在某些方面和某种程度上我会对他做出些改造。

4. 索洛维约夫将人类宗教分为三个层次。这三个层次既是逻辑上的先后顺序，同时也是历史上的先后顺序。他说："宗教真理就是在这个顺序上在人类意识中历史地发展着的，因为历史的和逻辑的顺序就自己的内容来说，即就内在联系来说（我们所指的就是这个联系）显然是一致的（只要我们承认历史是一种发展，而不是无意义的东西）。"[7]

5. 索洛维约夫说，人类宗教发展的第一个层次是"自然宗教"。在这里，"自然界自身获得了神的意义，被认为是某种绝对的、自在的东西"；"神的原则则隐藏在自然现象世界的背后，宗教意识的直接作用只是处于服从地位的物质和力量，它们在自然界中直接地作用着，以最直接的方式决定着人的生活和命运，这样一个基本层次以广义的多神教为代表，即以所有的神话宗教或者所谓的自然宗教为代表。……在宗教发展的第二个层次上神的原则是对自然界的否定，或是自然存在的无（缺乏），是相对自然存在的否定的自由。这个层次的实质特征是悲观主义和禁欲主义，其最纯粹的典型是佛教"。[8]

6. 暂抛开索氏将自然宗教和佛教都视为"神的原则"即基督教之上帝的原则的启示是否妥当不论，只就人类宗教的历史实际言，他所指出的这两种宗教在发生的历史时间及它们之间的逻辑关系上，应当是没有问题的。因为任何否定都只能发生在相应的肯定之后，否则，所谓否定就无从谈起，因为那时还没有可让其否定的对象。而勿庸烦琐地引证和说明，正如人类宗教史所实际上表明的那样，各种形式的自然宗教（不言而喻，在较宽泛的意义上，凡将自然、社会及人的东西神圣化、绝对化的，皆可称为自然宗教）是最早的宗教，佛教出现的时间则在其之后。

7. 那么，为什么自然宗教的绝对必招致佛教的否定呢？

原因简单：自然是有限的，非无限的，以有限而为无限这中间所造成的逻辑罅隙，最终会将被视为绝对者的自然事物（包括社会、人）身上的神圣之光剥蚀。易言之，既然自然被视为绝对，"这个绝的内容应该赋予我们的生活和意识以完满，将满足我们的无限的需求"，当做不到这一点时，其便"必然地失去

---

7 ［俄］弗拉基米尔·索洛维约夫：《神人类讲座》，张百春译，华夏出版社，北京：2000，第 37 页。
8 同上，第 38 页。

对我们的统治力量，不再是神圣的了"。⁹而在逻辑上，对自然性的绝对的否定所能引至的，只会是"否定的规定"，是"存在的缺乏，是无，是涅槃"。"因为最初自然界是作为一切而给定的，在人的这个意识状态里，自然界之外什么也不存在"。也就是说，自然就是一切，这样，否定、放弃自然存在的绝对性就必然是放弃一切存在，放弃任何存在的绝对性。于是，"对摆脱自然界的渴望就成了自我消灭的渴望。也就是说，如果自然界是一切，那么那否定了自然界的东西，就是无"；"这个否定的世界观是宗教意识发展的逻辑上的必然层次"。¹⁰

8. 在索洛维约夫看来，佛教的无包含有某种真理，即它暴露了自然宗教以自然为绝对的虚幻性，从而向"真谛"推进了一步。但是，作为绝对，这个无却同样是不能成立的。因为既然自然在绝对意义上是虚幻、空无，那么，"真实的、真正的现实不可能比虚幻现实更贫乏，它不可能比虚幻现实所包含的内容更少"。¹¹也就是说，如果被佛教指为空无、虚幻的那个自然世界真是空无、虚幻，那么，它借之以否定自然世界的东西本身便不能再是无与幻，而必当是某种比自然更真实、更实在的东西，但佛教却由对自然的实在性、绝对性的否定而否定了实在本身，从而坠之于彻底的虚无。索洛维约夫说，绝对当然"超越任何确定的东西，因为它不依赖于任何东西。然而，摆脱一切存在（肯定的无）不意味着丧失一切存在（否定的无）。事物真正的、积极自由的前提是权力、力量，或者是能力，目的是控制它所摆脱的东西。比如，针对小孩，不能说他摆脱了欲望，或者说他超越了欲望，因为他还完全没有欲望（在这个意义上，他低于欲望）"。¹²

9. 因此，在佛教对自然宗教的否定之后，需要的是对这个否定的再否定。在此新的否定当中，自然宗教对自然绝对性的肯定既得到了某种保存，却又并不被等同为绝对本身；佛教对自然绝对性的否定既被接受下来，却又被同超越了自然的更高的实在连结了起来，而不是由对自然之实在性的否定而滑向对实在本身的否定。也就是说，佛教对自然宗教的否定实际上为真正的绝对之出场扫清了道路。

10. 应能看出，若这种否定之否定真的发生了的话，那么，在此出场的绝对在逻辑上也许便可被认为是绝对本身了。理由：在一切有形的（自然、社会、

---

9 ［俄］弗拉基米尔·索洛维约夫：《神人类讲座》，张百春译，华夏出版社，北京：2000，第39页。

10 同上，第42—43页。

11 同上，第52—53页。

12 同上，第45页。

人)绝对者被否定为无,而无由于本身没有任何肯定性、实在性而又不能成为肯定的绝对之物的担当者的情况下,如果再有绝对者出场,那么,该绝对者除非自己主动向人启明自己,人便是根本无法想象的。理由十分简单:人是相对者,相对者如何去设想绝对者呢？如果人肯定地和否定地想象的绝对都不是绝对,那只能意味着人是不能想象绝对的,意味着人要想知道绝对便只能指望绝对者自己向人作自我开启。当然,这种安瑟伦(Anselm)式的论证孤立地看也许仍是不够的。但令人惊讶的是,在目前人类所有的宗教里,正是基督教说,她的绝对者圣父、圣子、圣灵三位一体的上帝是亲自化身为人,来向世人作自我启示的绝对者。福音书说:"从来没有人看见过上帝,只有在父怀里的独生子,将他表明出来。"[13]

10.1. 在这一点上,我们的看法与索洛维约夫相近或相同。索氏将基督教视为人类宗教发展的第三个层次:"在第三个层次上,神的原则在自己自身内容里彻底地启示着,这个内容就是,它在自身中是什么,对于自己而言是什么"。

11. 结论是明显的:(一)在逻辑上,基督教所说的三位一体的上帝,是最为可取的绝对者;(二)如果迄今为止的人类宗教在最为抽象的层次上就只有上述三大类,基督教的绝对在逻辑上又显得是真正的、更为可取可信的绝对,那么,这便意味着基督教乃人类宗教演化的方向,走向基督教便当是人类宗教的必然性命运。

12. 索洛维约夫所以得到这样的结论,乃因在他看来,不论自然宗教还是佛教,都是同一个"神人原则"即上帝进行启示的不同方式,只不过在自然宗教和佛教那样的宗教里,上帝是间接地通过他者(自然界)或由对他者(自然界)的简单否定实现的,而在基督教里则是上帝自己直接进行启示的。很明显,这种理论的困难同当代宗教对话理论中的"匿名的基督徒"说是一样的,等于说任何基督教之外的宗教都是"匿名"或"别名"的基督教,但这在逻辑上却是未得到论证的。

12.1. 对此,我的想法是:基督教诚然是绝对宗教,但在认识论和逻辑学上,这应是人类迄今所有宗教关于绝对的言说之间的逻各斯,或所有那些言说之间的逻辑所表明的。兹试略述如下。

(一)为了叙述上的方便,暂且可将各种宗教都仅视为人类关于绝对者的观念或意识;

(二)正如雅斯贝斯(K. Jaspers)的"轴心期"论所说的,所有那些主要的

---

[13] 约1:18。

此类观念、意识的模式如希腊宗教、犹太—基督教、佛教、儒教、道教（或儒家、道教哲学）等都在那个时期或先或后地形成了；

（三）它们的形成是在相互隔离或彼此影响不大的环境中各自独立地完成的，在初出现之际，它们彼此之间似乎没有多少逻辑上的牵缠，但当将它们放在一起共时地进行比较时，人们看到，这些在起源上彼此无大相干的东西之间却存在着内在的逻辑关系（比如前述自然宗教、佛教与基督教间的那种关系）；

（四）它们之间的逻辑关系主要可从以下两方面的比较分析中见出：(1)不同概念、范畴、命题之间真谬、正误的分析性、判断性对比（如：自然宗教、佛教各自的片面性）；(2)不同概念、范畴、命题之间逻辑上孰先孰后的演绎性、结构性对比（如：对自然绝对性的肯定必先之于对它的否定）；

（五）这种逻辑上的比较虽然是纯理论地、共时地进行的，即将不同时空语境中形成的东西现象学地置之于同样的解释语境进行审理，但审理的结论却具有历史性或时间性。即(1)就分析性对比言，一方面，结论为真的宗教概念、范畴、命题（它们主要表现为宗教教条、教训、诫命、教理、教义等）既然被认证为是真理性的东西，便自然意味着是普遍有效、有绝对价值的，应当作为普遍努力的目标、方向，即它是表征着历史运动之未来的；与此相应，另一方面，结论为谬误或片面的东西系当放弃的东西，它们曾出现过，但已被分析表明不可再持守，它乃表征着历史运动的过去，是尚存的历史陈迹；(2)就演绎对比言，逻辑上在先的东西（如：自然宗教对自然之绝对性的肯定在逻辑上应先于佛教对它的否定），一方面，在时间上也会是发生较早的、在前的（如：自然宗教在历史上发生最早），另一方面，如果以未来为时间的前方坐标，则它又是在后的，即它属于过去，没有未来生命；与此相应，逻辑上在后的东西（如：基督教可视为是比自然宗教与佛教更高的宗教，因而在出现的逻辑顺序上较晚），一方面，它在时间上（历史上）会发生得较晚，可另一方面，如果以未来为时间的前方坐标，则它又是在先的，即它属于未来，拥有未来生命。此正是福音书所谓"那在后的，将要在前；在前的，将要在后"。[14]也正是在这样的意义上可以说，基督教乃真正的绝对宗教。

三 "混沌宗教"与"混沌文学"：中国宗教与文学试描

13. 如果上述看法成立，那么，反观中国宗教，我们首先吃惊地发现的是：

---

14 太 20:16。

其既非纯粹的自然宗教,亦非纯粹的佛教,而毋宁是将诸多宗教成分皆涵纳于一身的"混沌宗教"。

　　13.1. 先看道教(我们从被称作道教哲学的老子《道德经》来看)。

　　道教有自然宗教成分,仅"道"为一物质性的东西[15]这一点,便可为证。就人而论,其对人的自然欲望并不否定,与崇尚人性的宗教并不根本异质。但它"不欲而静"、[16]"抱弱守雌"[17]一类的说法却又对人的自然欲求与力量大加限制,远没希腊奥林匹亚宗教(Olympoian religon)那样在对人的自然性品质与力量上的清晰、明了、崇尚和张扬。这是其人论上的混沌。在其对"名"的消解("悠兮其贵言"、[18]"希言自然"、[19]"绝圣弃辩"、[20]"绝学无忧"、[21]"道常无名、朴"[22])上与佛教同趣,但又远无佛教彻底。其一边称"道可道,非常道;名可名,非常名",另一边却又称"无"、"有"为"同出而异名,同谓之玄。玄之又玄,玄妙之门",[23]"名"终又为言道、知道之途。另一方面,它抵制儒家之"仁"、"义"、"德"、"礼"("大道废,有仁义;六亲不和,有孝慈;国家昏乱,有忠臣";[24]"失道而后德,失德而后仁,失仁而后义,失义而后礼。夫礼者,忠之薄,而乱之首"[25]),这可视之为其在认识论上的混沌。但更根本的是其在本体论上的混沌:在同以"阴阳"为万物的实体、万物的流行变化之道上它与儒家并无二致。也就是说,被道家视为绝对的东西是不确定的、模糊的,即混沌的东西。这一点在老子对道"之为物,惟恍惟惚"、[26]"有物混成"[27]等的描绘上是很显然的。

　　13.2. 儒教[28]所崇拜的同样是混沌。在推崇严格的名教礼制上("必也正名乎! 名不正则言不顺,言不顺则事不成,事不成则刑罚不中,刑罚不中则礼

15 老子 25 章,参见陈鼓应:《老子今注今译》,商务印书馆,北京:2003,第 169 页。另参见该书第 157 页注释 7。

16 老子 37 章,参见陈鼓应:《老子今注今译》,商务印书馆,北京:2003,第 212 页。

17 老子 28、40 章,参见陈鼓应:《老子今注今译》,商务印书馆,北京:2003,第 183、226 页。

18 老子 17 章,参见陈鼓应:《老子今注今译》,商务印书馆,北京:2003,第 141 页。

19 老子 23 章,参见陈鼓应:《老子今注今译》,商务印书馆,北京:2003,第 164 页。

20 老子 19 章,参见陈鼓应:《老子今注今译》,商务印书馆,北京:2003,第 147 页。

21 老子 20 章,参见陈鼓应:《老子今注今译》,商务印书馆,北京:2003,第 150 页。

22 老子 32 章,参见陈鼓应:《老子今注今译》,商务印书馆,北京:2003,第 198 页。

23 老子 1 章,参见陈鼓应:《老子今注今译》,商务印书馆,北京:2003,第 73 页。

24 老子 18 章,参见陈鼓应:《老子今注今译》,商务印书馆,北京:2003,第 145 页。

25 老子 38 章,参见陈鼓应:《老子今注今译》,商务印书馆,北京:2003,第 215 页。

26 老子 21 章,参见陈鼓应:《老子今注今译》,商务印书馆,北京:2003,第 156 页。

27 老子 25 章,参见陈鼓应:《老子今注今译》,商务印书馆,北京:2003,第 169 页。

28 "儒教"之为"教"是否成立,兹不辨,只笼通言之。

乐不兴"；[29]"有天地然后有男女，有男女然后有夫妇，有夫妇然后有父子，有父子然后有君臣，有君臣然后有上下，有上下然后礼义有所措"[30]），似乎条理分明，其与道家别而与犹太教明确的律法体系似，并无混沌问题。但犹太教律法的依据是人格性的上帝，儒家所崇拜的"天"却不过是自然性的，即自然宗教的东西；可是，就其以君臣父子为天道言，它却又是反自然、非自然的"天"（自然）"人"（社会礼仪规范）"合一"。如此"合一"，显然为混沌的。另一方面——并且，也是最根本的——其虽在名教礼制上与道家有别，但在以阴阳化生万物、万物以混沌为终极来源上，与道家却又并无二致。因不论在用词用句上道家的"道"与儒家的"无极"、"太极"多么不同，但就二者皆为阴阳二气之所从出这一点看，两者并无质的不同。[31]顺便说，坚持严格的礼教制度，礼教的终极依据却是无法以明确的概念加以界定和辨析的所谓混沌，这是中国之常有不容辨析、不容抗辩的专制暴政和无理性且不容讲理性的暴民乱党、"愤青"的根源所在。最后，儒家对礼教倡由"知之"、"好之"进而"乐之"，自信"内在而超越"，不乏某种类似禅佛之境的"超越"之意，但"超越"又不离"内在"，所"乐"者要非"礼"莫属，同佛之出世精神又似是而非，终是混沌一片。

13.3. 中国佛教的混沌处在于：一方面，就其对尘世、名相的否定来说，理论上它还保存有佛教的本义，但对"国主"的依赖，实际上又使之在相当程度上使其教义同儒家的社会伦理规范相融汇，成为社会道德秩序的附庸；印度佛教原来擅长名相辨证、语言分析、心理内省、逻辑反思，但儒道两家本体论上的混沌至上，对概念逻辑的轻忽、隔膜乃至武断的拒斥，使得佛教本有的对种种自然、社会名相的实在性大加"否定"的锋芒在中土尽失，唯识宗发展迟缓即是显例。在名相问题上的不彻底，其实即在入世、出世上的不彻底，是同儒家的混杂；另一方面，就与道家言，不仅长期的以道释佛使道佛多有混染，尤其重要的是，佛家空色不异诸说也同老庄道器不二、物我两忘、人物不即不离、若即若离、梦醒莫辨（以及儒家的天人合一、内在/超越等）思想，在形式结构上与道家更是同构对应的；这使得佛家虽然在义理上并无对混沌的实体性肯定，在对一切的否定之后留下的是一片空白，但由于其在结构形式上同道家（及儒家）相同，这样，佛家虽不言却实际上为儒道提供了一个隐形的、也是更高明的为混沌之合法性奠基的形而上学。而其"如来藏""一心二门"之说，所透出的更是

---

29 《论语·子路》。见杨伯峻《论语译注》，中华书局，北京：1980，第133—134页。

30 《易传·序卦》。转引自肖萐父、李锦全《中国哲学史》上，人民出版社，北京：1982，第263页。

31 参见张岱年：《中国哲学大纲》，中国社会科学出版社，北京：1982，第25—37页。

其本体性的混沌:同道教生出了"一"、"二"、"三"的"道"、儒家生出了"两仪"的"无极"、"太极"一样,被其作为"真如"、"一心"的,也是一种真与俗、染与净、智与识混合杂糅的东西。[32] 也就是说,在结构上,佛与儒道的混沌崇拜并无二致——否则又如何"三教合一"呢?

14. 倘以上大体不错,便有理由说儒道释三教不仅是"中国的"宗教,而且也是"中国性"宗教,并因之而为"中国宗教"。"中国的",是说它们发生于、存在于中国,为中国所有;"中国性"宗教,是说它们虽各有其明确的边界和内在规定,但它们的边界又多相互交叉、牵缠难分,其规定亦多相互渗透、兼容或包容,呈现出相当程度的混沌性;由于这种混沌性为中国上述三教共有,并都或推崇混沌(儒道),或形式结构上表现为混沌(佛),故以它们为主体的"中国宗教"便堪称混沌性宗教或"混沌宗教"了。

15. 这便说到了中国文学。由于文学的意义诉求归根结蒂源之于相关的绝对认同,而中国刻画"绝对"的宗教乃混沌宗教,这样,中国文学不可避免地便成了"混沌文学"。

16. 赘言之,"混沌"义可有三:(一)各种不同的东西相互混杂,一体共处;(二)由于各种要素混淆一体,未充分分化,故虽各种要素在其中都有存在、生长,但却又都不发达,都未经充分发展;(三)由于一切都混淆杂处,故其虽然有运动却没有明确的运动方向。

17. 由于文学被称为"人学",让我们先来看中国文学在人性表现上的不分化、不发展问题。

无疑,各种人性的东西如生老病死、喜怒哀乐、爱恨情仇、犯罪与懊悔、堕落与升华、吝啬与慷慨、崇高与卑鄙、悲伤与昂扬、荒诞与深沉……有什么是中国文学所没有的呢?

然而,中国文学中什么都有,可有什么得到了充分的发展呢?

比如,人称"爱与死是永恒的主题",可是,以"死"言,除了无可奈何的感伤、以死为完成平生伟业或追求的豪壮和豪迈、以死作为自然事实或大化流行中之自然环节的旷达或冷漠以外,对死亡的形上意义、超越意义及与之相关的生存意义的追寻、探问又有多少?"爱"当然是有的,《诗经》开篇即是,但即便放开但丁(Dant)《神曲》中贝雅丽齐和歌德(Goethe)《浮士德》中甘泪卿等那种连接神性之境、溢出圣爱(agape)光辉的爱,放开陀思妥耶夫斯基(Dostoevsky)《罪与罚》里杀人犯和妓女那种在罪恶、苦难和升华、得救的狂

---

32 参见拙著:《逻各斯——天人之际的探究》,贵州人民出版社,贵阳:2006,第53—68页。

乱、惊惧而又感恩、喜乐的爱，以及梅烈日柯夫斯基（D. S. Mereskovskij）笔下达·芬奇那种"蒙娜丽莎的微笑"般谜一样奇妙、深奥的爱不说——因这对中国文学是根本不可想象、不可思议的——即使是寻常所谓男欢女爱，像希腊神话里牧神潘（Pan）、劳伦斯（D. Lawremce）《查特莱夫人的情人》等中清新、自然、一派天真无邪的爱也是没有的呢！

那么，原因何在？

试想，不正在于各种人性因素在其中"相互混杂，一体共处"吗？比如，李白《将进酒》：其对人命途坎坷、才华难展、生命一去而永无回还的感叹诚令人刻骨铭心，但对天赋的自豪自信、对不恋功名财物的那种近乎夸张的豪迈、洒脱、对愁以酒解的那种旷达、高蹈的刻意渲染，以及对一切无所牵挂、唯及时行乐可也的标榜等不仅阻挡了对"愁"的更深入的体味，而且更重要的是，在这里，愁本身也被这些东西"销"掉了，从而被无奈地接受了，其中那种有可能引导、推动人穿透愁、走出愁、超越愁的东西不知不觉中被逃开了。在这种情况下，那极其超凡脱俗的"愁"反有可能成为徒使人拿来自炫自己如何超凡脱俗的极俗的东西，使不俗的"愁"反倒成了俗物。这一点在"以酒解愁"已然成了"民族传统"的今日，可让人看得更为清楚——读完该诗，你不知抒情者是个什么样的人：为人生无常、生命只有一次而苦的人？自炫、自恋的人？豪迈、旷达的人？无视功名抑或似无视而实珍视功名的人？他是全然任凭真情流露还是有意无意间有几分表演作"秀"？或者，什么都不是又什么都是？此不真的很"混沌"吗？

17.1 对比一下西方文学，中国文学的混沌便更加了然。从希腊神话开始，各种因素混沌杂处的人性的分化便已发轫，其诸神皆某种单一人性品性或人性观念的具体化形象：阿佛洛狄特（Aphrodite）——爱情，那尔客索斯（Narcissus）——自恋，狄奥尼索斯（Dionysus）——非理性，潘（Pan）——情欲，赫尔墨斯（Hermes）——语言能力，普罗米修斯（Prometheus）——先知先觉，厄皮墨透斯（Epimetheus）——后知后觉，普叙刻（Psyche）——灵魂，复仇、命运、嫉妒、机智、正义、胜利、憔悴……哪一样人文、人性的品质、元素没有其神话形象呢？西方文学的希腊时代如此，其希伯莱化或基督教化的中古时代一千余年更是这种分化的继续和深入：《玫瑰传奇》、《珍珠传奇》、《农夫皮尔斯的梦》、《神曲》、《十日谈》……皆如此，而这一切在中国文学中完全阙如。由于有这种分化，西方文学告诉你的都是某种明确的人性追求、探寻、成长或历险，你从中得到的是人性的激励、启发、引导及认知、思考；而由于没有这种分化，中国文学从《三国演义》、《水浒传》、《西游记》乃至在很大程度上的《红楼梦》，给人的在很大程度上都不过是对世态、世相的"原生态"式的铺排、摹绘，那些"人情世态""古来如此"，你从中得到的不过是对反复重复的华夏人生"经验"、"智慧"的又一次温习、演练，你能得到的人性的启发、激发、认知、诱导及让你继续深入探寻、探问的推动实在是很少的。

为何会有这种不同？原因当然不一而足，但根本原因不正是那种中有西无的混沌崇拜吗？倘不打破之，人性在中国文学的分化发展是很难想象的。要知道，周作人、夏志清提出"人的文学"要分别等到公元1917、1976年，而大陆人更熟悉的钱谷融先生讲的"文学是人学"则是在"反右"的1957年，而且讲了以后还要大受挞伐，备尝辛苦！

18　再看中国文学的无方向问题。

很明显，没有分化基础上的独立发展，也就不可能有方向，因方向是以与众不同的选择为前提的，而所谓"与众不同"便是意味着从"众"中分离、分化出去。中国文学的无方向首先是就其总在儒道释混淆杂糅中往复循环，不能凭靠自身力量与意志冲逾这种循环说的，而不是说其在各朝各代、各个时期都毫无方向变化，也不是说在它内部丝毫找不出可被视为能最终突破其既有情状、走出混沌的东西。比如，有人以为中国文学存在着一条核心发展线索，即人性，可"以人性发展核心来描绘中国文学史"。[33]但是，以人性为例，勾画、搜寻这么一个方向并不困难，正像从明末的社会经济变化中搜寻中国"资本主义萌芽"不难一样。但也像证明即使没有外部力量的作用中国照样能自己逐渐发展出资本主义实际上完全不可能一样，[34]要想设想人性发展是中国文学持之以恒的方向，单靠自身便能达到比如像西方文学那样的人性的长足发展，便毫无根据了。这不仅是说中国文学对人性的崭新表现事实上始于外来力量（比如，其中之一是外国文学）的"影响"，从而使那种设想因不可证伪而成为假问题，而且，问题的关键更在于：既然所谓混沌便是各种东西纠结杂处，互渗无分，那么，在逻辑上，混沌崇拜本身便是与一以贯之的方向取向格格不入的，任何确定的方向选择都最终是要被消解掉、混沌化的。比如，《红楼梦》里的确有以个体人格为基础的近代意义上的爱情萌芽，但试想，在"白茫茫大地一片真干净"的消解生命追求之意义的整体语境里，"宝黛爱情悲剧"一类故事给人的除了无可奈何的叹息，以及伴随叹息悄然而来的对悲剧无可奈何的认可还会

33　章培恒："中国文学史·导论"，章培恒、骆玉明《中国文学史》上，复旦大学出版社，上海：1996，第161页。

34　刘小枫：《现代性社会理论绪论》，上海三联书店，上海：1998，第78—88页。

有什么？当然，宝玉遁入空门不是对爱情的否弃，而恰是对爱情的一种固执，但在"渺渺茫茫兮，归彼大荒"的"青埂"、"鸿蒙"[35]当中，任再强烈的爱情，除了终归之于枯寂，又何赖之而成长？爱情最终是被"空"掉了、被"无"化了，终未能从混沌（"鸿蒙"）中彻底分化、分离出来，终竟似有而实无，要等侯 20 世纪初叶外国文学的"影响"来推动。恰如中国人历来也不缺乏"公平"、"公正"一类价值理念，但除却"逼上梁山"才如《水浒传》诸"英雄""落草为寇"，究竟有多少人会为了"公平"、"公正"等所谓"价值"、"理念"，如《失乐园》的撒旦那样起而造反[36]是一样的：你也有"正义"等价值，但它们处在一个"剪不断，理还乱"的混沌之中，至今长不大！

19. 我今天仍旧认为，中国文化是一种空间文化，不会像基督教那样的时间性文化有一个始终不变的线性方向，不会不停地穿破一个个空间壁垒一直向前行进，除非有外部力量的作用而不可能发生根本变化。[37]中国文学同样是空间性的，同样没有外力作用便不会有根本之变。[38]予谓不信，试想：择其荦荦大者，五·四后的"启蒙"文学、上世纪 80 年代的"先锋文学"，哪样不是"拿来"之物？就连"80 后"的某些"身体写作"也得自西人"后现代"的推动，有什么是我们独创的呢？在最好的情况下也不过是用"拿来"的东西作参照而对自家传统的批判反思。而且，所有那些"拿来"的东西也都无法挣脱要与"传统""多元"共存的格局，整体上中国文学仍是"混沌文学"，没有因着一个自觉方向的分化和发展！

四 命运和使命：神圣之光辉耀下的分化与发展

20. 因此，结论是明显的：中国文学的命运就是接受外来之光的照耀，让外来之光将混沌驱散，使之条分缕析，让其中所蕴涵的各种东西：爱呀、恨呀、生呀、死呀，旷达、高远、逍遥、宁静，以及仁、义、礼、智、信……都"各从其类"[39]地独自存在，并且在同一个光源的辉耀下，向着同一个方向成长、伸展。

---

35 曹雪芹、高鹗：《红楼梦》，岳麓书社，长沙：2002，第 858 页。

36 邓晓芒："论《水浒传》与《失乐园》中的魔道意识"，见章开沅主编《文化传播与教会大学》，湖北教育出版社，武汉：1996，第 305—330 页。

37 参阅拙文："时间与逻各斯：基督教入华对中国文化的思想和启迪"，《神学与教会》（台湾），2002 年第二十七卷第一期。

38 参阅拙文："中国文学的终结与终结的中国文学——对中国文学的神学谈论"，《基督教文化评论》1997 第 5 期。

39 创 1:9—24。

21. 诚然,恰如中国关于混沌的宗教、哲学本身所表明的,万物得被赋形、天地得以开辟之前的状态是混沌状态这一点,是普遍的人类智慧。如希腊的宇宙起源说、希伯来的创世说也都是以混沌的某种先行为存在为前提的。希腊神话说:"最先产生的确实是卡俄斯(混沌)";⁴⁰《圣经·创世记》说,当上帝将"光和暗分开"以前,"地是空虚混沌,深渊上一片黑暗"。⁴¹ 但与希腊、希伯来不同的仅在于:对"两希",原初的混沌被分化后一去不复返了,但在中国,混沌"生"出万物之后不仅仍在万物之中(如道家的"万物皆负阴而抱阳,冲气以为和",⁴² "和"者即为阳阴二气交合相混之"合"的),并由于其为生命之源而万物从中生出之后最终仍要"复""返"回去的。

22. 然而,姑不论这种复归逻辑上是否可能,即便可能,即便这种混沌循环万世不竭,永恒长存,但其间若无新东西之创造、无新质变之发生,若没有向新境域的突进,又何意义之有? 那不正是黑格尔(Hegel)所抨击、别尔嘉耶夫(N. Berdjajev, 1874-1948)所轻蔑的"恶无限"⁴³吗? 诚然,无质变、无创造的运动也是运动,也是说明是在"活着",可这样的"活"又有什么高贵、尊严——人岂不以能向更高的境界攀升为"高"和"尊"——和喜乐——最大的喜乐岂非创造之乐——可言? 这样的"运动"的"动"同动物的"动"又如何区别?

23. 而且,不言而喻,混沌作为一种物质性的东西、一种存在物,逻辑上不可能是绝对的,不可能是世界的终极给出者,也不可能是最高价值的承载者、人生命的永恒之源。以之为生命的绝对依峙、最终归宿,不是自堕幻相、虚晃,甚至于是自瞒自骗吗? 因此,为了人之存在能有绝对之根基,混沌必须被驱散、照亮,也必定被驱散、照亮,这是混沌无可躲藏的命运。

24. 显然,勿庸再烦琐地说明,这也正是中国文学的命运。那么,谁来将之驱散、照亮呢?

25. 就迄今所知的关于绝对的言述来说,除了基督教所说的上帝之光又有可能是谁呢? 而且,如果说混沌乃是人类所能想象、也是世界上实际存在的万物最高、最本原的东西,那么,能将将之驱散、照亮的光显然应是来自于世界之"外"、混沌之"外"的,而基督教说的上帝恰正是存在于世界之外的!

26. 若事情真是这样,那么,当今中国诗人的使命不正是来接受这光、赞

---

40 [古希腊]赫西俄德:《神谱》,张竹明、蒋平译,商务印书馆,北京:1991,第29页。

41 创1:1—2。

42 老子42章,参见陈鼓应:《老子今注今译》,商务印书馆,北京:2003,第233页。

43 [俄]尼古拉·别尔嘉耶夫:《论人的使命·神与人的生存辩证法》,张百春译,上海人民出版社,上海:2007,第253、409页。

美传扬这光吗？

而且，接受世界之外的上帝与"文学是人学"并不矛盾。相反，也许文学之"人学"恰只能以宗教（基督教）之"神学"为根基才能枝繁叶茂。因为，"上帝启示人性。人性是上帝的重要特征"。[44]基督教说，其所传讲的上帝是因为爱人，因为要救人才化身为人并在十字架上为人而流尽宝血的："上帝是爱"。[45]既如此，当今的中国诗人们不正应跑在人群的前头迎接和欢呼这光吗——试想："混沌"是人性吗？混沌中诚然可以说有人性，但不同样可以说其中也有物性、有非人性、反人性吗？比如，那种弥漫于中国文化传统中的强迫并欺骗人以社会政治制度、伦理规范为"天"的乌烟瘴气不就是非人性、反人性的吗？从中如何会有"人的文学"？

27. 也确已有些这样的诗人（当然，"诗人"在此是广义上的）了，有了这样一个诗人群体，而且该群体中已有人在以"灵性文学"为他们与众不同的赞美和传扬上帝之光的创作命名了。[46]上世纪二三十年代这样的诗人们已然在中国出现了，但当今这个诗人群体出现的意义更在于：

（一）他们使中国文学中这个自上世纪 40 年代末中断了半个世纪之久的脉系重又连续了起来；

（二）他们人数更多，且由于受儒道释文本语言熏染较少，也由于当今"汉语神学"已大大摆脱了"本色神学"带入的儒道释思想对基督教思想的混淆所造成的羁绊，他们的神学—文学话语构建之立足点、出发点已更本真地转移到了其作为个体的切身生存体验，因此其文学言述拥有更自由的天地、更渊深丰沛的源泉；

（三）全球化进程的历史发展所带来的各种文化、文学在中国的多元并存，使他们视野更开阔，更易于比较、辨识、选择文学的应然方向，并对自身的选择更自觉、更具信心。

这些使人有理由期望，当今选择了基督教的诗人会比他们的前驱做得更好！

28. 然而，我也十分忧虑地看到，正如中国神学至今仍旧像多少年前重视救赎论、三一论而轻忽创造论[47]那样，当今的基督教诗人（指基督徒诗人以及

---

44 ［俄］尼古拉·别尔嘉耶夫：《人的奴役与自由》，徐黎明译，贵州人民出版社，贵阳：1994，第 67 页。

45 约 4：16。

46 施玮："开拓华语文学的灵性空间——'灵性文学'诠释"，见杨剑龙编《灵魂拯救与灵性文学》，新加坡青年书局，2009 年版，第 7—31 页。

47 参见拙文："创造论：一个值得关注的议题"，《宗教学研究》2008 年第 1 期。

对基督教有较多认同、其写作对基督教精神有较为自觉体现的诗人）对创造论的轻忽也是极为明白的。诗人们写得最多的是"悔改"、"知罪"，是对从罪中得赎的感恩、获得恩典的欢乐，是关于人之义同神之义的对比和对神之"公义"的追求，是对"上帝是爱"的学习，是内心温柔、谦卑的苏醒和对圣洁的渴慕……但却极少"创造"，"创造"在当今诗人笔下同上一代基督教诗人一样，几乎全然阙如！易言之，诗人们几乎都在步调一致地对基督教传统教理教义、《圣经》文句的传统诠释小心翼翼地亦步亦趋，只记得基督是救主，而忘了基督还同时是并首先是创造的主；[48]只记得上帝是神，而忘记了上帝还成了人，是完全的神和完全的人，即神人；只记得人是上帝的"形象"和样式，[49]记得这个"形象和样式"实在也就是神人耶稣基督的形象和样式，因为"从来没有人看见神"，只有在父独生子的怀里，才将他表明出来"，[50]但却忘记了或很少想到人作为神人耶稣基督的形象意味着什么，人作为神人应如何参与神人的创造。

31　这便说到了伟大的俄罗斯哲学家、神学家尼古拉·别尔嘉耶夫。

别尔嘉耶夫说，基督教是自由的宗教，是精神和创造的宗教，上帝就是自由、精神、创造。[51]上帝的自由"高于"并"先于"存在，存在是第二位的，是自由创造的产物。[52]上帝的自由是原初的自由，它位于善恶的彼岸，超越此岸善恶而为此岸善恶的最终判准。[53]别氏强调：精神无限地超越于物质及其必然性，对物质和必然拥有绝对自由；人受到各种各样的物质性、必然性的奴役，上帝道成肉身在十字架上的死亡与复活，向人所启示的便是他自己所本有并为了人而赋予人的这种自由、精神、创造，是向人所发出的要人以自由、精神为根基对其作出回应，从必然法则的奴役中解放出来的召唤。

但是，别尔嘉耶夫强调说，人的回应必须是创造性的，人同上帝是个性与个性、人格与人格之间那种相互性的激发、融汇与成全，而不是臣民对君主、奴仆对主人那样的消极服从。因为上帝既是永恒的，也是动态的；既是永恒的完成，也是永恒的诞生；不仅人需要上帝，上帝也需要人；[54]人要在上帝身上诞

48 约 1:3。

49 创 1:26。

50 约 1:18。

51 ［俄］H. A. 别尔嘉耶夫：《精神王国与恺撒王国》，安启念、周靖波译，浙江人民出版社，杭州：2000，第 14—22 页。

52 ［俄］别尔嘉耶夫：《末世论形而上学》，张百春译，中国城市出版社，北京：2003，第 113—114 页。

53 ［俄］别尔嘉耶夫：《论人的使命》，张百春，学林出版社，上海：2000，第 23—24 页。

54 ［俄］H. A. 别尔嘉耶夫：《精神王国与恺撒王国》，安启念、周靖波译，浙江人民出版社，杭州：2000，第 18—19 页。

生,上帝也要在人身上诞生,这就是神人性的"双重秘密",是神人和人的戏剧。在这个戏剧中人要最大限度地彰显人身上的人性,人性的实现也便是人身上的神性的实现;但人必须在神性中实现自身的人性,因只有"在上帝里存在着永恒的人性,存在着永恒的人"。人与神的这种互寓、互需、互生,"就是神人性的秘密,这是人生最大的秘密。人性就是神人性"。[55]

由此,别尔嘉耶夫得出的结论有三。

(一)基督教既是"救赎"的宗教,但更是"创造"的宗教。人既不可在总体上轻忽基督教传统的教理、教义,不可轻忽对《圣经》文句的传统诠释,就像耶稣基督并不废除律法[56]一样,却又不可拘泥于那一切,而要自由地听从圣灵的召唤,听从精神、心灵与身体的呼求,即在全部身体和心灵对神启的自由的领受中活出其神人的形象。[57]这里的关键是对人的神人性的肯定与彰显。因传统的"基督论教义象征性地表达了神人性的真理。但是,这个教义还没有把这个真理扩展到整个人身上,因为整个人是人,即是潜在的神人"。[58]基督教的创造乃是"从无创造",这便意味着敢于无视某种似乎既定的教条和仪文,就像耶稣基督为了人而在安息日为人治病[59]一样,以神人之自觉与自信创造出前所未有的东西。"基督教关于人的传统学说,没有揭示人的创造本质,这个学说受罪的意识压制。真正的人性是类上帝的,是人身上的神性。"[60]

(二)接受基督教便意味着接受苦难而不是幸福。基督教作为自由、精神的宗教意味着它同物质、必然的对立,同世界秩序、世界必然规律与法则的冲突。别尔嘉耶夫说,上帝拒绝拯救逃避自由、拒绝因害怕世界法则而放弃以精神为旨进行创造的人。别氏说,就像伊甸园中蛇对人类始祖的诱惑实质上乃是以"知善恶"来放弃上帝所赋予之自由的诱惑一样,当今的蛇即陀思妥耶夫斯基笔下的"大法官",他以面包、世上的权力和知识之奇迹所钩织的"幸福"来诱惑人放弃神人耶稣基督给的自由、精神及创造之力。但"幸福论的观点必然与自由势不两立","人的精神自由与人的幸福是不相容的",[61]精神对世界必然秩序的"突入"带给人的必是现世的苦难甚至死亡。别尔嘉耶夫强调说,这

55 [俄]尼古拉·别尔嘉耶夫:《神与人生存的辩证法》,张百春译,上海人民出版社,上海:2007,第377—378页。

56 太5:18。

57 [俄]尼古拉·别尔嘉耶夫:《人的奴役与自由》,徐黎明译,贵州人民出版社,贵阳:1994,第15页。

58 [俄]尼古拉·别尔嘉耶夫:《神与人生存的辩证法》,张百春译,上海人民出版社,上海:2007,第377页。

59 太12:1—8。

60 [俄]尼古拉·别尔嘉耶夫:《神与人生存的辩证法》,张百春译,上海人民出版社,上海:2007,第378页。

61 [俄]尼古拉·别尔嘉耶夫:《文化的哲学》,于培才译,上海人民出版社,上海:2007,第96页。

种苦难不仅由人同外部世界的冲突而来，还由人自身灵魂深处的冲突而来，并且，社会越完善后者之冲突还会越尖锐，给人的创伤也会更严重。

（三）对于基督教来说，正像耶稣基督的复活战胜了十字架上的死亡一样，"永生和永恒的生命只有通过死亡才能获得"。[62]基督教不许诺人以幸福，不是为人祈福攘灾的宗教，但她许诺人生命的深度，许诺人永恒、永生，许诺人只要以耶稣基督所启示、所表征的精神自由、真理为生命之道，他便已然永恒，依然站入了绝对之域，人的生命便有了与人不同的深度和丰足，便拥有了耶稣基督那样的神人的圣洁、高贵和尊严，人便避开了庸人的平庸、庸俗，谦卑而有高山的伟岸！易言之，正如十字架既象征着死亡也象征着复活一样，对基督教，苦难、死亡乃永生的必经之途！

30. 十年前，当看到我喜爱的梅烈日柯夫斯基"将魔鬼理解为完全的精神贫乏和奴颜婢膝"，说"反基督——是小人"，说上帝的"三位一体之外剩下的是虚无、中庸、鄙俗的精神实质"，"除了卑贱和平乏，魔鬼一无所有"[63]时，我感到了极大的震惊：中庸、平乏、卑贱、鄙俗竟然就是"魔鬼"、"敌基督"吗？而当我看到他尖刻地说"为了蝇头小利、温饱而拒绝自己对上帝的渴望和上帝的至高无上的地位，人必然会陷入绝对的庸俗习气之中"，而"许多世纪的文化财富——中国的形而上学、神学——不是在弱化，而是在强化这一与生俱来的生理的天赋"[64]时，我的震惊已经变成了恐惧、战栗！难道竟是这样的吗？可是，难道不会是这样吗？看一看今天我们的文学当有多么平庸贫乏——想一想有什么是我们所"创造"而不是从外面，尤其是"基督教文化圈"中"拿来"的就足够了，更不要说在当今"知识人"中也到处弥漫的那种奴性、麻木、狗苟蝇营的犬儒主义了——这如何能禁人对中国文学未来的担忧！试想：如果文学创造必须要以绝对为源泉和动力，而绝对在混沌中却阙如，她生生不息的创造将其来何自？

31. 也许真的存在"历史的劳动分工的规律"，在其中每个"文化类型"、每个"民族"都扮演着特定的角色、实现着某种"世界理念"。[65]那么，中国文化、中国文学的角色及其要实现的"世界理念"是什么？难道是要警醒和告诫世人："混沌"最终要被来自其外的天光所驱散、照亮或"开窍"？

---

62 ［俄］尼古拉·别尔嘉耶夫：《论人的使命》，张百春译，上海人民出版社，上海：2007，第253页。

63 ［俄］梅尼日科夫斯基："未来的小人"，见氏著《重病的俄罗斯》，李莉、杜文娟译，云南人民出版社，昆明：1999，第90—94页。

64 同上，第6—8页。

65 ［俄］费拉基米尔·索洛维约夫：《神人类讲座》，张百春译，华夏出版社，北京：2000，第11页。

32. 我们吃惊地看到，中国宗教既非完全肯定自然与社会事物的自然宗教，也非全然否定它们的佛教，而是所有这一切混合共处的"混沌"，它终将被以神人耶稣基督为核心的三一上帝之光照亮或"开窍"！她长期在基督教文明之外旁若无人地自行运转，但如今这个时代结束了。因为"混沌"给不出人生存的绝对意义！但此之"开窍"不会使"混沌"死去，反会使之新生，获得更强大的生命！因从混沌里开出的是一个个的个人，是从令人窒息的混然之气中摆脱了出来，能在上帝之光照亮的大地上自由呼吸、叫喊、歌唱——以及自由地受苦、受难的鲜活的个体生命！这样的人是中国历史上的新人，也是世界历史上的新人。因他不仅摆脱了自身的混沌传统，而且也摆脱了别尔嘉耶夫所说的那种西方历史上的基督教的混沌、混淆，这样的人不正是别尔嘉耶夫及一批别氏的同时代人所说的要以自己的生命活出新的启示、跨入圣灵时代、承接三一上帝"第三约言"的人吗？[66] 承接这约言，揭示人的绝对价值，不正应是当今中国诗人的使命？

33. 中国文学已经终结：囿于儒释道混沌的传统中国文学已经终结，"学习西方"、从西方文学"拿来"的中国文学传统也已经终结。现在到了拿来西方文学的根基、源泉即基督教的时刻，到了将目光聚焦于基督教的核心耶稣基督这个神人身上的时刻，到了以尘世的面容透显、折射成了肉身的圣言的时刻，到了聚焦于神人耶稣基督的自由、精神、创造的时刻，即到了以人的创造参与耶稣基督的救赎事业的时刻。因别尔嘉耶夫说，历史上的基督教受到了太多的"类人观"、"类社会观"和"类宇宙观"[67]的污染，《圣经》经文具有向历史较早时期的一般大众公开传讲的性质，如今人已日益长大，[68]其文句背后更深刻的含义需要揭示：别尔嘉耶夫说在教育、文化日益普及、昌明的现代社会，《圣经》中的天启信息需要转译为现代文化信息，深受现代性困扰的人们迫切渴望出现文化和哲学的先知[69]——愿当今中国的诗人能有人有幸成为这样的先知！

66 ［俄］尼古拉·别尔嘉耶夫：《文化的哲学》，于培才译，上海人民出版社，上海：2007，第261—262页。

67 ［俄］尼古拉·别尔嘉耶夫：《神与人生存的辩证法》，张百春译，上海人民出版社，上海：2007，第308、335页。

68 ［俄］尼古拉·别尔嘉耶夫：《自我认识》，雷永生译，广西师范大学出版社，桂林：2001，第281—282页。

69 ［俄］尼古拉·别尔嘉耶夫：《神与人生存的辩证法》，张百春译，上海人民出版社，上海：2007，第320页。

附：致奥尔弗斯和亚伯拉罕的十四行诗

1
诗人，哪天是你死亡的忌日

——致奥尔弗斯之四[70]

诗人，哪天是你死亡的忌日？
神庙里冲进了撕向你的迈娜得斯？
那天却是你获救的庆典，
女人们完成了你无力完成的祭仪。

踏入冥府的瞬间，知道了
你再不能弹琴赋诗。
悦耳的嗓音那时便已喑哑，
那时能鼓动歌喉的心儿已背叛了真实。[71]

不堪回首的日子！将指望你的抛在了死地。
对痛苦的恐惧诱你恐惧死亡，[72]
再不配有激情，不配为乐师，
苟活着，看能否有力结束自己。

一个无人知晓的寒星缩瑟[73]，死了
永不再有生命温热的呼吸……

2
谁能活着战胜死亡

——致奥尔弗斯之五

谁能活着战胜死亡？

---

70 "致奥尔弗斯的十四行诗"之一至三，见许志伟主编《基督教思想评论》，2007 年第二册，第 337—339 页。

71 柏拉图《会饮》179D 说："奥尔弗斯本是一个琴师，不肯像阿尔刻提斯为爱情而死，只设法活着走到阴间。神们所以给他应得的惩罚，让他死在女人们手里。"

72 陀思妥耶夫斯基《群魔》中主人公之一基里洛夫说，人怕死是因为人怕死时的痛苦，但这种痛苦却是想象中虚拟的，因死时人意识已丧失，感觉不到痛苦了。

73 据希腊传说，奥尔弗斯死后其竖琴被宙斯取至天上，化为星座。

人类的歌者！用七弦琴也是幻想！
七天的歌咏感动了阳间的一切，
不为所动的仍是卡隆的心肠！

我感受你长长地喘息的懊悔……
可你却不愿明白：人就是偶然，
岂能追回偶然出错的时光？
你让你走进用秘仪胜过死亡的幻象。

诗人！让我们查看下内心：
你真看不见她在死地等待的哀伤？
那时你是否宽恕你未敢赴死，
当你又同她含情相望？ *74*

有爱的人终会晓得：爱死一体，
爱只能以死胜过死亡。

3
谁真读懂了你的诗行
——致奥尔弗斯之六

谁真读懂了你的诗行，
如果他未曾活着跨入死乡？
在这不知死的国度 *75* 我向你问询，
诗人，最不该你在这儿被冷落一旁。

陌生你的还是让他陌生吧，
毕竟是你自己要挂心复活死去的生命。
是你的爱将她送进了死地吗？ *76*

---

74 奥尔弗斯死后幽魂到了冥府，同欧律狄刻热烈拥抱。
75 《论语·先进》："季路问事鬼神。子曰：'未能事人，焉能事鬼？'曰：'敢问死。'曰：'未知生，焉知死？'"
76 欧律狄刻逃避农神阿里泰俄斯的求爱，显然与奥尔弗斯之爱她相关。

你只好以死来赎你的错行？

谁曾活着迈进死地，
谁会将赞美化进苦痛。
时间的终端原是永恒，
搭造天梯的原是死后的魂灵！

活着只为寻找当死的时刻，
不然何故人皆有死来阻断生命？

4
不知这是不是圣灵降临的时代
——致亚伯拉罕之一
（又名：圣灵试验亚伯拉罕之一）

不知这是不是圣灵降临的时代，[77]
愚蠢的我只会人群中影子般徘徊。
我不知圣灵怎样在对人说话，
不知以撒可背得动这献他燔祭的木柴。

我知晓这就是至高者的命令吗？
至高者，你真会用只羔羊来替代？
我要杀的已被树丛扣住，
听，她的哭声已经哀哀！

听而有疑的也许就不配看见耶和华山上的预备，
也许要我也做亚伯拉罕的以撒，
也做以撒的亚伯拉罕：这难熬的试验，

月黑风高之夜……我仍让"我在这里"。

---

77 《约翰福音》16 章 7—14 节说，耶稣到了圣父那里以后，圣灵便会到来。耶稣说："我还有许多事要告诉你们，可是你们现在担当不了，只等真理的圣灵来了，他要引导你们进入一切真理……并且要把将来的事告诉你们。"

纵使没有圣父，没有
圣灵听不见的叹息，听不见的我的辛酸。

5
你自同至高者相晤的路上而来
—— 致亚伯拉罕之二
（又名：圣灵试验亚伯拉罕之二）

你自同至高者相晤的路上而来！
可你的欢乐短短，因你须说：
我儿，父要杀你，
知道吗？这刀来于天庭！

可怜的孩子！清澈、活泼的眼睛！
如何你能让他相信这是上天的命令！
你想终有一天他会说"阿爸，举刀"吗？
你幻想有人会来使你手拿的刀重量减轻？

你相信耶和华的山上必有预备，
可更信那只会出现在以撒死后。
不幸的你听到呼召太晚，久久地沉默
你不知何时才禁得住刀光下他童稚的惊恐！

心愿意就让心去举刀吧，圣灵
为什么偏让身体来背这难背的天命的沉重！[78]

6
爱是一切可怕事物的开端
—— 致亚伯拉罕之三
（又名：圣灵试验亚伯拉罕之三）

亚伯拉罕啊，

---

[78]《罗马书》8章18节："我知道在我里面，就是在我肉体之中，没有良善。因为立志行善由得我，行出来却由不得我。"

谁能命我杀死我的女儿？
我的弟兄，你想：
又谁能命耶和华遗弃他的爱儿？

可怜的人们！你相信了
神的遗弃是"为了"爱世人！
可怜的人！你竟相信了
亚伯拉罕举刀乃因"对神"的温顺……

爱是一切可怕事物的开端；
你爱，故你狰狞。
信仰了神人便再没有希望，
他要罪犯承担犯罪的罪行。

耶和华只承担犯罪的结果。他的预备
只为着以撒的不幸……[79]

---

[79] 《创世记》22 章 12—13 节说：上帝以被树丛缠住的公羊替下了以撒，使以撒得免被杀。但亚伯拉罕却实实在在经历了不得不去杀子的折磨和挣扎，没有什么来替代他。

信仰与写作的质地

李建春（湖北美术学院美术学系）文

　　自从我把《圣诞之旅》发在网上，我的基督信仰特别是公教徒身份就暴露无遗了。使我吃惊并且感激的是，我在任何地方都没有遇到过对这个信仰的公开的挑战或轻蔑。无论圈内人还是圈外人，读者们对这个事实都闭口不谈，我自然也明白，这是一种尊重。但闭口不谈的事实可能恰好是最让人感兴趣的事实，因为毕竟，一个没有什么……"明确"信仰的人对信仰者的经验会很好奇，但是，出于可以理解的顾虑，一个教内人不大愿用教外人的口吻描述自己的信仰。是的，甚至《圣经》上好像也是这样教训的啊，要么信，要么不信，"那不信的人将被判罪"，套用克尔凯戈尔的话说，"或此或彼"。其实人并没有不信的余地，"人而无信，不知其可也"，这信仰，其实是从一个人正常、理智地活着所必要的基本信赖感中发展出来的。对自然的可靠性的信赖，发展成一整套科学，可重复性是任何规律得以被确认的基础。对生活的基本信赖感，使一个人不至于发疯，可以说信德是人类生活的基础。天主的光荣甚至从最微不足道的信德中也体现出来：如果你用力踢一块石头，你的脚趾会疼的。有人这么反驳贝克莱主教。但是你对物质的可靠性的信赖已是对天地万物和宇宙秩序的信赖的一种反射。没有人能对偶然性抱有信赖，对自然的可靠性的信赖其实也就是对宇宙的必然性的信赖。所谓必然性就是被一次而永恒地确定的，完成的，不可更改的。被谁啊？这个问题就是信徒和非信徒的区别点。事实上正是怀疑派的语法把原来主谓宾结构齐全的主动句改成了动作主体不明确的被动句的。

　　在神学和护教知识方面，我没有什么特长，或许一个宗教学系的学生也能让我哑口无言。但我是一个诗人，并且碰巧是一个基督徒，自 2000 年 3 月 12

日至今，我有九年多的信仰经验，我的信仰经验不可能不和我的审美经验发生冲撞、汇合，这是我发言的基础。不必有什么论证，我谈的只是经验。我想说的是我越来越深刻地意识到和体会到，天主教实实在在是美的宗教。

我的父母都是农民，没有文化，非常实在，从不迷信，我的父亲可以说非常固执，只相信自己的双手、良知、钱和国家。我的母亲，就我记忆所及，她只在我高考前夕才去庙里许过一次愿。我考上大学后她很快又去还了愿但以后再也没有去过（这正是中国人的本土信仰的特征）。当然，也不能说他们完全没有信仰，他们无限顺从、极其柔韧的信仰可以用一个朴素的观念"天意"概括出来。我和大家一样，从小是无神论者，受辩证唯物主义的教育，对这种教育自相矛盾和冷酷的地方我虽然早就有觉察，但从未反抗到超出无神论的范围（我想布罗茨基也没有超出这个范围），更是做梦也没有想过我会成为基督徒，而且是自宗教改革和古典主义以来受尽曲解、贬损和侮辱的大公教会的信徒。

然而事实上从我在大学时期因为研究存在主义而对西方人文意识的基础——基督文化有所认识，尼采使我感到有必要了解他批判的到底是什么，雅斯贝尔斯使我体会到一个作家在基督教的遗产中可以有多么自由、舒适……我对西方文化的浪子艾略特、奥登皈依的故事早有所闻。如果说艾略特的气质使他从一开始就有对虚无、时间和死亡的敏锐意识，以及他的老欧洲观念使他以后信奉英国国教变得很好理解的话，那么奥登，这位真正的浪子、同性恋者、机智而博学的诗人，这位好奇的、享乐的、敢于涉猎一切禁地、整个西方最有见识的语言巨匠，中年以后竟然"毫无必要"地信奉天主教，真是匪夷所思！我至今还不能想象他怎么能既是同性恋者又是天主教徒，他的神师是怎么指导他的！

诗人桑克在某篇文章中（可以在他的专栏中查到）说道，他忽然意识到做一个基督徒意味着可以自觉或不自觉地对当代现实（甚至当代意识）中的一切保持距离，这个距离对写作是非常有利的。我是在开始体会到这个好处以后才读到桑克的话的，当时就想，好家伙，你知道却不做。他为自己为什么没信基督辩护：对于当代人来说，能进炼狱就已经算是天堂了。他大概觉得自己进炼狱没有什么问题，所以省去了去信的麻烦，对此我能说什么呢！

由于我在阅读方面的好奇，我可以说对各种宗教典籍都有所涉猎，如果必信一教是前提，单用排他法我大概能找到天主教。我喜欢《薄迦梵歌》，所以对印度教有敬仰之情，我很早就熟读了《金刚经》（现在仍然敬仰），九十年代初由于一些美国诗人的影响，中国诗人开始关注禅宗，我也算上了这一课，后来又读了佛教的别的经典。伊斯兰教就不说了。

　　为什么我不信佛教？对佛典的阅读不是问题。我现在偶尔还读。理由之一正如桑克所说的，释者的信仰中有太多的泛神论，理由之二是轮回说，那只在恋人絮语或抱怨命运不公时有点用处。但轮回说却是佛教的核心理论，该理论对时间的描述确有迷人之处，并且使受苦人因认为前世作孽而产生心甘情愿地顺从的美德，但总的来说，作为学说，它的描述和想象太完美了，使人成了木偶。佛教的时间观念，动不动就是多少劫、恒河沙数，使人对时间产生无所谓的感觉，没有紧迫感。佛教人进了天堂，就能永远在佛祖面前听道，直到成佛。这与天主教人在天堂里默观、赞美天主，分享其天主性近似。大乘佛教连魔鬼最后也会得救。天主教的教父奥力振也持此说，但后来被斥为异端，我认为此说和天主教的否定神学（伪狄奥尼修斯）应可以成为两教的沟通点。佛教修持的描述和效果在天主教启示中巧妙而简洁地实现了，或许在最高层次上没有差别罢……我不知道，因为我没有经验到。我十分感兴趣地聆听我的佛教徒朋友王川和丁丽英讲述他们的经验，并且暗自庆幸，他们有的，我一点也不缺少，而且得来要省力得多。我认为，佛教是否定的宗教，《圣经》宗教是肯定的宗教。对一个在此世生活的人而言，肯定和否定，那是有天壤之别的。特别对一个诗人，如果对此在不能持一种关爱和肯定的态度，写作就无从谈起。他不得不为自己辩护，时而为信仰辩护，时而为写作辩护，身心交瘁。最初，我也有过这样的经历，那是受了基督教福音派基要主义的影响，但天主教能毫不犹豫地容纳一切异教的文化，正如主所说，"我来不是为废除，而是为成全。"我能够对自己所带有的这个种族的伤痛和不得不背负的现代意识中的一切（这些已构成我实质上的生命）抱有希望，为了能在基督内成全。

　　有一段时期我常向我的天主祈祷说，主啊，你不可能只救我灵魂的一部分而把另一部分舍弃于地狱的烈火与寒冰。作为自然人，得救是相对容易的，大部分基督徒终生也停留于这个层面，然而我是一个诗人——时间的载体。我的思想很复杂，不可能一下子变得单纯，我唯愿和你结合，作终身的搏斗，使我所承载的这个当代文明的重负也能获得赦免。至于我，只是你胜利的标记。在我信仰之初，天主就简单直截地向我显示了他的临在。我没有什么境界，也从未有过什么修炼之类，我仅仅出于爱情向上主开口祈求，一种跟随我多年的痼疾就在几小时之内霍然而愈了，这个事实让我"恐惧和颤栗"，我所接受的全部教育眨眼之间崩溃了……以后的经历我只能说，我的生活由奇迹构成。生活就是爱，就是恩宠，就是奇迹，这个道理怎么不懂啊！Living God，按照天主教的出色翻译，就是"生活的天主"。

　　至于天主教与诗歌写作的关系，在我个人，很不好说，我也不愿全部说出来。我想提醒各位的是,自中国开始接受现代化以来,所谓现代性,说穿还是在基督文化的范畴内,只是她的衍生物而已,不管大家从理性或自尊方面是否接受,我们通用的审美和批评标准,其实都是从西方中来的,而且早就成了主流……天主教道成肉身的观念在诗学层面就是内容和形式的关系,思想进入文本,精神成为实体,那可言说或不可言说之物变成语言,变成词语……不妨温习一下希尼的文章《进入词语的情感》。别忘了,希尼和米沃什都是我的教友。对于我个人的写作,这也许不能证明什么,但我也不想掩饰与我所敬爱信赖的大师为伍有一种特别安全、亲密的感觉。我的教友中还有但丁哪。

我常常思考,为什么印度教和东方诗歌没有形式感,以泰戈尔、纪伯伦为例,那种散文诗的、随感的写法,其实是因为在形式感方面缺乏基质,因为东方思想没有圣言成肉身的观念,却取相反的方向,把肉身变成精神,所以在灵修上就走了远离肉身的路子,尽可能地空灵。佛教的得救,纯粹关系灵魂,而《圣经》宗教,精神固然要得救,连肉身也要"在无忧中安眠"并且复活。也就是说,全部生活、全部时间必须都被圣化,甚至要"向一切受造物宣讲福音"。这是关键。中国古典诗歌的形式完美,但那是一种点滴的、片断的东西,在题材的纵深上没有持续的力量,而且那形式,也是封闭的、局限的,缺乏再生的可能。

基督信仰使诗人们对尘世、对受苦有一种奇特的承担力量和勇气,主说,"凡不背十字架跟随我的,就不配作我的门徒。"我想起俄罗斯文学的伟大传统,陀思妥耶夫斯基、索尔仁尼琴和阿赫玛托娃,至于曼德尔斯塔姆、布罗茨基则是这个传统的异端部分,涅斯托里教派。美国批评家布鲁姆差不多已证明了,几乎整个浪漫主义和现代主义,都是涅斯托里派。

天主教传统和新教传统也有差别。相对而言,天主教更侧重心灵,而清教主义则更重肉身和尘世。前者在法国、意大利和西班牙文学中多有典范,后者主要在英语文学中。但莎士比亚属于天主教传统,悲剧精神和喜剧精神正说明生命的充沛和欢乐。清教气质比较阴沉,多反复的推理拷问,因为新教徒不参与圣事,也不向神父办告解,孤独地面对无边的天主自审。弗罗斯特在清教主义传统中,一种向下的、死的恐惧,因为焦虑所以多细节,在题材中自足,在极度克制的、小心翼翼地叙述的饱和感中收回下滑的冲动,他并不信教,但因此却多了一层难言的撕裂感。其实那正是清教文化对黑暗的恐惧。

天主教徒因为参与圣事,并且信赖圣人转祷(把天国变成家庭),在经验天主时,有别的教派所没有的亲近感,气质上偏向于欢乐、祥和。正如吴经熊所说,天主教把天主的母爱制度化地实现在圣母身上,"万福玛利亚,满被圣宠者",玛利亚是全体教友生命完满、欢乐的象征,是教会的代表,也是灵修观照的对象,因为圣童贞是天主最完美的作品,所以赞美她就是赞美天主的创造和爱情。圣母玛利亚也是文学和艺术的主保,是圣咏的缪斯。天主教和东正教通过她保留的童贞观念,对于当代世界,或许过于昂贵,以至于当代人很难接受,但生命未受损害的纯真状态,不管你有没有勇气承认,仍然是一种理想,一种古老的、崇高的欢乐。天主教虽然开放地吸收和适应一切异教文化,但对于信仰和生命中核心的部分,却非常固执,从不放松。不许离婚,不许堕胎,遵守誓约,崇尚贞洁……这些主张本身就是对当代世界的严厉批评。难道不合理吗?我们当然不希望听到这声音,这声音太刺耳、毫不妥协。但是,这也正是发自道德感和良知的呼求。是的,我们不得不生活在这世界,正如主在受难前向圣父所祈求的:"我不求你将他们从世界上撤去,只求你保护他们脱离邪恶。他们不属于世界,就如我不属于世界一样。"

别吓着了。就我的体验,如果在信仰和道德感上划清了界限,生活反面更加真实、自由。这似乎有点矛盾。正如风格的清晰感是写作欢乐的真实源泉一样,教条上的清晰、明确(需告解的大罪是十戒和十戒的延伸)也使生活更欢乐、更自由。不是晦涩和模糊,那种追求只属于较低的层次。天主教写作以清晰、准确为一般美德。那种泛泛的东方直觉式的、貌似博大、气吞山河实则在细节上模糊不清乃至泥沙俱下、玉石不分的风格在我们的现代传统中已获得了过多的礼赞。九十年代以来特别是以臧棣为代表的理性批评的主要荣誉之一就在于对这个传统已作了初步的清算,这种清算必须持续下去,并进入更深、更高的层次。

一般而言,基督教(即新教)背景的作家中叛教者比天主教背景的作家多,天主教背景的作家主要不是叛教,而是亵渎。艾略特在评论波德莱尔时曾指出,只有信仰不完整才会导致亵渎,一个完全没有信仰的人是谈不上亵渎的,波德莱尔的亵渎正是因为信仰不完整,我想类似的例子还有邓南遮、王尔德。没有信仰的人往往会终生面临和抗拒信仰的冲动,比如拉金。但新教徒叛教作家往往把对新教传统压抑的愤怒转嫁到天主教上面,因为当他们面临所背叛的整个基督教传统时,总是不知不觉地以天主教作为典型。比如叶芝,这位新教家庭出身的诗人,终生都以天主教为揶揄的对象,而事实上他的不安感并不是从天主教中来的,他神话般地执著的观念(以拜占廷为象征)恰恰是天主教文化的广延部分,这很奇怪。类似的例子还有安德烈·纪德,他在《窄门》和《田园交响曲》中对信仰者有动人的描述,《背德者》的那位公教徒妻子是他饱蘸了温情的塑造。但是,由于作者不得不持一种超人的、情欲主义的立场,公教生活的温馨感必然要被破坏,要么是恶魔般的主人公的牺牲品,要么在一种虚伪地赞美的语调中不可避免地走向毁灭，总之都是悲剧。新教背景的歌德对教士们大加挞伐，可是到他生命的晚年，在《浮士德》最后几段中出人意料地以对圣母玛利亚的赞美作结束："永恒的女性，指引我们上升。"一般而言，那些有良好的基督文化背景，但在成熟之年背教或冷淡的诗人们往往都很耀眼，不是因为他们能背叛，而是因为这些人在挣脱了教义的束缚后自由地享用这份遗产，这是些高起点的挥霍者。中国诗人们把拜伦般的反叛精神学到手了，但反叛却毫无力量可言。因为没有那份天主圣宠做供挥霍的财富，家底子小，气派当然不大。我们这些平民出身、在动乱之后长大、一无所有的人哪，要以此为戒。我们必须不断地积累、不断地向上，因为先辈们留给我们实在不多，他们早就是破坏者、挥霍者了，轮到我们时什么也没有了。从自然人、小市民的高度能有多少势力向下滑呢？决不会像撒旦一样从高空坠下，划出一道炫目的、彗星般的弧线，我们命中注定只能做卑琐的愤世嫉俗者，虽然两者同样可悲。所以，斩断那些为了一时的耀眼而不惜毁掉什么的傻念头吧，家庭、爱情、身体、信任……从古老的价值中启示给我们的，这一切文明的元素都是写作的真实财富，是爱而不是恨造就了一个诗人的才能。诗人朱朱在应批评家木朵的访谈中说，"爱是唯一可以信赖的源头，是那种不朽的轻逸。当我在愤怒和仇恨里行事时，偶尔达成的诗行会像一条沉重的鞭子反过来抽打在脸上，诗会变得难以继续，而人会陷入与现实等同的无望，不会释然，不会如同夸西莫多（天主教诗人）所说的那样，是'一根柔韧于宇宙的纤维'。为什么愤怒和仇恨或者说其他情感就不能造就诗呢，我的理解在于，惟有爱是一种真正令人激动的节奏，一切可以做为动机，但只有爱能引导你合上节拍，启动真正的激情和想象。"这是当代诗人说过的最有智慧的一段话，我特地抄录下来，为使我的文章添色，并与读者们分享。

附：光荣颂

1

在谦恭地问候之后，那个曾叫
手杖开花的年轻人走远了。
他拘谨而淳朴，言辞仿佛推开的刨花，
堆在他身后。一个木匠，
习惯于用绳墨丈量日常生活。

他的手杖已点中我的心意。
这意象曾分开海水，出离埃及。
我把意愿藏在光明中：就让他
做我的朋友，因为一朵花
需要绿叶掩映。我的责任对我说：
"你还要下到埃及去，
直到我们再一次胜利地离开。"

这许诺何时实现？我在此静候，
望穿秋水。主啊，这卑微的肉躯
能为你做什么？我早已习惯了忍耐。

2

晚霞，驻留在拿撒勒这小地方。
这里山岗平缓，像义人的胸襟，
起伏。落日靠在地平线上哭，
地上的草洒满泪水。

这一天在先知书上已有记载。
那女子的祷声是爱
所难忍的催迫。时候到了，
鸽子在亲切的鸽哨声中不能自持。

暮色四合，天国的门开了。
玛利亚，你还在祈祷吗？

3

我的爱人，让我擦干你眼泪。
你已打动我心，你的手臂
牵出我的爱，我要爱了再爱。

我的掌上明珠，我认识了你，
当我认识你时，我完全满意。
你的心装着天国之路，那是我要走的。

你出污泥而不染，在有罪的人们中，
如此勇敢。你时时处处想着我，
又欢欢喜喜地奉献给我，满足爱的焦灼。

我的爱人，当我欣赏你时，
已想不起别人给我的痛苦。
我喜欢与你并肩而行，甜蜜而完整。

我要到你的子宫。我的孩子
会笑得完美。我将和他们一样
称你母亲，爱，就这样得到满足。

4

我们已经守了一夜。我们这些
天国的鸟啊，披着露水坐了一夜。
有一棵天国树开花了，芬芳
把我们引来，结队离巢。

为了采集赞美的甜食，
我们离开天上的家，
夜雾和黑暗没有阻碍我们欣赏她。
但是，一想起我们受挫的爱，
露水就沾湿了翅膀。

原来从天国到尘世的路也是难走的！
我们的本质太单纯，必须靠爱
超越自己，上升，
在热烈的创造中获得安宁。

美啊,用尽了全部生活的力量,
下降,让爱成为那唯一的诗!

5

(领:)
欢乐啊,欢乐啊,爱情洋溢!
我亲眼看见爱做了一件大事。

(众:)
我要唱! 我要唱!

(领:)
这件大事,亘古以来都在酝酿,
如今,爱因爱而获得光荣。

(众:)
爱,光荣! 爱,光荣!

(领:)
我唱出一首新歌:"只有爱!"
爱无小事,爱做的事,都是爱。

(众:)
只有爱! 只有爱!

(领:)
我亲历了爱的喜悦和被爱的惊奇,
爱给的平安,不同于世俗的平安。

(众:)
平安! 平安!

（领：）
爱太难了。爱怎么能成功？因为爱
没有人理解，我唯有对你信赖。

（众：）
要信赖爱！要信赖爱！

6

一股火焰把我抱住了，
抱住了！
夜空下无风，星星打颤。
你的声音到哪儿去了？
我寻寻觅觅，甜味不散。

爱，提拔了我，
爱，把我拉长，
变成一座天梯。
我看到自己很吃惊：我的前额
架到天国的宝座前，
我的脚把地狱踩踏了。

我的救主已披上戎装！
他竟沿着我
下到你们这里。
可是谁曾想，他的战车
就是服从，战斧就是真诚？

他沿途砍伐，热血沸腾，
像酒；他的身体也可以吃。
等你吃了喝了就知道了，
你吃下了死，喝下了爱。

爱刺伤了我！爱刺伤了我！

7

真奇怪呵，我们好像从未认识你。
你天天同我们在一起，像清水
流过沟渠。到头来搜索记忆：
像一枚果核，你永恒地向着爱安住。

我们瞻仰你，像瞻仰完满的童年。
我们分不清欢乐和痛苦，
赞美地敞开自己，任爱自由地流淌。
你永恒地走向我们，又永恒地超出，从不停留。
如今，你竟成熟到把天国
和我们的依恋放弃，
你已决定，你已下降，义无反顾。

在你的座位上，留下灼热的空虚。
荒诞，攫住了我们。
哦，我们怎样痛苦地匍匐，
为了追寻你的脚踪，阅遍人间不幸！

从没有人比你更低，
当你被高举时。
你的心撕开了，像撕开
一枚石榴，爆出石榴无数。
你温驯地受人唾弃，优美地
落在土里，长成参天大树。

基督宗教与绘画

梦归何处

——何朝坤的人物画作中隐秘的精神叙事

徐　旭（宜昌市博物馆）文

[内容提要]　何朝坤笔下的那些汪洋恣肆、自由狂放、率性本真与色彩浓烈的人体画，非常大气磅礴，其无论用笔，还是用色，皆十分大胆果断。于是，在他的画面上，我们就看不到半点犹豫不决，也找不出一丝一毫娇柔做作的痕迹。这种艺术表现形式语言，与他的画面上那些散发着未受任何世俗社会文化污染之气息的女性人体，构成了天衣无缝的有机关联体。更为关键的则是，在这种紧密关联的状态中，艺术家何朝坤有效地烘托与渲染出了一种具有强烈吸引力的纯真之美、超越之美。在如此诗意的图像世界之中，艺术作品的接受者看到的应是超越日常生活情境的一种理想境界。作为艺术家的何朝坤，是否拥有基督教的信仰，这，并不重要；重要的则是，他在他的那些充满了灵性的人物画作中，的确走出了现实权力结构的阴影，的确在其作品中颠覆掉了现实社会中的权力结构对身体的压抑、规训与宰制，的确在经营其裸体人物画的过程之中走向了一条艺术归家的道路，的确用爱的细红线把那真善美紧密地缝缀在了一起。即便他是一个异教徒，那又有何妨呢？作为艺术家而言，他用他的纯净的心灵与火热的激情，在艺术的天地中抵达到了自我显示的理想境界。

　　直到此时，手头上除了只有何朝坤先生的三十八幅中国画的照片之外，关于这个合肥国画家的任何资讯，我一概全无。尽管我可以在电脑的键盘上极为轻松地敲出"何朝坤"这三个汉字，然后借助搜索引擎，便可在互联网上方便之极地查阅到此人的相关资料。然而，我断然拒绝了这种最为便捷的走近此人的有效途径。对于一个把艺术活动的终极结果当作研究与批评之对象的艺术批评家而言,我所面对的,首先应当是艺术家劳动的物化结果。这种艺术批评的作业方式之存在的逻辑甚为简单——除了艺术作品之外,没有任何东西能为一个艺术家提供他的确是个艺术家的证据。当人们品尝到一枚香甜可口的水果时,他们有必要了解这枚水果产于何地,曾经挂在哪棵树上,此树具体生长环境等等这些只应由园艺家们所了解的相关信息吗?因此,我便没必要去搜集并了解与何朝坤的艺术作品无关联的任何其个人信息。

在一个泛文本化阅读的时代,作为视觉艺术家之一种的画家,他们在某一时间段内创作出来的艺术作品,是可以被艺术批评家当作一种独立的类文本世界来凝视与解读的。平面视觉艺术作品,之所以能被批评家当作阅读的类文本的前提,正在于每一幅单幅的艺术作品都可以被看做成一个相对独立叙事或抒情单元,而它们的作者在某一特定的时段中所创作出来的那些有着相似面貌的艺术作品,则完全可以被艺术作品的接受者(批评家)在接受与理解的前视野中,将它们组合成一个相对完整与相对独立的艺术世界,即一个由上下文相互勾连与互文的相对独立与相对完整的文本世界,无论某个艺术家的作品在这种类文本世界中呈现出来的艺术面貌是再现性的,还是表现性的;是叙事的,还是抒情的,艺术接受者都可以通过作品自身的图像构成元素所传达出来的丰富信息,去建构作品的意义,去发现并再生产一个被色彩与线条的层层面纱所遮蔽住的精神世界;当一件艺术作品诞生出来并进入到公共视域之后,艺术家便"死亡"了。艺术家之死一说,这并非我的杜撰,而是对罗兰·巴特的"作者之死"一说的方便挪用。

故而,在下面的文字中,我将只对何朝坤画作中由图像本身所传达出来的信息,作出言说的承诺,而不对艺术家何朝坤本人作出任何溢出图像信息之外的言说。

自成一体系的中国绘画史,与更宽泛的中国艺术史一样,当是中国古老的传统文化的结晶,而左右中国古老的传统文化的内在力量,这便是中国古代的哲学思想与宗教意识。有什么样的哲学思想与宗教意识,便有什么样的文化与艺术形态,这是一种无法更改的既定事实。在中国绘画史的主流中,我们可以极为方便地看到既相互对立又彼此辉映的儒道两种哲学思想涂抹下的决定性的文化底色,而在这两种哲学思想混杂成的文化底色,又是以老庄的道家思想为主线,以孔孟的儒家思想为辅线而形成的。这一观念,其实早已成为文化史学家与艺术史学家们的定论。所以,本文便不予展开讨论。而本文作者之所以又要在这里重复这个观点的原因则是:无视这一话语前提的话,那么,当我们面对完全异于西洋绘画艺术面貌的那些古代中国画的典范之作时,我们

便会所陷入到诧异、茫然与无奈的认知泥淖之中而不能自拔。

基于上述话语前提,再来审视中国古代绘画的历史,我们就会比较轻松地理解这一客观问题了,这就是,为什么在中国画的领域中,山水总是居于正统的主流地位,而人物画则总是处于次要地位,或者说总是作为一种陪衬而侧居于山水画的旁边。倘若不是老庄哲学中所蕴含着的自然崇拜思想,即"道法自然"与"天地有大美而不言"的观念占据了古代画家们的精神世界的话,我们又当何解释呢? 人,作为世界之构成的主体,向来是在中国历史上受到贬低与抑制的;而天地,作为一种既看不见摸不着,又不可知的主宰力量,则是缺失真正意义上的宗教精神的一种类宗教的中国式的崇拜精神。当这种不同于西方基督教文化精神与宗教信仰的思想观念,物化在绘画等艺术创造的文化活动中后,混沌、不确定与似是而非(像与不像)的意境描绘,以及对极为玄妙的气韵的追求,便成为中国画自成一体系的内在逻辑了。

宋元以后的中国文人绘画,虽然使得传统的中国画之面貌得到了某种扭转,但是,较为灵动率真的绘画方式,与对书画同源的审美追求,并未从根本上改变中国绘画道路的走向,那些出自有着狷狂与反叛心理人格的文人士大夫们手中的小品固然饶有趣味,也更符合人性;但是,山水画依然盘踞在中国绘画舞台的中心位置,它的地位丝毫没有发生动摇。

而中国绘画的历史真正得以改变的迹象,我们只能从十六世纪末的明清两代,那些负有向古老的东方传播福音使命的传教士来到东土之后的历史中捕捉到。万历年间,意大利传教士利玛窦携圣母圣子画像来到北京,并进呈神宗皇帝一事件,当是中国画中人物画科逐渐摆脱山水画的压抑,进而使得人物与山水自然并列成为画家们描绘的对象的新时代到来的一个重要的历史叙事的能指,而它所指涉的领域,不唯是狭小的艺术领域,而更是整个中国文化与民族精神的广阔领域。自利玛窦、罗儒望、汤若望等传教士相继来华事件发生后,便随着基督教信仰传播面积的扩大,基督徒的人数增多,文化也在悄然发生了变化,变化的依据之一,这便是人物画越来越成为一种中国画的重要表现对象。

对于上述变化,我们不应当把它仅仅只看作是一种艺术史的发展与转向,除了理所当然地要把它看作是缺失信仰文化根基的中华民族开始走向宇宙与世界万有之源的耶和华的怀抱的一个必然结果之外,我们还应当把它看作是这个民族中拥有文化与知识话语生产权的知识分子中的一部分,从老庄玄学的虚无精神中挣脱出来,进而,在艺术创作的过程中,开始结束了自我流放的无家可归状态,并走向归家道路的一个重大变化。重要的,不是艺术,而是影响并左右生产与发展的精神意志。

中国画中的人物画,真正获得独立的文化地位的历史,当是二十世纪初年之后。共和的结果,不仅结束了中国历史上最后的一个封建王朝,而且更是把中国与世界紧密联系在一起了。辛亥革命之后直到一九四九年的年底,在这短短的三十多年的时间里,中国民众曾经真正呼吸到了信仰自由的空气,尽管这三十年的时间段,是中国历史上一个极为动荡与混乱历史年代,然而,军阀割据、日寇入侵、内战连连、灾荒饥馑,却都没阻挡住西学东渐和中、西方文化对话与融合的步履。中国人物画就在这一特定历史时空背景之下,迎来了一个难得的向西洋人物画学习与借鉴的大好时机。虽然,五四时期的那些文化激进主义者们曾经提出过要彻底摈弃中国画的传统,也曾公然宣判过中国画的"死刑",例如晚清的维新派领军人物康有为与五四新文化的代表人物陈独秀,都先后断言:传统的中国画绝对不如西洋画,倘若中国画不向西洋画自觉靠拢的话,那么,这种长在中国传统文化大树上的果实"遂应灭绝"。这一耸人听闻的说辞,只应被视为那个文化空气较为自由的时代出现过的一种文化矫枉过正的声音而已。

上面的文字,是我为理解与分析何朝坤的人物画作制造的一个必要的话语铺垫,我以为,倘若不把这些背景性的文字置于一个适当的言语环境中,我们将无法对何朝坤的人物画给出一个较为有说服力的价值判断。

纵观我所能看见的何朝坤的那 38 幅中国画作,其中三分之一以上的数量,是为人物写意画。我以为,作为一个艺术家,而不是一个画师的何朝坤,倘若说他有什么独特艺术贡献或独立的艺术价值的话,这十余幅用墨与用色皆极为灵动、奔放与张弛有度的画作,则为他赢得了艺术家的荣誉和尊严。

自上个世纪上半叶的徐悲鸿等先生开始尝试把人体纳入到中国画表现题材的领域之中后,中国人物画便在传统的人物没骨画法的造型基础上,添加进了若干西洋水彩画与油画的人物画的造型手段与技法。伴随着这些技法从幼稚或囫囵吞枣似的实验经由中国画的媒材中介被运用之后,中国人物画的面貌便开始脱离了传统的人物画的表现风格,并逐渐形成了较为独立的一种艺术审美样式。这种逐渐独立出来的审美艺术样式,是与那些有着基督教信仰的画家们完全借助中国画的人物造型与语言表达形式去直接描摹圣像的方式有着天壤之别的旨趣的。从这个意义层面上来看上个世纪被那些从西方留学归来的艺术家们从进行的中国人物画的艺术实验,我们就可以作出对"形式是艺术的灵魂"之主张的认同来。当"怎样画"成为一个不亚于"画什么"之问题的问题之后,绘画领域的形式主义革命,就获得了非常积极的意义。带有这种

非常积极意义的绘画作品对于艺术审美的贡献，应当绝对高于某些在信仰上虽然十二万分的虔诚，但是在艺术形式表现手段方面却非常保守的基督教画家们所绘制出来的中国式的圣像之艺术价值。艺术，之所以能够成为一种直指人性的精神产物，便是它具有异于客观现实世界的品性，以及它所应当具有的不同于日常生活或真实世界的"陌生化"面容。如果我们不承认这一价值判断的话，那么一个平庸的基督徒画家描绘出来的毫无灵性与生气的圣像，便与有着天才气质的艺术家创作出来的震撼人心的艺术作品没有任何区别了。信仰在进入艺术创作过程之中后，它仅仅只能反应一个艺术劳作者对于劳作的态度，而并不能保证劳作者必定会创作出让上帝感到满意与喜乐的艺术作品来。灵性与激情，有时会使一个异教徒创作出的天才之作，更趋向于超验的真善美的本质，更具有打动人心的力量，也更能召唤出人们心灵深处对上帝创造出来的真善美三位一体的世界，甚至对上帝本身的热爱与敬畏之情。艺术史上曾经出现过许多这样的个案。而这样的个案之存在，更进一步说明了神在成就这个人类世界的时候，有时也会有意选择撒旦，而不是选择一个天使，或者一个品行端正的他的信徒这一现象。

裸体人体画，一直都是自古希腊以来的西方视觉艺术的重要表现题材，当基督教信仰传播到欧陆之后，这种已形成为传统的艺术表现方式，非但没有消逝，反而却又从《圣经》之中获得了正当性与合理性。这种正当性与合理性的获得之前提，也正在于人，是上帝创造的一件最得意的作品之宗教事实。在这一宗教事实中，人类始祖亚当与夏娃在伊甸园中的生存状态，则是一个指涉超越物欲、肉体、现实之存在者的真善美之理想王国应有景象的隐喻。赤裸的身体，非但不是邪恶、耻辱与堕落的象征，反而却是天真、本真与纯净的象征。如果人们没有勇气去面对纯洁的肉体的话，那只能说明他们的心灵已被撒旦所控制住，并拖入到罪恶与堕落的深渊了。故而，对健康与美好的裸体的艺术肯定，就成为艺术审美接受过程之中对上帝创造的真善美的肯定，对《圣经》中的创世纪之叙事的承认，对人类自身的认同。

"基督的福音绝非否定此岸的在世，而是关切何以在世，承纳基督上帝的恩典、与受苦的上帝同在，不是成圣，而是成人。"刘小枫在其《拯救与逍遥》修订本的前言中所写下的这段文字，应当成为我们认识、比较与理解中西方绘画发展史的一个很好的注解。人，在中国画中处于被贬低、被矮化与被排斥的地位这一事实，正好是中国传统哲学中儒道两家对于人的基本态度的直接影响之结果（比如朱程理学对孔子伦理学所作出的"存天理，灭人欲"之道德规训就是一个非常精辟的证明）。而西学东渐之后，正是因为基督教这一普世宗教逐

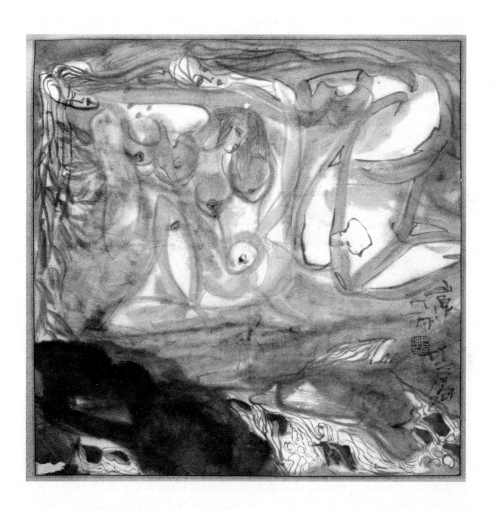

渐出现在了中国人的日常生活与精神世界中的缘故,伴随着圣像绘画的出现,人物画才可能逐步走出山水画巨大身影的遮蔽与压抑,这种绘画艺术的革命性的变化,发展到了二十世纪初年之后,便逐渐成为一种真正具有独立审美品格的绘画类型。

尽管人物画最终发展成为中国画的一种与山水花鸟等类型完全平等的艺术造型样式了,然而,裸体的身体,却在中国人物画的领域里出现的数量并不多,同时,如何朝坤这般的能将裸体女性形象作为自己经常描绘对象的艺术家则更不多见。

倘若仅仅只是因为裸体中国人物画的数量不多,以及将裸体人物画作为自己经常描绘对象的中国画画家更不多的理由,而将何朝坤放置到一个优秀的艺术家的地位,这就势必会陷入到题材决定论者的庸俗与低级的价值判断泥潭中去。这样做的后果,便是对艺术作为一种人类模仿上帝创造世界的样子创造一个合乎艺术真善美之标准的精神世界予以简单化,或者说,对艺术的独立审美价值予以取消。

何朝坤的中国人物画所具有的艺术审美价值,事实上,并不在于这个作者他画了什么,而在于他在选择画什么的同时,还为"怎样画"这一艺术形式语言表达的问题解决,作出了较为出色的个人贡献。

何朝坤在面对"画什么"的问题时,他以丝毫不拘谨的开放精神,从西洋绘画体系中拿来了裸体人物画的题材;然后,又将这些赤裸的身体放置到了静谧的大自然的空间之背景中,这样一来,他就毫不留情地斩断了这些散发着纯真与纯净气息的健康女人体通向堕落的物欲与肉欲之深渊的道路。于是,一种巴尔塔萨式的美学趣味便弥漫在了他的那些超越了日常世俗生活的女性身体周围。这种气息正好是就一种通往上帝安排下的真善美的彼岸世界所必须具有的超验之美和精神之美。而他为那些处于大自然背景之中的裸体女性所渲染出来的艺术氛围,则与人们对《创世记》中所描绘出来的伊甸园之氛围的想象产生了重合。于是基督教文化的神圣性便降临在何朝坤的画作之中了。虽然我并不知道现实生活中的这个艺术家实际上是否具有宗教信仰,然而,在他的这些画作之中,我却分明看到了弥赛亚的灵光与人类得以自我救赎的曙光。

绘画艺术,是一种能使人产生神奇的幻觉之可能的视觉艺术。在这个艺术世界中,人们可以通过艺术家的画笔遗落在画材空间中的色彩与线条,去召唤出自己对世界应有之状态的丰富联想。然后,在艺术家所创造的艺术世界中,不由自主地产生移情效应与达到艺术共鸣之效果。这一点,就正好是艺术的神奇魅力之所在。

我并不知道何朝坤的宗教观,也更不知道他具体的信仰立场,然而,他的艺术劳作之结果,却把我们强烈地吸引到了对伊甸园的文化想象之中。这种奇妙的艺术活动的结果,只能使我们相信所谓灵感的确实存在,而灵感的赐予者,又必定是那陌异的圣灵无疑。当何朝坤呆若木鸡似地全身心沉浸在艺术创造过程中时,因其彻底放弃了尘世的爵禄庆赏,摆脱了鄙俗的世俗欲望与烦恼的纠缠,所以,他的心灵世界的大门,便非常自然地向圣灵的方向敞开了。处在这种情境之中的艺术家,心中拥有的只是烈焰一样的激情与清澈如山泉般的艺术想象,此时的绘画活动与其说是创作,倒不如说是在与圣灵对话,在倾听来自于天国的美妙歌声。非功利的艺术劳动是纯净的,这种纯净,便是那伊甸园中才可能有的一种美好境界。异陌之灵的降临在了这个纯净的艺术家的身体中后,艺术奇迹便以非常具体、异常清晰的图像形式出现在了艺术作品接受者的视界之中。

本文上面的文字中,仅仅只把中国绘画史指称为一部重山水(或自然)、轻人物的艺术史,而并未完全否定人物画在这部艺术史中实际拥有的地位。事实上,自魏晋以降,历史上曾出现过好几次由文人士大夫们制造的人物画创作高峰期。这些创作高峰的出现,固然是当时的画家们摆脱对自然神力的无我与忘我的敬畏与自然对人性的束缚之证明,但是,这种源自于老庄哲学之中的逍遥游精神,却并非是作为世界主体的人真正实现超越世俗之物与权力结构的身心解放与自我回归。而是对黑暗的现实世界与专制的权力结构感到厌倦无望和无能为力之后,选择的一种遁世与逃离的悲观消极的人生态度。所以,在中国古代知识分子们笔下的人物画中,我们只能感受到人生失败者在逃离现实社会钻入无人之境后选择的寄情于山水的浓郁隐逸气息,而丝毫捕捉不到西方人物画中那随处都可以发现的神圣性。更何况这种在主体身心感到极度疲惫之后走上孤独、无奈的出逃的小道上,我们是断然看不到任何女性身影的。这,也是中西方绘画传统相异的一大景点。

然而,我们却在何朝坤这位当代中国画艺术家的笔下,真切地看到了昔日文人画的传统被其大胆扬弃的事实。这种背离了昔日文人人物画精神传统的艺术革命,却在另一个层面上,使得中国人物画的未来走向出现了一线迎来神圣性晨曦的可能。何朝坤的人物画之艺术革命,颠覆掉的只不是腐朽的、失去了继续生存合法性的中国传统文化意识,比如关于人与自然的关系,关于身体趣味的规训等;而中国画的艺术表达语言,却由何朝坤在合理地继承前人的艺术遗产之基础上作出了延伸,比如,我们在他的带有彩墨画性质的人物画作中,可以洞见出石涛、八大、扬州画派、吴昌硕、齐白石、李苦禅、黄永玉等古今

艺术大师留给他的种种造型语言与形式技法之积淀。

何朝坤笔下的那些汪洋恣肆、自由狂放、率性本真与色彩浓烈的人体画，非常大气磅礴，其无论用笔，还是用色，皆十分大胆果断。于是，在他的画面上，我们就看不到半点犹豫不决，也找不出一丝一毫娇柔做作的痕迹。这种艺术表现形式语言，与他的画面上那些散发着未受任何世俗社会文化污染之气息的女性人体，构成了天衣无缝的有机关联体；更为关键的则是，在这种紧密关联的状态中，艺术家何朝坤有效地烘托与渲染出了一种具有强烈吸引力的纯真之美、超越之美。在如此诗意的图像世界之中，艺术作品的接受者看到的应是超越日常生活情境的一种理想境界。

山泉、池塘、果园、树木、小草、果蔬、芦苇、晨曦、晚风、明月，耶和华用六天时间创造出来的这些事物，在何朝坤的画面上，彼此联系并形成了一个个意义单元，构成了一幕幕静谧的场景，而爱的微风带着清新的空气，则轻轻地吹拂于其间。它们，是如此的美妙，美妙得令我们惊羡不已；它们又是如此的宁静，"宁静得不屑于摧毁我们"[1]置身于这般浑然天成与宁静美好的场景中，你是断然看不到被人类自以为是的小聪明所败坏了的景象的；你也更看不到笼罩在现代都市钢筋混凝土丛林里的烟雾与阴霾的，更听不到现代都市里震耳欲聋的喧嚣声与机械轰鸣声的。

艺术家用笔墨色彩描摹出来的诗意环境，是很容易让我们自然联想到《圣经》中那个叫做伊甸的乐园的。

"天地万物都造齐了"，这个园子还得有人才会有所生气。于是，三三两两尽情沐浴在阳光之下的赤裸的年轻女性，便相继出现在了何朝坤的笔下了。这些被艺术家以灵动的神韵随意赋形创造出来的女人体，毫无搔首弄姿、扭捏作态之嫌，有的则是青春的倩影、安详的面容、瀑布般的长发与光滑的肌肤。她们"赤身露体，并不羞耻"，因为，她们本是"耶和华神就用那人身上所取下的肋骨"，造成的女人。"那人说，这是我骨中的骨，肉中的肉。"骨肉相连的两性，有必要因为身体的赤裸而感到羞耻吗？

她们是水，也是露，"神说：'天下的水要聚在一处，使旱地露出来'"。"神的灵运行在水面上"。她们更是相互交织在一起的真善美之化身，而沐浴着神之爱的恩宠的真善美的化身，自然就获得了超越物欲、肉体、现实之存在者的神圣性[2]。女性，更是富有旺盛生产力的母性与阴性的符号隐喻，这个世界正

---

1 里尔克：《杜伊诺哀歌》第一首，见《里尔克诗选》，绿原译，北京：人民文学出版社，1999，第 432 页。
2 巴尔塔萨《神学美学导论》第 247 页，三联书店（香港），1998。

是因为有了母性，万物才可能世世代代地得以繁衍与延续。于是，何朝坤画作中的那些散发着青春气息的裸体女性的身边，便出现了"结种子的菜蔬，……结果子的树木"（参《创世记》1—2章）。

作为中国画画家的何朝坤，是否拥有基督教的信仰，这，并不重要，重要的则是，他在他的那些充满了灵性的人物画作中，的确走出了现实权力结构的阴影，的确在其作品中颠覆掉了现实社会中的权力结构对身体的压抑、规训与宰制，的确在经营其裸体人物画的过程之中走向了一条艺术归家的道路，的确用爱的细红线把那真善美紧密地缝缀在了一起。即便他是一个异教徒，那又有何妨呢？作为艺术家而言，他用他的纯净的心灵与火热的激情，在艺术的天地中抵达到了自我显示的理想境界，并且使得"不显露者的显现，隐蔽者的昭示，否定者的肯定，对不可把握者的把握，对不可言说者的言说，对不可接近者的接近，对不可理解者的理解，是无形东西的现形，超本质东西的本质化，无形东西的形式化，是对不可测度者的测度……"[3]。

更重要的则是，我们只要能从何朝坤的画作中，见证到"这生命就是人的光"（《约翰福音》1:4），这难道还不够吗？

---

3 爱留根纳语，转引自赵广明发表于《世界哲学》2006年第3期上的《爱留根纳的神学美学》一文。

中国基督宗教艺术的历史
回顾及前景瞻望

顾卫民（上海大学）文

[内容提要]　本文探讨的是中国基督教艺术简史，并将此分为四个历史时期。第一时期为唐代景教入华时期；第二时期为元代天主教东来时期；第三时期为明清耶稣会士来华至十九时期末叶殖民时代；第四时期则为20世纪初期中国基督教艺术本地化的时期。文中涉及对景教及天主教的石刻、墓碑、雕刻、建筑、绘画、青铜器出土十字架的分析，同时对20世纪中国基督教艺术本地化的思想和探索的历程，亦有一定篇幅的探讨。作者认为唐代的景教艺术中已有充分的本地化艺术风格的表现。明清至十九世纪的殖民时代的中国基督教教堂建筑及绘画中作品中虽然大部分带有葡萄牙及英美殖民的风格与痕迹，但在耶稣会的艺术作品中已经有明显的本土风格，这是与他们一贯的传教方针相吻合的。而20世纪以后，中国天主教会和基督教会中都有明确的本地化的倾向，这种倾向也出现在艺术作品中以及论述中，这是中国基督教艺术历史中的珍贵遗产，值得进一步发掘和研究。

一

在世界文化的历史中，艺术应起源于宗教。那里有宗教的存在，那里就有宗教艺术的存在。基督宗教产生于公元一世纪巴勒斯坦的犹太人中间，原本有地域、文化和民族的局限。但耶稣对门徒说，要传播上帝的福音，直到地极。从此，一代又一代的传教士，肩负着这一使命，去往世界各地。而各地方的人民，在接受信仰的同时，也运用当地独特的地方文化，来表达对于信仰的理解和感情。艺术是文化中最重要的表现手段之一。"它用形体的话语表达来自上天的音讯，使无形的世界成为可以捉摸的。"（《天主教梵二会议文献·告艺术工作者书》）

当我们旅行于欧洲之际，目睹宏伟的教堂、精致的雕刻、优美的图画，尝为欧洲各民族如此娴熟而自然地将希腊罗马的古典艺术融入基督宗教中去而深感欣敬。作为一个中国人，去发掘和研究基督宗教在中国发展的历史，整理相关的史料，探究其源流和演变，具有独特的意义：第一，基督宗教在中国的发展迭经坎坷，但从仅留下的教堂、墓地、雕刻和绘画作品中，仍然可以看到中国基督徒的独特的智慧和手艺。中国的基督徒像其他各国的信众一样，也试图用自己美好的奉献和才智去表现信仰。他们的作品，与中华历史上伟大的宗教艺术（如敦煌）一样，都是中华民族宝贵的文化遗产，应受同样的重视和尊重；第二，中国基督教艺术的历史，是宗教进入文化之中的一个典型范例。基督宗教是超乎于民族和文化之上的原理，但是，为了表现这一宗教，必然会使用文化的手段，而文化是具有时代性、民族性和历史性的，它们必然会在艺术表现中留下烙印，在欧洲如此，在印度、日本和中国也不例外。中华民族作为世界各拥有古老和伟大文明之民族中的一员，它的独特的艺术表现，正是基督宗教普世性的反映。

二

基督宗教艺术在中国发展的历史粗略地区分，大致可以划为四个阶段。

第一阶段是唐代的景教入华时期。从叙利亚经中亚细亚入华的基督教聂斯脱里派（Nestorian）传教士在太宗时进入我国。今天矗立于碑林中的《大秦景教流行中国碑》不仅是基督宗教传华的最早的文字见证，它本身就是一件珍贵的融合中西艺术特征的艺术品。其环碑首之边缘雕刻着两条巨大的无角"螭"龙，它有鱼的表皮，身体像蛇，龙尾所夹之大珍珠正位于碑上方正中央。在碑首使用环龙为表现是东汉以后逐渐由环纹碑首演变而来，由于景教士与皇帝和皇家有密切的联系，才被允许使用龙的标记。[1] 在下面三角形正中央则为一希腊式正方形十字架，这种类型的十字架是被东部教会广泛使用的。在十

---

1 P.Y. Saeki: The Nestorian Monument in China. London. Society for Promoting Christian Knowledge. 1928. pp. 12 - 14.

字架臂上刻有珍珠,有人认为它们与龙尾所夹之珍珠为传统的"二龙戏珠"式的表现,但日本人佐伯好郎则认为珍珠在叙利亚教会中是信仰的象征。[2]我们认为这种解释是更加合理的。然而,在十字架下端的祥云和莲花则无疑是佛教艺术的表现手法。

我们知道,唐代来华的景教传教士与我国佛教界僧侣过从甚密,在景教碑及敦煌出土的经卷中充满着佛教以及道教的语言,以致当时的中国人并不能分辨其中的区别。那么,在艺术表现上两者的混用应不足为怪。可以印证的另外一件景教重要的石刻位于河北房山十字寺中《敕赐十字寺碑记》的碑额,此碑立于1365年,现存之碑身是明代嘉靖年间的,但碑额仍完好保存。此碑上之希腊十字架用阳刻线条,但下面则刻有熊熊燃烧之火焰,它所包含的象征意义则是聂斯脱里及其门徒的热烈的心火,古代景教会因为其热烈的信仰而被称为"火的教会"(Church of fire)。然而,烘托着十字架的两旁也刻有遒劲有力的龙和龙爪,具有无限之生命力,其寓意也应与西安之碑相同。[3]

至于莲花、祥云与十字架的混合运用,那在景教的石刻中更是所在多有。在房山十字寺中有二块石刻(现存南京博物院),刻有佛教艺术中典型的云莲座、莲瓣、宝相花花瓶以及牡丹。[4]同一类型的雕刻更是在内蒙古百灵庙,阿伦斯木等地出土的石刻中出现。不过,在内蒙古阿伦斯木景教寺院出土的砖块上,有中原地区与中亚地区东方艺术的混合,日本人佐伯好朗说:"砖块上的华纹、云纹和唐草纹,当然是宋元时代中国的特色,但多角形图样带的意匠,则是萨珊、波斯系统的表现。"[5]萨珊、波斯的艺术则明显是伊斯兰教的宗教艺术了。

景教、佛教和伊斯兰教三种宗教艺术混合使用的地区以泉州最为典型。自晚明直至近代抗日战争期间,泉州不断有这类石刻出土,共达三十余方。它们今天保存在泉州海外交通史博物馆和厦门大学人类学博物馆。它们中有希腊式的十字架和天使的形象,这明显是景教的象征,而祥云、莲花、须弥座式的雕刻则是佛教的表现,但景教徒墓碑的型制则是伊斯兰教火灯窗式样的,墓碑的边缘则刻有卷草和花卉,它们是多种艺术混合的产物。[6]

---

2 P.Y. Saeki: The Nestorian Monument in China. London. Society for Promoting Christian Knowledge. 1928. pp. 12 - 14.

3 2002年5月29日考察日记。

4 徐苹芳:《北京房山石十字寺也里可温石刻》。徐氏著:《中国历史考古学论丛》,台湾:允晨文化实业有限公司,1995年,第474页,又见:A.C.穆尔:《一五五零年以前的中国基督教史》,第100页。

5 [日]江上波夫:《汪古部的景教系统及其墓石》《内蒙古史研究参考数据》第14辑,第41—45页。

6 杨钦章:《泉州景教石刻初探》、《泉州新发现的元也里可温碑述考》,《世界宗教研究》1984年第4辑;《世界宗教研究》1987年第1期。

在内蒙、泉州等地的景教石刻，表明唐武宗灭佛以后，景教在中原虽已绝迹，但在边陲地区仍然流行。最为特别的是在内蒙鄂尔多斯草原发现的青铜小十字架，其形制有正方形的十字架、鸟形及其他类似飞标的各类形状，令人惊讶的是十字架中央有的刻有佛教中的某种字样，至于鸟，有人认为是圣灵的象征，[7] 它们是蒙古族中克烈部与乃蛮部信奉基督宗教的实物证明。

唐代是我国历史上文化呈开放趋势的时代，因统治中国的李姓皇室本来即有外族血统，故奉宗教宽容政策。基督宗教适时地传入我国，且与当时处于盛时的佛教保持着密切的联系（当然也有争斗）。再加上中西交通线的流畅，中亚细亚其他宗教信徒的东来，更使基督宗教艺术在这一阶段呈现出与其他其宗教艺术及本地传统文化合流的趋势。

第二阶段为蒙元时代罗马天主教会方济各会士在中国留下的教堂建筑和石刻。虽然这一时期内唐代遗留下来的景教信徒仍在中国边陲地区活动，但是从欧洲来华的方济各会士则留下了另一种更具拉丁风格的石刻。当时的罗马教宗为了遏制蒙古的西征及与蒙族中信奉基督教者通聘，特派方济各会士来华。蒙高维诺（Giovanni da Mortecorvino）是中国天主教第一个教区的创始人，也是以教廷使节名义来华的第一人。他在 1305 年 1 月和 1306 年 2 月的两封写回欧洲的信中，保留了他在元大都建立天主教堂的史料。他在汗八里建立的第一所教堂"具有钟楼，内有三口钟"，他还教四十名男童学唱赞美诗。他所建的第二所教堂离皇宫仅"一掷石之远"，"设有围墙，房屋，简单的办公用房和一座可容二百人的礼拜堂"，且有"一个红十字架高树房顶"，这在当时是很醒目的标志。[8] 据中国社科院考古所许苹芳教授考证，这座教堂的位置应在元皇城正北门厚载红门之外，地安门以北，那里有一座元代所建的后门桥（地安门桥）。[9] 至于教堂的建筑风格，20 世纪初期来华的罗马宗座代表、著名艺术家刚恒毅（Celso Costantini）认为很可能是中国传统风格，至少应带有蒙古人的风味。

元代方济各会在中国的遗存，还有两件石刻存放在扬州。第一块的墓主叫加大利纳（Katerina），立碑时间在 1342 年 6 月，这块半圆突显的壁龛中央雕刻着圣母抱小耶稣，表现手法很像古罗马地窟中发现的古老石刻，左下方为

---

7 佐伯好郎著，胡立初译：《中国绥远出土之万字十字架徽章》，《齐大季刊》第三、五合辑，1934 年。杨春棠：《鄂尔多斯地区发现的景教青铜十字》，《东吴大学中国艺术史集刊》，第 8 卷，第 65 页。

8 道森（Christopher Dawson）：《出使蒙古记》，北京：中国社会科学出版社，第 263—268 页。

9 徐苹芳：《元大都也里可温十字寺考》，《中国考古学研究——夏鼐先生考古五十年纪念论文集》（一）文物出版社，1986 年，第 309—316 页。

圣女加大利纳在车轮中，两刽子手因天神震怒遭雷击倒地，上有两天使。右下方是圣女殉道以后，两天使将圣尸运往西奈山上安葬的情形。右下角的僧侣则抱着象征亡者灵魂的婴儿，下部分有哥德式拉丁文的铭刻。第二块石碑立于 1344 年，上刻有世界末日的审判，耶稣的面容有明显的西方风格，头上有着十字架、光环，手、脚与肋旁的五伤清晰可见，左右两边分别是手持十字架的使徒和长翅膀的天使，下则有天使吹响号角及在棺木中复活的人。左下角则为私审的场景。[10]

方济各会士直接来自于欧洲，他们在中国留下的艺术品具有明显的罗马教会的拉丁化的特征。最近的考古发掘表明，在内蒙古阿伦斯木的元代罗马教会建筑遗址中，有一些中亚细亚伊斯兰教的纹饰和雕刻，那是因为阿伦斯木原本是赵王阔里吉斯的驻地，他原来是景教徒，被蒙高维诺归化为天主教徒。但那里最终还是发现了石刻的西方风格的狮子头，日本学者江上波夫认为这是主教座椅上的装饰物。[11]该主教座堂规模宏大，从其台基上看，可能是全城最高大的建筑物。

第三阶段为明清清初耶稣会士来华时期直至十九世纪末叶（或二十世纪二〇年代以前）。刚恒毅主教称这一时期为教会历史上的"殖民时代"，或是"欧洲圣统制在中国的延续"时代。因为，首先，罗马教会在地理大发现以后一百年中通过"保教权"将传教士带到远东，当它发现这种弊害之后试图摆脱而未能奏效。而 19 世纪中叶以后，伴随着鸦片战争和英法联军之役失败，清政府与列强所订立的不平等条约规定了教会的权益，法国取代了葡萄牙获得了保教权，随之而来的是一个西方传教士大量涌入而民教冲突日趋尖锐的时代。

这一时期中国基督教的艺术呈现出复杂多变的特征。一方面，耶稣会努力适应中国文化，无论在宣教方式、语言文字以及图画方面均极力提倡本地化；另一方面，葡萄牙、法国以及英美的建筑及绘画风格都在中国各地出现了。总的来说，后一种倾向超过了前面一种，因此这一时期艺术上的殖民特征是十分浓厚的。

耶稣会士以善于适应本地的文化而闻名于世，利玛窦神父本人也是画家，他既懂得西画与中画的区别，也会用中国画来画山水和风景。保存在辽宁博

---

10 Rouleau, S. J.：The Yangchou Latin Tombstone, Harvard Journal of Asiatic Studies, Dec. 1954. 顾保鹄：《扬州元代天主教墓碑》，台湾：《恒毅》第 509 期，2002 年 2 月；耿鉴庭：《扬州城根里的元代拉丁文墓碑》《考古》1963 年，第 8 期。

11 王晓华：《江上波夫考察阿伦斯木古城随记》《内蒙古文物与考古》，1992 年，第 5 期。

物馆的《野墅平林图》便是他的作品，画面上杂草丛生的湖边矗立着一棵大树，掩映着中景的树林和远景的建筑，远处则是达官贵人的楼阁、芦草和黄栌，展现的是北京郊外秋天的景色。融和中西的手法是很明显的。晚明还有两部木刻集——(1)1624 年出版的罗儒望(P. Jean de Rocha)所编的《诵念珠规程》以及(2)1637 年艾儒略(Julius Aleni)所编的《天主降生出像经解》，前者有十五幅，后者有五十六幅作品，其参考的原始版本则是内达尔的《福音故事图像》(Evangelicae historiae imagines)。耶稣会士创始者罗耀拉提倡灵修，而这需要借助于以意念构成的图像，这是内达尔编撰此书的缘由。[12] 罗儒望和艾儒略的木刻集则是临摹本，但其中的人物、场景和细节都作了非常中国化的处理，如圣城的木屋变成了中式的民居，连窗格的样式也是传统的，还有假山和中国式的庭院，明暗的光线则用线条来表现，耶稣、使徒和圣母的面孔，包括衣服的式样，全部变成了中国的式样。艾儒略书最后一幅为《圣母端冕居诸神圣之上》，圣母端坐云彩之下，有戴各式帽子的中国文人，有壬兵和留发额的儿童。意大利学者柯毅霖指出："这表明中国人已经成为普世教会的一部分，享有和其他成员一样的尊严，中国人注入了大教会的生命之中，成为续续发展的救赎史的一部分。"[13]

另一方面，供奉于清廷的耶稣会士画家们如郎世宁（Guiseppe Castiglione)、王致诚(Jean-Denis Attiret)、潘廷璋(Josep Panzi)等人，都在自己的绘画作品之中刻意地适应中国画法，他们这样做法并非出自于本意，而是为了适应中国人的观赏习惯，因此他们的绘画在透视和解剖上虽然合乎欧洲的标准，但是人物一律系用正面光线并用线条勾勒，另外在山水和风景部分则完全按照中国风格描绘，有时则索性请中国画家代笔，以增加东方的情趣。这确实是融合中西的新创造，也在当时的中国画坛占有一独特的地位。[14] 耶稣会士此一时期的另一重要贡献则是将西洋透视法介绍到中国来，1729 年郎世宁与年希尧合作编撰而成的《视学》则是一部重要的中文著作，该书中有一部分内容采用了郎世宁的老师波佐(A. Pozzo)的著作。波佐是耶稣会透视法的大师，他曾为罗马耶稣会总堂作《圣. 依纳爵的荣耀》，他深信可以用透视的手法来表达宗教的意境，他提出了"视觉随观察角度不同而不同的主张"，当人们从

---

12 陈惠民(Arthur H. Chen)：《耶稣会透视法贯通东西方》，澳门《文化杂志》1997 年第 2 辑，第 41—43 页。D'Italia(德礼贤)：Le Origini Dell'Arte Cristiana Cinese(1583 - 1640)《中国基督教艺术的起源》，罗马，1939 年，第 80 页。

13 柯毅霖(Gianni Criveller)：《晚明基督论》，成都：四川人民出版，1999 年，第 224 页。

14 聂崇正：《郎世宁作品的几个问题》，《世界美术》，第 15 期，第 80 页。

适当的位置进行观察时,幻觉中的意念便能将混乱无序的形态奇迹般地组合成富有理性的启示,尤其关键的是如何从远处参照物的独立一点的角度把圆形球面绘到同一个平面之上,而这独立的一点(光源)就是上帝。可见,耶稣会士介绍透视法的目的并不在于几何学或透视法本身,而是如何运用这一科学的方法来表达宗教的意境。

在同一时期内,澳门出现了大量葡萄牙和西班牙风格的教堂、炮台和会院建筑,它们完全反映了地理大发现时代的殖民地艺术特征。在 1557 年以后的一个半世纪中,葡人精心营建这座城市,他们用木栅将葡人和华人居住区分开,并建筑房屋、教堂和炮台。不久,耶稣会也开始建筑自己的修道院、教堂甚至炮台,澳门城市历史学家以及建筑史专家卡拉多教授(Maria Calado)指出:"天主教会在初期的城市组织形式上发挥了重要的作用,建立了自身的权力体系,成为社会和城区的凝聚因素。"[15]到 1587 年,澳门已有一万居民,还有"五座每天做弥撒的教堂",它们是圣安东尼堂、主教座堂、圣母堂、老楞佐堂以及在城墙外面的望德堂。每座教堂前都开辟了广场,当地人称为"前地"。以这些教堂四周形成居住中心,这显然带有中世纪欧洲城市的印记。[16]在这些建筑物中,尤以 1602 年落成的圣保禄大教堂最为著名,现存的大三巴牌坊正是这座已毁的宏伟教堂的立面。立面共分为四层,第一层三角楣中央之铜鸽代表圣灵,旁边的日、月四星代表上帝创造日月星辰;第二层中央的壁龛中有耶稣铜像右手指天,左手平伸握一铜球,两旁为百合花(意为纯洁)及菊花(日本信徒的遗作),还刻有十字架、梯子、钉子、芦苇秆及罗马旗帜,象征耶稣蒙难及战胜死亡;第三层中央是圣母像,两旁刻有生命树、天使及"圣母踏龙头",寓意基督教战胜罗马帝国(七首怪龙寓意罗马的七丘之山);第四层则刻有罗耀拉及方济各、沙勿略四耶稣会圣徒之雕像。这座壮丽的教堂是一位西班牙神父斯皮诺拉(Carlos Spinola)设计,他后来在日本殉道。[17]人们称这座教堂的立面是"一幅天主教的教理问答",或"石头的训诫",澳门建筑师协会主席马若龙则称它为"葡萄牙普救哲学的象征"。

从 1840 年至 1860 年,继鸦片战争及英法联军之役的失败,清朝的门户被迫打开,沿海及内地的一批城市被开辟为通商口岸。当时出现的一个较为普

---

15 龙思泰:《澳门史》,北京:东方出版社,1999 年,第 137 页;Constortium 等着:《澳门从开埠至 20 年代社会经济及城建方面的发展》,第 21 页。

16 文德泉神父:《16—17 世纪的澳门》,1979 年,第 43 页。

17 梅迪纳(Juan Ruiz-de-Medina. S. J):《澳门大三巴教堂——一位马德里耶稣会士》,《文化杂志》第 21 期,1994 年。

遍的现象是，根据不平等条约开辟的通商口岸都有一个租界，英、美、法等国的列强在租界内实行与华界不同的城市管理制度，铺设道路，设立各类公共建筑，排设下水管道，架设电灯、电报、电线和天文台等等。这一时期进入中国的西方传教士们也往往在租界设立其总部，建筑教堂，然后再以租界为基地，进入中国内地传教。一时间，在租界出现的教会建筑物与民用建筑一样，无不带有维多利亚时代的殖民特征或者是更早时期的罗马式、哥特式风格。如上海早期的圣公会在外滩附近建立的"圣三一堂"（Holy Trinity Church，1866年），是直接聘请英国本土著名设计师史科特（Sir George Gilbert Scott 1811-1878），他在伦敦设计爱尔伯特纪念堂（Albert Memorial Hall）而闻名。圣三一堂以清水红砖为墙面，平面有拉丁十字式，室外有边廊，分券则有尖券和半圆券两种，室内用单矮柱，顶部为 15 世纪英国哥特式教堂中最常见的"圆领式"天花（Gollar Braced Roof）这是一座典型的复兴哥特式教堂。[18]至于天主教会建筑方面，以上海早期的两座主教座堂为例，均有极为明显的西方特征。建成于 1853 年的董家渡天主堂是上海第一座主教座堂，平面原为拉丁十字式，堂内柱子为 2.5 米×2.5 米的方形砖砌实心柱，其立面为巴洛克风格，共分三层，最底层由八根爱奥尼亚式双壁，第二层有两个巴洛克式小钟楼，最上一层则是西班牙风格的三角形山花，顶部立有十字架。[19]上海最大的罗马教会中心则在徐家汇，这里曾是明代奉教人士徐光启之别墅，徐氏之墓也在此地。近代开埠以后，法国耶稣会陆续兴建了教堂、大小修道院、中学、小学、师范学校、育婴堂、美术工场与其他慈善机构。在 19 世纪中叶，徐家汇曾有过一个中国传统风格与希腊式样相结合的教堂，20 世纪初年，因堂制狭小而另建新堂，从 1904—1910 年终于建成，徐家汇新堂奉耶稣会圣.依纳爵为主保，建筑设计师为 W. M. Dowdall，建筑平面为拉丁十字式，具有典型的哥特式肋拱，建筑总长 79 米，宽 28 米，两翼最宽处 44 米，可容 3000 人弥撒，为远东之著名大教堂。[20]其他如广州、宁波、南京等地都出现同一类型的，具有明显西方风格的大教堂，在当时中国的社会环境中它们具有明显的外来文化风格及特征。

第四时期为 19 世纪末叶或 20 世纪 20 年代开始直至 20 世纪中叶国共内战结束，新中国成立，西方传教士从中国大陆撤退为止。这一时期时间非常

18 伍江：《上海百年建筑史》，上海：同济大学出版社，1997 年，第 54 页。
19 佚名：《徐汇纪略》，上海徐家汇土山湾，1934 年，第 2—4 页。
20 同上。

短,但却十分重要。笔者最近的研究发现,这一时期中国教会人士以及中国基督徒艺术家开始考虑一些重要的问题,也出现了一批具有中国民族和文化特色的教会建筑和绘画,只是由于后来的抗日战争和内战阻断了这一进程,这是十分令人惋惜的事实。

这一时期中国教会历史的发展呈现出一些重要的特征。

第一,中国社会掀起了猛烈的反基督教的浪潮。1900—1901 年的义和团之乱,使中国教会蒙受重大的打击。从 1922 年—1928 年,中国又爆发了非基督教运动,这场运动和义和团不同的是,参加者并非是无知愚民,而是具有民族主义、科学主义、自由主义、共产主义以及人文主义的各类知识分子,教会面临很大的挑战。

第二,这一时期是中国民主革命和民族革命运动的高涨时期,社会在剧烈地变动。1906 年开始宪政运动,1911 年辛亥革命,1924 年国共合作及北伐战争,都引发了当时的民族思想的激荡。自 19 世纪以来,教会因为与不平等条约的联系,被指为帝国主义和殖民主义的先锋,成为千夫所指的物件。

第三,基督新教会和罗马天主教会因为此种压力,其内部出现了裂变。一批新教的中国牧师如俞国桢等人,有感于必须分清教会与列强势力之间的联系,自发地在 20 世纪初年成立中国基督教自立会,相当一部分外国传教士也对中国教会的自立持欢迎和欣赏的态度。在罗马教会内部,先是由马相伯、英敛之、雷鸣远、汤作森等一批中西人士猛烈地批评教会不愿本地化的弊端,最后引发罗马教廷于 1919 年发布《夫至大》(Maximum Illud)通谕及 1922 年派首任宗座代表刚恒毅来华,自上而下地实现本地化的改革。

从 1920 年代初开始的中国教会本地化运动一开始就是和艺术联系在一起的。这种现象在罗马教会和新教中都出现过。

作为当时中国罗马教会最高层领导人的刚恒毅总主教,他本人即是一位著名的公教艺术家,擅长雕刻,对艺术史和建筑有精深的研究。他高瞻远瞩地将基督宗教艺术与当时教会的本地运动联系了起来。他在视察了中国各教区以后,发现几乎在所有通都大埠均有欧洲风格的大教堂,刚恒毅认为那是一种艺术上的错误。

> 所有中国大城市中的教堂,不是新哥特式,便是新罗马式的;间或也有古典式的,它们以西欧风格为楷模,随意添损,乱加抄袭。只有在乡间,因经济关系和乡下人的俭朴精神,建筑了几座庙宇式的教堂,显得新奇而动人。但是即便在乡间,假如经济许可,仍有借用欧洲形式的倾向,好像

非采用欧洲哥特式和罗马式，就不能建造一座美丽的教堂似的。[21]

刚恒毅认为，只要基督宗教对于人类关怀和博爱的精神能够得以体现，就不必拘泥于形式上的约束性，初世纪的时候使徒们曾借用希腊和罗马的哲学语言表达信仰，"使徒和教父们曾经接受了罗马富于文化气息的陈设与礼仪，为什么我们在中国不能做同样的事？"就作为信仰表达的艺术而言，虽然每个民族有其自身的风格，但艺术的本质是超然的，所以任何民族的艺术都可运用于教会之内。他说：

> 每一个民族都有它特殊而定型的特质，并且这些特质藉着她历史性的建树以及民间与社会上的艺术品充分地表现出来。各种不同的艺术特征，都是基于文艺、习俗、兴趣、历史与宗教的史迹、建筑用材、气候、地理等不同的因素。历史可资证明：亚述、迦勒底、埃及、希腊、罗马、拜占庭以及哥德等形式的艺术，均带有各民族与各时代的特点。

> 所以，把欧洲的形式，无论是罗马式或哥德式加诸于中国，均属错误。在欧洲，这些东西是自然的，生气勃勃的，合乎逻辑的；在中国，人们讲究工艺花卉和静物的欣赏。在欧洲，表现人民志趣和情感的东西，是人民所了解的；可是搬到中国来，则会使人感到陌生，成为一种难以了解的语言。

> 即以哥德式建筑来说，其建筑的屋顶倾斜度很大，易于溶雪，而其钟楼高耸云霄，颇适合北欧地带。然而我个人初到中国的地方（南方），那里棕榈丛生，若将哥德式搬到这里，显然不能说适合。

> 中国建筑的系统，有它自己的高雅美丽，与罗马式与哥德式大不相同，有人说中国建筑物四角挠起之格式或受鞑靼人帐篷支角之影响（因此有复古退代之嫌）。其实在欧洲，艺术家也在讨论复兴罗马与哥特式的良机与远景。[22]

要使用欧洲某一种特定的建筑方式来营建教会的建筑，显然是一种误解：

> 罗马帝国曾经把它有力的建筑形式，带到她足迹所到之处，但她之所以如此，是在表现她的势力，使别的民族震慑于她的威武。而教会绝不应如此，教会是至公的，是属于所有人民的，在艺术方面也是一样，教会绝不像罗马帝国企图以武力和权势来征服人；相反地，她所追求的是人的灵魂，她要把众生联合到基督的大家中，但绝对尊重各民族的独立艺术与文

---

21 刚恒毅：《残叶——刚恒毅枢机回忆录》，台湾：主徒会，1982年，第374页。
22 刚恒毅：《中国天主教美术》，台湾：光启出版社，第21页、22页。

化传统。[23]

　　为此,刚恒毅特别提倡用中国风格的建筑来表达罗马公教的理想。1925年,刚恒毅特别邀请意大利卡西诺山本笃会富有经验的建筑师葛里森(D. Adelbert Gresnigt)神父来华,负责设计与建筑事宜。在以后的数年中,葛里森至少设计了三座重要的建筑群,均为典型的中国风格。(一)1925—1929年建成的北平辅仁大学。这是一个全封闭的类似紫禁城(缩小版)的中国式城堡建筑,城墙按中轴线两边等长,四壁合围,中间的校门像一个大城楼,东西南北四角各矗一个角楼,墙身厚重,窗洞深凹,收分明显,门楼和角楼覆以绿色琉璃瓦,尤其在晴日之下更显绚烂夺目。城墙围在中间的小院遍种树木,给人以西方修道院式的宁静之感,而辅大北部司铎书院则是一个典型的中式园林,树木扶疏,有假山点缀其间,它很好地体现了中国式建筑融合自然的理想。这与罗马教会修道精神显然有一种契合。[24](二)1927年建成的河北省宣化县中国籍修会——"主徒会"的会院。该会院建筑为中式牌楼建筑,三个中式的琉璃屋顶按品字形构成,中间为大门,两边则是两个中式圆窗,型制十分接近庙宇,大门内更为高大的楼房覆盖着翘檐的中式大屋顶,上面矗立着十字架,层次分明,气势雄伟,也是城堡式封闭结构。但规模较辅大为小。[25]这座建筑的另一个特点是它处在一个背山面河、清静远俗的环境之中。"它像在那宁静清明的小山谷中怒放的一朵鲜花,给予四周的景色平添了一份新鲜与和谐的格调,使古代留下的艺术更显得高贵。"(三)1931年11月建成的位于香港的华南总修院。该修院为一气势宏大的中式四合院建筑,原设计上有台阶一直通向大海,后改变计划,将整座宏伟的结构面向繁华的大路而非孤清的海水。格里森还为建筑设计了覆盖有中式大屋顶的高楼,后因经济原因而取消。[26]

　　在绘画领域,当时也出现了用中国传统绘画表现基督宗教的趋向。

　　在刚恒毅看来,东方的艺术与天主教的精神境界十分契合。西方艺术注重人和物体的结构和形态的美,趋向写实;中国传统艺术注重观念和理想的美,趋向抽象。中国艺术不仅将人物精神化了,也将物景精神化了。所以中国画中蕴含优美的诗意,与天主教的精神意境能豁然相通。刚恒毅说:

23 刚恒毅:《中国天主教美术》,台湾:光启出版社,第21页、22页。

24 Domsy Lvester Healy:"The Plans of New Building of the Catholic University of Peking." No. 6, July 1929.

25 刚恒毅:《在中国耕耘——刚恒毅枢机回忆录》,台湾:主徒会,1982年,第193页。

26 田英杰编:《香港教会掌故》,香港圣神研究中心,1983年,第216页;骆显慈神父着:《华南总修院历史考究》,《铎迹天涯——华南圣神修院金禧纪念特刊(1931—1981)》,第13页。

我应当申明，在东方绘画中从未有色情类的绘画，这是东方绘画之光；中国与日本的艺术不重视人类的描绘，而西欧的绘画则由希腊艺术所继承；东方艺术是一首眼睛看得见的诗词，因为它所表现的并非是真实的东西，而是实物的诗境，他们所绘的是画家的思想，所以是一种精神艺术。[27]

为了在教会内推展中国的绘画艺术，刚恒毅请了一位中国画家陈缘督来协助。一九二九年，陈先生在北平开了一个个人画展。前去参观的刚恒毅发现，陈的画作具有中国艺术的传统精神，尤其能把实在的物景以精神的诗意表现出来，在渲染方面也有独到的造诣，线条优美，色彩和谐。在陈先生的画中，给刚恒毅印象最深刻的，是描绘两位妇女站在花园中的一幅画。因此，刚恒毅请陈先生到宗座代表公署商谈，请他画圣母像。刚恒毅先让他参观了意大利名画家的作品，又请他研读《圣经》。不久，陈先生带给刚恒毅一幅画在丝绢上的圣母敬拜耶稣圣婴图，这幅画成了后来中国以及东方天主教会圣画的滥觞，当时天主教会有插图的杂志都把它刊印出来。陈先生也由于研究天主教的《圣经》和道理，取圣名路加。刚恒毅视陈先生的洗礼为中国天主教艺术的降临节。后来陈缘督成为北平辅仁大学艺术系的教授。在他的影响下，其门人王肃达、陆鸿年、华路加、李鸣远和徐志华，都成为当时颇负盛名的天主教画家。

在同一时期，新教内部也开始了本土化的艺术创作，最明显的是当时中国所有重要的教会大学都采用中国风格的建筑设计，最著名的莫过于燕京大学，它拥有近八十座中国宫殿式的建筑，室外设计了优美的飞檐和华丽的彩色图案，主体结构则采用钢筋混凝土，配以现代化的照明、取暖和管道设施，甚至连校内一座水塔也采用了十三层中国式宝塔的形式，在未名湖上远眺极具中国特色。同时，校园里有许多从圆明园运来的奇异碑石，并在景色宜人处修建了亭阁。校长司徒雷登说得很明确："校舍本身就象征着我们的办学目的，也就是要保存中国最优秀的文化遗产。"[28]

这一时期的奇特之处是，外界对教会的批评越来越多，教会却在艺术风格上极力采用中国本地风格，似乎是要向外界证明教会并不自外于中国文化和社会。

27　刚恒毅：《在中国耕耘》（下），第121页。
28　司徒雷登：《在华五十年》，北京：北京出版社，1981年，第57页。

三

本文的题目包括对"中国基督教艺术前景"的展望,这是我作为历史工作者感觉十分困难的事。我想如果能够作什么"展望"的,只能是一些基于历史事实而作的思考。

第一,提倡教会艺术,离不开教会发展的外在的稳定的环境。中国基督教艺术的发展不及佛教艺术繁荣昌盛,这与基督宗教本身在中国发展的坎坷艰难有关。另外,教会领导人的重视和提倡是十分重要的。20世纪二十年代以后,天主教的刚恒毅,新教圣公会的沈子高主教,都是教会艺术的提倡者,他们的努力一定程度上推进了当时的艺术运动。今天,香港、澳门和台湾的教会可以做这一方面的先进者。据我所知,大陆也有一些基督徒艺术家正在作不懈的探索。

第二,中国基督徒的艺术家和一切有志于这一事业的人们,应该认真地研究历史,一方面从生活,另一方面从历史中去寻找有价值的素材。时代是常变的,但人性是不变的,古人的思考会给我们今人以启示。当我在研究这段历史的时候,常常发现今天我们考虑的问题前人早已经思考过了,他们甚至比我们更加深刻和确切。

第三,中国基督徒艺术家应该认真地研究希腊、罗马的古典艺术和中世纪的教会艺术,也应该对中国传统艺术(包括绘画、雕刻和建筑)有精深的研究,同时,对于基督教的教义和神学,也要有相当的修养。我发现了一个事实,近代中国最有成就的基督徒艺术家都在这几方面有着深厚的造诣。例如,从小在上海徐家汇土山湾孤儿院(工艺美术院)长大,后去比利时深造并赢得举世承认的张充仁先生,在回顾他的一生时,极为感激他在幼年时代所接受的严格的训练,正是这种古典教育奠定了他成功的基础。而陈路加本来是一位卓越的国画家,他在结识刚恒毅之后认真地研究了文艺复兴时的教会艺术,阅读了大量的教理著作,最后成为一个基督徒。训练和信仰都是一种刻骨铭心的经验,也是提升艺术境界的必由之路。

第四,基督教艺术的本地化是必需的,但在如何运用本地艺术的问题上,必须有一个基准。刚恒毅曾经引用罗马时代诗人贺拉斯的名言:"定界所在,过与不及,皆非正确。"(Sunt certi denique fines, quibus ultra citraque nequit Consistere rectum)普世教会图像的传统与本地艺术的表现手段是不矛盾的,甚至是互补的。刚恒毅说:"本地画家和雕刻家要用他们自己的技巧来表现,但他们必须说出一种新的语言。那就是他们必须再现一个基督教人物。在这里,形式绝不能压倒理念,相反,理念必须是形式的绝对主宰。因此,本地艺术家有信心保留本地化的技巧和风格,但他们又必须毫不犹豫地去修正自身艺术中程序化的东西,要学习和接纳普世教会圣像画的传统。"[29]这些中肯的话语,在近一个世纪过去以后的今天仔细回味,仍然觉得有许多可以思考的地方。

---

29 Mgr. Celso Costantini: The Christian Idea in Art, Fu Jen Magazine Vol. Ⅷ, 1939, Catholic University of Peking, p. 36.

明清之际中国基督教画像中的基督形象

褚潇白（华中师范大学）文

[内容提要]　明清之际,传教士们将宗教绘画作为传教的辅助方式之一,力图推动基督形象在中国的流布。本文即以这些绘画中所表现的基督形象为一个主要的宗教符号,通过对这个符号的形式分析来论证其神学内涵的变化过程。初始,最受国人喜爱的基督形象并不具备符号象征意义,作为圣母怀中的"一小儿",它仅以一个容易与佛教祈福含义混同的标记出现。继而,在《程氏墨苑》中,有两幅图所呈现的耶稣形象开始负荷起基督作为真理启示及呈现者的基督宗教内涵,成为能够承担独特宗教意义的符号。不过,基督形象这一符号的象征意义在"受难"这个重要层面上发生了难以规避的扭结:十架基督的形象经常遭到拒斥与抨击,因为同一个符号必然会同时在政治、宗教和文化语境中承担意义,而当其宗教语境中的意义尚未完全确立起来之时,文化与政治的语境便擅自对意义进行了篡改。耶稣会传教士们试图通过符号形式上的微调,使中国人能够产生更多亲切感,更大限度地突破其文化传统与民族意识的偏见,以个体自身存在于整部"救赎史"中的身份设定为前提,去体悟基督在每个生存境况中的临在以及他为众民在十架受难赎罪的神学含义。不过,这样的努力也遭到其他传教团体来自神学层面的攻击,并由此成为"礼仪之争"的前兆。

自基督教诞生之日起,基督形象便开始了其蕴载多种含义的过程。明季基督教第三次传入中华大地时,基督形象及其内涵已历经十六个世纪的漫长层累,《圣经》记载中的那位耶稣基督在各种层面上被详尽诠释,这一形象自身已是一个包含了多束意义丛的集合体:他不仅是拯救者弥赛亚,也是拉比(教师)、万王之王、人子、"灵魂的新郎"、"永恒的明镜"、和平之君和解放者等等。[1]好比维克多·特纳在《象征之林》中论述的"支配性象征符号",由迥然不同的"各个所指因其共具的类似品质或事实上或理念中的联系而相互连接"[2],基督形象已然成为基督教中当之无愧的主要象征符号。

传教士要将基督教福音传给幅员辽阔的东方帝国,而耶稣基督,正是这个福音的核心及基础。不过,象征符号的形式和符号的意义之间并没有直接和本质的联系,二者之间的关系仅仅存在于使用这个符号的特定社会群体约定俗成的文化代码中。中国离基督教生长的那片土地非常遥远。唐、元二朝的输入也早已时过境迁。对于明末的中国人而言,基督形象这一象征符号从形式到意义都全然陌生。如果说,基督形象作为上帝在世界的一个启示,永远是整个世界的一个"全然相异者",那么,对于16世纪的中国人而言,他还更是一个时空范畴内彻底的"他者"。这个基督形象已经在遥远的文化体系中形成并发展成了一个有如热带雨林般意义丛生的象征符号。正是这个符号,曾经并且还将长久地让西方迷惑、困顿而又时常伴随一些关乎人类命运的了悟。可是,如何才能让这个在人类历史发展潮流中不断丰富、充实起来的基督形象来到中国这片陌生的土地,让一个古老而骄傲的民族去接纳他呢?这是明清之际乃至后世的每一代传教士所面临的问题。

一 基督形象在绘画中的展现与国人的反应

根据现有资料,最早将西方宗教画带入中国内地的应是1579年抵达肇庆的方济各会传教士阿尔法罗(Pierre Alfaro)等人。裴化行在《天主教16世纪在华传教史》中提到这些传教士的行李中有手绘圣像:"及至(1579年)八月二十一日,他们(阿尔法罗等)又到肇庆过堂。总督检点他们携带的物品时极其高兴。其中……还有几张笔致精妙,五光灿烂的手绘圣像。"[3]传教士行李中的手绘圣像是目前记载最早出现在晚明中国人视野中的基督形象。这可以说是继也里可温教随着元代的覆亡一起归于历史的陈迹后,基督形象在中国人面前的第一次亮相。可惜的是,除了"笔致精妙"、"五光灿烂"的简单描述,我们

---

1 参见:[美]帕利坎:《历代耶稣形象》,杨德友译,华东师范大学出版社,1999年。

2 [英]维克多·特纳:《象征之林——恩登布人仪式散论》,赵玉燕等译,商务印书馆,2006年,第21页。

3 [法]裴化行(H·Bernard):《天主教16世纪在华传教志》,萧浚华译,商务印书馆,1936年,第166页。

无法从裴氏的记载中获得这第一次亮相的具体情况。

正式将基督形象展示出来的是耶稣会传教士罗明坚（Roggieri Michel）。罗氏1579年来华，在澳门的三年时间里，他颇注意收集西洋美术作品。1580年11月8日，他在书信中说："我希望神父能给我寄来内附有图片的我主基督奥迹之书"；1581年11月12日的信中又说希望"外再寄一部四文绘图《圣经》，装订必须精美，几张挂毡，上绘新旧约故事"。[4]等到1581年进入广州时，他立即在所居住的暹罗国贡馆内开始彻底清除异教偶像，并将原本供奉偶像的居室"辟为圣母小堂"[5]。裴氏虽然没有记载罗明坚神父所辟圣母堂中的圣母画像，但按照天主教的规矩，既然辟立了圣母堂，那在堂内必然要供奉圣母像。

如果说阿尔法罗和罗明坚通过西洋绘画，率先将一个完全陌生的耶稣基督及圣母玛利亚形象带入中国人的视野，那么，随后的许多传教士都接续着他们的工作，将西洋宗教绘画在中国的流布推向了一个前所未有的高潮，并希图以此协助他们的传教工作，将基督教教义的核心——耶稣基督的形象植入中国文化。

明季传入中国的西洋绘画与传统中国画在绘制方法、艺术理念上都存在着很大差别。西洋画的透视效果显然首先吸引了观者的注意力。最早对西洋宗教画有所记载的中国人叶权在嘉靖四十四年（1565）来到澳门，他看到澳门教堂的西洋宗教画后说：其画似隔玻璃，高下凸凹，面目眉宇如生人，岛中人咸言是画。余细观类刻塑者，以玻璃障之，故似画而作……色，若画，安能有此混成哉。[6]

随着西洋宗教画在全国各教堂粉墨登场，类似的慨叹便一而再、再而三地出现在中国人的记载中。刘侗、于奕正描述北京天主堂内的画像"目容有瞩，口容有声，中国画绘事所不及"[7]；文人吴长元记载北京南堂："中供耶稣像，绘画而若塑者，耳鼻隆起，俨然如生人。左右两砖楼夹堂而立。左贮天琴，日向午则门楼自开，琴乃作声。移时声止，楼则闭亦。右圣母堂，以供玛利亚，作少女状，抱一儿耶稣也。衣无缝，自顶被於体"[8]；顾起元更是详细分析了教堂装饰中西洋画法与中国画法的不同之处："中国画但画阳不画阴，故看之人，面躯正

---

4 [意]利玛窦：《利玛窦书信集》，罗渔译，光启辅仁联合出版社，1986年，第427、434页。

5 [法]裴化行：《天主教16世纪在华传教志》，萧浚华译，商务印书馆，1936年，第190—191页。

6 （明）叶权：《贤博编》附《游岭南记》，中华书局，1987年，第45页。

7 刘侗、于奕正：《帝京景物略》，卷四，北京古籍出版社，1981年，第153页。

8 吴长元：《宸垣识略》，卷七，《内城》三，北京古籍出版社，1981年，第125页。

平，无凹凸相。吾国画兼阴与阳写之，故面有高下，而手臂皆轮圆耳。凡人之面正迎阳，则皆明而白；若侧立，则向明一边者白，其不向明一边者，眼耳鼻口凹处，皆有暗相。吾国之写像者解此法用之，故能使画像与生人亡异也。"[9]

"绘画若塑者"给予观者的视觉冲击力成为这些评论者关注的焦点，由于当时还未有对透视技法的充分了解，他们最多只能人云亦云地将这种"生人"效果归诸于西洋画对阴阳明暗的处理。

关于图像新异性及国人对此图像所表达的信仰内涵之接受程度之间的关联我们暂且存疑。但是，可以肯定的是，作为信仰传达过程中的一种辅助方式，西洋宗教画在中国内地所受到的欢迎程度显然是传教士们始料未及的。《利玛窦书信集》中有许多传教士之间的书信往来可以为当时宗教画的需求佐证；罗明坚神父 1580 年在澳门写的信中说："我希望神父能给我寄来内附有图片的我主基督奥迹之书。"[10]龙华民神父在 1598 年 10 月 18 日给耶稣会总会长的信中也说："如果能送来一些画有教义、戒律、原罪、秘迹之类图画的书籍，将会发挥很大的作用……"。[11]

单幅、单张宗教画在传教士的传教工作和教友的信仰生活中都颇受欢迎，福音版画书籍《天主降生出像经解》在中国发行后同样受到热烈欢迎。清代方殿华在《像记》中说："崇祯八年（1635），艾司铎儒略传教中邦，撰《主像经解》，访拿君原本，画五十六像，为时人所推许，无何，不胫而走，架上已空。"[12]此书初刻于崇祯十年（1637），后 1642 年、1738 年、1796 年又重印，1852 以及 1903 年则两度刻印于上海。

不过，拒斥与接纳同期而至。

从 17 世纪初开始，传教士散发的图像就几乎成了文人士大夫的众矢之的。他们指责"教士散发某个鞑靼人或者撒拉逊人的图像，称之为上帝，说他从天上下凡来拯救并教导全人类，而且按照他们的教义，只有他才能赐给人财富和幸福"，认为这种教义非常能蛊惑民众，"使愚民极易受到欺骗"。[13]在明季成书的《圣朝破邪集》中，留下来多处对宗教画像攻击评议的记载。蒋德在《破邪集序》中写道：若吾儒性命之学，则畏天敬天，无之非天，安有画像？即有之，

---

9 顾起元，《客座赘语》卷六"利玛窦"，中华书局，1991 年，第 154 页。

10 ［意］利玛窦：《利玛窦书信集》，罗渔译，光启出版社，1986 年，第 427 页。

11 同上，第 522 页。

12 《道原精萃》，光绪十三年上海慈母堂聚珍版"序言"。

13 刘侗、于奕正：《帝京景物略》，卷四，北京古籍出版社，1981 年，第 570 页。

恐不是深目、高鼻、一浓胡子耳。[14]同时期的《南宫署牍》则称："丰肃······起盖无梁殿,悬设胡像,诓诱愚民。"[15]

明末士大夫还只是指摘西洋宗教画,到了清初"历案",杨光先撰《不得已》,其中除了对西历进行系统批判外,还有《邪教三图说评》一篇专门针对的就是西洋宗教画,其中有文称:

上许先生书后,追悔著《辟邪论》时,未将汤若望刻印国人拥戴耶稣及国法钉死耶稣之图像刊附论首,俾天下人尽见耶稣之死于典刑,不但士大夫不肯为其作序,即小人亦不屑归其教矣。······止摹拥戴耶稣及钉架、立架三图三说,与天下共见耶稣乃谋反正法之贼首,非安分守法之良民也。[16]

拒斥并不仅仅停留在口诛笔伐的层面,反教者的行动力异常果决。他们跑到"新信徒的家里去搜寻救世主的画像,把两三幅画像撕碎了",以至于神父们开始"劝告新基督徒们把画像藏起来,并且不要挂在卧室里面"。[17]

在清初"历案"中,北京许多教堂被拆除,教堂内的经卷和画像都被收缴销毁。[18]到雍正禁教时期,长城边上的古北口和桂林府教堂也都发生了摧毁焚烧圣像的事件。[19]而在雍正、乾隆、嘉庆三朝禁教时期,官府更是以收缴到圣像画作为民间百姓仍在传教、习教的罪证,不但画像要查缴收没,连教民都难逃牢狱发配之灾。

可见,在艺术风格和信仰内涵这两个层面上,国人对于基督教画像的态度都交杂着新奇与厌恶、接受与拒斥,而接受与拒斥的焦点就在于画像中的核心人物——耶稣基督。

二 从祈福标记到宗教符号:以"小儿天主"为起点

当罗明坚、利玛窦最初在广东肇庆开教时,并没有直接在传教室里安放基

---

14 (明)徐昌治:《圣朝破邪集》,香港建道神学院,1996年,第139—140页。

15 同上,第63页。

16 (清)杨光先:《不得已》,陈占山点校,黄山书社,2000年,第30页。

17 刘侗、于奕正:《帝京景物略》,卷四,北京古籍出版社,1981年,第572页。

18 将汤若望所在天主堂亦应拆毁,唯因勅赏银两给汤若望建堂,又赐有牌文,故拟准留该堂,仅毁天主画像。利类思等所在教堂,虽供系钦差佟佟购房新建,亦应将利类思所在教堂,以及阜成门外教堂,均交工部拆除。再,汤若望、利类思所在两座教堂内现有西洋教经卷、画像、《天学传概》书版,俱应焚毁。至于入教人等,既奉旨免于查议,则将其所发之铜像、绣袋、《教要》、《天学传概》等物,亦应札饬收缴礼部销毁。再,其在外流散者,应饬交各该督抚,札饬严查收缴销毁。外省之天主堂、西洋教经卷、画像等物,亦应饬交各该督抚查收销毁。见:中国第一历史档案馆、暨南大学古籍研究所:《明清时期澳门问题档案文献汇编》(第1册),人民出版社,1999年,第52—53页。

19 [法]杜赫德:《耶稣会士中国书简集》第2册,郑德弟等译,大象出版社,2001年,第332—333页。

督受难像，出现在中国人视野中的是圣母怀抱耶稣像。这幅圣母子图像很快便引起了很多人的好奇和礼敬。[20] 后来文献记载京城的教堂也多出现类似"所画天主乃一小儿，妇人抱之，曰'天母'"[21] 这般的描述。

在中国传统中，无论是佛教的观音崇拜，还是民间的妈祖崇拜，都离不开对女神的信仰情结。在佛教中，来自印度的观音大士一旦进入中土，没几下子就摇身变作女身；而福建一林姓民间女子也可在百姓的避灾祈福情结和统治者最高指示的协力合作中跻身最受欢迎的女神行列。

耶稣会历来秉承其创始人罗耀拉的依纳爵（Ignatius of Loyola）之适应精神，他认为传教事业必须尊崇的格言是：不是要他们必须像我们，而是相反。[22] 充满"适应"精神的耶稣会传教士们在抵达中国初期，就力图在生活方式、思想观念、伦理和礼仪层面全面地适应中国的情况。被利玛窦称为"中国耶稣会传教之父"的范礼安神父要求传教士一旦定居下来就穿袈裟，借此突出传教团的宗教性和本土性，用服饰来传递一些基本信息。在他们来到中国之初的 9 年里，他们一直身着僧服。不过，中国人显然对此产生了误解，他们认为这些西洋僧人的确是佛教徒，只不过是从天竺国来的佛教的另一个支派，所以，知府给传教站赠送的两块匾额，分别题名为"仙花寺"和"西来净土"，都是非常纯粹的佛教名字。而他们在仙花寺里悬挂的图像又是圣母子图，所以人们不免常把怀抱耶稣、体态安详的圣母当作耳熟能详的送子娘娘：

有一天，一个新信徒去找神父，抱怨说他的老婆还是个异端，为了保证安全分娩而救出了一座他正要烧掉的偶像。神父叫他用一幅圣母像代替观音的偶像，要他的老婆每天念七遍我们的父和七遍福哉玛丽亚，礼敬圣母的七次节日。后来，他们的儿子在圣母显灵节那天异乎寻常地平安诞生了，无疑是得到圣母的特别帮助的。这件事终于使全家成为基督徒。我们将限制例子的数目，免得大家因它们雷同而生厌。[23]

类似记载不仅出现在《利玛窦札记》中，《利玛窦评传》和《耶稣会士中国书简集》中也经常能看到这样的事例：一些信徒对着圣母顶礼膜拜，希望能保佑得子。

对于传教士而言，圣母本来就是天主教中非常重要的一个代祈者，悬挂圣母子像符合天主教传统。问题在于：圣母子像来到中国后，画像中的圣母成了

---

20 刘侗、于奕正：《帝京景物略》，卷四，北京古籍出版社，1981 年，第 168 页。

21 孙承泽：《天府广记》，北京古籍出版社，1982 年，第 589 页。

22 转引自：《晚明基督论》，王志成、思竹、汪建达译，四川人民出版社，1999 年，第 46 页。

23 刘侗、于奕正：《帝京景物略》，卷四，北京古籍出版社，1981 年，第 443 页。

人们祈福对象的主体,她怀中的那个耶稣反倒成了一个标记性的提示。这个
"小儿天主"的存在并没有与耶稣形象在基督教中的象征意义产生确切的关
联。他的所有意义集中于他是一个"送子观音"怀中的孩子,一个即将送给祈
福者的孩子。差别最多仅存在于:这个"送子娘娘"与过去人们常见的那位观
音在面容、体态、服饰等方面有些区别。这些区别非但没让人厌恶,相反,这位
有点另类的"送子娘娘"在视觉呈现层面实在是悦人眼目的,当时的国人这样
品评她道:"中一妇人巨像,庄严妙好,高髻云鬟,面同满月,两眸湛湛若秋水射
人,自胸以上及两胳膊皆赤露,肤理莹腻,居然生成,胸前垂七宝璎珞,金碧璀
璨。光彩夺目,不可正视,乳以下衣纹缭绕纠结,如霞晕数重,五色陆离,涛回
漩伏。"[24]没人会拒绝这样一位国色天香又有异域风情的美女娘娘。至于她怀
中的孩子,对于广大祈福者而言,他的名字是否叫耶稣无关宏旨:他可以是耶
稣,也可以叫其他名字。在神学层面,他成了无名者。

　　作为"无名者"的小儿基督,自身本无异于传统信仰中"送子娘娘"怀里的那
个祈福标记,它只具有一定的指示性,而丝毫不存在基督教象征符号的作用。

　　利玛窦很快就对此做出了反应,因为不少人开始议论说,西洋僧人崇拜的
是一个女神。于是,他把传教室悬挂的圣母子像换成了成年耶稣像。[25]敏锐的
利玛窦同时认识到:在着装上以佛教方式进入中国并非正道。僧人在中国受到
文人士大夫的轻蔑,而基督教若与佛教在形式上进行混同,也容易引起不必要
的麻烦。在经历了与僧人和佛教徒多次论争后,利玛窦总结多年传教经验,终
于决定改变传教方式。他开始驳斥佛教的论点;谴责佛教从犹太教和基督教中
借用诸如天堂、地狱的观念;称佛经为"诳经",试图摧毁佛教的尊严。[26]1603 年,
他出版著作《天主实义》,具体阐发了上述观点,以达到"易佛补儒"(李之藻语)
的目的。在《天主实义》中,利玛窦努力使中国人相信:早期儒家的上帝观念就
是天主教所传的那个"天主",只是到了近代,新儒家才将这个上帝与"太极"相
等同。[27]在利玛窦这个人文主义者的视域中,如果以上推理能被中国人接纳,

---

24 张景秋:《秋坪新语》,转引自方豪:《中西交通史》,岳麓书社,1987 年,第 919 页。

25 "早期来到中国的欧洲人见了观音菩萨都以为就是耶稣的母亲玛丽亚,同样,中国人起初以为传教
　　士们的上帝是个妇人,既然他们在神坛上面陈列出一幅所谓圣路加德圣母像,以后,为了多少避免
　　这种张冠李戴,传教士便换上一幅救世主像,把圣母像保留在自己的小堂里。[法]裴化行:《利玛
　　窦评传》管震湖译,商务印书馆,1993 年,第 119 页。

26 [意]利玛窦:《天主实义》,北京大学宗教研究所,2000 年,第 81—95 页。

27 "余虽末年入华,然窃视古经书不息,但闻古先君子敬恭于天地之上帝,未闻有尊奉太极者,如太极
　　为上帝——万物之祖,古圣何隐其说乎?"见[意]利玛窦:《天主实义》,北京大学宗教研究所,2000
　　年,第 32 页。

那么中国人也能顺理成章地接受基督教的"天主论"。

利玛窦当然不满足于此。1606年1月,他将4幅雕刻画赠与程大约,被程氏收于他所编撰的《墨苑》,将西画放在书末。这4幅铜版雕刻图来自由著名欧洲出版社安特卫普的普朗登(Plantin)出版的关于基督生平的书《福音故事图像》(Images from the Gospels)。这本书1593年由内达尔(Jeronimo Nadal S. J.)出版,随即畅销欧洲,1605年,利玛窦听说这本书传到了南京,就立即写信为北京教区认订。[28] 1606年1月,利玛窦将4幅雕刻画赠与当时著名的出版商程大约。程氏邀约了名画家丁云鹏和刻图名家黄鳞等将此铜版画转刻于木版上,然后将这四幅天主教题材的绘画收于他所编撰的《墨苑》之书末。由于《程氏墨苑》的"热销",这四幅天主教绘画也自然获得了广泛的传布。

《墨苑》中这4幅图中的前3幅标题均是利玛窦题识:第一幅"信而步海,疑而即沉"表现彼得和其他门徒在海上遇见耶稣的故事;第二幅"二徒闻实,即舍空虚"画耶稣受难复活之后,在去以马忤斯的路上遇到两位门徒,亲自点化他们的故事;这两幅画的内容均取自《圣经》福音书。第三幅"淫色移气,自速天火"表现罪恶之城遭毁灭的故事,取自《圣经》旧约;第4幅没有标题,画像为"圣母怀抱耶稣之像",但利氏提供的这幅则是1597年日本有马画院的复制品。利氏称前三幅图为"宝像三座"。[29] 在这本集合了儒释道三种中国传统宗教图像的《墨苑》中,竟然出现了天主教的耶稣基督。陈垣于1927年将这四幅画复制印行,并著文评价说:"《墨苑》分天地人物儒释道六集,今书口题曰淄黄者即释道合为一集,而以天主教殿其后也。时利玛窦至京师不过五六年,而学者视之,竟与淄黄并,其得社会之信仰可想也。明季有西洋画不足奇,西洋画而见采于中国美术界,施之于文房用品,刊之于中国书籍,则实为仅见。"[30] 确如陈垣先生所言,天主教在初来乍到之际,就能在书籍中与中国本土的儒释道形象并置,的确令人感到意外。不过,笔者并不同意由于天主教的几幅绘画作品"与淄黄并",就可以从此演绎出"其得社会之信仰可想也"的结论。无论如何,这一添加举动还是"在商业动机的驱使下,以能唤起读者新奇感为宗旨而由较少保守意识的商人所策划"[31] 的,与当时社会信仰状况并无直接关联。不

---

28 袁宝林:《潜变中的中国绘画——关于明清之际西画传入对中国画坛的影响》,见《美术研究》,1995(5)。

29 顾卫民:《基督宗教艺术在华发展史》,上海书店出版社,2005年,第121页。

30 陈垣:《跋明季之欧化美术及罗马字注音》,见《陈垣学术论文集》(一),中华书局,1980年,第8页。

31 袁宝林:《潜变中的中国绘画——关于明清之际西画传入对中国画坛的影响》,见《美术研究》,1995(5)。

过,这当然也是利玛窦见缝插针式的聪明一招,他在画边的题记也的确可以起到传播教义的作用。

《墨苑》中4幅画像中的前两幅都出现了福音中的耶稣。二者均着重表现基督的"宗教导师身份"以及他作为真理化身的宗教意义。第一幅"信而步海,疑而见沉"表现了这位宗教导师所要传达的重要信息:信心是信仰的关键;第二幅"二徒闻实,即舍空虚"则传递出耶稣本人的真理化身意味。第三幅与记载耶稣生平的《福音书》无关,可能是利玛窦考虑到图画要与中国人原有的"恶有恶报"观念进行适应,才选择《旧约》中两座城池因居民邪恶而招致天惩的故事。不管如何,《墨苑》中前两幅图所呈现的耶稣形象都负荷着基督作为真理启示及呈现者的宗教内涵。"当标记直接表现为一个含义承担者时,它本身也就变成了一种符号"[32],随着利玛窦等首批传教士传教方式的调整,基督形象已经从一个无名状态的祈福标记一下子"成长"为与中国传统宗教并存的,能够负荷起一定宗教意义的象征符号了。

不过,这并不是说作为祈福标记的"小儿天主"随着这个象征符号的出现而自行消亡了。只要人类的祈福本能不改变,这个标记就永远不会消失。差别在于,基督形象本身不再单纯是个简单的无名标记,它的祈福特质也作为宗教符号的一个层面进入到象征符号的意义丛林中去了。利玛窦在给程大约的4幅画作中特别选了圣母子图,虽然这幅画并非内达尔书中的作品,但利玛窦显然意识到这幅图的必要性,所以还是让它与"宝像图"一起出现在《墨苑》中了。我们不仅可以从这一特殊选择中窥见明末国人对圣母子像的喜爱程度,还能从不同基督形象的并置中看出这个象征符号的意义正在逐渐丰满。

三 符号意义的扭结与呈现:十架耶稣之受难与救赎

在基督教中,耶稣的十字架受刑及其后的复活事件可谓整个信仰的核心部分,它也包含着使基督形象这一宗教符号最终得以确立的关键性象征意义。然而《墨苑》中并没出现"十架耶稣"形象。应该说,利玛窦选择了3幅与"十架耶稣"无关的宝像图有其苦心孤诣:"十架耶稣"的缺失与利氏的前车之鉴有关。

1600年,利玛窦带着各种礼物赴京,准备进呈给皇帝。太监马堂在他的

---

32 〔美〕克莱德·克鲁克洪等:《文化与个人》,高佳、何红、何维凌等译,浙江人民出版社,1986年,第54页。

行李中发现了一个"漂亮的、木制的、上面描有鲜血的、看起来活生生的"耶稣在十字架上的受难像。马堂立即怀疑这是黑巫术，认为传教士制造这邪物是为了杀死皇帝，并觉得创作这种艺术品的人不可能是善良的人。随即，利玛窦和庞迪我便成了太监马堂的阶下囚。[33]

太监马堂的激烈反应情有可原：首先，耶稣受难像多为裸体，这在当时的中国是不可思议的。这个直接的视觉冲击会使中国人在传统文化的价值观念上就对之产生反感。其次，天主教十架苦像刻画耶稣的"五伤"[34]，这"五伤"上正如马堂所见的"描有鲜血"，对耶稣其人其事一无所知的人不明白"五伤"的含义，自然会将之与中国民间的一些巫术咒诅联系起来。

莫小也曾很有见地地指出："'五伤'在程氏版画中没有出现，可能是利玛窦让中国复制者掩盖了耶稣受刑的事实。"[35]笔者认为，这种猜想很有道理：因为"宝像图"中的前两幅描述的都是耶稣复活后的故事，按天主教绘画的传统，这两幅画上的耶稣都应该显示其身上的"五伤"。

从利玛窦的书信中也可以看出，他为了适应中国人的文化心理习惯，而用心良苦地将耶稣受刑的事实隐藏起来，在1585年的一封信中写道"……但基督受难的画像不需要，因为他们尚不理解它。从传播的经验来看，圣母子之类题材的圣像画显得与中国人保持了相对亲近的关系。"[36]虽然利玛窦只是在图像中避免具有强大视觉冲击力的十架形象，但在平日所宣讲的福音中还是会尽量以一种使中国人不那么反感的方式带出基督的受难与救赎意义。可是，不管如何，他和其他耶稣会士并不积极展现十字架，甚至故意隐藏这个符号的事实，使得他们很难逃避来自宗教层面的诘难：一旦耶稣受难无法得到呈现，受难及复活事件中蕴藏的"救赎信息"就无法启示出来。在基督形象中，作为"救世主"耶稣的一维是所有意义维度的底色，丧失了这个底色，基督（在希伯来文为"弥赛亚"，本义为"受膏者"，在犹太教和基督教教义中就是上帝差来要拯救百姓出离罪恶的救世主）将不成为"基督"。

果真，天主教在中国的另一派别——本笃会[37]的传教士对耶稣会回避公

33 ［美］史景迁：《利玛窦的记忆之宫》，陈恒、梅义征译，上海远东出版社，2005年，第336页。

34 指耶稣在十字架受难时手、足和肋下的五处伤痕。

35 莫小也：《十七—十八世纪传教士与西画东渐》，中国美术学院出版社，2002年，第105页。

36 转引自柯毅霖：《晚明基督论》，王志成、思竹、汪建达译，四川人民出版社，1999年，第248—249页。

37 本笃会，Order of St. Benedict，天主教隐修会之一，529年由意大利人本笃所创。16世纪后，因会士到各地传教，该会的隐修性质渐失。见《中国大百科全书·宗教》，中国大百科全书出版社，1988年，第27页。

开传扬基督受难和在公共场合展示耶稣受难像的做法感到非常愤怒,甚至因此拒绝耶稣会士。[38]本笃会士认为被钉十字架的基督是他们必须传扬的核心,这个核心是任何人、任何一种文化需要接受的"福音"。所以,他们与耶稣会士采取截然相反的做法,根本不理会耶稣会士尽量降低自己的姿态以适应当地文化的做法,而大量地以十字架来激励自己与异教进行斗争。他们在十字街头游行传教,并且在手中紧握着"十架耶稣"像,一边挥舞十字架,一边劝人皈依。"在福州,他们在公共场所张贴标语。第一张声称基督信仰之真理,第二张宣称基督的受难与圣死,第三张痛斥中国伪宗教和众多偶像,第四张宣称皇帝代表基督教授予特权。……穿着草鞋,手持十字架受难像,高过头顶,大声宣告:这乃是'真神和人的形象,世界救主',所有的偶像和宗派都是虚妄的……[39]

当耶稣会士奉劝本笃会士尊重中国的文化传统,尽量避免在他们的礼拜堂上安置十字架时,本笃会士异常愤慨,在他们眼中,"任何先于福音到来之前的东西都是迷信和偶像崇拜,是福音化的劲敌,是无可救药的,所以在确立基督教真理之前只能摧毁它们",所以他们根本"不考虑任何适应问题"。[40]本笃会士一次次向梵蒂冈的教宗告状,不展示"十架耶稣"成了他们控告耶稣会士的主要证据之一,这也成为清初"礼仪之争"的导火线。

在本笃会士眼中,耶稣受难的意义很明确:通过这位神之子的受难,世人得到救赎。在基督教教义背景中,这当然是无需任何假设的已然事实。但是,另一个事实也非常关键:在基督教文化中,耶稣受难的意义指向救赎,但在中国文化中,这个意义指向还未清晰化。更麻烦的情况是,对于受刑的耶稣,中国人还会产生另外一层意义的解读,即耶稣是个十恶不赦的罪人。事实果真如此。半个世纪后的1664年(康熙三年),杨光先上请诛邪教状,掀起"康熙历狱"。诉状要点第一条就是:汤若望本如德亚国谋反贼首耶稣遗孽,假修历为名,阴行邪教,遍布京师及各地,共建三十余堂。[41]于是清廷密旨将汤若望及钦天监三十余员逮捕,汤若望被提审二次,定罪凌迟。杨光先称耶稣为"如德亚国谋反贼首",对汤若望在《进呈书像》中的耶稣受难图倍加轻蔑与指斥:"以正

---

38 [意]柯毅霖(Gianni Criveller):《晚明基督论》,王志成、思竹、汪建达译,四川人民出版社,1999年,第92页。

39 Dunne:*Generation of Giants*,转引自《晚明基督论》第100页。

40 [意]柯毅霖(Gianni Criveller):《晚明基督论》,王志成、思竹、汪建达译,四川人民出版社,1999年,第91页。

41 顾卫民:《中国天主教编年史》,第172页。

法钉死而云救世功毕复升归天,则凡世间凌迟、斩、绞之重犯皆可援此八字为绝妙好辞之形状矣！妖书妖言,悖理反道,岂可一日容于中华哉?"[42] 又有书云:"上许先生书后,追悔著《辟邪论》时,未将汤若望刻印国人拥戴耶稣及国法钉死耶稣之图像刊附论首,俾天下人尽见耶稣之死于典刑,不但士大夫不肯为其作序,即小人亦不屑归其教也……兹弗克具载,止摹拥戴耶稣及钉架、立架三图三说,与天下共见耶稣乃谋反正法之贼首,非安分守法之良民也。"[43]

在杨光先的奏呈中,可以看出他对耶稣受难之救赎意义的阐释并不陌生,但是这种阐释被他斥为"妖书妖言",不仅"悖理反道",而且会因此败坏中国的社会风气,可能让重刑犯们得逞,故不可"一日容于中华"。可见,"十架耶稣"在以杨光先为代表的一些中国士大夫眼中,不仅不具备"救赎者"的象征意味,而且还是行为不端、甚至罪大恶极者的写照。基督形象这一符号的象征意义在"受难"这个层面上发生了难以规避的扭结。而这种意义扭结的根本原因即在于:同一个符号必然会同时在政治、宗教和文化语境中承担意义,而当其宗教语境中的意义尚未完全确立起来之时,文化与政治的语境便擅自进行了意义的篡改。

杨光先"历狱"之后,传教士们对展示十架苦像都变得更加谨慎。在江南地区传教的鲁日满神父就为了避免别人误认为天主教崇拜的是一个被处死的犯人而很少将耶稣被钉十字架的雕像示人,仅仅在"弥撒开始前展示一小会儿,以让耶稣苦难会的成员进行礼拜"。[44]

虽然"十架耶稣"形象受到一些中国人的苛责,但是近年来有学者亦指出:"至少从 1615 年起,权威人士完全了解耶稣基督是基督教的中心,还有基督受难事件"。[45] 这个论点是经得起史料论证的:我们可以从目前发现的最早的汉文天主教义插图本《诵念珠规程》(一般认为该书制作于 1619—1624 年期间,用木版凸版墨一次印刷)和另一本根据四福音书用中文写成的完整的耶稣传记图文本《天主降生出像经解》(1637)中见到"十架耶稣图"以及对耶稣生平事迹的充分展现。

从艾儒略的《天主降生引义》一书对基督论的阐释中可以看出,耶稣会士

---

[42] 《辟邪论》,转引《自晚明基督论》,第 371 页。

[43] (清)杨光先:《邪教三图说评》,陈占山校注《不得已》附二种,黄山书社,2000 年,第 30 页。

[44] [比]高华士(No 1 Golvers):《清初耶稣会士鲁日满:常熟账本及灵修笔记研究》,赵殿红译,大象出版社,2007 年,第 476 页。

[45] [意]柯毅霖(Gianni Criveller):《晚明基督论》,王志成、思竹、汪建达译,四川人民出版社,1999 年,第 377—378 页。

并没有像本笃会士所指责的那样,对基督教的要旨避而不谈;相反,他们在揭示基督受难的意义时,实可谓煞费苦心。艾儒略在回答"天主之子为何必须受难"这个关键性问题时,在中国历史记忆中寻找到了关于成汤的故事。成汤是商朝的开国皇帝,在他统治期间,连年大旱灾使得民不聊生。那时有一个普遍信念,认为只有人的献祭才能平息上天的怒气,而成汤帝愿意献出自己的生命以拯救人民。于是他禁食、削发。当他在桑林忏悔罪过,表示要将自己作为牺牲献给上天时,上天立即普降雨水,消除了旱情。[46] 在艾儒略笔下,成汤帝为民牺牲的精神堪与耶稣类比,通过一个中国人耳熟能详的故事,艾儒略试图用中国文化所能接受的方式讲解救赎的奥秘。他认为,成汤帝的故事足以启示中国人:受难未必是耻辱的象征,自愿选择的受辱与受难可能是美德和爱的表征。艾儒略之后的传教士在论及耶稣受难时都会以成汤祷雨之说加之比附,在与杨光先进行辩驳的《不得已辩》中,利类思神父还出示了图画,以证"古哲王爱民不惜一身,自辱自贱若是"[47]。

当一个宗教进入一个陌生的社会时,宗教和社会都在某种程度上进入了未知领域。不同社会力量之间必然因这个新宗教的到来而展开相互的斗争,最后某些社会力量获胜,使得群体的重心发生一定程度的偏移。但在斗争过程中,新的宗教绝对不能完全破坏这个社会此前固有的观念框架,因为社会观念框架的变化是个极其漫长的过程,非宗教一己之力所能达成。正如莫里斯·哈布瓦赫在他的著作《论集体记忆》中所阐明的那样:"社会在把它新近阐发的概念投射回过去的同时,也一心想把可吸收进新框架中来的旧崇拜的要素纳入到新的宗教里面"[48] 无论是范礼安将基督教比附于佛教,还是利玛窦的"补儒"方针和艾儒略对"成汤帝故事"的引发,都有意识地将社会传统中的某些要素纳入到基督教中,这当然可以说是传教上的一种适应性策略,但同时也可以看作是中国社会传统文化在面对异质元素时所做的必要调整。

---

46 艾儒略:《天主降生引义》,第 2 卷第 15 章,转引自(意)柯毅霖(Gianni Criveller):《晚明基督论》,第256—302 页。

47 将汤若望所在天主堂亦应拆毁,唯因勅赏银两给汤若望建堂,又赐有牌文,故拟准留该堂,仅毁天主画像。利类思等所在教堂,虽供系钦差佟吉购房新建,亦应将利类思所在教堂,以及阜成门外教堂,均交工部拆除。再,汤若望、利类思所在两座教堂内现有西洋教经卷、画像、《天学传概》书版,俱应焚毁。至于入教人等,既奉旨免于查议,则将其所发之铜像、绣袋、《教要》、《天学传概》等物,亦应札饬收缴礼部销毁。再,其在外流散者,应饬交各该督抚,札饬严查收缴销毁。外省之天主堂、西洋教经卷、画像等物,亦应饬交各该抚查收销毁。见:中国第一历史档案馆、暨南大学古籍研究所:《明清时期澳门问题档案文献汇编》(第 1 册),人民出版社,1999 年,第 27 页。

48 [法]莫里斯·哈布瓦赫:《论集体记忆》,毕然、郭金华译,上海人民出版社,2002 年,第 149 页。

正是在这种互相的调整和彼此的适应过程中,基督形象中的"受难"维度开始逐步呈现出来。我们能够从明末一些天主教皈依者的诗文中读出这些中国人对基督形象之"受难"维度的理解。

徐光启受洗皈依后写了一首《大赞诗》,其中有言:"帝曰悯斯,降于人间。津梁耳目,卅有三年。普拯广流,诞彰精奇;舍尔灵躯,请命作仪"[49],寥寥数句,将耶稣降生成人、受难救赎等基督论内容勾画了出来。有历史学家记载,在徐光启自己的经堂里,他每天都在十字架受难像下祈祷半个小时。[50]徐光启并非对十架耶稣有深切体悟的一个晚明孤例。意大利学者柯毅霖专门列举了晚明多位皈依者的信仰表白,以证明"中国那些基督徒的成长是以信仰耶稣人格这一美德为中心的,耶稣被钉十字架被视为基督奥秘的中心,而且个人虔敬生活完全以十字架的奉献和崇拜为基础"[51]

就在这样一种视"耶稣被钉十字架为基督奥秘中心"的"虔敬生活"中,不仅素有"明末基督教三大柱石"之称的徐光启、杨廷筠和李之藻作为文人士大夫皈依者的典型得到了确立,首批中国基督徒团体信仰生活也在这个阶段的宫廷与民间走向了成熟。1640,晚明宫廷内已有信教贵妇五十人,太监五十余人,皇族一百四十余人。[52]1650 年至 1664 年,全国新增教徒十万人,是年全国教徒共二十五万四千八百人。[53]

不过,需要指出的是:当基督形象中的受难意义在信仰团体中得到体认时,它的祈福含义并未因此被抛弃。鲁日满神父记述了方济各画像在江南地区大受欢迎的原因:"古塘出现了许多令人惊讶的治愈,濒临死亡的人突然康复,魔鬼从他们的身上消失,每天这儿都会发生一些令人惊奇的事,而这都是向他(方济各)的圣名祈求之后,以上帝之手的干预而实现的。这些事情在当地引起了崇拜圣方济各的热潮,因此方济各的画像不敷分发。"[54]信徒们认为画像具有神奇的魔力,每天向它们祷告可以祛病消灾。特别是当一些生病濒死的教徒使用了圣像,偶尔产生奇迹性的效果后,圣像的作用便在信徒们当中被夸大了,很多人因此被吸引入教,从而得到画像。

---

49 艾儒略:《天主降生引义》,卷 8,北京大学宗教研究所,2000 年,第 11 页。

50 COVELL, Confuius, the Budda and Crist,第 58 页,转引自《晚明基督论》,第 334 页。

51 [意]柯毅霖(Gianni Criveller):《晚明基督论》,王志成、思竹、汪建达译,四川人民出版社,1999 年,第 344 页。

52 顾卫民:《中国天主教编年史》,第 142 页。顾书作五十万,结合上下文观之,恐为笔误。

53 顾卫民:《中国天主教编年史》,第 330 页。

54 [比]高华士(No 1 Golvers):《清初耶稣会士鲁日满:常熟账本及灵修笔记研究》,赵殿红译,大象出版社,2007 年,第 482 页。

四　符号表现形式的微调：一些适应性的尝试

基督形象作为一个宗教象征符号，随着它的内涵逐渐饱满，其形式是否也会经历一些变化呢？

400 多年来，由于教难频繁，中国大陆境内的古老教堂几无存留，教堂壁画更是早已难觅踪迹。就现存于澳门诸教堂内的一些壁画和圣像来看，多为临摹西方之作，未有明显调整。但是，从一些记载上还是可以看出，明清之际教堂内壁画上的耶稣还是和西方的传统表达方式有所不同之处。1737 年 8 月 14 日，西班牙方济各会士雅连达和马方济到达京城。汤若望把他们安排在利玛窦墓地附近的住宅里。两人在那住了半个多月后发现："最使他们感到震惊的是，在小教堂里面悬挂的一幅耶稣与十二使徒的画。由于尊重中国人的感情，画家将画上的人们原本赤着的脚，画得穿上了鞋子。"[55] 我们在前文已提及太监马堂因见到裸体的耶稣苦像而将利玛窦囚禁的史事，在中国传统艺术中，裸体是个禁忌。[56] 同样，在古代中国，不着鞋履的行路者要么是正押解到远方的囚徒，要么是赤贫的乞丐，这让当时的中国人如何去理解这样一个"上帝之子"呢？两位方济各会士看到的教堂壁画正是做了调整，让耶稣穿上了鞋子的作品。这幅画的作者显然试图通过这种形式上的微调去契合中国人的文化心理。

不过，符号形式的每一步调整都伴随着激烈的争论与争斗，哪怕让耶稣穿上鞋子这样一个细小的改动都会激怒两位方济各会士。[57] 对于这些方济各会士而言，基督的形象不可做任何更改，"上帝之子"就是他们手中所持的十字架苦像。

早在 17 世纪初期，方济各会士们刚到中国时，他们就竭力反对耶稣会对中国文化的适应努力，并向梵蒂冈告状。其中有这样一个关乎崇拜仪式的问题："在中国所有大小城市，你都可以看到城隍庙。中国人相信城隍是他们的保护神，他们的统治者、他们城市的守护神。根据中国已经规定的法律，所有

---

55 ［美］邓恩：《从利玛窦到汤若望——晚明的耶稣会传教士》，余三乐、石蓉译，上海古籍出版社，2003 年，第 230 页。

56 "男人的身体几乎只能用作针刺的人体模型或魔咒的人体模型：为了伤害仇人，才刺小人像那个意图击中的部位，这么一具尸体双臂钉在十字架算是什么玩艺？"［法］裴化行：《利玛窦神父传》，管震湖译，商务印书馆，1998 年，第 318 页。

57 ［美］邓恩：《从利玛窦到汤若望——晚明的耶稣会传教士》，余三乐、石蓉译，上海古籍出版社，2003 年，第 16 页。

城镇的总督,在他们的任上,一年中每个月要两次去庙里,在祭坛前磕头跪拜城隍,否则将受革职处分……问题:鉴于中国人的这样的软弱,信奉基督的官员们出席时是否能带一个十字架去,把十字架藏在供坛上的供奉偶像的鲜花丛中,或者拿在手中?(他们的意愿并不是要供奉偶像,而是要崇拜基督的苦像。)当他们表面上在祭坛前做所有这些表示崇敬的跪拜行礼时,他们可以在心中默默地把这些举动作为对基督十字架的崇拜。如果不允许这些官员们这样做的话,他们将宁愿背叛我们的信仰,也不愿意放弃他们的官职。"1645 年,梵蒂冈传信部发信给圣职部,谴责耶稣会在中国的许多做法,第七条回答上述疑问道:"绝对不允许基督徒表面上公开假装崇拜偶像,心里却崇拜他们拿在手上的,或者放在供坛上的鲜花丛中的基督苦像。"[58]

这种对于符号的传统形制和固有使用习惯的一味坚持,看似出于一种宗教虔敬,但实际上还包藏着对异文化的成见和偏见。这种防范性和表面性的传通减少了进一步有意义交往的机会,感知的选择性和由成见与偏见所产生的解释常常导致歪曲和防范性行为。这样会"逐次导致成见的加深,并且能够产生消极传通的恶性循环"[59]。正是在各种反对意见以及教宗的最高指示之下,基督形象在明清之际的适应过程变得犹豫不决、举步维艰。但是,我们仍然能从明末的基督教版画中看出一种努力的方向。

罗儒望的《诵念珠规程》是目前发现的中国天主教最早的绘图册子。[60]这本册子模仿了内达尔的《福音故事图像》,但与原画相比,《诵念珠规程》不仅将原先"板墨甚精"的铜版画改作了中国木版画,相应还将"刻画研精、细入毫发"的画法变成平面白描效果的简化中国版。同时,翻版中的画具有浓郁的中国风味。原画中的西式房屋全都变作中国式民居及饰有假山和芭蕉的中国式庭院,屋内的各种陈设也体现中国传统。此书中的十五幅画作都呈现出明显的中国化风格,与明代传奇小说中的插画风格十分相近。据莫小也的考证,这些画"在一定程度上采用西洋手段描绘",但又"没有忘记发挥中国木版画传统技法的优势"[61]。《诵念珠规程》不仅在绘画技法和场景设置上适应了中国文化,

---

58 顾卫民:《中国天主教编年史》,第 148—149 页。

59 [美]拉里·萨姆瓦、理查德·波特、雷米·简恩:《跨文化传通》,陈南、龚光明译,三联书店,1988年,第 146 页。

60 据费赖之称,1609 年还有罗儒望《天主升像略说》一卷刊行,但目前尚未发现底本。[法]费赖之:《在华耶稣会士列传及书目》,冯承钧译,中华书局,1995 年,第 82 页。

61 中国第一历史档案馆、暨南大学古籍研究所:《明清时期澳门问题档案文献汇编》(第一册),人民出版社,1999 年,第 43 页。

更使人物形象"中国化"了。无论是《圣母往顾依撒伯尔》中的圣母、约瑟,还是《圣母领上主降临之报》中的圣母和天使,乃至《耶稣被钉灵迹迭现》中的士兵和妇女都是明朝人的装扮,以彻底中国化的形象出现在版画中。钉在十字架上的耶稣也结合了中国人的悲剧观和艺术观加以诠释:原画中的两个强盗被删去,十字架背后的建筑细节也被省略,画者通过大范围的留白,这一典型的中国式艺术表达方式,将十字架与正在受刑的耶稣突现出来,使观者的视线完全吸引于受难事件。这幅画作对受难事件的突显成为意大利学者柯毅霖论述"晚明基督论"中对基督受难理解的最佳注释:"这幅画塑造了一个能给人以强烈的情感震撼的形象,使对主受难的深刻的中国式的诠释。它有力地表明,甚至在中国传教的早期,中国人的精神就已能够吸收和表达关于耶稣生活的神秘故事,尤其是耶稣的受难。"[62]《诵念珠规程》的佚名中国作者,虽然未曾直接对基督形象本身进行形式上的改变,但是通过整个画面构图和细节的调整,努力尝试使这一形象的表达更适合中国人的口味。

在随后出版的《天主降生出像经解》中,艾儒略希望中国人能通过图画的帮助,以具体的形象来想象属灵的天主。这本《出像经解》同样是以内达尔的书为摹本进行仿制。《出像经解》比《诵念珠规程》更忠实于内达尔的原作,但在《圣母端冕居诸神之上》一图中,艾儒略保留了罗儒望书中的加冕礼中心场景,但在左右各添了十个"长得像中国人"的天神。同时,这幅画的底部还做了重新安排:为童贞圣母的荣耀而欢呼的不仅有西方信徒,他们旁边还有一大群人,其中有十几个中国人和欧洲人聚在一起。这些中国人中不仅有头戴各式帽子的文人,还有士兵及孩童。通过这些中国人的加入,"艾儒略要传达的信息是,中国人现在已成了这个教会的一部分,享有与其他成员一样的尊严。中国终于注入大教会的生命之中,成为继续发展着的救赎史的一部分。"[63]

西方传教士带来的油画作品虽然备受国人惊叹,但由于木刻版画传布于民间,所以这些书籍插画印刷品的影响会更广泛更深刻。从上述分析来看,这些版画都试图通过形式上的微调,让中国人产生更多亲切感,以打破文化理解上的拘囿与疏离。惟其如此,中国人才可能更大限度地突破其文化传统与民族意识的偏见,以个体自身存在于整部"救赎史"中的身份设定为前提,去体悟基督在每个生存境况中的临在以及他为众民在十架受难赎罪的基督教神学

---

62 〔意〕柯毅霖(Gianni Criveller):《晚明基督论》,王志成、思竹、汪建达译,四川人民出版社,1999 年,第 249 页。

63 同上,第 251 页。

含义。

当然，这种形式上的微调，只是众多努力中的一项。基督形象不可能仅仅通过图画形式上的调整而被植入中国文化。在任何一个文化中，这一宗教象征符号的意义确立都要经历一个漫长而艰难的过程，而其"受难"与"救赎"意义的展开更离不开它的信仰群体在具体生存情境中对真实苦难的真切经历。

古罗马的首批基督教信徒经历了罗马政府的残酷镇压，在一次次秘密集会中，基督形象以简约化的"鱼"（希腊文"耶稣、基督、天主、圣子、救世主"五个单词首字母组合为单词"鱼"）形象出现。那是一个苦难中的基督形象。也正是在这种基督形象的隐性表述中，基督"道成肉身"地与基督徒们一起受难，其受难精神也在信仰群体中得到了深化。

在中国，基督形象的命运与在古代罗马如出一辙。清中叶之后的禁教及频繁教难拉开了近代中国第一批天主教徒的苦难史，正是在这部苦难史中，基督形象的受难与救赎意义得到了信仰群体的进一步体味与认同，并促成了其宗教象征价值的确立。

影 视 论 评

阿波给中国武侠文化的三记重拳

——约翰·史蒂文森电影
《功夫熊猫》观后

石衡潭（中国社会科学院世界宗教研究所）文

功夫是国人引以为豪的国粹，以金庸、梁羽生、古龙为代表的武侠小说令无数国人如醉如痴，欲仙欲死，由李小龙、成龙、李连杰所开创与发展的功夫电影也如火如荼，风靡全球。影响所致，不仅少林寺平添了一些蓝眼睛黄头发的洋弟子，而且又催生出了一部火爆十足的洋功夫片。当然，《功夫熊猫》的问世不仅仅意味着西方世界对中国功夫的顶礼膜拜，也标志着西方思想对中国武侠文化的成功颠覆与改写。

其实，早在金庸大师如日中天的时候，就凭借其哲人的智慧与朴素的良知看到中国武侠小说与武侠文化的危机，这点在他的《鹿鼎记》中充分体现出来。韦小宝这一人物的出现是对中国武侠文化的一个绝妙讽刺，他只是一个在妓院中长大的小混混，没有任何功夫绝活，且好逸恶劳，好色成性，谎话连篇，诡计多端，却总是大难不死，绝处逢生，甚而如鱼得水，左右逢源，令许多武林高手奈何不得。《功夫熊猫》中的阿波是沿着韦小宝这一线索发展下来的，却被注入了全新的元素。首先，他诚实善良，孝敬父母，忠于职守，他是面店老板的儿子，虽然他不是很情愿，却能够顺服父亲，支撑面店。其次，他对功夫满怀敬意，一心梦想成为功夫大师，这与韦小宝的傲视天下豪杰是不可同日而语的。所以，韦小宝只是金庸对中国武侠文化的自嘲，而阿波则要为中国武侠文化开创一条新路。

没有什么是不可能的

听从宿命是中国文化的重要因素，也是许多中国人的生活指南。阿波父亲就是这样的一个典型,他的父亲、祖父、祖宗是面点师,他也希望子承父业,让他们家的面点店能够一直开到千年万代。他的一生都是在围绕着面条而转动:听说儿子梦见了面条而激动不已,连万众瞩目的神龙武士大赛也被他看作了推销面条的大好机会。他做的是面条,看的是面条,想的也只是面条。面条就是他的生命,就是他的全部。如果说,阿波父亲形象体现了中国传统文化对中国人的束缚的话,那么,无畏五侠与功夫大师花猫就代表了现代人的普遍傲慢。他们不承认宿命,只相信理性与力量,相信耳听为虚、眼见为实。而从根本上来看,他们与阿波的父亲又有一致之处,就是说他们都是从已有的、静止的方面去看问题,只看到力量的外在对比,而忽略了人的潜能与发展。无畏五侠与功夫大师花猫始而对阿波嗤之以鼻,不屑一顾,继而挖苦讽刺,合力排挤,要驱之而后快,因为在他们看来,阿波体态臃肿,举止笨拙,连自己的脚趾头都看不到,这样的人,不要说成为神龙武士了,就是使劲浑身解数,也只能达到功夫的零级水平。他要是真的当了神龙武士,会使整个武坛都成为天下人的笑柄。监狱看守也是凭眼见来看待问题,靠理性来判断情势。在他看来,关押泰狼的山谷只有一条道路、一个出口,一个犯人,且有千人把守,重器防范,可以说是固若金汤,万无一失。所以,他对前来传话提醒他小心的飞鸽口出狂言:"泰狼逃出去,这是不可能的!"而最后的结果是,泰狼不仅逃出去了,而且他自己也被泰狼所击杀。

只有乌龟超出了众人的俗见,他认为没有什么是不可能的。当然,从不可能到可能并非康庄大道,轻而易举,其间横亘着一条巨大的鸿沟。那么,怎样或者说靠什么来跨越这一鸿沟呢?那就是信心。信心又是什么呢?《圣经》告诉人们:"信心就是所望之事的实底,未见之事的确据。"(《希伯来书》11:1)"实底"就是指一物的支持或基础。信心是真实的,它是一件东西。信心也与看不见的东西相关。只凭眼见,那不叫信心,只有那穿越"看得见"的世界而达到"看不见"的世界的才是信心。乌龟相信阿波能够战胜泰狼,所以,即使众人都认为他大错特错,连无畏五侠也觉得他荒谬绝伦,他还是坚决地定阿波为神龙武士,从不动摇。他也能够在外表稳固的地方发现危机,如他对关押泰狼之地的不放心,派飞鸽专程去提醒,可惜没被采纳。当然,一般凡夫俗子没有乌龟大师这样的信心,也没有他那样的眼光,他们的信心与眼光都需要启发与培育。在一般人身上,信心的萌芽常常表现为梦想。梦想的萌芽是可以成长为信心的大树的,只是许多人缺少默默无闻的耕耘和持之以恒的毅力,因而花果凋零。梦想发自思想,信心源于内在;梦想指向未来,信心专注现在;梦想止于头脑,信心导致行动。阿波就是一个敢于把梦想变为真实信心的人。面店辛苦而单调的劳作、父亲殷切而啰嗦的唠叨并没有消磨掉他的梦想,他在关键的神龙武士大赛上,还是敢于放下面条车,千方百计进入赛场,从而获得成为神龙武士的机会。他后来也有几次想放弃,但最后还是战胜怯懦重振信心。信心又是互相传递、互相感染的。你自己如何看待自己会影响到别人如何看待你,别人怎样看待你也会影响到你对自己的看法。花猫大师对阿波毫无信心之时,阿波也是无精打采,任人奚落;而当他用新的眼光重新打量阿波时,他就从阿波窜上高空偷吃饼干的动作中看到了阿波身上蕴含的无限潜能,也由此而找到了一条训练他的独特方法,阿波也从此信心大增,武艺日进。不过,信心不是凭空而来,也不是盲目而至。不是想有信心就有信心,不是想要什么就有什么。花猫大师和阿波的信心都受到乌龟大师的影响,都是从他那里传递而来的。乌龟大师给阿波的谆谆教导是:"过去已成历史,未来依旧神秘,只有现在才是礼物。把握现在,才会赢得未来。"乌龟大师化成花瓣归去之际,还一再嘱咐花猫大师必须相信,为了阻止泰狼摧毁平安谷的行动,惟一需要的是信心。

"这是不可能的"(It is impossible)与"没有什么是不可能的"(Nothing is impossible),这是两种根本不同的眼光,两者绝然相反的态度。前者代表理性的傲慢,是对一个封闭系统各种因素的权衡与算计,不愿再越雷池一步;后者则是信心的表达,始终对外界保持一种开放的态度,随时预备迎接奇迹的诞生。此语源自于《路加福音》第1章,英文新标准版《圣经》是这样翻译的:For nothing is impossible with God。当时,天使向童贞女马利亚报喜讯,说她要因圣灵感孕而生子,马利亚不明白,也不敢相信,天使就用此语来安慰、鼓励她。这句话在和合本《圣经》中是这样翻译的:"因为出于神的话,没有一句不带能力的。"意思就是在神没有难成的事,神要成就的事没有任何力量能够拦阻。人不一定能够完全明白神的作为,但只要凭着对神的信心接受就可以了。马利亚随后的回答就是:"我是神的使女,情愿照你的话成就在我身上。"(《路加福音》1:38)这就是信心的态度。现代人患理性病已深,积重难返;一叶障目,不见泰山;真正有信心的人寥若晨星。编导的用意正是要人们抛弃传统与现代的种种偏见,重新学习信心的功课。

没有什么是意外与巧合

中国人相信宿命,也相信意外与巧合。当一件事情的发生,我们解释不了的时候,就说这是意外与巧合,用在人际关系之中,我们就说是缘分。实际上,这都是一种不求甚解的态度、一种不明就里的推词。《功夫熊猫》也颠覆了这种观念。乌龟相信，世界上没有什么意外与巧合，一件事情的发生，总是有其充足的原因，只是光凭外表和眼见，我们看不出来。正当乌龟要指定老虎为神龙武士时，熊猫阿波这个不速之客从天而降，大家都说是意外，乌龟却明白这是定旨。

关于是意外还是定旨，花猫大师与乌龟大师有过三次的争论，最后一次就是桃树跟前。听到泰狼从重重设防大牢逃出的消息之后，花猫大师已经六神无主了，只好再次找乌龟大师来讨教。乌龟大师倒是处变不惊，他早已预见到了这一天的到来，他更看到了花猫大师所不相信所看不见的明天。他用眼前的桃树来启发花猫大师："这棵桃树，我无法强迫它开花来愉悦我，也不能强迫它早早结果，而到时候这一切自然会发生。"这是一种信心的态度，而花猫大师却不以为然，他说："但我们却可以控制另外一些事，我可以让果实早点掉落。"说毕他用力撞击桃树，花果果然应声而落。乌龟大师则从容回应："确实如此，但是无论你做什么，这颗种子都会长成一棵桃树，而不会随你的意志结出苹果或者橘子，而只能得到桃子。"在此，乌龟大师讲出了一个朴素而宝贵的真理：种瓜得瓜，种豆得豆。桃树的果子早已经蕴含在其种子里了，人的力量最多只能使其果子掉落的时间稍有迟早，如此而已，而不能改变其开桃花结桃子的实质。人所能做的、所应做的就是：顺其本性去浇灌它，培育它，相信它。对于人更是如此。阿波的外在身份是一个面点师，而他的实质则是神龙武士，他的使命就是阻止泰狼，拯救平安谷。这是定旨，不是意外。乌龟大师此语实际上是从《圣经》诸多话语脱化而来，最接近的是这一句："我栽种了，亚波罗浇灌了，惟有神叫他生长。可见栽种的算不得什么，浇灌的也算不得什么，只在那叫他生长的神。"（《路加福音》3：6—7）

没有什么神秘宝典

在中国的武侠小说中，几乎没有不出现秘籍宝典的，许多故事情节都是围绕争夺它们而展开。各路豪侠功夫的精粗、技艺的生熟、品德的高低、志气的长短，也都由此争夺而体现出来，最终的结局也由此而定。但见他们为秘籍宝典争夺你死我活，而他们争夺对象的庐山真面目却不得知晓。这成为武侠小说中最神秘的一环，也就成为最吸引读者的关键处。

《功夫熊猫》也设了这一环。花猫大师严词教训阿波：只有解开了神龙手卷，才能成为真正的神龙武士。泰狼也正是因企图以武力夺取宝典而被师傅亲手打入大牢，最后，他从大牢中挣脱，也是直奔手卷而来。但《功夫熊猫》与众不同或者说高出众人的地方在于，它让熊猫阿波如同《皇帝的新装》中那个单纯的孩子一样揭破了这一蒙蔽多少人的弥天大谎：所谓的秘籍宝典其实就是什么也没有（Nothing）。这是对中国武侠小说武侠文化的最致命一击。多少年来，无数武侠精英与武侠小说大师都护着他们这一命门，没有想到却被一个老外轻轻给破了，不恼羞成怒才怪呢！

其实，功夫也好，自然也罢，万事万物，并没有像人们想象的那样神秘。我们常常是把简单的问题搞复杂了，或者浅尝辄止，把本来可以弄明白的东西搁置在半途了，于是就留下了诸多的神秘。"神秘配方"可以叫顾客心向往之，流连忘返，"神龙手卷"可以让泰狼荼毒生灵，不顾一切，更不用说"葵花宝典"所激起的天下纷争了。现在的中国不也正是各路高人群魔乱舞，各类宝典甚嚣尘上吗？什么《应试宝典》，什么《考前必读》，什么《投资捷径》，什么《炒股秘诀》，什么《经商三十六计》，什么《致富孙子兵法》，什么《周易算命》，什么《风水指南》，诸如此类，不正是中国传统神秘文化的发扬光大吗？领悟到秘籍宝典其实就是什么也没有的人才是真正的勇者与智者，中国文化中缺乏的就是这种敢于面对真实道出真实的大智大勇者。

《功夫熊猫》似乎在向国人大声疾呼，不要玩神秘，不要玩深沉，不要搞什么头悬梁锥刺股，也不要搞什么尖子班突击营，不要崇拜名校，不要迷信大师；顺乎人的天性，回归人的日常生活才是真正的出路。花猫大师没有以强制来压抑阿波贪吃的习性，而是因势利导，发展出了一套适合于他的独特训练方法，反而使他的功夫飞速猛进。阿波在击败了恶魔泰狼还平安谷以平安的时候，首先想到的还是我饿了，有什么吃的没有。这才是真情真性。

在中国传统中，没有就是无，也就是无限。把无限当作物，当作私有物，想要独自据为己有，这是根本不可能的，这样做的结果只能是疯狂与毁灭。泰狼就是为了这根本没有的东西而成为了恶魔，最后为之丧失了性命。不是没有神秘，也不是没有无限，但并非什么都神秘，所有都无限，只有神秘者才神秘，只有无限者才无限；不能把神秘与无限当作物，更不能企图攫取与占有之。对神秘者与无限者的态度只能是聆听与顺服；当我们满心谦卑与敬畏时，神秘者与无限者就会向我们说话，就会将其自身启示给我们，如同以色列人在约旦河畔所听到的："以色列啊，你要听！耶和华我们神是独一的主。你要尽心、尽性、尽力爱耶和华你的神。"（《申命记》6：4）

熊猫是一个比较有代表性的中国形象，不少中国商标都冠以它的尊名，还曾经有不少人主张用它来做奥运会的吉祥物，现在，它也还常常作为中国的形象大使而出现在国际舞台。不过，中国人喜欢熊猫，仅仅是把它当作一个宠物，并没有想到它会有什么实际用处。中国人对自己文化的态度其实与对熊猫极其相似。人人都推崇国学，处处都宣扬传统，可我们最希望于最可能做的是把它当作一个文化遗产好好地保护起来，就像设置一个卧龙熊猫保护区一样，谁也没有想到要真正履践国学，落实传统。倒是一班外国人看到熊猫身上的潜能，看到了熊猫形象的实质。阿波是一只渗透了西方精神的熊猫，阿波的横空出世，阻止的不仅仅是一条不可一世的泰狼，他就像面对膀大腰圆郑关西的鲁智深，直落三拳，当然，他的拳头是落在传统中国武侠文化要害上。但愿所导致的不是中国武侠文化的一命呜呼，而是它的复活与更新。是为所望。

谁之罪？如何赎？

——乔·怀特电影《赎罪》观后

石衡潭（中国社会科学院世界宗教研究所）文

罪，对于我们来说，是一个陌生的概念。我们干什么都那么理直气壮，谁愿意承认自己有罪呢？就是王朔笔下的小混混也扯着嗓子喊："我是流氓，我怕谁?"就是被押进大牢的杀人犯也会执着地坚持："要不是他惹急了我，我决不会用刀子捅他。"乔·怀特通过电影《赎罪》把罪的概念带给了我们，让我们进入到对罪的深入思考之中。

一对原本极其相爱的年轻人，因为一个偶发的事件——被一个 13 岁的小姑娘错误地指控，从而天各一方，最后，双双在战难中殒命。而这个小姑娘长大之后，逐渐明白了事情的真相，开始了漫长的赎罪之旅，直到风烛残年。

这是这部影片的基本情节，十分简单，几句话就说完了。是的，这就像我们自己的生活，没有多少可说的，可那些漫长的时光，却是一点一点熬过来的，对于一个带着歉疚的心来说，更是如此。

那么，我们首先要问，这是谁之罪？是怎样的罪呢？又是如何犯的罪呢？

一开始，布兰妮是一个十分单纯而好幻想的女孩，她并不想伤害任何人，她完全是按照那个时代的原则与道德规范行事的，但她却犯了罪，而且后果很严重。她的罪首先是盲目的罪、无知的罪。一方面是对性的无知，另一方面是对真相的无知。在她生活的那样一个年代，很容易把性与不道德划上等号，甚至把它与犯罪联系起来。这对于一个年仅 13 岁的小姑娘来说，更是难以避免的。想一想我们自己的少男少女时代，就十分容易理解了。而对事情的真相呢？也常常如此。可能我们明明只有一知半解，或者根本不确定，我们却常常要说是如此如此，布兰妮也犯下了同样的错误，她对警察坚定地说："是他干的，我看见了他，我亲眼看见了他。"

其实，这还只是罪的表层，而深刻的动机则在于嫉妒。在这个沉默寡言醉心写作的小姑娘心中蕴藏着对英俊帅气的罗比深刻而强烈的爱，这种爱因着不被察觉、不被重视而更加疯狂地滋长，它的强烈程度也许不亚于辛西丽亚对罗比的爱。她甚至毫不犹豫地跳入深不见底的水中，为的是要试验罗比会不会冒着生命危险来救他。罗比本着良心救起了她，而她却把这行为当作了爱的标记。当她在书房发现罗比与辛西丽亚幽会亲热时，是性的罪恶感刺伤了她，更是心底的嫉妒刺痛了她。在这样双重的打击之下，她理所当然地要加以防卫；而在这样痛苦与愤懑的情绪之中，她视力上的偏差也就自然而然了。心理上的先入之见会引导人的感觉产生极大的偏差，"智子疑邻"的故事早把这一点告诉了我们，"白云苍狗"的成语也提示我们同样的道理。

影片把罪的复杂性、隐蔽性、可怕性深刻地揭示了出来。没有任何一桩罪是没有理由没有原因的，但它仍然是罪。布兰妮没有因为自己的年幼无知而原谅自己，而是在不断通过自己的行为来赎罪。聪颖过人的她放弃了上剑桥大学深造的机会而到战地医院当了一名普通的护士，也许她觉得：她伤害过的那个人当兵上了战场，她应当为他这样的人做出牺牲。她坚持不懈地给辛西丽亚写信，希望与她会面，获得她的谅解。她也很想能够把真相公之于众，但有许多事情阻碍了她，留给她的时间也并不多。在短短五年之后，罗比就因败血症而死在撤退返乡的头一天，而辛西丽亚也在防空洞内被洪水夺去了生命。有的罪犯下了，可能就再也没有赎的机会了。这是布兰妮一辈子的遗憾。

那么，布兰妮的罪到底赎了没有？她是否应该如此歉疚到死呢？

答案并不那么简单。罪其实不是一个个别行为，而是一种普遍现象；一个个体不能完全承担所有的罪责，有些罪责也是一个个体所承担不起的。这个错告与错判的事件也是如此。有罪的并不只是布兰妮一人。首先，不能辞其咎的是当时的当事人罗拉。她应该知道事情的真相，知道当时是谁跟她在一起，即使她不明确地知道，也不应该同意布兰妮对罗比的指控。而更大的可能是：她知道真相，但她害怕那个人被判罪，也害怕自己受牵连，所以，就认可了让罗比当替罪羊。后来，她与那人结为了合法夫妻并且在教堂举行了婚礼，这就是一个有力的证据。他们即使在后来也没有去把事情澄清，他们也缺乏足够的承担力量，也许他们的内心也是歉疚的，这只有提供给我们的想象了。其次，警察与法官也是有责任的。怎么能够在没有其他人证与物证的情况下，仅仅凭一个未成年孩子的证词就随意抓捕人并判之入狱呢？罗比的行踪还有那两个出走的孩子可以证明呀！也许，那天在家的每一位都没有尽到自己应尽的责任，没有努力地搞清真相，洗刷罗比。当然，就是罗比与辛西丽亚两人，也不能说是毫无过错的。罗比的情感不稳定，他也忽略小布兰妮对自己情感，要命的是他还给错了信，还有他们那年轻人的冲动……这些都是促成他们后来悲剧的要素。

再说，罗比与辛西丽亚最终不能团聚的主要原因不在于错判，而在于战争。这更不是布兰妮所能够负责的了。罗比是从牢房走上战场这不错；是以兵役来代替刑期这也不假；可是他是死于在战争中所患的败血症。即使罗比不被错判，他也不能够逃避保卫祖国抗击敌人的义务，也就是说，他还是难保不死于战火。再说，没有这场错告与错判，罗比与辛西丽亚能否冲破重重阻力而结合又结合以后能否真正如所想象的那样幸福，这也是一个未知的事情，当然，我们没有必要过多地去假设。还有，有些罪错不是我们能够单方面改变的。就说这个错判吧，布兰妮有必要再去澄清吗？因为不公正的惩罚，罗比已经承受了，而罗拉也已经与当年那人成了一家人。公布事情真相又能够给谁带来好处呢？总之，布兰妮没有必要承担如此的重负，没有必要试图用自己的力量去解决所有的问题。

布兰妮之所以长期不能释怀，恰恰是因为她以为所有的罪责都要由她来背负，而她在他们生前却又没有来得及偿还。应该说，这种形式的忏悔与认罪仅仅是向着自己良心。它是必要的，但又是远远不够的，并且可能是最终无益的。它很大程度上是求得自己心灵的一种安慰、一种平静，这其中仍然潜藏着人的自私与自义，这仍然是罪。那么，真正的忏悔与赎罪应该是怎样呢？又应该向谁忏悔与认罪呢？其实，它应该是向着神的。一个人犯罪了，他的良心有不安，这是自然的，因为神把良心给了人，神把自己的律刻在了人的心板上；而犯罪首先真正得罪的是神，而不是人。是神告诉人：不能说谎，是就说是，不是就说不是，若再多说，就是出于那恶者；不要嫉妒，不要张狂，不要求自己的益处。人破坏了神的诫命、神的律令，就首先要向神认罪，当然，也应该向人道歉。神断不以有罪的为无罪，也不会以无罪的为有罪，而更重要的是："我们若认自己的罪，神是信实的，是公义的，必要赦免我们的罪，洗净我们一切的不义。"（《约翰一书》1：9）布兰妮若来到神的面前认罪了，她的一切罪就被赦免了，她就没有必要背负那沉重的罪债了。如果一个人一定要把这种罪感的背负到底，那实际上是一种对神的赦罪与救赎的不信，是对自我赎罪之功的坚持，这就构成了新的罪，且是极大的罪——不信的罪与自义的罪。保罗在给哥林多人的信中这样说："如今我欢喜，不是因你们忧愁，是因你们从忧愁中生出懊悔来。你们依着神的意思忧愁，凡事就不至于因我们受亏损了。因为依着神的意思忧愁，就生出没有后悔的懊悔来，以致得救；但世俗的忧愁是叫人死。

你看，你们依着神的意思忧愁，从此就生出何等的殷勤、自诉、自恨、恐惧、想念、热心、责罚。"(《哥林多后书》7：9—11)我们不能仅仅只有世俗的忧愁与后悔，而应该有依着神的意思在神面前的真心悔过。我们犯罪得罪的是神，能够赦罪的也只有神，解铃还须系铃人，我们还是只有来到神的面前，向他认罪悔改，求他赦罪施恩。这才是唯一正确的解决之道。

在影片中，我们也不能排除布兰妮在神面前的忏悔，也不能否定她真实的赎罪行为，特别是她在战地医院的殷勤服侍。影片中布兰妮奉院长之命去安抚那个濒死的法国盟军士兵一幕十分感人。那个士兵把她当作了少年时见到的那个火炉旁的小姑娘，两人手拉着手回忆起了往昔的美好时光，然后士兵深情地望着她，轻声道"我爱你"，而布兰妮也立刻笃定地回答"我爱你"。士兵怔住了，凝视了布兰妮几秒钟，默默地流下了一行清泪，带着满怀希望去到另一个世界。也许他们真的曾经相见相识，也许那只是那个法国士兵的一种幻想，但不管怎么样，布兰妮使他安然地离去了。罗比生命的最后一刻，是照片上那所海滨的白色房屋成为他的希望；而布兰妮则用她的行为和言语给法国士兵带去了真正的安慰。"你们这蒙我父赐福的，可来承受那创世以来为你们所预备的国。因为我饿了，你们给我吃；渴了，你们给我喝；我作客旅，你们留我住；我赤身露体，你们给我穿；我病了，你们看顾我；我在监里，你们来看我。……我实在告诉你们，这些事你们既作在我这弟兄中一个最小的身上，就是作在我身上了。"(《马太福音》25：34—40)布兰妮做在法国士兵身上的一切也就是做在罗比身上，这就是在她身上所真实体现出来的赎罪。至于是否要在幻想的场景中向辛西丽亚和罗比当面道歉，那已经不重要了。而在那个虚构的场景中，罗比因愤怒而几乎失去自控，似乎他还不能够完全接受她的道歉。这其实有损罗比在人们心目中的形象，而它所表达的真实意思是：布兰妮还没有完全饶恕自己，她要用这种方式来再次谴责自己。这并不是恰当与正确的，这还是她高举了自己的良心而不是神的公义。关于良心的责备与神的裁判，老约翰给我们有一段十分深刻的教导："从此就知道我们是属真理的，并且我们的心在神面前可以安稳。我们的心若责备我们，神比我们的心大，一切事没有不知道的。亲爱的弟兄啊，我们的心若不责备我们，就可以向神坦然无惧了。并且我们一切所求的，就从他得着，因为我们遵守他的命令，行他所喜悦的事。"(《约翰一书》3：19—22)就是说，我们的良心并不是最后的依据，因为我们的良心也会出错。有时候，良心的责备是真的，应当的；而也有时候是假的，不确切的，惟有神才是最终的审判官。所以，我们应该从良心出发向神申诉，他更伟大，更睿智，更有怜悯；他知道一切，包括我们最隐秘的动机和最深刻的意念；

他的审判才是最公正的，只有他才知道什么样的责备对于我们是最有效最有益的。神若不定我们的罪，我们也无须定自己的罪了。当然，最重要的是要遵守神的命令，行神所喜悦的事，而不随意定罪，在神面前安稳也包括在其中。神给我们的是完全的饶恕，完全的释放，完全的改变，完全的新生。"若有人在基督里，他就是新造的人，旧事已过，都变成新的了。"（《哥林多后书》5：17）

影片中大量采用了闪回的镜头，体现了编导对生活真相的一种认真探寻。正叙的镜头体现的是小姑娘布兰妮的视角，这是她眼中所看到的事件，而闪回镜头是叙事者或者说成年布兰妮的视角，这是对事件的重新解释。如辛西丽亚在花园水池边脱衣那个场景，乍见之下，让布兰妮和观众往一个很情色的方面去联想，而后来的闪回镜头却告诉大家，那不过是辛西丽亚在情急之下要跳到水池中去抢救那个失手掉下去的价值连城的花瓶。还有辛西丽亚与罗比在书房之中的那场激情戏，他们两人之间的那种不可遏制的激情和布兰妮对他们的想象之间是有这巨大距离的。还有罗比那天晚上给辛西丽亚的情书，那么多的版本，到底哪一封是他真实心意的表达呢？应该说都是，又都不是，所以，可以说他给错了信，又可以说他没有给错。所有这一切都告诉人们，真实并不就是我们亲眼所见那么简单。真实不只是外在所呈现的东西，它还包含着没有呈现出来的东西，而那是十分广阔与复杂的，不是我们一眼就能够看明白，一句话就可以说清楚的。既然一个具体事件都那么复杂，那又何况我们整个的人生呢？事情的真相常常在我们的眼见之外，人生的答案也往往不在我们的想象之中。影片中多次响起老式打字机的打字声，带来一种历史感与生命感。这是生命的书写，不同的敲击会带来不同的文字，每一次敲击都会留下痕迹，所以，人生的每一次敲击都必须审慎。

影片把罗比与辛西丽亚爱情的磨难与二次世界大战的恢宏背景联系了起来，这表明悲剧并非完全出自偶然，许多人在与他们一起共同受难。不断插入的BBC电台对战况的报道增加了现场感与真实感，而徐徐展开的战场画面更把人们带到残酷与无奈的情境之中。罗比与他的两个战友跋涉在空旷荒凉的欧洲大陆上，到处是饥馑、疲倦、疾病、死亡。拨开枝叶繁茂满目青翠的树枝，呈现在眼前的是横陈在草地上的一具具身穿缁衣修女的尸体，她们容颜依旧，似乎刚刚离去；沿着敦刻尔克海滩前行，听到的是一声声射杀马匹的枪声和马儿的悲鸣，看到的是士兵们的百无聊赖，意气消沉。如此深重的苦难，怎么是爱人那"回到我身边"亲切呼唤所能够穿越的呢？惟有那些士兵们发自心底的颂赞，才能让人们依然感受到那来自于神圣的力量：

你释放我们心灵的紧张与压力，

让我们的生命皈依；
你那美丽的平安
为我们灼热的渴望带来生气；
以你的冷静与慰藉
令痛苦消除，肉体休息；
你那宁静的微声
穿越地震、风暴与烈焰，
持续不断，绵绵不息……

域外学人论丛

想象的力量

——爱的艺术和美的奋斗[1]

［日本］吉田惠(Megumi Yoshida,夏威夷大学) 文

王　鲁 译

曹　静(襄樊学院神学美学研究所) 校

> 爱是艺术,奋斗是美
>
> ——荻原碌山(Ogiwara, Rokuzan,日本基督徒雕塑家,1879—1919)

谨以此文献给竹中正夫博士(Dr. Masao Takanaka)——他毕生致力于发展亚洲基督教艺术,不幸于上个月(2006 年 8 月 17 日)病逝。

内容提要　由巴尔塔萨发展起来的神学美学,通过在与上帝的关系中研究美,恢复了神学讨论中的感性方面,使神学范式从倾向于理智转向了在理智与感性之间的平衡。过去几十年中,神学美学与世界范围内计算机图像潮流并行迅速成长。在这个意义上说,在 21 世纪初亚洲处境中关注神学美学领域是具有重要意义的。

　　首先,我将展示亚洲基督教艺术协会的一些活动"成果",以集中在艺术的力量之上。近三十年来,亚洲基督教艺术协会不仅在亚洲也在世界范围内对基督教艺术做出了贡献,并且鼓舞了许多艺术家在他们的环境中表现他们的形象。在这些活动中,作为基督教艺术,艺术的宗教精神力量是必需的。其次,我将从深层心理学的角度看待什么是作为艺术力量的形象化力量。神学美学的讨论不能回避心理学,因为艺术的力量从普遍的精神深处呈现出来,神学美学中的感知和感觉关系到心理状态。第三,我会从神学的角度反省形象化的力量。这些讨论试以阐明神学美学于亚洲环境之中的可能性。

---

1 该文为 2006 年 9 月 24—28 日湖北襄樊学院"神学美学国际学术研讨会"论文。

一 引 言

美在何处？什么是美？荻原碌山(Ogiwara，Rokuzan 1879－1910)这位常被人称为"东方罗丹"的基督徒雕塑家，在为想象艺术作品的奋斗中看到了美和爱。在日本明治时代(Meiji，1868－1912)现代化晨光初现之时，荻原碌山在他的艺术作品中全身心地致力于对生命艺术的追求，去世时年仅 31 岁。荻原碌山被尊为日本现代雕塑之父，其艺术作品的精髓就是他所说的"爱是艺术，奋斗是美"。荻原碌山从巴黎学习艺术返回日本不久，就开始创造他的第一件雕塑作品"文觉"(Bunkaku)，那时他也曾说过"奋斗是美好的"。[2] 对于相信基督教的荻原碌山来说，爱和美存在于他为艺术创作而进行的奋斗之中，也就是说，在某种东西成为现实的过程中，爱和美、艺术和奋斗内在地彼此意味着对方。"想象"不仅意味着一种形象，也意味着一种人的行动，一种通过感动而对不可见强力的想象所产生的行动。[3] 因此，我在本文中侧重于动词意义上的"形象化"(imaging)，而不是通常而言的"图像"(image)。

汉斯·乌尔斯·冯·巴尔塔萨(Hans Urs von Balthasar，1905－1988)致力于神学美学的发展，在与上帝的关联中研究美，他的论文恢复了作为神学美学一个部分的感性因素。对于巴尔塔萨来说，上帝的启示即"启示就是显示的神秘"，并且，"在启示中，上帝真实地显现"。这一"启示只有通过道成肉身发生"，就是说，通过在《圣经》中被称为"上帝荣耀之光彩艳丽形象"的耶稣基督而呈现(参见西 1：15 和弗 1：17)[4]。巴尔塔萨的神学美学是对"基督和《圣经》中上帝启示的'形式'的沉思和把握"。[5] 对于他来说，"启示的美说明了它的力

---

2 相馬黒光(Soma，Kuromitsu)：《碌山之事》('About Rokuzan')，东京艺术大学石井教授研究室编纂，载于《雕刻家荻原碌山》(*Sculptor Rokuzan Ogiwara* (*Chokokuka Ogiwara Rokuzan*))，冈书院(Oka Shoin)，1956 年，第 23 页。

3 吉田惠(Megumi Yoshida)：《从灵魂所想象的形象看东亚基督教》('Christianity in East Asia in the Perspective of the *Imaginal Image of the Soul*')，载于渡边英俊(Hidetoshi Watanabe)、金子启一(Keiichi Kaneko)和吉田惠编辑的《东亚基督教的生命力：对日本传教和神学的挑战》(*Vitality of East Asian Christianity*：*Challenges to Mission and Theology in Japan*)，Delhi：ISPC K，2004 年，第 219 页。

4 巴尔塔萨(Hans Urs von Balthasar)：《上帝的荣耀：神学美学》(*The Glory of the Lord*：*A Theological Aesthetics*)，第一卷，Edinburgh：T. & T. Clark，1982 年，第 87 页。

5 理查德·维拉德桑(Richard Viladesau)，《神学美学：想象中的上帝、美和艺术》(*Theological Aesthetics*：*God in Imagination*，*Beauty*，*and Art*)，New York：Oxford University Press，1999 年，第 34 页。

量在于相信和唤醒一种信仰的回应"。[6]因此,在宽泛的意义上说,神学美学的定义是:神学美学从感官知识方面思考上帝、基督教和神学问题,比如感受、感觉、想象、美和艺术。[7]由此,神学美学与整个神学相关。[8]

换句话也可以说,神学美学把神学范式从倾向概念转到了概念与感觉之间的平衡。这在过去几十年神学美学快速发展之中是可以看到的。[9]自上个世纪90年代以来,大众媒介的形象冲击与迅猛发展的计算机并行,越来越强烈地影响着我们的日常生活。这一趋势将会在世界范围内强化。由此,在21世纪初的亚洲环境之中,在今天中国大陆的国际神学美学研讨会上,我们讨论有关神学美学的问题是意味深长的。

为了考察亚洲环境中的神学美学,首先,我想展示亚洲基督教艺术协会(Asian Christian Art Association,简称ACAA)的一些活动"成果",以聚焦在艺术的力量之上。在过去近三十年中,亚洲基督教艺术协会不仅在亚洲也在世界范围内对基督教艺术作出了众多贡献,并且,其活动已经鼓舞了许多艺术家在自己的环境中表现他们的形象。中国南京金陵神学院教授何琦(He Qi 1949 -)[10]是这些杰出艺术家中的一个。其次,我将从深层心理学角度探讨什么是作为艺术力量的想象力量。神学美学的讨论不能回避心理学,因为艺术的力量从深层心理的普遍层面呈现出来,并且,神学美学中的感官和感觉都与

---

6 理查德·维拉德桑(Richard Viladesau),《神学美学:想象中的上帝、美和艺术》(*Theological Aesthetics:God in Imagination,Beauty,and Art*),New York:Oxford University Press,1999 年,第34页。

7 维拉德桑的《神学美学》第11页和(Gesa Elsbeth Thiessen)编辑的《神学美学读本》(*Theological Aesthetics:A Reader*),Grand Rapids/Cambridge:Wm B. Eerdmans Publishing Co.,2004年,第1页。

8 同上,第35页。

9 阿莱詹德罗(Alejandro García-Rivera)在关于西班牙美国社群的神学美学中采用了美这一概念(Alejandro García-Rivera Gordon:《美的社群:一种神学美学》,*The community of the beautiful:a theological aesthetics*,Collegeville,minnesota:The Liturgical Press,1999 年)。戈登(Gordon Lynch)在与神学美学的关联中思考流行文化(Gordon Lynch,《关于神学与流行文化的理解》,*Understanding theology and popular culture*,Malden,MA.:Blackwell Pub.,2005年,第184—194页)。这些例子是神学美学研究的新成果。

10 何琦在亚洲基督教艺术协会资助下到了日本京都,在日本京都和东京举办了首次个人展览。从那时起,他的活动逐步成为国际性的。何琦是新港海外传教研究中心(the Overseas Ministries Study Center in New Haven)2005 - 06 保罗·T. 劳比艺术家(Paul T. Lauby artist)。今年,2006年,他的展览"向着天堂:何琦艺术"("Look Toward the Heavens:The Art of He Qi")于3月6日至4月26日在新港耶鲁圣乐研究所(New Haven at the Yale Institute of Sacred Music)展出(《耶鲁学报与校历》,*Yale Bulletin & Calendar*,2006 年3月3日,第34卷,第21期,2006 年4月14日下载于 http://www. yale. edu/opa/v34. n21/story15. html)。

心理相联系。再次,我会从神学角度反省想象的力量。这些讨论都将阐明神学美学于亚洲环境之中的可能性。现在,我将详细说明艺术的力量是如何在亚洲"基督教"艺术中被认识的。

二 艺术的力量

(一)亚洲"基督教"艺术的定义

亚洲基督教艺术协会一贯追求艺术作品的高品质和力量。起初,对"什么是基督教艺术"并没有下定义。甚至在二十年之后,亚洲基督教艺术协会顾问罗恩·奥格雷迪(Ron O' Grady)承认说,"'基督教'艺术是不可定义的"。[11]尽管如此,罗恩·奥格雷迪尝试从三个方面定义亚洲"基督教"艺术:艺术家、作品主题和观众。

1. 艺术家:一个宣称是基督徒的艺术家不仅描绘基督教主题,而且也能描绘非基督教或反基督教的主题;许多不承认是基督徒的艺术家,也在自己的艺术中使用基督教主题。[12]耶稣基督的形象并不囿于基督徒独自享用,也被坦言相信印度教、佛教或伊斯兰教的艺术家所表现。[13]所有宗教的或者非宗教的民众,都能够经历耶稣。这样一种出自亚洲宗教多样化情形的观点具有重要意义,当神学美学强调上帝的荣耀、绝对的上帝和一神论观点的时候,它可以帮助我们识别西方神学美学是否无意或有意地成为排他性的。

2. 艺术作品的主题:一件艺术作品的主题不能令其成为基督教的。基督教艺术"应被看作真正的艺术,并不只是因为它有一个宗教的主题",[14]比如,保

---

[11] 罗恩·奥格雷迪(Ron O' Grady):《基督教艺术是基督教的?》("Is Christian Art Christian"),2006年5月23日下载于http://www.asianchristianart.org/news/article4.html。

[12] Jyoti Sahi 将耶稣形象作为一种印度非基督教的真实表达而引入,例如,第二届亚洲基督教艺术会议上的 Jamini Roy、K. C. S. Paniker 和 Krishna Khanna(Jyoti Sahi:《在今日亚洲与其他信仰人群分享耶稣的形象》"Sharing Christ's Image in Asia Today with People of Other Faiths",载于《今日亚洲的圣母颂:第二届全亚洲基督教艺术会议报告》,*The Magnificat in Asia Today: Report of Second All-Asian Consultation on Christian Art*, *March 23 – 30, 1984, Mt. Makiling, Philippines*,京都暨亚洲基督教艺术协会:亚洲基督教会议,1985 年,第 15—22 页)他的发言给与会者以深刻印象(Masao Takenaka,"导言",同上.,第 2 页)。另外,他的发言也被《亚洲人眼中的圣经》(*The Bible Through Asian Eyes*,)的导言所引用,第 2—3 页。

[13] Jyoti Sahi,同上,第 15 页。

[14] 竹中正夫(Masao Takenaka):《伸向远方的路》("The Road Leads Far Away"),日本基督教艺术协会第二十五届展览会,2001 年,2006 年 5 月 13 日下载于
http://www.asianchristianart.org/exhibitions/jcaa25th/pages/the_road_leads.html。

罗·蒂利希(Paul Tillich)把世俗的事物看作宗教性的。[15]除了阐明《圣经》的一个场面或一个故事之外,艺术家在任何主题中自由地表现他们的形象,比如,作为上帝之爱的第一道曙光,[16]作为基督之爱的道路,[17]以及抽象的形象。[18]

3. 奥义的性质:在那些以其艺术作品表达出他们深层体验的艺术家和欣赏艺术作品的观众之间,可以产生某种精神的和宗教的有活力的东西。艺术作品的重要属性在于"艺术作品向观众言说,提醒他们基督教真、善、美的价值"。[19]深邃的奥义在于,超然的上帝经由一件艺术作品在艺术家和观众之间做工。这一奥义性质可以被称为基督教艺术的定义。这就是艺术的力量。

对于基督教艺术的定义来说,是否是基督徒和是否是基督教主题都不重要。它所要求的是那种奥义的性质,即艺术的力量。这是非常基本的态度。在基督教被世俗化了的社会中,这一定义打开了基督教艺术的许多新的可能性。曾多年担任亚洲基督教联合会城市和工业部执行秘书的奥·耶·希克(Oh Jae Shik)尝言证实,象征形象感动人们的意识而化为人们的具体行动。[20]艺术确实就是力量。艺术在社会、教会和神学范畴内使上帝的荣耀现实化。艺术的力量来自想象的艺术。

(二) 从亚洲基督教艺术协会及其成果中看艺术的力量

1977 年,在亚洲基督教联合会槟榔屿会议(the Penang Assembly of the

---

15 保罗·蒂利希(Paul Tillich)说:"只要终极者于这些体验中在场,那么,世俗事物就可以是宗教性的。"(Paul Tillich,《文化神学》,*Theology of Culture*,Oxford Univ. Press,1964 年,第 72—73 页)。

16 杨英风(1926—1997)在设计靠近台北的新竹辅仁大学 SVD 礼拜堂的神龛时采用了其"森林曙光"的主题。

17 松冈裕子(Yuko Matsuoka, 1938 -)"通过自己的艺术作品表达了对基督的安慰和爱的感受",在她早期作品中用"道"来描述有活力的笔触。(松冈裕子,"我的可见与不可见的艺术作品",载于 Masao Takenaka 和 Godwin R. Singh 编辑的《传道与艺术》,*Mission and Art*,京都:亚洲基督教会议和亚洲基督教艺术协会,Christian Conference of Asia and Asian Christian Art Association,1994 年,页 33。亚洲基督教艺术,Christian Art in Asia,页 152。)

18 Kim Jae Im 通过有韵律的形象表达生活,象吹过其所喜悦之地的永恒之风。(《万有归一:亚洲基督教艺术指南》,*That All May Be One:A Guide for Christian Art in Asia*,页 29)

19 Ron G'Grady,"基督教艺术是基督教的吗?"("Is Christian Art Christian?")。

20 Oh Jae-Shik,"社会运动和象征的作用"("Social Movement and the Role of Symbol"),载于《今日亚洲的圣母颂:1984 年 3 月 23—30 日菲律宾 Makiling 山第二次全亚洲基督教艺术会议报告》(*The Magnificat in Asia Today:Report of Second All-Asian Consultation on Christian Art, March 23 -30,1984, Mt. Makiling, Philippines*),页 26—27。尽管 Oh Jae-Shik 使用了"象征"这个词,但是,在此文中,用"象征的形象"替代了"象征"的说法,目的在于强调形象的特征,比如情绪、感受和感觉。

Christian Conference of Asia，简称CCA）上，提出了与亚洲处境中基督宗教相关的文化问题，之后，第一届亚洲基督教艺术磋商会于1978年8月24日至30日在印度尼西亚巴厘岛的普拉举行。围绕"主祷文在今日亚洲"这一主题，13个国家、地区的48名代表参加了会议，其中，有画家、雕塑家、木刻家、插花艺术家等视觉艺术家，也有对艺术深感兴趣的神学家。[21]艺术家和神学家一起为一个亚洲团体进行探索，这个团体既忠实于其根，又信守真理。[22]

作为这次会议的成果，亚洲基督教艺术协会于1978年创立，以鼓励亚洲教会视觉艺术的创作。迄今为止，亚洲基督教艺术协会会刊《形象》（Image）一直按期出刊，总计已发行107期。

在第一届亚洲基督教艺术磋商会议上，明确规定了亚洲基督教艺术协会的宗旨，即：

- 鼓励艺术家立足亚洲处境，通过他们的艺术作品表现基督教情怀；
- 与那些致力于原居民艺术形式的艺术家个人和团体协调共济；
- 提供一个交流和传递信息的平台；
- 与教会、亚洲基督教联合会和其他追求在亚洲见证基督教信仰的团体同心合作。[23]

近三十年来，亚洲基督教艺术协会通过多种多样的艺术活动履践了这些目标，这些活动包括：在亚洲举办国际研讨会；在亚洲、欧洲、北美和澳洲举办展览会；出版包括建筑在内的亚洲基督教艺术画册；提供艺术家学习奖学金。这些具有成效的活动受到了艺术家、神学家、教会领袖、教会、基督教团体和世界范围的研究机构的普遍赏识。通过亚洲基督教艺术协会的活动，基督教艺术家、基督徒、神学家和传教士们紧密地联系了起来。今天，神学家、教会领袖和艺术家在国际研讨会上共同合作，相互激发灵感，开创新的空间，已成为世界基督教大联合运动中的人们的共识。[24]在亚洲基督教艺术中，艺术的力量是如何表现的？

---

21 Ron O'Grady 编辑，《亚洲基督教艺术：1978年8月24—30日印度尼西亚巴厘岛 Dhyana Pura 会议报告》（*Christian Art in Asia：Report of a Consultation held at Dhyana Pura，Bali，Indonesia，August 24 - 30，1978*），新加坡：亚洲基督教会议（Singapore：Christian Conference of Asia），1979年，页5。

22 同上，页39。

23 "关于亚洲基督教艺术协会"（'About ACAA'），in
http://www.asianchristianart.org/about/about.htm，下载于2006年8月15日。

24 在亚洲，从世界范围的角度说，亚洲基督教艺术协会对基督教视觉艺术做出了贡献，亚洲礼仪与音乐研究所（AILM）对基督教音乐和礼仪做出了贡献。

（三）亚洲基督教艺术中八个表现艺术力量的主题

我将指出亚洲基督教艺术的八个主题。[25]

1. 活在我们文化和处境中的耶稣基督的形象。例如：韩国洪钟鸣（Hong Chong Myung）的"复活的主"，[26] 韩国金学珠（Kim Hak Soo）的"旷野试探"，[27] 印度 Frank Wesley 的"迦拿神迹"，[28] 中国何琦的"复活的主"（见例图 3），[29] 澳大利亚 George Garawun 的"呼召门徒"，[30] 泰国 Sawai Chinnawong 的"五旬节"，[31] 以及新加坡 Joseph McNally（马来西亚公民）的"生命树"。[32]

2. 富有活力的日常食物的形象，就是说，我们每日不可或缺的米面食物，成为表达信仰以及生命形象的来源。例如：韩国 Kim Yong Gil 的"我们日用的饮食，今日赐给我们"，[33] 蓝岛屿上亚美人的野银村天主教堂。[34]

3. 自然与人类的传统和谐。例如：斯里兰卡 Nalini Jayasuriya 的"基督曼荼罗"，[35] 韩国李春基（Yi Choon Ki）的"作品 86 号"，[36] 以及印度阿风所（A. Alphonso）的"少女"。[37]

4. 人的活动中情绪和情感的具象化。例如：印度尼西亚 Bagong

---

25 吉田惠，"亚细亚基督教美术"（"Ajia no Kirisutokyo Bijutsu no Messege"，载于《圣书与教会》（Seisho to Kyokai），1990 年 3 月，页 14—19。

26 竹中正夫编，《万有归一：亚洲基督教艺术指南》（That All May Be One：A Guide for Christian Art in Asia），京都：亚洲基督教艺术协会与亚洲基督教会议（Asian Christian Art Association with Christian Conference of Asia），1987 年，页 25；以及竹中正复与 Ron O'Grady 编辑，《亚洲人眼中的圣经》（The Bible Through Asian Eyes），新西兰奥克兰：Pace 出版社与亚洲基督教艺术协会联合出版，1991 年，页 157。

27 《万有归一：亚洲基督教艺术指南》，页 27。

28 《形象》（Image），No. 37，Dec. 1988 年 12 月，封面。

29 Philip Lam 编，《何琦的艺术》（Art Work of HE QI），香港：汉语基督教文学会社有限公司（Chinese Christian Literature Council Ltd.），1999 年，页 31。

30 《亚洲人眼中的圣经》，页 93。

31 同上，页 167。

32 同上，页 189。

33 《万有归一：亚洲基督教艺术指南》，页 28。

34 竹中正夫，《上帝居住的地方：亚洲教会建筑导论》（The Place Where God Dwells：An Introduction to Church Architecture in Asia），香港：亚洲基督教会议和亚洲基督教艺术协会与 Pace 出版社联合出版（Christian Conference of Asia and Asian Christian Art Association with Pace Publishing），1995 年，页 55，以及渡边英俊、金子启一与吉田惠编辑，《东亚基督教的生命力：对日本传教和神学的挑战》，页 239—240。

35 《万有归一：亚洲基督教艺术指南》，页 16。

36 同上，页 31。

37 《亚细亚基督教美术展回录》（Ajia Kokusai Kirisutokyo Bijutsuten Zuroku），1986 年，页 60。

Kussudiardja 的"舞蹈的圣母"(见例图 1)，[38] 印度尼西亚 Nyoman Darsane 的"天使报佳音"，[39] 以及印度 Paul Koli 的"三颗星"。[40]

5. 母爱和温情。例如：中国王鸿仪（Wang Hon-yi）的"圣母怀中的安宁"，[41] 菲律宾 Virginia Ty-Navarro 的"圣母子"，[42] 印度 Jamini Roi 的"圣母和圣婴"，[43] 印度 Frank Wesley 的"悲伤的圣母"，[44] 菲律宾 Carlos Francisco 的"圣母像"，[45] 以及印度尼西亚 S. Sudjojono 的"逃亡埃及"。[46]

6. 处于社会、政治和经济压迫下的人们的希望。例如：菲律宾 Edgar Fernandez 的"圣母颂"(见图例 2)，[47] 菲律宾安救国（Ang Kiu Kok）的"喊叫"，[48] 韩国 Lee Chul-soo 的"女织工的梦"，[49] 以及日本上野泰郎（Yasuo Ueno）的"基督徒的殉道"。[50]

7. 人们的智慧和幽默。例如：韩国 Oh Hae-Chang 的"基督的微笑"，[51] 日本渡边祯雄（Sadao Watanabe）的"最后的晚餐"。[52]

8. 民间艺术。例如：中国范朴（Fan Pu）的作品"中国"。[53]

可以说，这些主题已经使得亚洲基督教艺术协会能够鼓励艺术家在他们自己的生存环境中去创作其艺术作品。这在亚洲基督教艺术处境化中是显明了的。

---

[38] 《万有归一：亚洲基督教艺术指南》，页 1。

[39] 同上，页 5。

[40] 《形象》，*No. 32*，1987 年 6 月，页 5。

[41] 《万有归一：亚洲基督教艺术指南》，页 14。

[42] 同上，页 9。

[43] 《形象》，*No. 10*，December 1981 年 12 月，页 2。

[44] 竹中正夫，《亚洲基督教艺术》（*Christian Art in Asia*），京都：Kyo Bun Kwan 与亚洲基督教会议联合出版，1975 年，页 57。

[45] 《亚洲人眼中的圣经》，页 189。

[46] Endang Wilandari 编，《印度尼西亚基督教艺术的众多面貌》（*Beberapa Wajah Seni Rupa Kristiani Indonesia：Many Faces of Christian Art in Indonesia*），Jakarta：Persekutuan Gereja-gereja di Indonesia，1993 年，页 36。

[47] 《万有归一：亚洲基督教艺术指南》，页 10。

[48] 同上，页 12。

[49] 《亚洲人眼中的圣经》，页 63。

[50] 《形象》和竹中正夫的"近代日本基督教与美术"（"Kindai Nihon ni okeru Kirisutokyo to Bijutsu"，载于《福音与世界》，*Fukuin to Sekai*，2006 年 7 月，页 18 和 21。）

[51] 《亚洲人眼中的圣经》，页 107。

[52] 《万有归一：亚洲基督教艺术指南》，页 22。

[53] 渡边英俊、金子启一与吉田惠编辑，《东亚基督教的生命力：对日本传教和神学的挑战》，彩页，图 D。

（四）在亚洲基督教艺术的处境化中认识艺术的力量：来自我们的根和处境的力量

这些艺术作品充满力量，并且，都立足于各自的处境之中。从丧失根基和传统使人倾向精神失常看，[54]我们立足亚洲之根基和环境的基督教艺术处境化就更为重要。亚洲基督教艺术协会名誉会长竹中正夫（Masao Takenaka，1925－2006），晚年时以中国基督教艺术为例将基督教艺术处境化分为三个阶段。(1)去倡导处境化的必要性。这第一阶段是实验阶段和具有新突破的阶段。(2)尝试引导那种探索精神的奋斗去发现新领域。(3)在包含着普世吁求的新的创造性前沿努力奋斗。由于这种普世吁求与生命终极之源相关联，所以，这种普世性的开放提供了在其他宗教人群中对话的基础。通过努力，发现了新的语言来回应《圣经》现实中的超越之光。[55]

艺术的力量基于基督教艺术的处境化之中。生命的终极之源使得艺术作品向世界开放，超越文化的层面，进而引向普世的层面。自这普世的层面，也就是说，自无意识的原型世界，自生命的终极之源，艺术的力量喷涌而出。另一方面，神学美学意味着感受、感觉和情感。所以，在下面的部分，我将从心理学的角度，在与深层心理学的关系中，思考艺术的力量，即形象化。

三　形象化的力量

（一）作为艺术力量的形象化

艺术的力量是在想象形象的过程中产生出来的。在幻想之中，精神现实与高涨的无意识内容相遇，与自我意识一起积极参与在它的活力充沛的活动之中，从而获得一种确定的形式。在自我意识和无意识内容之间一个确定的点上获得平衡的这一活力充沛的运动过程，可以被称为"形象化"。容格（Carl Gustav Jung 1875－1961)把它看作一种图像和一种形象化，即："每一精神活动过程就是一种形象和一种形象化……想象本身是一种精神过程"。[56]精神本

---

54 荣格（Carl Gustav Jung），*Aion*，Routledge，1968 年，页 81。

55 竹中正夫，"反思中国基督教艺术：本国化的三个阶段"（"Three Stages of Indigenization Reflection on Christian Art China"），2006 年 3 月 23 日下载于
http://www.asianchristianart.org/news/article3.html。

56 荣格，"Forward to Suzuki's 'Introduction to Buddhism'"，载于《作品汇编》，Vol. 11，1963 年，页 544。在通过他独特的被称为"积极想象"的积极想象技巧去激活意识的同时，荣格借助捕获心理作为形象的方式进行临床治疗。尽管荣格使用了"形象"、动词"想象"和名词"想象"，但是，我则用动词"想象"一词，以便强调心理的富有活力的过程。

身总是创作某种东西。

在形象和象征之间做出区别是必要的。原因在于,象征凝聚了一套习俗,换句话说,象征携带着历史和文化以及一般意义上的人类普遍经验的深度和力量。与象征相对,形象则是被场景、心情、环境和感觉所具体化的,这就是说,形象与在这里和现在生活的人们相关联。象征不能离开形象而存在,但是,形象的存在却可以没有任何象征。[57]"形象-制造是意味深长的"。[58]所以,在神学美学中,当我们仅仅从象征意义上看待感觉、感情、想象、美和艺术时,存在于它们之中的生动活泼的能量将从神学论道中丧失。对我们而言,在对待神学讨论中的生动活泼的能量时,坚持立足于形象和这些形象化过程就成为非必要的。"形象化"是艺术的力量。

(二) 作为创造性精神的形象化力量是上帝之爱

体验形象化,如同通过鼻孔呼吸和生命依赖于其上的反射意识,我们是在美的意义上体验世界。[59]当观看一朵美丽的花时,一个人会本能地发出"啊"的声音,继而感叹它是多么地美丽。这种源自花之美丽的本能声音打开了我们的内心,将光投射在我们意识中的深层黑暗之上。美具有一种将我们引向奥秘精神的可能。简而言之,美本能地赋予看不见、触不到、听不见的精神以本能声音"啊!"的形式。在这一过程中,人与上帝和上帝的荣耀相遇。

上帝不仅是超然的,也内在于世并且无处不在,也就是说,威仪荣耀的上帝不仅存在于遥隔人类、自然和所有被造物的天上,也存在于那些经受苦难、遭遇伤害和濒于死亡的人们中间。在受苦受难的造物之中,上帝与我们一起经历苦难。上帝反对冷漠无情。[60]我们渴望避免的伤痛、疾病和死亡,使我们走向宗教。[61]耶稣自己是被钉十字架的,在十字架上他大声喊着说:"我的神,我的神,为什么离弃我"?(《马太福音》27:46,《马可福音》15:34)确切地说,这一形象是在向我们叙述那个与上帝相遇的瞬间时刻。在苦难之中,精神本身开始以一升华的新整体形式补偿这种处境。[62]有时,它在肉体或者心理征兆的

---

57 James Hillman,"形象探究"("An Inquiry into Image"),《春》,1977 年,页 62—69。

58 同上,页 75。

59 James Hillman,"形象-感觉"("Image-Sense"),《春》,1979 年,页 142—143。

60 J. 莫尔特曼,《三一上帝与上帝之国:关于上帝的教义》(*Trinit tund Reich Gottes:Zur Gotteslehre*),München:Keiser, 1980 年,页 36—76。

61 James Hillman,《再显现心理学》(*Re-Visioning Psychology*), Harper Collins Publisher, 1975 年,页 56—58。

62 Erich Neumann,《创造之地六论》(*The Place of Creation:six essays*), Princeton:Princeton University Press, 1989 年,页 91。

层面上出现。当自我意识能够意识到来自精神的重要信息，去整合来自无意识的力量的时候，一个人就更高的层面上获得了更新。在这个奋斗过程中，某种新的东西诞生了，并且被赋予了特定的形式。这整个的过程可被叫做形象化。

当我们用形象感觉（image-sense），包括五种感官感觉、身体感觉和情绪，通过精神的深度、无意识的深度去观察时，我们与上帝的关系就自己清晰地显明出来，也就是将具体感觉、心灵形象和精神意义联结在一起的东西，因为，形象化通过持守在形象化过程之中而以它自己的语言告诉我们它自己。[63]有力的形象化依赖于一个人在怎样的深度上通过精神深度洞察，以及在多深的层次上领悟精神深层的信息。在这个意义上，形象化的力量补偿了我们的创伤、苦难和痛苦。因此，形象化的力量可以被看作上帝之爱。自我意识从精神向下潜入的越深，就越能想象出精神的和宗教的形象。光就是这样一种常见的形象。

（三）从光的形象中看形象化的力量

在黑暗之中的奋斗，人们常常捕捉一种光的形象。一道电光的闪现切入了无意识状态。[64]日本女艺术家马越阳子（Yoko Makoshi，1934 –）在她的每一幅绘画中，都表现了拯救和从磨难底层与绝望深渊向人类希望——如同导航灯塔穿透整个黑暗那样闪烁的希望——飞升。马越阳子一再强调，描绘形象给她以生命。对于她来说，形象化就是她被拯救的时刻。她描绘人类，观众通过她的艺术作品感受精神。在她的从其作品中所反映出来的由严酷命运到拯救的旅程中，光的形象扮演了重要角色。(1)期待光明洞开混沌；(2)绝望中的一片黑暗与和圣爱；(3)日出和临向黑暗的光；(4)站立起身的瞬间契机（见例图 4）；(5)在重生中把握自己的光。[65]在那一片黑暗之中，当意识到了来临着的光，并且把握了它，马越阳子就能立身而起获得新生。在"向黑暗逼近的光"的作品中（1993 年），马越阳子引用了《圣经》的一段话，"他们以黑夜为白昼，说'亮光近乎黑暗'"（《约伯记》17：12），来表达上帝的爱就像到来照射黑暗的光。当她

---

63 James Hillman，《形象-感觉》，页 130—142。Hillman 强调形象过于想象。然而，考虑到想象一个形象的富有活力的过程，我愿意使用"想象"一词过于只是使用"形象"一词。

64 荣格，《容格论积极的想象》（*Jung on Active Imagination*），London：Routledge，1997 年，页 101。

65 吉田惠，"在境遇神学中光的形象的重要作用"（"The Significant Role of the Image of Light in Contextualizing Theology"），将发表于《缅甸神学学报》（*Myanmar Theological Bulletin*），No. 3，2006 年。

用自己的意志把握了不可见的并赋予其一个形式时,那个契机的时刻就发生了。那个立身而起的时刻就是想象一个形象,即拯救。在她的一片黑暗中抓住了来自上帝的倾泻而下的光去立身而起之后,她因此得到了作为自己果实的一束新光,这是她的严肃工作通过拯救过程所带给她的,即形象化。来自上帝的光成为她自己的光。《圣经》中说:"上帝就是光"。(《约翰一书》1:5)

当人们通过精神深处的观察,敞开我们与上帝的关系时,形象化的力量就把上帝的爱带给人。

四　结　语

(一)作为爱的艺术和作为美的奋斗

基督教艺术中的艺术力量来自形象化的力量。亚洲基督教艺术的力量有赖于自我意识能在多大程度上进入到精神深处的终极普世层面,有赖于一个人能在多大程度上于精神深处坚持形象化。在艺术力量中相称的精神深度、宗教灵性和终极普世性,构成了作品的深度和力度,也就是说,为了准确表达上帝的爱,一个人能在多大深度上感知它是非常重要的。表现力是艺术力量的先决条件。在人与苦难的斗争中,美把我们引向与上帝的关系。文章之始引用了获原碌山的话:"爱是艺术,奋斗是美",扼要地说出了我们在形象化的奋斗中与上帝相遇的体验。

艺术的力量来自于奋斗之中的形象化力量。通过精神深层的深刻观察,美带给我们上帝的启示,并且,我们可以在形象化的过程中与上帝相遇以经历上帝的爱。通过形象化,上帝的爱具体化为艺术的力量。形象化的力量成为艺术的力量。

(二)从亚洲基督教艺术视角对神学美学所提出的问题

如马越阳子的例子所显示的那样,一个人通过在其艺术作品中描绘自己的经历而直接与上帝相遇。另一方面,巴尔塔萨指出,圣灵在上帝、形象和人类之间工作,[66]圣灵激发人的热情并赋予人以灵感去合作。[67]正如巴尔塔萨所言,圣灵在上帝、形象和人类之间工作吗?热爱莫扎特音乐的卡尔·巴特(Karl Barth 1886－1968)指出,莫扎特在晚年成为一名共济会会员,继而在那

---

[66] 巴尔塔萨,《荣耀:神学美学》(*The Glory of the Lord: A Theological Aesthetics*),第一卷,页85。
[67] 同上,页121。

个时代被视为独一无二的人物，但是，上帝直接与莫扎特相连，莫扎特直接进入上帝。[68]在亚洲基督教艺术家的事例中，上帝也是与人直接相联，然后产生形象。尤其在深受中国宇宙观影响的亚洲东北部，在无意识的层次中充满"天人合一"的观念，也就是说，上帝与人类不是分离的。这与西方上帝是绝对他者的看法很不相同。在像西方基督教传统中上帝与人绝对分离的情景中，圣灵在上帝与人之间的工作还是必需的吗？或者，在天人没有分离的情形中，圣灵的工作还是必需的吗？这一点应该在神学讨论中继续予以深入讨论。

在亚洲基督教艺术中，可以看到的光的形象，而不是圣灵。巴尔塔萨也强调上帝的荣耀，上帝的荣耀被解释为上帝力量的启照。在这一点上，光的形象被认为是相同的。然而，仔细考察之，巴尔塔萨的启照是"辉煌壮丽"的，而亚洲的光的形象是暗弱的，就像彻亮之前的一抹晨曦，[69]或者是射入黑暗中的光。巴尔塔萨是在尊严和优美的意义上，把美的观念作为崇高来描绘上帝的荣耀。当然，巴尔塔萨指的是寓居于世界之内的上帝，[70]不过，他强化上帝的荣耀，在于进而极大提升上帝和被钉十字架的基督。[71]与之相对，在亚洲基督教艺术中，耶稣基督是与人在一起的形象，尤其是与被压迫者、贫穷人和挣扎着的人们在一起的形象。上帝与人寓居在相同的处境中，耶稣基督与受苦受难的人们一起挣扎。[72]同样，马利亚也经受着来自儿子死亡和人类挣扎的痛苦。[73]

（三）从亚洲基督教艺术视角看神学美学在亚洲处境中的可能性

在西方神学传统中，当反圣像运动禁止形象和形象化时，美一直被看作观念或者崇高，形象的创作受到限制。尤其在抗议宗中，形象与偶像崇拜相关联，除了音乐之外，形象甚至艺术装饰都受到了限制。反圣像运动和对形象的恐惧，使庆典或者崇拜仪式中形象之生动力量的作用受到限制，否定了感觉和感官的作用，[74]使基督徒成为理智式的。现在，神学的倾向似乎在试图恢复基

68　Kart Barth，《莫扎特》（*Wolfgang Amadeus Mozart*），Grand Rapids：Michigan，William B. Eerdmans Publishing Co.，1986 年，页 26。

69　例如，杨英风的"森林黎明"、马越阳子（Yoko Makoshi）的"等待破晓的人们"和"花之光"。

70　巴尔塔萨，《荣耀：神学美学》，第一卷，页 35。

71　同上，页 117—121。

72　在 Ang Kiu Kok 的"喊叫"（"Screaming"）中，经历着痛苦和折磨的被钉十字架的耶稣砍断了枷锁正向着喊叫的菲律宾人的头儿喊叫。

73　在 Edgar Fernandez 的"圣母颂"（"Magnificat"）中，马利亚的颂诗与阿基诺母亲对菲律宾反对党领袖阿基诺于马尼拉机场遇刺的悲痛联系在一起。

74　"Iconoclasm"，载于 Lindsay Jones 主编的《宗教百科全书（第 2 版）》（*Encyclopedia of Religion：Second Edition*，*Vol. 6*，Detroit：Thomson Gale，页 4279—4287。）

督教失去的部分。

没有必要担心形象的力量,而是要认识到形象力量的两个方面,好的一面和坏的一面,从而服侍上帝、人类、社会和整个自然界。[75] 在亚洲,它的处境是多种多样和多成分组成的。通过对这种多种多样的多成分组合的观察,当神学美学从无意识深处的普遍层面上发展自身,它的神学就能够成为普世的。

最后,向那些允许本文使用其作品的艺术家和亚洲基督教协会表示感谢!

---

75 在 9·11 事件一周之后,Jotyi Sahi (1944—)这位印度基督教艺术家,号召艺术家们区别内在相连的破坏与创造,去创造具有医治力量的形象,以成为现实与实质之间鸿沟上的桥梁。(Jyoti Sahi, "恐怖主义与文明的冲突""Terrorism and the clash of Civilization", Art Ashram India, September 29,2001,2006 年 5 月 29 日下载于http://www.asianichristianart.org/news/article6.htm)

拯救过程中的想象之光和圣灵显现
——关于日本著名女画家马越阳子的个案研究

［日］吉田惠（Yoshida，Megumi，伯明翰大学）文

曹　静（襄樊学院神学美学研究所）译

导　　言

在这篇论文中，我将集中在日本著名女画家马越阳子（Makoshe，Yoko，1934—）[1]笔下的形象上，通过一个个案研究，讨论"想象之光"对于处境神学具有何等重要的意义。在马越阳子所描绘的形象中，"想象的"光之形象——作为她所渴望的拯救过程中的圣灵显现——扮演着重要角色。我以她所想象的形象为方法论，[2]这就是说，"想象的"不只是达到意识的层面，而且也及至无意识层面。"想象的"不仅意味着一个形象，而且也意味着通过伤感力对不可见力量想象的人之行动，如马越阳子所表现的那样。为了表述这种充满活力的创造，我将使用形容词"想象的"，而不使用动名词"想象"和名词性"想象"。

在《圣经》中，光的形象象征着拯救，拥有深刻的意义。在希伯来《圣经》中，"耶和华是我的亮光，是我的拯救"（诗篇 27：1）[3]，在《新约》中耶稣说，"我

1　2007 年 11 月 15—22 日，中国北京国家美术馆举办"纪念中日邦交正常化 35 周年——马越阳子油画展"，共展出作品 64 幅。

2　关于"想象的形象"和我的方法论，见我的论文《从灵魂之想象的形象看东亚基督教》（Christianity in East Asia in the Perspective of the Imaginal Image of the Soul），载于《东亚基督教的生命力：日本传道和神学所面临的挑战》（*Vitality of East Asian Christianity：Challenges to Mission and Theology in Japan*），渡边英俊（Watanabe，Hidetoshi）、金子启一（Kaneko，Keiichi）和吉田惠编，德里（Delhi）：ISPCK，2004 年，第 215—254 页。

3　在这篇论文中，《圣经》引用采取网上修订标准版，见http://www.hti.umich.edu/r/rsv。

是世界的光。跟从我的,就不在黑暗里走,必要得着生命的光。"(《约翰福音》8:12)"神就是光。"(《约翰一书》1:5)

首先,我将涉及在东北亚处境中讨论光之形象作用的必要性。其次,由于正确了解在拯救过程中如何与光相遇意义非凡,我将通过对马越阳子笔下形象的个案研究,集中讨论光之形象在拯救过程中如何具有必不可少的作用。最后,考虑到马越阳子具体案例与《圣经》光之形象的关系,我将讨论作为拯救过程中圣灵显现的"想象的"光之形象的重要作用,以期对面向我们奋斗现实的处境神学做出自己的一点贡献。

一、处境神学中想象的光之形象的必要性

对于那些希望在困境中站起的人们来说,"想象的"光之形象带给他们力量。光的形象确实是在具体处境中面向希望的人之光。

一些艺术家渴望基督教在他们东北亚境遇中处境化。他们以自己的艺术表现其基督教信仰中的光之形象,以期打破东北亚文化中周而复始的宇宙世界的循环,提供一个面向希望的方位。[4]因此,在亚洲处境神学中,讨论光的形象就拥有着更加特殊的意义。

进一步说,光的形象也是一种范型形象。许多宇宙论从光或太阳的出现开始其创造的描述。[5]灯、蜡烛、火炬被用在教会里、庙宇中、神龛上、坟墓前,以及各种各样宗教仪式和特殊场合之中。在马利亚和耶稣基督的形象中,他们的头上或者整个身体都环绕着一个光环。在佛教中,阿弥陀头上有一个放射出无限光芒的光环。在风水中,光是能量。[6]在任何情况下,我们都情不自禁地在与我们宗教和精神经验的联系中思考光的形象。

---

4 例如,杨英风(1926—1997,一位杰出的台湾艺术家)和丁方(1956,一位中国南京的基督徒艺术教授)。尤其是杨英风,把激光射线看作来自上帝的一件激情礼物,一种精神的或者宗教的表现形式。在他独特的艺术作品中,他发展出把激光作为"激光图"("Lasography")来使用的方法,将自己对作为上帝圣灵显现和爱的激光射线的认识与其中国传统思想背景整合在一起。(吉田惠,"试从杨英风《生命景色礼拜堂》谈东北亚亚洲化的/处境化的基督教",载于《亚洲神学杂志》,2006年10月,第20卷,2,第355—384页。)

5 林赛·琼斯(Lindsay Jones)主编,《宗教百科全书》(*Encyclopedia of Religion*),第二版,第8卷,底特律(Detroit):Thomson Gale,2005年,第5451页。

6 威廉·斯皮尔(William Spear),《风水使你轻松:用古代布置艺术设计你的生活》(*Feng Shui Made Easy:Designing Your Life with the Ancient Art of Placement*),旧金山:Harper San Francisco,1995年,第134页。

二、拯救过程中形象之光的重要作用

马越阳子(1934—)是一位日本女画家,同时是东京多摩美术大学(Tama Art University)研究生院的艺术教授。她总是强调说,描绘"想象的"形象带给她生命,想象确实是她的拯救时刻。[7]在她的每一幅画作中,人类的希望都是拯救和从痛苦与绝望的深渊中升腾,它如同导航的灯塔穿透全然的黑暗。她的艺术创作与其生活深刻地关联在一起。

她在画布上的创作是色彩的伟大人类戏剧,她以画笔上演着生与死、爱与孤独、希望与绝望、天堂与地狱的主题。我们看到一位深刻的精神表演者,从人之情感的无底深渊中向外喷发。[8]她说:"没有绘画,我不能生存,绘画对我来说是精神和修道训练的实践行动,""我感受到整个宇宙中生命无所不在,我感谢上帝所给予的生命。通过在绘画中表达我自己,我将在死亡中复活。"[9]

对阳子而言,色彩意味着光,带来医治和拯救,尤其是黄色象征着生命的光明和大地。[10]

父母在精神和宗教方面的影响

在精神和宗教方面,阳子都受到她父母的影响。她的父亲是一位律师,为着正义而挑战死亡。在他生命的晚期,最终成为一名禅宗信徒,通过禅宗思想获得了精神启蒙和平安。她的母亲是一位热诚的基督徒,总是慷慨地为家庭、朋友和邻舍忙碌。她的母亲送给阳子一本封面烫有金字的皮革包装《圣经》,它是阳子的宝物。通过她母亲信实的生活,阳子相信上帝的存在。她的母亲使她与耶稣基督联系在一起。她说:"所有的伟大艺术家都是宗教的,而且应当如此。这是艺术的源泉。"

---

7 吉田惠,"东亚基督教人之深奥的探求:作为灵魂逻各斯形象的运用"("In Search of the Human Profundity in East Asian Christianity: Using Images As The Logos of Soul"),载于 Yeow Choo Lak 编,《用亚洲资源做神学:亚洲创新神学教育》(*Doing Theology with Asian Resources: Innovative Theological Education in Asia*),第 5 卷,Manila: ATESEA, 2008 年,第 156—186 页。

8 针生一郎(Hariu, Ichiro),"人性之河——马越阳子作品集"("The River of Humanity — The Works of Yoko Makoshi"),《"*Le Fleuve Humain*"展览》,1993 年,第 14 页。

9 自 1991 年秋开始,我利用各种机会光顾她的画室,与她深谈她的创作,累计达 200 多个小时。在此,我感谢她乐意允诺我在这篇论文中分享她的谈话。

10 马越阳子,"着色 4:无题"("Colouring 4": No Title),载于《丙烯艺术》(*Acrylart*),第 25 卷,霍尔拜因作品集(Holbein Works),LTD.,1995 年 5 月,第 16 页。

马越阳子的生活与威廉姆·布莱克

在她就读于东京女子基督教大学(Tokyo Woman's Christian College)期间,与威廉姆·布莱克(William Blake)的著作《天堂与地狱的婚姻》(The Marriage of Heaven and Hell)相遇是一个至关重要的事件。布莱克是一位18世纪英格兰的诗人、画家、版画复制匠和伟大的空想家。他断言,只有通过可想象的"先知精神"的复活,人类才能在理性的压抑力量和本能激情之间形成和谐的联合体。他关于耶稣基督的观念与东亚宗教的多神信仰非常相似。在关于威廉姆·布莱克的毕业论文中,阳子开头第一句话这样写道:"世界上不存在与人的状况相分离的艺术。"[11] 这句话典型地表明了她作为一名艺术家的立场。她常常重复这句话,并不断宣称,没有人类的存在,既不会有宗教,也不会有"上帝和魔鬼"、"天堂和地狱"、"理性和感觉"、"哲学与科学"、"美与丑"以及"爱和恨"。她没有追随布莱克的画风,而是活在布莱克的世界中。在毕业之后,她开始了作为艺术家的生涯。不夸张地说,她关于布莱克的毕业论文决定了她艺术作品的方向。

拯救过程中的光之形象

现在,让我们考察阳子从严酷命运到拯救旅程中的光之形象。

(1)混沌之中期盼黎明的到来

在东京艺术大学(Tokyo University of Fine Arts and Music)的第三年,即1963年,阳子与一位比自己年轻一岁的同班同学结婚。1966年,两人举办了夫妻联合画展。1967和1968年,阳子获得主展(major Exhibitions)奖励。作为艺术家和妻子,阳子似乎都拥有着光明的未来。然而,命运女神(Fortuna,福尔图纳)却扭曲了他们的生活。她的丈夫经历了一场严重的躁狂抑郁症,以致无法作为一名画家继续工作。丈夫疾病的突然爆发,迫使阳子为生存开销、为丈夫的护理以及为绘画而工作。只要有利于丈夫的事情,她都去做,全心全意地照料着丈夫。1967年,她的画作《等待黎明的人们》获得女画家协会第21回展览会H夫人奖。在黑暗开始阶段,她期待着黎明的到来。

(2)在绝望和圣爱中的《黎明》

除非服用精神药物,否则她丈夫常常陷入一种极端不安的境地,甚至无法

---

11 马越阳子,毕业论文"人性的释放:关于布莱克信仰的研究"("Emancipation of Humanity:A Study of Black's Faith"),东京女子基督教大学,1955年,第1页。

阅读一份报纸。[12]他的躁狂使他打碎了家中所有的窗玻璃。在他去世之前，这些后果都使他备受折磨。[13]1981年，她创作了《生活的奋斗》（"Struggle of Life"）和《拥抱太阳的女人》（"Woman Embracing the Sun"）。它们倾诉着阳子的生活。后一幅与"Pieta"很想象，即马利亚怀抱着经受折磨的儿子耶稣。1980年，一直默默支持她的父亲去世。在她困难之时，失去了一位至亲的人。事后回顾阳子的历程，她于上个世纪八十年代的风格——人类形式的去形和重构——似乎追随着她在与丈夫一起为生存而奋斗的心理现实。在《祈祷的空间》（"Space for Prayer"）中，祈祷的双手为鲜红的血色，眼泪从她的睫毛中涌出。这幅祈祷向我们显示，阳子在忍耐之中寻求着上帝。她的丈夫认为自己拖累了阳子的生活和事业，数次试图自杀，每一次都让阳子经历了关键时刻。这使她意识到，人的生命是何等的重要，对于我们而言生与死的区别又是何等的细微和瞬间之差。她更深深地相信，上帝真实的存在不是活在其他造物中，而是在人之中，活在人之中的上帝是宇宙的上帝。在国外旅行期间，穿过荒野的经历强化了她这种信仰，她称之为"一个朝圣的世界"。她创作了《吹笛的印度人》（"Indian Flute Player"，1983年）、《月下舞蹈的小丑》（"Clown Dancing under the Moon"，1983年）、《旅行者》（"Person Traveling"，1986年），等等。在耶路撒冷哭墙前的想象，使她创作了《横卧的巨人》（"Lying giant"）。在荒野，她与人的本性相遇，看到了一束光，这成为有形和无形空间在她想象之中的联结点。

1987年春，当她因一个自行车事故而骨盆和一支胳臂骨折住进医院时，她的丈夫自杀了。在医院中的第六天，她预感到了丈夫的死亡。然而，固定在医院的病床上，她没有办法去挽救丈夫的生命。她丈夫在遗言中写到："对我而言，继续活下去意味着拖累你。为了解脱你，我除了死亡没有别的办法。"[14]她的心被痛苦撕裂。她看不到上帝，对自己痛恨无比，久久地面对死亡的概念，思想着被钉十字架的耶稣基督。[15]她经常回顾那些日子，说："对我们而言，生活一直为圣爱所保守。"

（3）日出与照进黑暗的光

---

12 马越阳子，"我的故事：创造与精神"，在亚洲基督教联合会与亚洲基督教艺术协会联合举办的第一届亚洲女基督教艺术家会议上，由她自己宣读，1995年，第19页。

13 同上，第21页。

14 同上，第22页。

15 马越阳子，在第一届亚洲女基督教艺术家会议上由她所宣读的一份《我的故事：创造和精神》的原始稿，第8页。

在丈夫去世后仅两个月,她自己也仍然依靠拐杖行走之时,阳子就创作了《生命对话》("Dialogue of Life",1987年)。《太阳正在升起》("The Sun is Rising",1987年)是丈夫去世后的第二幅作品,在一个年度主展览会上展出。她感到,太阳在黑夜之后总会升起,这幅作品再次证实了她的生活。同年,在《黎明颂辞》("Tribute to Dawn")《考验时刻》("Time of Ordeals")《当彩霞微现之时》("When Tinged with the Sun")《两种爱》("Two Loves")中,她表达了自己的痛苦。在她的丈夫去世第二年,即1988年,她创作了《人生纽带》("Human Bond")、《生命舞蹈——不朽之爱》("Live Dances——Immortal Love")、《国王与皇后》("King and Queen")、《观》("Seeing through")、《月下之诞》("Birth Under the Moon")、《奥菲士1988》("Orpheus 1988")和《破晓》("Daybreak")。在这些画作中,一些人的眼睛似乎见证了她在生命谷底的绝望。她不断描绘躺卧着的人,比如,《横卧的巨人》("Lying Giants",1986年)、《俯伏在大地上》("Lying Down on the Earth",1988年)、《向着大地》("To the Earth",1990年)和《她倒在大地上》("Throwing herself on the Earth",1998年)。她说,那个人捧着一个骨灰瓮,躺进了《向着大地》。在绝望之中,人只能躺在大地上,然后,由头至脚从大地母亲和自然母亲那里获得丰厚的仁慈。那是在绝望中期盼的一束光。

1990年,在《仁慈》("Mercy")、《母性》("Motherhood")、《倾泻的光》("Pouring Light")、《微笑》("Smile")中,她表达了这种仁慈和爱。在《倾泻的光》中,处在中间上方的手回应着黄色光环。当认识到仁慈、爱、希望和光的温暖,并被温暖所充满之时,新的能量就会从内在喷涌而出。1991年,这种新的力量作为鸟的形象出现在《遥远的梦》("Distant Dream")、《应凤凰之邀》("Invited by Phoenix")、《复活》("Resurrection")、《飞往远方》("Soaring Far in the Distance"),作为她生活意志力的形象出现在《人之善的誓言》("The Oath of Human Goodness")、《为了明天》("For Tomorrow")、《希望》("Hope")、《生活开端》("Start in Life")。在她绝望与希望的撞击中,鸟的形象展翅飞出。

1993年,从《圣经》经文"他们以黑夜为白昼,说:'亮光近乎黑暗'。"(《约伯记》17:12)产生灵感,阳子创作了《亮光近乎黑暗》("Light Is Coming Close to Darkness")。在这幅画作中,表现了阳子的三种人物:一位躺在大地上,一位向上面的光张开双臂,一位像天使般展开双臂由上临下。关于这幅画,美国长岛博物馆(Long Island Museum in the USA)主任J. E. 福布斯(J. E. Forbes)说:"那神秘的笔踪……让我们感受到复原的光……这位严肃的艺术家似乎正为那不可见的宗教之光而凝视着作为象征的一幅肖像。她的形象不只是抽象的，而且也是她对人在巨大、空无世界上孤立存在探索的象征。马越阳子的艺术显示了与我们同在且在我们之中的为我们所需的那种光。"[16]

1993 年，阳子在巴黎举行个人画展。这是她丈夫对妻子的夙愿，阳子自己探讨了巴黎艺术画廊的可能性，并且实现了它。

（4）站起的契机

1994 年，阳子有两幅作品显示了一位躺下的人正在站起来的时刻。这可以被称作契机(Kairos)。在《人生之河》("River of Humanity")中，中央的螺旋状形象似乎意味着一种运动，一位已被仁慈充满的躺倒之人将因光而活下去。《起来！倒下去的人》("Get Up! For a Person Lying Prone")集中在那人意志力与仁慈连接的时刻上，即站起的那一瞬间。这是她的重生。这一充满活力的瞬间，就是用我们的意志抓住那不可见的并给予其一个形式的瞬间。这种想象一个形象的瞬间是想象，也就是拯救。

实际上，就在那一年，由于人们欣赏她在作品中持之以恒地就一个人类主题进行高境界的精神探索，并且，也由于她在画布上的生动色彩和充溢着能量的猛烈笔触总是强烈地震撼着观赏者，她赢得了第 17 届安田火灾东乡青儿美术馆大奖(Seiji Togo Memorial Yasuda Kasai Museum of Art Grand Prix)。[17]

（5）我重生中的光

近些年，阳子在许多作品中表现了在其拯救过程中所经历的光之形象。比如，2002 年的《丰收的祈祷》("Prayer for an Abundant Harvest")；2003 年的《花之光》("Flower's Light")、《黎明之光》("Light at Daybreak")、《闪烁的光》("Flickering Light")、《天空变得明亮，他向我伸出双手》("Sky Becomes Bright and Someone is Stretching out His Hands to Me")、《舀起光的人们》("People Scooping up Light")、《人生之河：在命运之流中》("The River of Humanity：in Streams of the Fate")；2004 年的《人生之河：朦胧的太阳》("The River of Humanity：a Vision of Sun")。她用胳膊紧紧地拥抱着光的形象。现在，她的光之形象不只是来自自然天空的日光和月光，而且还有来自属于大地的花、稻穗和人的光。

---

16 杰米·埃林·福布斯(Jamie Ellin Forbes)，《马越阳子》，载于《96' 日本艺术》(Art Japan 96')，第 128 页。

17 "前言"，安田火灾东乡青儿美术基金会(Yasuda Kasai Fine Art Foundation)，第 17 届安田火灾东乡青儿美术馆大奖，《马越阳子：人性的致意》，1994 年，第 4 页。

自从在由漆黑到站起中抓住了来自上帝的倾泻之光,她自然地获得了一种作为自己果实的新光,这是由她严肃的工作通过拯救过程所带来的。来自上帝的光成为她自己的光。也就是说,上帝的光在她之中道成肉身。

三、思考:"想象的"光、圣灵显现和拯救

从马越阳子的例子中显示出,"想象的"光对她来说就是圣灵显现。当她在生活中认识到各种各样的光,并通过"想象的"光在作品中表达这些经历的时候,她生活中的外部现实也改变了。她的内在经历和外部现实相互呼应,彼此一致。对她而言,"想象的"光是拯救过程中的圣灵显现。

在《圣经》中,"光"被用来象征上帝的启示,[18]象征上帝的在场。[19]如上所述,在拯救的过程中,光的形象给人以力量,扮演着一个重要角色。从心理角度说,闪耀着进入黑暗的光之形象,在人的深处带来一种新生命的运动。[20]

并非人走进上帝之光存在的地方,而是上帝进入人,点亮他们的灯,照亮他们的黑暗。(《诗篇》18:28)可以这样说,对马越阳子而言,上帝是"生命之源头",在上帝的光中她看到光。(《诗篇》36:9)如果她没有对从上帝倾泻而来的光的绝对信任,如果她不能在黑暗中透过光仰望,她就不可能在躺下去的黑暗中有任何力量站立起来。"我虽坐在黑暗里,耶和华却做我的光。"(《弥迦书》7:8)

上帝的光不只是进入个人,而且也进入那个民族。在《以赛亚书》42:6以下,光代表着公义[21]对那个民族的显现,是对坐在黑暗里的瞎眼的、被压迫的人的拯救。上帝的光给那被压迫的和瞎眼的带来公义。耶稣也同样医治瞎子,给予他们眼睛的光明,即看见那光等同于"使光明",能够看见光意味着从被囚禁中真正得到拯救。上帝说:"我还要使你作外邦人的光,叫你施行我的救恩,直到地极。"(《以赛亚书》49:6)上帝"对那被捆绑的人说:'出来吧!'对那

---

18 J. -J 冯·阿尔门(J. -J. von Allmen)编,《圣经词汇》(*Vocabulary of the Bible*),伦敦:,1958 年,第 238 页。

19 马德琳·S·米勒(Madeleine S. Miller)和 J. 简·米勒(J. Jane Miller),《哈珀圣经词典》(*Harper's Bible Dictionary*),纽约:Harper and Brother,1959 年,第 393 页。

20 河合隼雄(Kawai, Hayao),《解读幻象》(*Reading Fantasy*),东京:讲谈社,1996 年,第 342—358 页。

21 G·约翰内斯·博特韦克(G. Johannes Botterweck)和黑尔默·林格格伦(Helmer Ringgren),《旧约神学词典》(修订版)(*Theological Dictionary of the Old Testament*,译自 *Theological Wörterbuch zum Alten Testament*, *Revised Edition*),第 1 卷,William B. Michigan:Eerdmans Publishing Company,1983 年,第 163 页。

在黑暗的人说：'显露吧！'"(《以赛亚书》49：9）

在带来光之前，上帝已经搀扶人的手，保守他们。(《以赛亚书》42：6)在阳子表达拯救契机的《起来！倒下去的人》中，我们可以看到，那个倒下去的人正伸展开双手。也就是说，尽管上帝已经搀扶我们的手，并保守我们，但是，如果我们不伸出手，我们也不能被拯救。在支持那些黑暗中的人们时，教会需要鼓励他们向着光的方向转入行动。

上帝介入拯救人类与天亮相关。(《诗篇》46：5)在希伯来《圣经》中，以色列人将光与天亮联系在一起。[22]拂晓在日出之前，而且仍在黑暗之中。破晓之时，一缕微弱的光渐渐地在东方地平线上闪烁，变成一种光，也就是说，它是一种由黑暗到光明、从夜晚到早上的转变。"耶和华诸般的慈爱"和怜悯"每早晨这都是新的。"(《耶利米哀歌》3：22以下）"每早晨象征着一种被造物的更新。"[23]基督作为晨星闪光(《启示录》2：28，22：16），基督的再临将驱散黑暗。(《启示录》21：23以下）。马越阳子在她的黑暗中期待着破晓。在丈夫去世后，她感到，太阳总是升起证明着她通过绘画再次活下去的意志。

太阳和月亮不是光的源泉。主是我们永远的光。(《以赛亚书》60：19)光永恒地呈现在耶稣基督身上(例如，《马太福音》4：16，《约翰福音》8：12和9：5)和福音里(例如，《使徒行传》26：23，《哥林多后书》4：4）。尽管上帝创造了光和黑暗(《以赛亚书》45：7），但是，基督的光战胜了黑暗。光和黑暗都是上帝的创造。马越阳子相信上帝的光，她透过黑暗仰望，并与黑暗奋斗。这一过程引导她走向拯救。

上帝的光在耶稣基督那里为我们道成肉身。耶稣说："我是世界的光。"(《约翰福音》8：12)因此，基督徒在《尼西亚信经》中把对基督的信仰宣称为"从光所出之光"。[24]马越阳子在长期与黑暗斗争之后，高举着她自己的光。上帝的光在她之中道成肉身，成为她"生命的光"(《约伯记》33：30和《诗篇》56：13）。这就是"使照亮"，即像光明之子那样去生活(《约翰福音》12：36），而不是模仿西方的方式。因为，亚洲基督教的处境神学是在上帝的光中与我们的黑暗作斗争。只有通过在我们自己处境中的这种斗争，基督教才是活的道成肉

---

22 G·约翰内斯·博特韦克(G. Johannes Botterweck)和黑尔默·林格格伦(Helmer Ringgren)，《旧约神学词典》(修订版)(*Theological Dictionary of the Old Testament*，译自 *Theological Wörterbuch zum Alten Testament, Revised Edition*)，第 1 卷，William B. Michigan：Eerdmans Publishing Company，1983 年，第 154 页。

23 相同引用(*loc. cit.*)。

24 http://en. wikidepia. org/wiki/Nicene_Creed.

身。在与苦难的斗争中,人们学习通过对上帝的信仰战胜困难,从而在旧的价值和传统中创造出一种新的维度。这种行动和它创造性的工作可以被叫做"想象的"。"想象的"不只是与艺术和艺术作品关联,而且与整体的人类/造物的存在相关联。在人们日常处境中,这种"想象的"已经被重构,如同阳子所展示的那样。因此,通过"想象的",即通过人在上帝之爱中的创造性行动,人们在黑暗中看到希望,由此而被拯救。

最后,感谢马越阳子教授慷慨地允许我在这篇论文中使用她的画作图片。

学术前沿·宗教与社会

试论发挥宗教在社会中
的积极作用

高师宁（中国社会科学院世界宗教研究所）文

[内容提要]　本文从社会结构出发，讨论了宗教存在的必然性与必要性，进而论述了正确理解宗教之社会价值和意义的重要性；此外，作者以基督教为例，回顾了宗教在中国社会生活中所发挥的历史作用和现实作用，并指出，由于历史、政治和社会原因，宗教在今天中国社会所发挥的作用与其人力资源相比是微不足道的，由此作者提出了"给宗教更多的用武之地"的看法。

要将"和谐社会"从口号变为目标并努力实现此目标，需要动员全社会的力量。宗教正是当今中国社会存在的一个不可忽视的力量。中央统战部长刘延东指出，宗教为全面建设小康社会和构建和谐社会服务，要从八个方面努力：坚持爱国爱教、拥护党的领导和社会主义制度；积极投身全面建设小康社会实践；积极维护民族团结；积极维护社会稳定；积极挖掘和弘扬宗教文化中的有益内容；积极参与社会慈善事业；积极推进祖国统一大业；积极促进和谐世界建设。[1]《中国宗教》特约评论员连续发表文章，七论"发挥宗教在促进社会和谐方面的积极作用"，更是具体地提出了和谐宗教，"应该是热爱祖国和遵纪守法的宗教；应该是适应社会和与时俱进的宗教；应该是道风建设和道德持守的宗教；应该是重视社会服务和社会关怀的宗教；应该是重视文化传承和人才建设的宗教；应该是重视包容和睦和对话合作的宗教"[2]可以说，这是政府对宗

---

1 引自张训谋："发挥宗教在促进社会和谐方面的积极作用"，《宗教与世界》，2006 年第 12 期，第 3 页。
2 《中国宗教》，2007 年第 2 期，第 16 页。

教界全面而高标准的要求。另一方面,这些要求也是一种自上而下的要求。事实上,宗教界要做到这些要求,除了自身的努力之外,离不开政府的支持,离不开广大民众的理解,也需要社会其他部门为其提供必要的条件,否则,发挥宗教在促进社会和谐方面的积极作用将仍然仅仅是一句口号。就此,本文试图从宗教社会学的角度,从宗教与社会的关系入手,分析宗教的社会功能与社会作用,旨在探讨如何去更好地发挥宗教在社会中的积极作用。

一、充分认识宗教之存在是和谐社会结构之必须

在任何一种社会结构中,都具有满足其社会成员基本需要的社会制度,以便保证社会的生存。按照现代社会学家帕森斯(Talcott Parsons)的观点,家庭、经济制度、政治制度、宗教,即为一个社会最基本、最必需的制度,它们执行着四个必要的功能:家庭规定两性关系,照管与教育青年一代;经济制度组织生产并提供与人们的贡献成比例的报酬;政治制度整合地域、力量和权力系统,维系秩序并与其他社会进行联系;宗教提供基本意义和认知的一般框架。[3]因此宗教是任何一个社会结构中的最基本、最必需的体制。所以杜尔凯姆会说:"所知的社会都是有宗教的,不存在没有宗教的社会。"[4]

尽管不存在没有宗教的社会,但是,纵观宗教发展的历史,我们可以看到,在不同结构的社会中,宗教的社会地位是不同的。在一体化结构的传统社会中,宗教与社会生活紧密相连,水乳相融,宗教无处不在,无处不有。例如在古代希腊,城邦的合法性及其神圣性的确立,源于神庙前的祭祀活动,其他的所有公共活动,则以对神表示某种敬意和虔诚的仪式开始,都是在"神的关注下"举行的,因为诸神就栖于城中。在希腊文中,"公民"一词,意为可以参与共同祭祀。因此,对公民祭神权的剥夺,就是对其政治权的剥夺,也就是对其公民权的剥夺。正因为如此,当代美国宗教社会学家彼得·贝格尔(Peter Berger)说:"在人类大部分历史中,各种宗教机构一直作为社会中的垄断者而存在。它们垄断着为个人和集体生活所作的终极论证。宗教制度实际上就是种种制

3 参见 D. P. 约翰逊:《社会学理论》,南开大学社会学系译,国际文化出版公司,1988,第525页。

4 Emile Durkheim, *The Elementary Forms of the Religious Life*, p. 273, London: Allen and Unwin, Dynes, Russell R, 1915.

5 指上述四种必要功能由一种制度来承担。如原始社会的家庭、古代社会的国家都集四种基本功能于一身。从历史发展的角度去看,工业化之前的社会,都可以称为一体化结构的传统社会。

度本身，是调节思想和行动的力量。"[6]

不可否认，随着社会的发展，宗教的社会地位发生了变化，宗教与社会的分离逐渐加大。宗教与国家统治权力的分离，与教育、法律甚至道德的分离，最终导致了宗教与社会公共生活的分离。一言以蔽之，在现代社会，宗教正在日益私人化，逐渐从公共领域淡出。这种变化最明显的社会学实证指标是，教会活动出席率的降低。这在信仰基督教的欧洲尤其显著。根据"欧洲价值观研究"课题1999至2000年的调查，在欧洲，只有20.5％的人每周上教堂，10.8％的人一月上一次教堂，38.8％的人只在一年中重大节日时去教堂，29％.5的人从来不去教堂。[7]在斯堪的那维亚半岛诸国，每周去教堂一次的平均人数已经降到5％以下[8]，法国、英国从来不去教堂的人数已高达60.4％和55.8％。[9]宗教不再像原来一样，是社会生活中的"垄断者"，在某种程度上，在一些国家和地区，宗教已经退出了社会公共生活领域。

然而另一方面，我们应该看到，全世界几十亿人口中，仍然有80％以上的人是宗教信徒，即便在世界上最现代、最世俗的国家即美国，每年一度的盖洛普测验显示，仍然有94％—96％的人回答说自己"信仰上帝"，40％的人每周上教堂，59％的人认为宗教非常重要，90％的人感到神的爱，而每天祈祷超过一次的人多过每天做爱的人，参加宗教活动的人次在1990年时是观看各种体育运动人次的13倍，而奉献给宗教事业的资金1992年时是567亿美元，是当年在棒球、篮球与橄榄球方面花费的14倍。[10]甚至在以无神论为主要意识形态的中国，改革开放之后宗教的复兴与发展令人瞩目，目前也有几亿人信仰宗教。宗教并没有消亡，它正以各种新的姿态与新的策略来应对现代社会的挑战：传统宗教已开始在现代社会重新寻找自己的位置，企图回归社会公共生活，层出不穷的新兴宗教更是迎合现代社会的发展，尽量满足现代人的需要。

世界宗教的新发展证明了宗教在日益世俗、人本、实用、功利、享乐的现代社会仍然具有的生命力。正如美国社会学学家斯达克（Rodney. Stark）所言："在未来，宗教会受到世俗力量的影响但不会被毁灭。人们永远需要诸神，需要只有诸神才可能提供的一般性补偿物。"[11]人类需要宗教使宗教的存在成为

---

6 贝格尔：《神圣的帷幕》，高师宁译，上海人民出版社，上海：1991，第160页。

7 Data supplied by the European Values Study, University of Tilburg, 2000.

8 例如，丹麦：2.7％；瑞典：3.8％，芬兰：5.3％；冰岛：3.2％。资料来源同上。

9 资料来源同上，

10 《交流》，美国驻中国大使馆，2000年第1期。

11 斯达克等：《宗教的未来》，高师宁等译，中国人民大学出版社，北京：2006，第574页。

社会结构的需要。正因为如此，古往今来，从古罗马帝国对基督教的迫害到中国唐武宗灭佛，从 20 世纪 60 年代东欧各所谓社会主义国家的"无神论运动"到中国"文化大革命"的"消灭宗教"，世界史上所有使用武力或行政手段迫害或企图消灭宗教的做法，都没有取得任何实质性的成效。相反，迫害与消灭都成为宗教兴旺发达的催化剂：基督教最终成为罗马帝国的国教，武宗之后佛教又得到发展；东欧各国 20 世纪后期宗教全面复兴，中国宗教在"文化大革命"结束后快速发展。历史事实印证了一条格言：企图扫除宗教就像钉钉子——你敲得越使劲，它进去得越深。[12]任何一个社会想要抽离宗教，其结构必然发生紊乱，最终将导致社会动乱。

这是因为，尽管每种社会制度各司其职，但它们在社会结构内部联系紧密，任何主要制度中的重大变化都可能引起其他制度的变化。换言之，如果我们将社会视为一个母系统，那么，不同的制度就是社会的子系统，它们相互关联相互影响，牵一发而动全局。这种关联形成了社会制度的重要特征。正因为如此，我们认为，一个社会能够和谐，首先需要社会结构的和谐与平衡。这就意味着，这样的社会不仅仅应该充分意识到其各种制度的不可取代性，而且应该让其制度能够最大限度地发挥其功能，协调好各制度之间的关系，使之符合最广大社会成员的愿望，充分满足其社会成员的需要。

二、正确理解宗教的社会价值与意义

作为社会子系统的宗教具有其他社会体制不可替代的价值与意义。在传统社会，首先，它是社会得以维系的根本。在人类社会形成和发展的早期，社会是被神圣化的。换言之，一个社会的存在依据往往被说成是神圣的，而对其存在之合理性的说明，是由宗教来承担的。从原始社会的图腾崇拜到古代社会的君权神授论都表明了这一点。其次，宗教能够提供一整套意义体系，它是人们认识世界、解释世界的手段。宗教为自然界的一切现象——日月星辰的运转、四季的更替、各种自然灾难，人的生、老、病、死，人生的凶、吉、祸、福，以及社会秩序，提供了一种论证，为人提供了一种总体的世界观。第三，宗教承担着整合社会价值观的重任，能够约束人的行为。传统社会中伦理道德的价值判断及行为规范主要来自宗教。各传统宗教中的清规戒律对几乎整个社会都具有重要影响；宗教的教义在有些时代和社会甚至替代法律，成为人们生活

---

12 斯达克等：《宗教的未来》，高师宁等译，中国人民大学出版社，北京：2006，第 20 页。

行为的基本指导和主要评判标准。

一言以蔽之,宗教在传统社会具有垄断地位。它不仅维系着整个社会的秩序,而且论证着整个社会存在的合理性;与此同时,又在政治、教育、道德、法律等方面发挥着巨大的影响。它的信条、戒律,是人们从事生产活动、进行相互交往以及日常生活中必须遵循的规范。历史上不论是在以基督教为主要信仰的西方传统社会,还是在伊斯兰教传统社会,或是在以佛教为国教的传统社会,宗教都是其社会的主要意识形态、共同的价值体系和文化核心。

然而,作为一种社会体制,宗教必然随着社会的变化而不断调整自身。处于现代社会中的宗教,还具有它在传统社会中的那些价值与意义吗?

首先,现代社会或现代国家,"以理性的、此岸的天命取代了非理性的、神意的天命"[13],也就是说,现代社会与国家不再需要宗教作为说明自己存在之合理性的帷幕,社会、国家从神圣化或宗教化,逐渐变得非神圣化即世俗化。其次,尽管人对意义论证的渴求,绝不亚于对幸福的渴求,但是,由于科学理论不仅被用对自然现象的解释,也被运用于对人类个体和社会方面的解释。因此,当作为人的意识结构之基础的认识改变之后,人对社会的看法及日常生活的观念也随之发生改变。宗教不再能够为全社会提供共同价值准则与基本世界观。

第三,正是由于社会结构的多元化和人的认识结构的改变,人们的生活行为准则也变得多元;此外,法律也成为人们行为准则的依据。宗教的礼仪与教规对个人行为的影响只局限于宗教组织成员,不再具有普遍的社会约束力。总之,在传统社会具有垄断地位的宗教,在现代社会已退出了社会的中心舞台,不断地边缘化。这种变化的结果,也使得宗教原有的价值与社会意义逐渐衰落。那么现代社会的宗教还能发挥什么影响呢?

从宗教社会学的角度看,宗教的价值与意义是一种"经验变项",也就是说,社会的变化会引起宗教之价值与意义发生相应的变化。在现代社会,当宗教逐渐淡出社会的主要舞台时,宗教原有的价值与意义或者逐渐减弱,或者只能在局部的范围内发挥影响。而宗教之所以不可能被替代,是因为其独具一些价值与意义,而且它们在现代社会更加凸显。

宗教具有独特的"宗教价值"。这是指宗教本义而言的价值。它主要表现为调节个人信仰与社会的公共价值之间的关系,向个人提供属于个人生存(生、死、苦难、幸福等)之意义的选择。由于现代社会的结构日益复杂,为人提

13 特洛尔奇:"现代精神的本质",见《国外社会学》,1994年第六期,第32页。

供的各种机会增多,致使人的欲望增多,竞争也增多,因此,现实与理想之间的差距会越来越大,可能影响人的生活的因素也越来越复杂。此外,现代社会的科技虽然日新月异,但科学并不能够解决人的存在及其意义问题。因此,宗教的"宗教价值"在现代社会不仅没有被削弱,反而由于现代社会生活的单面化、非人化、非情感化,由于人与自然的疏离、人与人之间的隔膜而得到强化,由于物质生活丰富与精神生活贫乏的反差而得到强调;由于现代社会给人带来的孤独感、冷漠感而更为人所需要。

其次,尽管宗教不再主导或者参与政治,但是它作为广大信众的代言人,可以成为一个独立的道德力量,成为社会生活的监督者。再者,由于现代社会结构中亚社会、亚文化圈的出现,个人的身份趋于复杂化。在这种状况之下,宗教的认同价值也得以加强。宗教的这种价值与社会意义尤其对于社会中的孤独者、社会地位低下的民众、少数民族、外来移民等更具重要意义。

在此我们应该注意到,当谈论宗教的社会价值与意义时,我们并未作任何价值判断,换言之,宗教的社会功能并不取决于宗教的真实性或虚假性,即使是荒谬的宗教,也是社会体系的组成部分。正因为如此,英国宗教社会学家和人类学家拉德克利夫-布朗(A. R. Radcliffe-Brown)说,"如果没有这些所谓'虚假的'宗教,社会就不可能进步,现代文明就不可能得到发展。"[14]

三、客观看待宗教在当代中国社会生活中的作用

尽管宗教在现代社会具有其独特的价值与意义,但是,由于各个社会的情况不同,因而宗教价值与意义的实现也不尽相同。换言之,宗教在不同社会发挥的作用是有差异的,甚至在同一社会不同时期的作用也是不同的。就宗教作为独立的道德力量而言,在民主社会,宗教组织及其信众可以对民众关心的社会问题发表其看法,表达其不满,甚至可以反对政府的行为和抵制某些政策。在提供道德资源和智力资源方面,宗教独特的角度与见解,甚至可以影响政府有关决策的制定。[15]在专制社会,宗教作为社会监督机构的功能却无法实现。就宗教的社会服务功能而言,在公民社会,宗教被誉为"文

---

14 *Structure and Function in Primitive Society*, London: Cohen & West, 1952, p. 104.

15 例如在美国,有一类专为政府的各种政策提供民间思想(尤其是不同意见)的宗教类非政府组织,如果政府采纳其见解必须付费。

明社会的支柱"，宗教发挥的作用远远大于政府。以美国为例，据 1996 年的统计，全美有 35 万个各色各样的宗教机构，每年花在社会服务上的资金大约是 150 亿—200 亿美元。[16] 它们不仅是动员广大公民关心社会、参与社会的最有效机构，也是社会生活的积极参与者，宗教组织提供的社会服务范围之广——从消除贫困、预防犯罪、反对酗酒、毒品等，到帮助难民、提供医疗卫生援助、发展文化与教育等，受益的人之多，占全国人口的一半以上。对于那些收入低、受教育程度低、处于弱势的群体来说，这些服务非常重要，甚至不可或缺。

在中国，宗教也曾经积极地参与过社会生活。远古不说，19 世纪之后，各大宗教在中国社会生活的舞台上都留下过许多充满活力的足迹。在此我们仅以基督宗教为例。在教育事业方面：到 1914 年时，天主教在全国开设的各类学校共有 8034 所，并创办震旦、津沽、辅仁三所大学。1920 年时，新教创办的各级各类学校 7,382 所，其中大学 14 所。在医疗事业方面：由传教士创立的医院共 800 余所；1949 年以前，教会医院占全国医院的 70%。在慈善事业方面：教会创办了几百所育婴堂、孤儿院、养老院，从事救济慈善。在出版事业方面：从 19 世纪 40 年代到 90 年代，基督新教在华创办的中外文报刊就达到 70 种，占当时中国报刊总数的 95%。1930 年时，天主教在全国拥有 20 所印书馆。1935 年时，基督新教的出版机构已有 69 个。[17] 这些出版机构的出版不仅仅限于宗教书籍，而是涵盖了众多不同的领域，成了中国现代出版事业的先驱和推动者。此外，与中国人生活习俗与习惯密切相关的星期制、一夫一妻制、停止妇女缠足等的实行，都与基督宗教的影响、传教士的倡导或参与有关。甚至现代化所要求的观念意识，如民主、公平、公正等，以及现代化所要求的制度，如法治、权力制衡、有效的管理制度等等，在中国从引进、宣传、普及到实践，都同基督宗教的影响分不开。不可否认，基督宗教的上述事业，都与其传教使命相关，甚至是一种传教的手段。然而，同样不可否认的是，这种手段的直接结果是，1949 年以前，在中国社会生活许多方面的现代化进程中，基督宗教扮演了重要的角色。

1949 年之后到"文化大革命"结束整整三十年间，各大宗教在中国社会生活中的空间不断萎缩，直至消失。建国之后逐步形成的意识形态高度统一的

---

16 刘澎主编：《国家、宗教、法律》，中国社会科学出版社，2006，第 202 页。

17 参见何光沪："基督教与中国现代化"，《学人》第 8 辑，江苏人民出版社，1995 年；晏可佳：《中国天主教简史》，宗教文化出版社，2001，第 200 页以下；卓新平主编：《中国基督教基础知识》，宗教文化出版社，1999 年，第 80 页。

局面,使在中国上层和各级权力机构(如人大、政协)中占有一席之地,代表着几千万信教民众的各级宗教领袖们,几乎只有"同声合唱",因为"同则昌","异则亡"。[18]因此,在所有相关的宗教杂志上,我们几乎看不到他们对民众关心的社会问题、社会事务提出不同的看法。在这三十年间,宗教在中国的命运朝不保夕,生存成为各宗教组织最大的问题。在这种状态下,遑论对社会的监督?就连许多宗教所具有的救灾济贫的传统和社会服务,在 1949 年之后,除了极少部分延续下来支撑宗教团体的生存之外,多数都从社会上逐渐消失,"文化大革命"时期,则与宗教自身一起,完全不复存在。

改革开放之后,宗教在中国有了长足的发展。近年来,随着政府引导宗教"与社会主义相适应"、"与社会主义相协调"的方针的提出,宗教在社会生活中的空间开始拓展,尤其是在救灾济贫方面,更是发挥了其传统的优势。例如,1991 年,中国佛教协会共募集救灾款人民币 500 万元,被中央政府授予,"抗洪抢险救灾模范先进单位"称号;2003 年,佛教界共为防治"非典"捐款 500 多万元;为中国残疾人福利基金会捐款,资助修复长城、抢救大熊猫等公益事业;同时还资助失学儿童、修建希望小学、帮助孤寡老人和残疾人、设立奖学金、义诊施药等等。[19]天主教的情况也大致相同。据不完全统计,从 1998 至 2004 年 5 年多时间里,全国各地天主教徒为各种慈善及赈灾活动捐款达 5554 万元,衣物 70 余万件;资助建希望小学 60 多所,资助失学儿童及大学生 3630 多人;建幼儿园 22 所,诊所 174 所。[20]尤其在 2008 年 5 月的汶川大地震中,宗教组织更是默默地为灾区捐款、在灾区抢险、为受灾民众祈福、为灾后的家园重建和心灵救治做出了巨大的贡献和投入。近十多年来,宗教类的非政府组织在中国兴起,尽管其数量屈指可数,[21]尽管其规模十分有限,但是它们将宗教乐善好施、扶贫济困的优良传统经常化、持续化、规范化、系统化,为宗教进入社会公共生活提供了一个新的平台。

位于河北省石家庄市的"河北进德公益服务中心"创办于 1997 年 5 月。其公益事业主要涉及三个方面:一是为受各种自然灾害的地区提供救助的人

---

18 可参见何光沪主编:《宗教与当代中国社会》天主教篇关于神职人员在土改、反右等运动中发表不同意见后的遭遇。人民大学出版社,2005。

19 可参见何光沪主编:《宗教与当代中国社会》佛教篇。

20 参阅:傅铁山主教 2004 年 7 月 7 日在中国天主教第七届代表会议上所作的工作报告。

21 佛教有山西五台山佛教慈善功德会、南普陀寺慈善事业基金会;道教有茅山道院慈善基金会;基督教有爱德基金会、基督教青年会;天主教有河北天主教进德公益事业服务中心和辽宁省天主教社会服务中心。资料来源:邓国胜网文:宗教类 NGO:宗教社会服务的新模式。

道主义援助，二是涉及水利、农业、环保、教育（建校、奖学金、教育培训、残婴、弱智及幼儿教育等）、医疗卫生以及一些专门的[22]社会发展项目；三是帮助建教堂及传播福音。近十年来，"进德公益"成绩斐然，已投入近 2000 万元开展多项社会服务工作。仅以向贫困学生提供助学金一项为例，迄今为止，资助了24 个省、市、自治区，其中包括蒙古族、回族、土家族、彝族、藏族、苗族、布依族等 16 个少数民族的 5661 名学生，投入资金共计 2 百多万元。[23]

近年来，各宗教界学者积极参与学术会议，并与学界合作，共同举办了许多研究会，一起讨论关于道德重建、环境保护、维护和平等重大社会问题。这些声音虽然还非常微弱，但却表明了中国宗教界在社会关怀方面的态度和立场。此外，宗教界与外界的交流、交往日益增多，完全改变了过去闭关自守或者只允许与所谓社会主义国家交流的状况。

尽管如此，我们仍然认为，宗教在中国社会生活中所发挥的作用，与其众多的人力资本相比[24]，实在微不足道。也就是说，宗教在中国还应该、也可以发挥更大的作用。由此可见，宗教进入中国社会生活的渠道仍然非常不畅通，各宗教对当今中国社会生活之变革的参与，可以说还处于一种心有余力不足的地位。这不仅仅表现为"进德公益"从创办到正式登记注册需要九年之久，而且表现在"相适应与相协调"宗旨的单向性，即主要是要求宗教调整自身来适应社会主义，也就是说，宗教仍然主要处于接受引导的地位。在这种特定的环境下，中国宗教对社会生活的参与，在某种程度上说，仅仅是因为它存在，换言之，它的参与是被动的，受指导的。

究其原因，我们认为主要有两点。首先是中国社会的总体状况。1949 年到改革开放前的中国社会，被一些学者称为"总体性社会"，即一个大一统的一元化社会。国家对社会中的几乎全部资源具有控制权和配置权，个人只能通过国家的制度性安排（如单位制、户籍制和身份制），来获取最基本的生存条件。这种状况决定了中国社会结构的二元性，即只有"国家"与"民众"二层结构，国家与民众之间没有中介，没有桥梁。在那种情况下，宗教组织当然不可能成为连接信众与国家之间的一元。目前尽管这种状态正在改变（民间组织开始出现并得以快速发展，社会二元性结构开始瓦解），但是，要真正视宗教为多元社会中的一元，不仅要有认识上的突破，观念上的改变，还必须有操作上的改进。

---

22 如艾滋病防治与关怀的希望之光项目，支持老人院项目、为老人服务和家政培训的安老项目、反拐卖项目以及教会委托的项目。

23 上述资料来源："进德公益"网、"进德公益"通讯、

24 按照某些学者近期来的调查统计，中国的宗教信徒已占全国人口的 30%。

其次,宗教在中国社会生活中不仅长期缺席,而且还有一段长达近三十年的被视为与整个社会价值观相对立的经历,宗教在国人眼中一直具有"鸦片"、"迷信"等负面形象。加之了解宗教途径的匮乏(在许多年间,关于宗教的书籍稀缺、信众不敢轻易暴露信仰身份等等),宗教不仅远离社会生活,甚至远离大多数国人的思考范围。因此,从政府到百姓,对宗教作用之宗教性有一种恐惧感,"谈宗教色变"。改革开放之后,尽管中国社会的开放和宗教的发展正在逐步改变这种负面形象,但是,"冰冻三尺非一日之寒",融化三尺寒冰亦非一日之功。对宗教的这种态度近年虽已有所变化,但是,不解、误解、曲解的态度仍然占主导地位。这种"宗教性恐惧感"成为宗教参与社会生活的一大障碍。不可否认,由于宗教性是宗教组织的本质所在,这种本质当然会体现在宗教发挥的作用之中。但是,这并不意味着宗教与社会对立。以宗教类非政府组织为例,它们与一般非政府组织的本质差异,正是在于其宗教性。这种差异表现为,其人力资源主要是神职人员与信众;第二,与其合作者多为宗教组织,例如"进德公益"的合作伙伴有德国米索尔基金会、美国天主教紧急援助服务机构、英国天主教明爱和意大利明爱等机构。但是,恰恰是由于这种宗教性,使它们在目前中国的道德环境之下,具有更高的可信度;由于这类机构的工作人员多是信徒,其信仰是他们工作效率高、敬业精神强的保证,他们相互间的协调也更容易。而且其组织机构相对单纯,因此其行政成本和监督成本相对低得多。[25]

事实上,在改革开放之后中国宗教所做的社会服务事业虽然非常有限,但对缓解社会矛盾、增强社会稳定、维系伦理道德发挥了独特的作用,产生了不可忽视的影响。尤其在今天的中国,在改革开放带来物资极大丰富的同时,也出现了"断裂社会"的现象:一端是"以拥有大量资源为特征的社会强势群体",主要包括政府中、高级官员及大、中型私有企业主等;另一端是"一个具有相当规模的困难群体",主要包括广大工人、农民、农民工及城市下岗工人等。后一群体中的部分人"被甩到社会结构之外。……这些被甩出去的人,甚至已经不再是社会结构中的底层,而是处在了社会结构之外。"[26] 这一部分人之中,很多

---

[25] 例如"进德公益"的组织机构:董事会——执行委员会——项目部(紧急求援处、社会发展处、教育培训处、助学金、希望之光办公室、安老服务、反拐卖、教会委托项目)、办公室(财务处、后勤处、规划处)、宣传部、海外部。2004 年总支出:3345684.02 元,项目费用:2793613.19 元,所占比例:83.5%,管理费用:552070.83 元,所占比例:16.5%;2005 年总支出:5507582.42 元,项目费用:5153608.64 元,所占比例:93.6%,管理费用:353973.78 元,所占比例:6.4%(资料来源:北方进德2004 年度和 2005 年度的审计报告)。

[26] 孙立平:《失衡:断裂社会的逻辑运作》,社会科学文献出版社,2004 年,第 5、22 页。

人不仅缺乏最基本的社会权利,甚至缺乏最基本的生存条件。到2006年止,全国绝对贫困人口还有2148万人;[27]而处于社会底层的大量"弱势群体",基本上没有发言权和发言渠道。"和谐"一词中的"和"由"禾"与"口"构成,"禾"指谷类植物,即粮食,"口"指"嘴","和"即人人都能吃上饭;"谐"由"言"与"皆"构成,表示人人都可说上话。人人都能吃上饭,人人都可说上话,可以说是和谐社会的基本条件。就此而言,目前的中国社会还有相当多的人不具备这种基本条件。贫穷与社会资源和权力分配的不公,是建设和谐社会首要的障碍。要克服这个障碍,不仅需要政府的力量,也需要全社会的支持。宗教作为社会的一元,在这方面可以也应该发挥其特有的优势。

四、结语:给宗教更多的"用武之地"

作为社会的子系统,宗教的本质赋予了其功能。而要实现宗教的功能,却与社会有极大的关系。换言之,宗教的社会作用要得以发挥,在一定程度上必须依赖于社会对于宗教的态度。因此,要给宗教更多的用武之地,首先需要认识到宗教具有公共性。宗教有私人与公共两个维度,在人心灵的深处,宗教信仰的确是私人的事情,但是由于信仰一定有其社会表达,不可能也不应该只保留在私人生活的领域,因此,这种体现在社会行为与社会关系之中的表达,就构成其公共性的一面。马克斯·韦伯对此有准确的观察和精彩的论述:在基督徒看来,整个尘世的存在只是为了荣耀上帝,这种天职观、禁欲精神却与此世、商业、经济紧密结合,从而促进了资本主义精神的发展。[28]在此,宗教的公共性得到了充分的体现,渗透在社会生活的各个方面,从而为社会进程的更新起到了促进作用。

其次,要正确地理解宗教的公共性。宗教的公共性并不是指宗教对公共生活的控制或者宗教与政权的联盟,反而是要求保持宗教的独立性。由于宗教有其特殊的角度(例如基督教从上帝之国、原罪等角度去看待社会和人生),其世界观与价值观必然与世俗社会有某种张力。但是种种不同,正好从许多方面丰富了社会。一个和谐的社会,需要汲取一切有益的文化资源,和而不同,不同而和,彼此不同的对立面之间的和谐共处,才是真正的"和"。坚持宗

---

27 2007年两会农业专题。中央电视台1频道,2007年3月15日。

28 可参见其著作《新教伦理与资本主义精神》,于晓等译,三联书店,北京:1987;R. H. 托尼:《宗教与资本主义的兴起》,夏镇平等译,上海译文出版社,上海:2006。

教的独立性,宗教才可能在社会生活中,从宗教特有的角度自由地发表其见解,充分发挥其精神作用,尤其是在道德重建方面的作用。

第三,要充分意识到宗教作为"大社会"中之一元的重要意义。随着"万能政府"概念的过时,政府职能发生的变化,中国式的"极强国家"和"极微社会"状态的改变是必然趋势。各宗教组织本应属于社会的"第三部门",与各种非政府组织和非营利组织一起,成为现代社会不可缺少的组成部分。因此,我们的"适应"政策应该改单向为双向,我们的"引导"政策应该增加更多鼓励的成分,使中国宗教从"相适应"状态转向"做贡献"状态,为建构和谐社会做出更大的贡献。

试论阿奎那公平价格学说的理论基础和基本维度及其现时代意义

段德智（武汉大学哲学学院）文

[内容提要]　托马斯·阿奎那的公平价格学说是中世纪经济思想史中一项具有重要意义的内容,结合文本具体深入地研究他的这一学说无论对于我们重新认识中世纪经济思想史,还是更好地开展今天的经济学研究都有重要意义。本文首先从阿奎那的"正义论"入手,比较深入地探讨阿奎那公平价格学说的理论基础;进而紧密结合文本从阿奎那价格学说的理论维度和实践维度依次对阿奎那的"同等性原则"、"效用价值论"和"成本价值论"以及在"拒恶"中"行善"、在消除"不正义"和"不公平"现象中实现"正义"和"公平"的"辩证的实践观"进行比较全面、系统和深入的探讨和阐述;最后,对阿奎那的这一学说的历史启示和现时代意义作出扼要的说明。

　　"公平价格"学说在中世纪经济思想史上占有非常突出的地位,有学者甚至认为,"如果说中世纪的经济思想有任何贡献的话,那就是'公平价格'理论。"[1]然而,中世纪"公平价格"理论的主要代表人物即为托马斯·阿奎那。因此,具体地研究阿奎那的公平价格学说,全面深入地探究他的这一学说的理论基础和基本维度,澄清一些学者在这些方面的一些误解和偏见,不仅对于我们深入地理解西方中世纪公平价格理论有重大的学术意义,而且我们今天的经济学研究和宗教学研究也可望从中获得一些可资

1　中国社会科学院研究生院经济系、经济研究所经济思想史研究室主编:《外国经济思想史讲座》,北京:中国社会科学出版社,1985年,第54页。

借鉴的东西。[2]

一、阿奎那公平价格学说的理论基础：
正义与公平的张力结构

与 19 世纪英国经济学家纳骚·威廉·西尼尔(Nassau William Senier,1790－1864 年)极力把经济学变成一种"抽象的演绎的科学"的努力相反,阿奎那从他的具体性原则和个体性原则出发,努力把他的"公平价格"理论置放进具体、现实的政治关系、法律关系、经济关系和伦理关系的社会大框架中,努力从"正义论"、"公平论"以及与之相关的正义与公平的张力结构中来审视和考察"价格"问题。

勿庸讳言,公平价格理论早在古希腊时代就已经初露端倪。柏拉图虽然并未具体地讨论过公平价格问题,但是,他却已经把"正义"原则确立为建构和谐社会(即他所谓"共产主义"社会)的一项基本原则。其后的亚里士多德,则明确地提出了"交换正义"的概念。例如,他在《伦理学》第 5 卷中就明确地指出,存在有两种正义的问题,断言:"一种正义指向分配,而另一种则指向交换。"[3] 在同一部著作中,他还进一步指出,在这两种正义中都有一个"中项"或"平均数"的问题,所不同的只是,分配正义中的中项是根据"几何学的比例"予以持守的,而交换正义中的中项所遵循的却是"算术比例"。[4] 至中世纪,阿奎那的老师之一大阿尔伯特(Albertus Magnus,1193－1280 年)在《〈尼格马可伦

---

2 我之所以写这样一篇论文,还出于下面一种考虑,这就是,我国学术界(包括哲学界、宗教学界、美学界和经济学界)对托马斯·阿奎那其人其著作其思想的了解相对于其他西方大思想家来说比较欠缺,在有关论著中,甚至常识性的错误也时有发现。例如,巫宝山主编的《欧洲中世纪经济思想资料选辑》虽然非常重视托马斯·阿奎那,将他的《神学大全》作为第一部著作予以摘译,但是,在有关"简介"中,却没有根据地说:"大约于 1257 年,他在巴黎获得博士学位。"(巫宝山主编:《欧洲中世纪经济思想资料选辑》,北京:商务印书馆,1998 年,第 2 页)其实,阿奎那于 1256 年 9 月所获得的只是一个"神学硕士学位",而且据我们所知,阿奎那终身未获得过博士学位。此外,北京大学晏智杰主编的《西方经济学说史教程》对阿奎那的公平价格思想作了比较出色的介绍,并给予了很高的评价,但是,在对阿奎那《神学大全》第 2 集下部问题 77 第 1 条中的一段引文的脚注中却注成"阿奎那:《神学大全》(Summa Theologica),第七章,第一节(二)"。(晏智杰主编:《西方经济学说史教程》,北京:北京大学出版社,2002 年,第 23 页)。其实,阿奎那的《神学大全》共分三个大的部分(集),其中第二部分(第 2 集)又细分为"一般伦理学"(上部)和"特殊伦理学"(下部),而他的"正义论"和"公平价格"思想,则主要是在作为《神学大全》第 2 集下部的"特殊伦理学"中讲到的。而且,《神学大全》按照"辩证神学"的写作方式,全部是以"问题"形式展开的,共包含 611 个问题,其中第 1 集含 119 个问题,第 2 集含 303 个问题,第 3 集含 189 个问题,从而根本无章节之说。

3 亚里士多德:《伦理学》,V,2,1130b31。

4 同上,3,1131a29。

理学〉注》第 5 卷中进一步发展了亚里士多德的交换正义思想,不仅提出了"成本价格"的概念,而且还提出了"等价值"的概念。[5] 所有这些思想,都对阿奎那的公平价格学说的酝酿和形成产生了重大影响。

然而,需要强调指出的是,阿奎那不仅是亚里士多德和大阿尔伯特思想的继承者,而且也是他们思想的发扬光大者。而他所做出的超越前人的一项根本努力就在于他把他的公平价格问题放到了一个空前完备和系统的正义论的理论框架中予以考察,从而赋予传统的公平价格理论以空前丰富的内容和意涵。

按照阿奎那的理解,正义不仅是一个极其重大的思想范畴,而且也是一个包含许多思想范畴于自身之内的概念系统。首先,在阿奎那这里,正义有普遍正义和特殊正义之分;而他所谓普遍正义,也就是人们所说的法律正义,这种正义的根本特征在于它直接指向公共善。除作为普遍正义的法律正义外,还有诸多特殊正义。与普遍正义不同,特殊正义虽然也应当以公共善为终极指向,但是它们直接指向的却是特殊善,是他人,甚至是他自己。而在这些特殊正义中,首要的作为其主体部分的则是分配正义和交换正义。其中,公平价格问题就是一个同交换正义直接相关的问题。在分配正义和交换正义之外,阿奎那在讨论正义的构成时还提出了正义的"有机组成部分"和"潜在部分"。其中所谓"有机组成部分"指的是"行善"和"拒恶",所谓"潜在部分"则包含"宗教"(相关于上帝)、"虔敬"(相关于父母、国家)、礼仪、感激、报复、真理、友善、慷慨、公平等。此外,阿奎那在讨论他的正义论时还着力讨论了自然权利、民族权力和实在权利,讨论了以自然法为基础的"原始正义"问题。关于阿奎那的正义论体系,我们不妨图示如下:

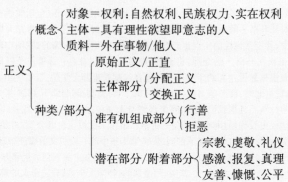

---

5 这里所说的大阿尔伯特也就是我国多数西方经济学说史著作中的艾尔贝托斯·马格努斯。但是,在拉丁文中,马格努斯的基本意思是"大"。因此,一如我们说孔老二、阮小二,并不能因此用老二和小七作为他们的姓名一样,我们似乎也不宜将"大"视作阿尔伯特的姓名,故而我们用大阿尔伯特这样一个称呼。

《西方经济学说史教程》一书的作者在"'正义'在经济分析中的运用"的标题下,曾经对阿奎那的正义论概念体系作了比较深入又比较系统的说明,指出:阿奎那的公平价格学说,以其正义论为理论大背景,不仅"实质性地勾画了一个今天我们所称谓的市场经济制度",而且还将这个框架"建立在法制的基础上"。阿奎那从"原始正义"出发,引申出自然法概念,自然法的"永恒"意味着某种恒久不变和不证自明的基本原则,因为它体现了自然物特别是理性受造物生存的内在趋势。它们的一些方面逐渐演变为国家的法律(法律正义),而经济活动的通则即包括在内。在这样的社会里,"正义"表现为三种形式:个人须对社会遵守的一般正义(普遍正义),支配人与人之间交换关系的正义(交换正义),社会应对个人履行的属于分配方面的正义(分配正义)。"阿奎那关于正义的设定涉及生产、交换、消费和分配的各个方面,在某种意义上,它属于市场经济制度规范学。'正义'这个核心概念及其制度层次的引申,表明阿奎那的制度理想正在合乎逻辑地向市场经济演绎。"[6]尽管这一说明还显得比较粗糙,有所疏漏,但从总体上看,还是比较中肯的。

阿奎那的正义论体系除其百科全书的性质外,还有一点对于我们深刻理解其公平价格学说相当重要,需要我们予以充分注意的,这就是它的相当浓重的人学意蕴。阿奎那的正义论,如上所说,不仅以人权为"对象",以由人-物关系呈现出来的人际关系(个人与他人的关系)为"质料",而且以人的理性欲望即意志或者以具有理性欲望即意志的人为"主体",从而本质上就是一种"人论"。不仅如此,阿奎那把自由的人和人的自由规定为他的正义范畴的一项中心内容。阿奎那认为:正义,作为一种基本德性,是既区别于节制和刚毅,也区别于审慎的。正义之所以区别于节制、刚毅和审慎,固然同其以外在事物、以他人为"质料"相关,但是,从根本上讲,这是由于它是以理性欲望(意志),而不是以感性欲望(情感),以实践理性而不是以思辨理性为其"主体"这一点决定的。离开了具有自由意志的人,离开了人的自由,是根本谈不上"正义",从而也是根本谈不上"公平"和"公平价格"的。亚里士多德在《伦理学》第2卷中在论述德性行为时,曾经指出,德性行为的首要条件是"知晓",第二个条件是"自愿"。[7]阿奎那则进一步强调指出:"知晓"(operetur sciens)即包含在"自愿"之中,因为在"无知"(ignorantiam)的情况下做事情就是"不自愿"(involuntarium)的。因此,他建议,为了表明"正义行为必须是自愿的","正义

6　参阅晏智杰主编:《西方经济学说史教程》,北京:北京大学出版社,2002年,第22—23页。

7　亚里士多德:《伦理学》,Ⅱ,4,1105a31。

的定义首先提到的就应当是自愿（voluntas）"。而且，也正是基于这样一种识见，他断言：关于正义的"完全的定义"（completa definitio）应该是："正义是一种习性，一个人藉着这种习性经由恒久不变的意志将他人的应得物给予他人（iustia est habitus secundum quem aliquis constanti et perpetua voluntate ius suum unicuique tribuit）。"8

在讨论阿奎那正义论的人学意涵时，还有一点是需要强调指出的，这就是：阿奎那并不是像有些人所猜测的那样，是完全从宗教神学的立场上来处理正义问题的，恰恰相反，阿奎那常常从正义的观点来审视宗教神学。我们的这样一种说法的最有力的证据在于，阿奎那在把交换正义和分配正义理解成"正义的主体部分"的同时，却把"宗教"理解成一种"附着于正义的德性"（virtutes iustitiae annexas），理解成"正义的潜在部分"（de partibus potentialibus iustitiae）。其根本原因就在于，与正义相比，"宗教"德性缺乏正义德性所具有的两种"完满性"，即一方面"缺乏对等性理据"（deficit a ratione aequalis），另一方面"缺乏应得权益之理据"（deficit a ratione debiti）。9这在西方中世纪是十分难能的，由此也足见阿奎那正义论人文视野的开阔。

阿奎那正义论的第三个值得注意之处在于他努力在正义（法律正义）与公平之间建立一种互补互动的良性关系。既然如上所述，阿奎那把法律正义理解为普遍正义，则在阿奎那的正义论中就势必存在有一个如何恰当地理解法律条文的普适性和局限性的问题。因为法律条文或成文法总是由身处一定时间和一定环境中的立法者针对存在于一定时间一定地区的情势制定的，既然情势是无限多样的，事情总是在发展变化的，则立法者要制定出一种适合于所有情势的法律规则便是一件绝对不可能实现的事情。然而，作为普遍正义和普遍德性的法律正义却要求法律去适合于一切情势，否则，就会使正义的同等性原则受到挑战，从而损害公共善。法律正义面临的这样一种两难处境便提出了公平的问题以及在正义（法律正义）与公平之间建立一种互补互动的良性关系的问题。在谈到这个问题时，阿奎那曾经例证说：法律要求凡寄存的东西都应当归还，这在大多数情况下显然是公平的。然而，拘泥于这样一种法律条文，有时却会出现有害的情况，例如，如果一个疯子把他的剑存放起来，然后在其处于疯狂的状态下要求交付，就属于这样一种情况。鉴此，阿奎那提出了"公平在先"的原则，断言："正义之被用来言说公平是先于它之用来言说法律

8 S. Thomae De Aquino, Summa Theologiae, Ⅱ-Ⅱ, Q58, a. 1.
9 Ibid, Q80, a. 1.

正义的,因为法律正义(legalis iustitia)是服从公平方向(secudum epieikeiam)的。"[10]这一点对于我们从更高的理论层次上来理解公平价格理论,理解正义和法律正义无疑是极其重要的。

二、阿奎那公平价格学说的基本维度(1):
同等性原则与商品价值论

在初步考察了阿奎那公平价格学说的理论基础之后,我们便有可能对其公平价格学说本身的基本维度作比较具体和深入的考察了。我们的这种考察拟从两个层面展开,一是其价格学说的理论维度,亦即同等性原则与商品价值论;另一个是其价格学说的实践维度,亦即公平价格的实现问题。现在,我们就着手讨论阿奎那公平价格学说的理论维度,讨论他的同等性原则与商品价值论。

在阿奎那看来,公平价格问题或交换正义问题,归根到底是一个恪守同等性原则的问题。首先,就一般正义而论,或者就正义之为正义而论,如上所述,它与包括节制、刚毅和审慎在内的其他基本德性不同,所关涉的不是一种个人的内在感情或思维活动,而是外在运作以及与这种运作相关的外在事物和他人;既然如此,正义问题就势必是一个人们在相互交往或相互交易中如何坚持和维护各自"应得权益"的问题,而这也就是恪守等同性原则问题。正因为如此,阿奎那在阐述其正义论时一而再再而三地重申和强调"同等性"原则,断言:"所谓正义的固有行为(proprius actus iustitiae),无非在于把属于每一个人自己的东西给予每一个人。""而所谓每一个人自己的东西也就是按照比例的同等性(proportionis aequalitatem)原则应当归于他的东西。"[11]他甚至更为直截了当地宣称:"所谓正义行为就是对从他人那里获得的任何物品给予一种公平价格(iustum pretium)","正义就是一种平等性","正义仅仅存在于那些完全平等的东西之间(inter eos quorum est simpliciter aequalitas)"。[12]不仅如此,他还援引亚里士多德的思想,特别地强调了交换正义中所贯彻的"同等性"原则的特殊性。他反复指出,存在有两种正义,一种是分配的正义,一种是交换的正义,前者在于"交往和交流",后者在于"相互给予和接受",前者涉及的

---

10 S. Thomae De Aquino, *Summa Theologiae*, Ⅱ-Ⅱ, Q120, a. 2.

11 Ibid, Q158, a. 11.

12 S. Thomae De Aquino, *Summa Theologiae*, Ⅰ-Ⅱ, Q114, a. 1.

是社群与个体的关系,后者涉及的是个体与个体的关系,前者涉及的是物-人关系,后者直接涉及的是物-物关系,前者涉及的是一种"几何比例",后者涉及的则是"算术比例";这就是说,在分配正义和交换正义中,虽然都有一个贯彻同等性原则的问题,但是,在分配正义中,同等性所依赖的是"物品与个人的比例",而在交换正义中,同等性所依赖的则是"物品与物品的量的均等";换言之,所谓"公平价格",从本质上讲,即是用于交换的物品之间的"量"的或"算术比例"的等同性。[13]但是,倘若所交换的物品完全一样,则似乎也就没有交换的必要,从而,"公平价格"问题,说到底是一个计算交换物品之间的"量"的或"算术比例"的等同性的"可公度性"(commensurationem)问题。也正是在这个意义上,阿奎那强调说,"权利或公平所依赖的是与他人的公度性。"[14]

这样一来,公平价格问题或交换正义问题从理论维度上讲,就最终被阿奎那还原成了一个何以确定交换物品之间的"可公度性"问题,或者说被还原成了一个探究用于交换物品的可公度性究竟何在的问题,亦即商品的价值与价值量问题。而阿奎那对此给出的回答则包含了两项基本内容,这就是"效用"与"成本",前者所关涉的是商品的使用价值,而后者所关涉的则是商品的价值。

首先是"效用原则"。效用原则之所以能够成为实现商品交换正义同等性原则的首要条件、第一"公度"或尺度,乃是由人们进行交换的动机决定的。一如阿奎那所强调指出的,"一种商品与另一种商品交换,或者用钱来交换一种商品,其目的在于满足生活需要"。[15]因此,"买卖的关系似乎是为着买卖双方的共同利益(communi utilitate utriusque)而建立起来的。"[16]既然如此,基于效用的价格公平就是一件非常自然的事情了。因为,"买卖关系"既然是"为着共同利益而建立起来的",则在买卖中,就"不应当使一方的负担多于另一方,从而,他们之间的所有的契约也就应当遵循物物对等的原则。再者,为人们所使用的物品的价值是用给它定出的价格来衡量的,……货币也就是为了达到这一目的而发明出来的。所以,一件事物的价格如果超出了其本值的数量,或是相反,这其中就不再有公平精神所要求的对等原则了,从而,出售一件物品高于其本值或买一件物品低于其所值(emere rem quam valeat),其本身就是

---

13 S. Thomae De Aquino, Summa Theologiae, Ⅰ-Ⅱ, Q21, a.1; Ⅱ-Ⅱ Q61, a2.

14 S. Thomae De Aquino, Summa Theologiae, Q57, a4.

15 Ibid, Q77, a4.

16 Ibid, a1.

一种不公平和不合法的事情了"。¹⁷显然,这里所说的"物品本值"或"物品所值"实际上意指的是物品的"效用"或"使用价值"问题。正是在这个意义上,阿奎那强调说:"可销售物品的价格并不取决于它们本性的等级(gradum naturae),……而是取决于它们对人的有用程度(in usum hominis veniunt)。因此,卖方或买方都无须察知所售物品的潜在性质,而只须了解物品适合人们使用的性质。"¹⁸他举例说,当一个人在买马的时候,只要马是健壮的、善跑的,能够很好地供他使用也就足够了,至于其他东西则是无关紧要的。他还用真金真银与假金假银的比较来说明商品效用的重要性。他断言,炼金术士所炼出的假金假银的销售之所以具有"欺骗性和不公平性",归根到底就在于"真金和真银藉其天然的作用所产生的种种效果,往往是炼金术士所炼出来的假金假银产生不出来的"。¹⁹例如,真金真银具有使人赏心悦目的属性,而且对某些疾病也有某种药物效用。再者,真金同假金比较起来,能够更加频繁地使用,其纯洁的状态也能维系得更加长久。

特别难能的是,阿奎那不仅强调了商品的效用价值或使用价值,而且还同时强调了商品的"成本"价值,强调了成本费用的原则。勿庸讳言,在大阿尔伯特那里,就已经初步形成了成本价格理论,把公平价格视为同生产上的劳动耗费相当的价格。他指出:"同一劳动和费用的集合不能不相互交换。因为制造床的人如不能收到大约相当于他制造床所耗费的相等数量的劳动和费用,他将来就不可能再制造一张床,制造业也将因此而消失。其他行业也是如此。"²⁰但是,我们也不能不指出,大阿尔伯特在这里主要是从维系生产可持续性的角度讨论问题的。与大阿尔伯特不同,阿奎那在《神学大全》中则主要是从实现交换正义的角度提出和讨论成本价格的。而且,阿奎那在讨论成本价格时,不仅注意到了商品的劳动成本,而且还考虑到了补偿运输、储存以及可能风险等具体问题。特别值得注意的是:阿奎那虽然区分和强调了商品交换的两种形式,把目的在于"满足生活需要"的商品交换称作商品交换的"自然形式",而把以"赢利"为目的的商品交换称作商品交换的"贸易形式",虽然他特别称赞了前者,但对后者也还是作了比较具体的分析,并给予了适当的肯定的。而他借以肯定商品贸易合法性和公平性的出发点,主要的又不是别的,正

---

17 S. Thomae De Aquino, Summa Theologiae, Ⅱ-Ⅱ, Q77, a1.

18 Ibid, a2.

19 Ibid.

20 大阿尔伯特:《〈尼格马可伦理学〉注》,第 5 卷,转引自晏智杰主编:《西方经济学说史教程》,第 21 页。

是进入流通领域的商品的成本价格。他在讨论商人贱买贵卖的合法性时，曾经明确指出：如果商人"对物品不作任何加工即以较高价格出售"那就是非法的和不公平的，但是，如果商人在买到原料后对原料进行加工投入了劳动和费用，那就该另当别论了。"因为如果他以较高价格出售的是经过他改进的物品（rem in melius），则他似乎就是在接受他的劳动的酬报了。"[21] 而且，与大阿尔伯特相比，阿奎那对商品成本价格的理解也多元化了。因为，在阿奎那所列举的合法提高商品价格的条件和成因中，不仅有一个人"在某些方面对物品进行了加工"这一条件和成因，而且，还有"随着时间地点的变化而物品的价格也相应发生变化"、"冒险将物品从一个地方运到另一个地方"以及"让人帮他运送物品"等条件和成因。[22] 也许正因为如此，阿奎那在当时商业活动是否合法的讨论中能够对商业活动作出有条件的肯定的论断。关于这一点，我们后面还要论及，这里就不予赘述了。

阿奎那的同等性原则和商品价值论在人类思想史上是有其重大的历史意义的。首先，它体现了一种新的经济学态度和经济学立场。一般来说，在古希腊罗马时代和中世纪，人们对经济现象的思考总是在政治学和伦理学的大框架下进行的，而且，由于正义或公平历来都是政治学和伦理学的一个基本范畴或核心范畴，从而人们对公平价格的讨论也就总是难免囿于政治学和伦理学的范围。如上所述，即使阿奎那也不能不在法律正义和德性伦理学的大框架下开展公平价格的讨论。但是，阿奎那超出前人的一个重要地方却正在于他试图走出这样一个大框架，尝试着从经济学的立场来思考经济现象，思考公平价格问题，提出并初步论证了一种素朴的效用价值论和劳动价值论，把交换正义奠放在"物物等值"的基础上，从交换物品的生产、效用和流通本身来寻找"同等性"的根据或理由。诚然，阿奎那在公平价格和交换正义的讨论中始终没有放弃他的德性伦理学，然而，他毕竟常常逸出德性伦理学，而从单纯经济学的立场来思考和处理问题，为此，他甚至有意无意地试图引进竞争性的市场机制。阿奎那曾经列举过一个非常典型的例子，这就是：一个小麦商贩当其将小麦运到小麦价格较高的地区出售时，忽然听说有许多小麦商人将接踵而至，在这种情况下，（1）这个小麦商人是否有义务将这个行情告诉买主？（2）他究竟有无义务即刻降低小麦价格？阿奎那对这两个问题的回答基本上是否定的，换言之，他对利用"时差"进行竞争，牟取利益的做法总体上说是肯定的。

---

21 S. Thomae De Aquino, Summa Theologiae, Ⅱ-Ⅱ Q77, a4.

22 Ibid.

他明确地回答说：我们是不能因为卖主"没有说出将要发生的情况"并"按照现行价格出售他的货物"而说他"违背了公平原则"。诚然，他也没有忘记补充说："尽管按照公平原则的义务，他似乎不必这样作（即将行情告诉买主并即刻降低物价——引者注），但是，如果他这样作的话"，"则就他而言，就显得特别有德性了。"[23]

其次，其同等性原则以及与之相关的效用价值和成本价值思想中所透露出来的人的自由和平等思想，对于一个中世纪的思想家来说是非常难能的，也是我们今天仍然需要关注的。诚然，阿奎那的同等性原则以及与之相关的效用价值和成本价值思想直接意指的固然是用于交换的物品或物品之间的关系，但是，进行物品交换的毕竟是需要进行物品交换的个人，因此，阿奎那对物物同等性原则的强调事实上便是对进行物品交换的个人与个人之间的平等关系的强调，他对用于交换的物品的效用价值和成本价值的重视和强调，分明是对进行商品生产和商品交换的诸个人及其经济活动的尊重，是对他们的意志自由的强调。马克思在谈到商品价值论的思想基础和历史背景时，曾经深刻地指出："价值表现的秘密……只有在人类平等概念已经成为国民的牢固的成见的时候，才能揭示出来。而这只有在这样的社会里才有可能，在那里，商品形式成为劳动产品的一般形式，从而人们彼此作为商品所有者的关系成为占统治地位的社会关系。"[24]既然如所周知，在阿奎那时代，商品形式尚未成为劳动产品的一般形式，人们彼此作为商品所有者的关系尚未成为占统治地位的社会关系，我们就不能苛求阿奎那提出一种系统的科学形态的价值论，而且，也正因为如此，他的素朴的商品交换的同等性原则以及与之相关的效用价值论和成本价值论就越发难能可贵。

三、阿奎那公平价格学说的基本维度（2）：辩证的实践观

如果说阿奎那的公平价格学说，就其理论维度而言，其贡献主要在于他强调和论证了作为交换正义根本内容的同等性原则以及与之相关的效用价值论和成本价值论，那么就其实践维度而言，其贡献则主要在于他提出并系统论证了他的辩证的实践观。

公平价格学说的实践维度或者说公平价格的实现问题，对于阿奎那来说

---

23 S. Thomae De Aquino, Summa Theologiae, II - II Q77, a3.
24 马克思：《资本论》第 1 卷，北京：人民出版社，1975 年，第 74—75 页。

是一个更为根本因而是一个更为重要的问题。因为正义、公平作为一种基本德性之所以区别于审慎，最根本的就在于它所关涉的不是思辨理性，而是实践理性，不是人的心智，而是人的欲望（理性欲望）或意志，不是思而是行（他称之为"外在运作"）。也正因为如此，在阿奎那这里，正义、公平、公平价格不是一个抽象概念，而是一种具体的经济活动；而在这样一种具体的经济活动中，正义与不正义、公平与不公平总是辩证地关联在一起的，以至于我们只有在"拒恶"中才能够"行善"，只有在反对不正义、不公平的交易行为中才能够落实正义和公平，只有在反对"恶习"中才能实现和彰显正义。也许正是处于这样一种考虑，在《神学大全》中，阿奎那对交换正义和公平价格理论的论述基本上是通过对有关违反正义和公平原则的恶习或恶行的批判性考察体现出来的。

既然如上所述，自愿原则或个人自由原则是实现交换正义或公平价格的先决条件，阿奎那也就因此而把商品交换中的恶习或恶行区分为两类：一类是"与不自愿的交换相关"的罪行，一类是"与自愿的交换相关"的罪行。所谓"与不自愿的交换相关"的罪行，指的是那些违背对方意志为害对方的恶行，而这样的恶行又可进一步细分为两类：一类是通过行为为害对方的恶行，另一类是通过语词为害对方的恶行。而通过行为为害对方的恶行又包括为害对方的人身与财产两个方面。就为害对方人身论，涉及杀人、断肢、打伤、监禁等情况；就为害对方财产论，则涉及盗窃和抢劫。通过语词为害对方的恶行则包括"与司法程序相关的恶行"和"与违反司法程序相关的恶行"两个方面。就"与司法程序相关的恶行"论，涉及法官、原告、被告、证人与辩护律师等人员；而就"与违反司法程序相关的恶行"论，则涉及辱骂、背后诽谤、搬弄是非、嘲笑、诅咒等情节。

就"与自愿的交换相关"的罪行论，则主要涵盖"欺诈罪"和"高利贷罪"两项内容。阿奎那认为，"买卖中的欺诈行为（de fraudulentia quae committitur in emptionibus et venditionibus）"是"罪不可恕"的，其所以如此，乃是因为所谓欺诈行为就是卖主在买卖活动中使用种种欺骗手段以"超过物品本值"的价格，或者说以"超过公平价格（plus iusto pretio）的价格"来出售其物品，既然如此，倘若不消除欺诈行为，"公平精神所要求的对等原则"就会因此而遭到破坏，买方也就会因此而受到损害，"为着买卖双方共同利益而建立"的买卖行为或交换正义也就根本无从谈起。换言之，消除买卖中的欺诈行为乃实现公平价格一项必要的制度条件。

在消除买卖中的欺诈行为这个题目下，阿奎那主要讨论了四个问题。首先，出售物品时"售价超过其本值（plus quam valeat）"是否合法？其次，"出售有缺点的物品"是否合法？第三，"卖方是否必须说出所售物品的缺点"？第四，"贱买贵卖是否合法"？在讨论第一个问题时，既然在阿奎那看来，同等性原则是公平价格学说的一项基本原则，他也就因此而明确地否定了这种做法的合法性。但是，值得注意的是，阿奎那却并没有因此而把"同等性"原则绝对化，而是试图建立一种适合市场变化的富于弹性的价格体制。阿奎那认为，在供求关系特别紧张的条件下，是应当允许人们以"超过其本值"的价格出售物品的，例如，一个人亟需某件物品，而另一个人如果失去该物品便会蒙受损失。在这种情势下，公平价格的确定就不仅取决于"所出售的物品本身"，而且还取决于"卖主因出售该物品所蒙受的损失"。此外，阿奎那还认为，法律问题与道德问题虽然有关联，但是毕竟不是一回事，因此，并不是所有违反德性的事情都被视为非法、为法律所禁止的。例如，卖方如果不使用欺诈手段而将自己的货物卖出高价，或者买主以低价买到这些货物，这些做法便都被"视为合法，而不予以惩罚"。尽管如此，阿奎那还是对超出的范围作了限制。他接着强调指出：当然，要是超出的"数额过大"，那就要另当别论了。因为在这种情况下，不仅"神法"（lex divina），而且即使"人法"（lex humana）也要求退赔。例如，要是一个人受骗多付出超出所卖物品本值一半以上的价格，事情就应当照此办理。"[25] 阿奎那之所以试图建立一种富于弹性的价格机制，还有一种考虑，这就是"物品的公平价格并不是像数学那样绝对精确的，而是取决于一种估计，似乎稍微有些出入也不至于破坏公平的同等性原则。"[26]

对出售"有缺点的物品"问题，阿奎那指出，就一件出售的物品来说，可以"发现三种缺点（triplex defectus）"。第一种缺点是就物品的质地（speciem）而言的；第二种缺点是就分量（quantitatem）方面而言的；第三种缺点则是就质量（qualitatis）方面而言的。阿奎那认为，在所有这三种情况下，"卖方不仅犯了诈骗销售罪，而且他还必须赔偿。"[27] 不过，他对此却作了进一步具体的分析，强调说："但是，如果上述任何一种缺点虽然存在于所出售的物品中，而卖方对此却一无所知，则他就不能说是犯罪了"，因为，"他只是事实上做了不公平的事情，他的行为因此也就不构成犯罪。然而，一旦他认识到了这种缺点，他就必须赔偿买主。再者，上面所说关于卖方的情况也同样适合于买方。因为有时卖主认为他的商品被特别地低估了，例如一个人将黄金当作黄铜出卖

---

25 S. Thomae De Aquino, Summa Theologiae, II - II, Q77, a1.

26 Ibid. .

27 Ibid. , a2.

了,情况就是这样,这时如果买方意识到了这一点,他是不公平地买到了物品,他也就同样必须退赔。这种情况之适合于物品在数量的方面的缺点同它之适合于性质方面的缺点是一模一样的。"[28]

对于"卖方是否必须说出所售物品的缺点"问题,阿奎那也同样作了具体分析,区别了"潜藏"的缺点和"明显"的缺点两种情况。对于商品的潜藏的缺点,阿奎那认为卖主是应该指出来的。他论证说:"出售货物的卖主却常常由于提供有缺点的货物,而使买方蒙受损失或招致危险。如果这样的缺点可能使买方蒙受损失或招致危险的话,则这里所谓损失是指所售出的物品由于有这种缺点而只具有较低的的价值,而买方却并没有因此而砍掉任何价格;而所谓危险则是指货物的用途由于其具有缺点而无从实现,甚至使之变得有害,例如,一个人把坡脚的马当作疾飞快马,把一栋摇摇欲坠的房子出售给别人,把腐烂发臭的或有毒的食品当作有益于健康的食品出售给别人,就是这样一种情况。因此,如果这样一类缺点是潜藏着的,卖主又不让人了解它们,则这样一种销售就是非法的和欺诈性的,而卖主也就必须赔偿对方蒙受的损失。"[29]但是,阿奎那却又具体地分析到:"另一方面,如果缺陷是显而易见的,例如,一匹马只有一只眼睛,或者货物对于买者虽然是无用的,但对于别人却是有用的,假如卖主因此而将价格削减到了物品应有的价格,他也就不必说出货物的缺点了。因为在这种情况下,买主就可能会因此而要求他所需要的折扣了。所以,卖主可以通过拒绝指出货物的缺点,以免自己蒙受损失。"[30]阿奎那的结论是:"凡是使任何一个人遭致危险或蒙受损失的就始终是非法的,尽管一个人没有必要在任何方面都总是为了别人的好处而给他提供帮助或劝告。"[31]

对于第四个问题,即"贱买贵卖"问题,阿奎那却出乎人们所料的审慎地为其合法性进行辩护。在阿奎那时代,人们对于自然交换的合法性是没有任何争议的,但是,对于旨在赢利的商业贸易却是见仁见智,争议很大的。阿奎那针对那种笼统地视"贱买贵卖"为一种犯罪活动的观点,对这样的贸易行为的合法性作了审慎的辩护。阿奎那给出的理由主要有下面三个:一是"作为贸易目的的赢利,虽然就其本性而言,并不蕴含有德性的和必要的东西,但是其本身却也并不就隐含有任何犯罪的和有违德性的东西。"[32]二是,人们能够使这

28 S. Thomae De Aquino, Summa Theologiae, II-II, Q77, a2.
29 Ibid. , a3.
30 Ibid. .
31 Ibid. .
32 Ibid. , a4.

样的"赢利活动""指向某一必要的甚至有德性的目的,从而,贸易活动也是能够成为合法的事情的。"例如,一个人可以用他在贸易中获得的适度的赢利来养家糊口,或者资助穷人;"甚至一个人也可以为了某种公众利益而从事贸易活动,例如,他可以为避免他的国家缺乏生活必需品而致力于这种活动"。[33]三是,如果商人对买进来的材料"进行了加工",或者投入了别的费用,则他的"贱买贵卖"行为本身就是一件公平和合法的行为。[34]

关于高利贷罪(de peccato usurae),阿奎那也着重讨论了四个问题:(1)"借出资金收取高利是否有罪?"(2)"对借出的钱币要求补偿是否合法?"(3)"一个人如果从高利贷的货币中受益,他是否必须退还?"(4)"在高利贷条件下借钱是否合法?"在答复第一个问题时,阿奎那的立场非常明确,这就是:"贷放钱币收取高利就其本身而言是不公平的。"其理由在于:"这是因为这就意味着一个人在出售并不存在的东西,而这显然会导致交换中的不同等性(inaequalitas),而这种不同等性则是有违公平原则的。"[35]但是,在答复其他几个问题时,阿奎那却表现出了一种相当灵活的立场。例如,在答复第二个问题时,他认为只要不是主动"要求"的,也就不能因为他收受一些物品而被说成是"犯罪"。在答复第四个问题时,也指出"只要出于某种善的目的",在高利贷条件下借钱也可以是合法的,"这就和一个落在强盗手中的人为了保全自己的性命而招认自己有些什么财产是合法的一样,尽管这些强盗这样做时是犯了抢劫罪的"。[36]

关于阿奎那的辩证的实践观,还有两点需要指出。首先是"赔偿"(de restitutione)问题。这是一个阿奎那在《神学大全》中花了很大的篇幅予以解说的问题。他之所以如此重视这一问题,乃是因为赔偿,在他看来,是一个"恢复"和"重建""交换正义的同等性原则"的问题,一个"恢复"和"重建""公平价格"的问题。[37]其次,是阿奎那所采取的"自然价格"与"法定价格"并重的态度和立场。阿奎那是非常注重"自然价格"或"平民价格"的,这是因为在他看来,交换问题首先和基本上是一种发生在一个个人(私人个体)与另一个个人之间的事情。所以,当事人的自愿与在自愿基础上形成的"心照不宣"的或"明文规定"的"某种契约"乃实现交换正义和公平价格的基本形式。但是,阿奎那也并

---

33 S. Thomae De Aquino, Summa Theologiae, Ⅱ-Ⅱ, Q77, a4.

34 Ibid..

35 Ibid., Q78, a1.

36 Ibid., a2, a4.

37 Ibid., Q62, a5.

没有因此而否认政府干预市场价格的必要性和意义，否认"法定价格"的必要性和意义。例如，在讨论买卖活动中的度量器具时，阿奎那就十分突出地强调了政府行政部门干预的必要性。他明确地指出："由于物产供应的情况在各地不同，度量商品的量具也就必须因地制宜。因为物产丰富的地方，其所用的量具也就应当大一些。然而，认真考察地方和时间的实际情况，确定每个地方出售物品的公平的量具，则是国家管理人员的事情。"[38] 他还因此而强调说："无视政府权力部门所确定的或约定俗成的计量器具是不合法的。"[39]

四、阿奎那公平价格学说的历史启示与现时代意义

历史是不可能完全复制的。因此，我们虽然对阿奎那的公平价格学说作了上述肯定性的评价，不过，我们并不奢望把它用作救治现当代经济问题的现成的万应灵丹。但是，历史也总是有规律可循的。对历史规律的认识总是在一定程度上具有普遍意义的，而认识历史规律的方法论对于人们进一步认识历史规律也总是具有指导意义的。阿奎那作为中世纪最为重要的思想家，他的公平价格学说，以及他的这一学说中所透露出来的方法论原则，便有望对于我们今天的经济学研究提供某些历史启示，提供某些可资借鉴的东西。在我们看来，阿奎那的公平价格学说至少在下述几个方面值得我们注意。

首先，是经济学家的理论视野问题。一个经济学家固然要以社会经济现象为其研究对象，要注意用经济学的眼光来审视经济问题，但是，如果他要对所考察的经济现象有一种全面透彻的认识，他也就不能不对整个人类社会及其发展规律有比较深刻的理解，对人类社会的政治制度、法律制度、道德伦理关系等方面有一种多方位的把握。如上所述，在西方经济思想史上有所谓"纯粹经济学"这样一个流派，要求把立法问题、行政问题、道德伦理问题以及历史观等问题统统从经济学研究中排除掉。如果考虑到传统的经济研究基本上是作为政治学、法学和伦理学的一个分支存在的这样一个史实，这种说法在作为相对独立的人文社会科学的经济学学科形成时期是有一定的学术地位和学术价值的，但是，一旦这种相对独立的经济学初步建立起来了，这样一种观点就是有害的。因为它除了引导人们得出"最后一小时"论这样的笑话外，是不可能得出任何严肃的科学结论的。然而，在阿奎那的公平价格学说及其理论基

---

38 S. Thomae De Aquino, Summa Theologiae, Ⅱ-Ⅱ, Q77, a2.

39 Ibid..

础中,我们却看到了一种经济学立场与"大正义论"的张力结构,即一方面他力图把公平价格置放进涵盖政治关系、法律制度、道德伦理关系的百科全书式的正义论的概念系统中予以考察,另一方面他又深入到商品的价值结构与具体的流通环境对之作出认真的考察。应该说,阿奎那的这样一种理论视野和治学方式,对当代经济学研究是不无借鉴意义的。

其次,是阿奎那的价格公平学说所透露出来的以人为经济"主体"的思想。毫无疑问,就经济学所研究的直接对象而言,它所考察的自然是物品与物品之间的关系,但是,从深一层来看,藏在物物关系背后的恰恰是人与人之间的社会关系,这一点虽然后来马克思在《资本论》中讲得特别清楚和深刻,但是,无论如何,阿奎那对这个问题也是有所意识的。因为如上所述,阿奎那明白无误地将持有用于交换的物品的具有自由意志的个人规定为正义、公平或公平价格的"主体",而将用于交换的"外在物品"视为正义、公平或公平价格的"质料",这就非常明显地强调了人在经济活动中的"主体地位"。事实上,正是因为如此,阿奎那才处处强调商品交换中个体的自愿、自由和合法权益,而他要求交换正义应当指向"公共善"等主张,无疑也是与此息息相关的。所有这些对于经济学研究无疑是非常重要的,因为非如此就不足以克服"见物不见人"的具有明显的表面性或浅薄性的经济学研究模式,就不足以深刻地认识和阐释经济现象,就不足以上升到科学研究的理论高度和理论水平,非如此就不足以保证整个经济社会持续稳定健康的发展。当前,在我国经济学界中正在开展的"效率"与"公平"关系的讨论,无疑与我们这里所论及的话题有所关联。有学者断言,处理这一关系是"第一号社会系统工程",并主张从"广义的效率与公平的统一论"的角度来思考和处理这一复杂问题。[40] 这无疑是很有见地的。但是,这里所说的"广义的效率与公平的统一论"所意指的无非是"和谐理论、科学发展观以及经济伦理学或伦理经济学",无非是作为经济活动主体的人和人际关系问题,无非是各社会阶层的"应得权益"问题,无非是整个社会的"公共善"问题,从而与阿奎那的解释模式和解决模式也总存在有这样那样的关联,至少我们可望通过了解阿奎那的公平价格学说,对于这样一种"统一论"多一层历史的把握。

再次,是阿奎那公平价格学说中所蕴含的辩证实践观所体现出来的社会

40 颜鹏飞:《中国改革的新拐点:挑战"李嘉图定律"和"库兹涅茨假说":兼评亨特的〈经济思想史:一种批判性的视角〉》,顾海良、颜鹏飞主编:《经济思想史评论》(第1辑),北京:经济科学出版社,2006年,第336—338页。

发展模式。按照一些学者的看法,自西方经济学的开山鼻祖斯密以来,西方经济学界就存在着两大学派,即社会和谐派与社会冲突派,其中社会和谐派强调的是效用价值论、社会和谐和"看不见的手",而社会冲突派所强调的则是成本价值论和阶级冲突。[41]其实,如果我们"面向事物本身"(胡塞尔语),面向经济社会本身,我们就会发现,无论是和谐派还是冲突派,都是既包含有片面的真理也都包含有某种错误的,因为任何一个经济社会形态都是既不可能只有和谐而没有冲突,也不可能只有冲突而没有和谐的。诚然,"片面性"乃理论发展过程中难以避免的形态,它在一种新的理论酝酿产生的过程中甚至是必要的和有益的,但是,一方面,片面性的理论形态终究要为全面性的理论形态所取代,另一方面,片面性的理论总是不利于解决现实的社会问题和经济问题的。而在寻求社会经济发展的合理模式方面,阿奎那的辩证的实践观无疑有一定的借鉴意义。阿奎那的辩证的实践观的优点在于他把经济社会理解为一种正义-不正义、冲突-和谐的张力结构,把公平价格的实现理解为一种通过"拒恶"来"行善"、通过消除"不义"和"欺诈行为"来"践义"、通过消解"冲突"来实现"和谐"的活动和过程。而且,这样一种实践观,不仅对于人们跳出"李嘉图定律"和"库兹涅茨假说"怪圈有一定的借鉴意义,[42]而且对人们现实地思考和解决现当代社会经济问题也不无裨益。因为当代西方国家虽然为了稀释和缓解社会矛盾和非和谐而采取了种种措施,诸如发展生产力、全球化扩展、扩充资产阶级、发展社会保障制度以及倡导绿色的新发展观,但是至今收效并不特别显著,或许一个重要原因即在于它们至今尚未找到现代经济社会冲突的真正根源,尚未真正找到化解现代经济社会冲突的有效途径和有效手段。毫无疑问,中国能否避免西方国家的弯路,能否真正跳出"李嘉图定律"和"库兹涅茨假说"怪圈,也需要进行许多探索,做许多艰苦细致的工作,但是,认真借鉴一下阿奎那的辩证实践观无疑也是必要的。

最后,在阿奎那的公平价格学说中所透露出来的"执两用中"的方法论原则对于我们理解和处理社会经济现象和社会经济问题也是有一定的借鉴意义的。例如,他在讨论社会经济问题时既注意"出乎其外",从法律和道德伦理的角度思考问题,也能够"入乎其内",从经济运作的角度思考问题;在讨论商品

---

41 参阅颜鹏飞:《中国改革的新拐点:挑战"李嘉图定律"和"库兹涅茨假说":兼评亨特的〈经济思想史:一种批判性的视角〉》,顾海良、颜鹏飞主编:《经济思想史评论》(第1辑),第328页。

42 关于"李嘉图定律"和"库兹涅茨假说"怪圈的具体含义,请参阅颜鹏飞:《中国改革的新拐点:挑战"李嘉图定律"和"库兹涅茨假说":兼评亨特的〈经济思想史:一种批判性的视角〉》,顾海良、颜鹏飞主编:《经济思想史评论》(第1辑),第328—330页。

价值问题时,既充分注意到"效用"问题,也充分考虑到"成本"问题;在讨论商品价格时,既突出和强调了"自然价格",也比较重视"法定价格",如此等等。所有这些,无论就方法论本身,还是就对这些问题的理解和阐述本身,阿奎那的立场和做法都是有一定的高明之处的,至今都是值得我们认真思考并予以借鉴的。例如,当前在我国经济学界展开的关于深化对劳动和劳动价值理论的认识的讨论,争论双方在一些方面都给人留下了"叩其两端"的印象。[43] 我们认为,如果争论双方能够采取"执两用中"的思维方式,或许对把争论进一步引向深入,使之更为健康地发展下去是有一定益处的。

---

[43] 关于这场讨论,请参阅卫兴华:"深化劳动价值理论要有科学的态度和思维方式:兼与晏智杰教授商榷"(《高校理论战线》2002 年第 3 期),晏智杰:"本本主义不是科学的研究态度和思维方式:答卫兴华教授"(《经济评论》2003 年第 3 期),卫兴华:"错误与曲解马克思不是科学的态度与思维模式:与晏智杰教授商榷之二"(《经济评论》2003 年第 3 期)以及"'劳动价值论争鸣学术座谈会'部分发言摘要"(《经济评论》2004 年第 2 期)。

圣 经 研 究

《圣经》的两约观

⊙章智源（合肥学院）文

[内容提要]　依基督宗教，在人类的历史上，上帝跟人立过好几次约，但
《圣经》所指向的约主要是新旧两约，即上帝与以色列人立的律法之约和
基督与各民族的人立的恩典之约。前者是上帝借摩西之手与以色列全民
族所立的旧约；后者是上帝借基督之死与全世界信他的人所立的新约。
旧约只限于以色列人与上帝的关系，上帝借此直接拣选了以色列人。新
约对人类各民族没有限制，全世界的人，不分种族，只要借着福音向上帝
悔改认信，受洗归入基督，就有份于新约。依《圣经》，上帝想通过立约的
方式使人成为他生命、恩惠、慈爱、智慧等的接受者、承担者和彰显者。通
过旧约，上帝对以色列人提出了一系列的要求和规范、咒诅和祝福。上帝
本想叫以色列人为全人类各民族作榜样，但以色列却一代代地倾向犯罪，
亏缺了上帝的恩待。当以色列作为一个民族整体在守约上一败涂地之
后，上帝自己甘愿降世为人，来体察人类的软弱、失败甚至试探。他并没
有离弃以色列人，而是将其生命、恩惠、慈爱和智慧等仍然借着以色列人
扩展并延伸至全人类。他再次通过立约的形式即新约来寻找那追求他、
信赖他、彰显他的人。新约清楚地指明了他立约的终极目标，即永远的救
恩。他不仅要继续拯救以色列人，而且要拯救全人类；不仅救赎在现在，
而且恩待到永远。因为世人都在律法之下，被罪恶所包围。而这一切又
都被上帝按律法之约和恩典之约清楚地记载在《圣经》之中。长期以来，
一些教会内的领袖和教会外的专家学者对两约之间的关系、两约各自所
承担的救赎目的、特质等在认识和理解上均表现出某些的含糊不清，本文
对有关问题提出了自己独特的看法。

引　言

　　长期以来我在与教会内的一些牧师、长老以及教会外的一些神学研究者交流讨论时,发现他们普遍对新旧两约的认识不是完全依据《圣经》,或是说对《圣经》关于新旧两约的内容认识不足。其中一个问题就是新旧约不分,认为旧约也是针对我们今天的全人类的,甚至基督徒的,不太知道旧约主要是针对[1]以色列人的,也不太知道上帝立旧约是规范以色列人的行为,要他们知道何为罪,使他们在犯罪的时候知道并承认自己灵性上的无能,从而唤醒他们要寻求上帝的怜悯,并对新约和救赎产生渴望,[2]以及为全人类作榜样和鉴戒,[3]最终借着他们引出耶稣基督。所以就对新旧两约是否要一起守,常常莫衷一是。有的认为应该一起守,有的又说不能一起守,但又说不清。这种误解如发生在普通的神学生和一般的信徒身上倒是可以理解的,可对于牧师和长老这样的领袖或研究神学的专家和学者来说,这就不得不算作一个问题了。其实这种源头就像对于"因信称义"的极大误解一样早就存在于西方教会的历史上。[4]殊不知,旧约中像信与行等早已在新约得以保存;像目的和救赎等也早已在新约中得以成全。再比如,他们对上帝在新约中的旨意及新约的本质含义也有模糊不清的表现,特别是对惟有新约才有的"悔改、赦罪的道",也就是"信而受洗必然得救"[5]缺乏领会,所以就会说出"相信与接受基督是获得救恩必具的条件,而浸礼却不是条件之一"这样误导的话来;也就必然对"禁卒和属他的人的受洗"以及"十字架上强盗的得救"产生误解,[6]不知道那强盗是在律法之下的旧约时代,是凭着"耶稣在地上有赦罪的权柄"[7]才蒙恩得救的事实。而大使命中的"赦罪之道"(也称"信主之法")却是在耶稣死而复

1　当然这里的"针对"是指遵守而言的。依基督宗教,今天愿意悔改归正的人和已经悔改归主的人仍然要了解整个旧约,并学习旧约的律法知识作为鉴戒,但却不是为了遵守,因为新约已经来到。

2　参见罗 3:19—20;加 3:22—24;来 9:8—11。

3　参见出 19:5—6;林前 10:6;申 8:11—20。

4　田童心:《神学的觉悟》,宗教文化出版社,2003 年版,第 107 页。

5　路 24:47;徒 13:38;可 16:16。

6　参见徒 16:25—34;路 23:39—42。许志伟:《基督教神学思想导论》,中国社会科学出版社,2001 年,第 297 页;丁良才:《耶稣圣迹合参注释》,中国基督教协会,1999 年,第 655 页;Louis Berkhof, *Manual of Christian Doctrine*, Wm·B·Eerdmans Publishing Company, 1991, pp. 315-316;新国际版研读本《圣经》,更新传道会,1997 年,第 2057 页,注释 2:38。

7　太 9:6;可 2:10。

活后才下达的。[8]耶稣在十字架上断气,埋葬,复活以前,还没有赐下圣灵来,因为耶稣尚未得着荣耀。[9]由于这方面所带来的模糊不清而导致普遍认为"受洗跟得救无关"的问题,也就不知不觉地否定了新约的本质特征,即耶稣大使命中的赦罪之道。而对赦罪之道的全然不知,就会立刻暴露出另一个显著的问题,即对耶稣大使命本身的误解。就会认为,"主"的大使命只是记载在《马太福音》第 28 章的结尾那个部分的内容,忽略甚至不知道这个大使命还包括《马可福音》第 16 章、《路加福音》第 24 章以及《约翰福音》第 20 章的结尾部分,以及《使徒行传》第 1 章的开头部分,不知道新约还有个生效的问题。这类问题并非小可,因为依基督宗教,这是牵涉到一个个愿意悔改的世人如何获赦罪之恩、从水和圣灵得重生的大问题。[10]因此,先把上帝关于两约所应许的目的及其关于救赎的本质特征,重新分理清楚,则显得极有必要。[11]

1. 立约

立约是我们生活常有的事。立约给立约的双方在互利互助方面提供了法律保障。所谓约,其表层意思乃是指契约或协约,而其深层含义却指向一种约束或制约。而这种制约或约束又是要求持约者双方来共同担当或持守,甚至是宣誓来谨守的,所以又称盟约。希伯来原文用 Brit 来指"约","立约"则是 Krt Brit。希腊文《圣经》在绝大多数的章节中用 diatheke 以翻译 brit,但有的章节也用 syntheke 或 entolai。Diatheke 即是"命令"、"指定"、"遗书"、"合同";syntheke 即是"合同"、"约定"、"协定"、"和平协定",entolai 即是"指命"、"命令"、"戒命"。拉丁文《圣经》Vulgata 用 foedus,pactum 与 testamentum 三个词来表达"约"。Foedus 的意思是"合同"、"盟约"、"联结"、"婚姻"、"法律";pactum 乃是"办定"、"合同"、"样子",而 testamentum 意味着"遗书",与 testor (作证、证明、写遗书)有关。英文《圣经》主要用 covenant 以翻译"盟约",但"旧约"与"新约"是 Old Testament 与 New Testament。基督新教的《和合本》将 brit 都译为"约"。[12]用立约的形式在双方因所承诺的行为中确立一种互利

---

8 参见太 28:19;可 16:16;路 24:47;约 20:19—23。

9 参见约 7:39。

10 参见徒 5:31;约 3:5;路 15:7,10。

11 诚谢刘光耀教授约稿,使我有机会将对《圣经》关于两约的一些思考来跟大家探讨。限于篇幅,这里只能先提出问题,待以后有机会再一一详述。

12 雷立伯(Leopold Leeb):《圣经的语言和思想》,宗教文化出版社,2000 年,第 21—22 页。

互助的基础,甚至可以形成一种友谊和祝福的纽带,以致达到一种彼此信任的高度,而这种信任的基础显然就是一种信心。

依《圣经》上帝按照他自己的形象和样式造了人,就是要人和他一样有生命,有智慧,蒙他祝福,甚至要人跟他交朋友,彼此相爱,也就是使人成为他生命、恩惠、慈爱、智慧等的接受者、承担者和彰显者。[13]而人却一代代地一个一个地倾向犯罪,亏缺了上帝的恩待,使他伤心甚至后悔。[14]对于上帝之生命、恩惠、慈爱和智慧等属性特质的承受和彰显乃是基于对他完全地信任,即出自心灵的依靠。这就是上帝对人的需要和期望,也是他与人立约的旨意之所在。他在以色列民族中甚至在全人类的每个人身上都倾注了他的心血,即让人完全地信赖他。但当以色列作为一个民族整体在承受和彰显这种信任(约)上一败涂地之后,上帝竟然自己甘愿降世为人,来体察人类的软弱,失败甚至试探。他不仅不愿离弃以色列人,而且将其生命、恩惠、慈爱和智慧等扩展并延伸至全人类。他再次通过立约的形式来呼召那些劳苦担重担的人,那些失丧的人,来寻找那些追求他、信赖他的人。而这次立约也清楚地指明了他立约的终极目标,即永远的救恩。他不仅要继续救赎以色列人,而且要拯救全人类;不仅救赎在现在,而且恩待到永远。

2. 新旧两约

约有两个,一个是旧约,一个是新约。根据《圣经》的意思,旧约也称律法之约,新约也称恩典之约。虽然上帝跟人立约有好几次,但都归结在这新旧两个约上,即上帝与以色列人立的律法之约;基督与罪人立的恩典之约。为何是两个约?因有律法记着说,"亚伯拉罕有两个儿子:一个是使女生的,一个是自主之妇人生的。然而那使女所生的,是按着血气生的;那自主之妇人所生的,是凭着应许生的。这都是比方,那两个妇人就是两约。"[15]透过《圣经》,透过以色列的历史,我们知道旧约是上帝与以色列人所立的约,只限于以色列人与他的关系。在这里,上帝是发起者,以色列是回应者。在守约的问题上,上帝给了以色列人充分的时间,手把手地指导,完全的带领,甚至伴随着恩典和奇迹。上帝拣选以色列人作为全人类的代表,可他们却以失败而告终。这也最终证实了人的失败性之所在。这种失败性也充分

---

13 参见创 1:27—28;2:7;约 13:34—35;15:12—15。

14 参见创 6:5—7;罗 1:20—32;3:9—18;提后 3:1—4。

15 加 4:22—24。

暴露了这样一个事实，即人凭着自己能做到哪种程度，人靠自己的判断去认识上帝，去实现上帝的旨意又是何等地困难，甚至包含承受上帝的祝福这一层面上的困难。这不仅令上帝非常伤心，也使人类一代代饱受痛苦和患难。因为上帝的公义属性，他在向以色列人应许如何蒙恩祝福的同时，也发出了惩罚报应的提醒。[16]假如让我们来总结一下以色列人失败的原因，我们虽然不难发现它们有多种多样，但归结一下，不外乎有如下几种：不忠不信，无知，假善和不法，没有真知识，狂妄而自立为义，不恒心守约等。[17]上帝不愿强迫人，更不愿把人造成机器人，所以人在自己自由意志的驱使下是完全独立的。我们在《圣经》中清楚地看到作为一个整体的以色列民族未能守住上帝的约。他们在上帝的眼皮底下犯罪。在摩西时代所犯的罪恶，在约书亚、以笏、底波拉、基甸、撒母耳、扫罗和大卫的时代同样在犯。[18]但作为余数，却仍然有一个个成功守约的人，他们因着信心和盼望经历了上帝的大能，彰显了上帝的旨意，承受了上帝的祝福，如摩西、撒母耳、大卫、以利亚、施洗约翰等。[19]但是上帝与以色列民所立的约是作为一个整体来看待的，所以从这个意义上说，以色列人是失败的。[20]

当上帝看到作为人类代表的以色列民及其子孙后代经受着巨大的痛苦和忧患时，便动了恻隐之心。他要再一次地施恩于以色列人。上帝一边伤心，一边大施慈爱。他甚至主动向以色列人认错说是因为他没有把旧约放在他们的心上，甚至还说旧约有瑕疵。[21]但是，如果一个民族犯了罪并受到惩罚，再犯罪再受到惩罚，而这一切既没有改变他们不义的行为方式，也没有结束他们的不幸，那么，他们是否就有理由推断：如果上帝不能阻止这种不义，那么神圣的计划本身可能就存在缺陷。[22]他们能这样来推断吗？上帝甚至甘愿来为以色列人直至全人类留下这么一个印象：上帝也会犯错；旧约本就不完全，有瑕疵；但同时又树立了一个光辉的榜样：知错必改。[23]

于是上帝就真的发预言说要与以色列再立一个约。这个预言记载在《圣经》《耶利米书》第 31 章第 31 到 34 节："耶和华说，日子将到，我要与以色列家

---

16 参见申 28。

17 参见箴 20:6；罗 9:32；何 4:6；太 3:28；罗 10:2—3；来 8:9。

18 查姆·伯罗特：《犹太人》，冯玮译，上海三联书店，1995 年，第 11 页。

19 参见来 11。

20 参见出 19:5—6；罗 2:17—24；3:9—20。

21 参见来 8:7。

22 查姆·伯罗特：《犹太人》，冯玮译，上海三联书店，1995 年，第 11 页。

23 参见林前 13:10；来 8:7—12。

和犹大家[24]另立新约。"然后就把立新约的方式说出来,即藉着教育的方式,叫人知道新约的内容:"我要将我的律法放在他们里面,写在他们心上。"最要紧的是新约的内容和目的,于是又说,"我要赦免他们的罪孽,不再纪念他们的罪恶。"这就是唯独新约才有的赦罪之道的预言。其所以说耶稣所立的新约是完全的,[25]就是指着旧约中所缺乏的耶稣所献的一次便成永远的赎罪祭而说的,因为只有耶稣的血才能成就上帝的救赎旨意,且不单为以色列一个民族,更为全世界各个民族。因为在上帝的眼里,全世界都在罪恶之下。[26]

3. 旧约

旧约是针对以色列人出埃及之后,上帝借摩西之手与以色列全民族所立的约,也称摩西的律法或律法之约。这是指上帝与亚伯拉罕立了应许的约以来430年之后的律法而言的。以色列人在经过埃及为奴430年的训练,按说应该早就学会了忍耐和顺服。可事实并非如此。他们一代比一代堕落,一代比一代狂躁。他们面对上帝的慈爱救恩和神迹奇事,始终无动于衷。他们动辄就发火,埋怨,一连再,再而三地得罪耶和华上帝。其中有的人甚至在抱怨中说宁愿再返回埃及做牛做马,也不愿顺服律法诫命。上帝只好利用旷野四十年对他们及其后代再进行训练。目的是要教育他们懂得顺服的真正意义和价值。因为不顺服,就不能守约,也就得不到赐福。为此,上帝把摩西召到何烈山上,向他颁布了律法,要和以色列整个民族立约。于是摩西就把上帝与以色列人的约法关系之要义告诫出来:"耶和华专爱你们,拣选你们,并非因你们的人数多于别民,原来你们的人数,在万民中是最少的,只因耶和华爱你们"就是说,上帝并非因为以色列人优越而与他们立约,相反,以色列人因为与上帝

---

24 指以色列人十二支派。所罗门王死后,以色列国分裂成南北两国。北国仍称以色列国,即以色列家,由十个支派组成,延续了大约250年。他们历代都违背上帝的旨意,不遵守律法,崇拜偶像。上帝便兴起好战、残忍的亚述国于公元721年把以色列国灭亡了,并把各支派的人驱散到世界各地。而称作犹大的南国,也称犹大家,主要由另外的两个支派,即犹大和便雅悯支派所组成。南国虽然不像北国那样完全地败坏,甚至有些国王曾多次带领百姓坚守上帝的诫命,倡议复兴,回归律法,但终因拜假神而得罪上帝,所以就在北国灭亡之后又延续了大约150年被巴比伦所灭。大批的百姓被掳到巴比伦。他们被掳70年后,在波斯帝国的统治下返回耶路撒冷,重建了圣城和圣殿。但举国上下,仍在罪中。到最后,他们虽有施洗约翰和耶稣来劝告警示,仍无动于衷。公元30年,他们把上帝的儿子耶稣钉死在耶路撒冷的十字架上。上帝的忍耐终于到了极限。公元70年,罗马大军杀进圣城,毁坏圣殿,洗劫一空,并将犹太人驱散到各国。当犹大国存在的时期,他们敬奉上帝的宗教称为犹太教,信奉这教的人被称为犹太人。

25 参见太5:17;林前13:10。

26 参见罗3:9;约一5:19。

立约而优越。[27]上帝同时也向他们显明什么是罪,什么是咒诅,什么是祝福。[28]上帝用这律法之约把以色列人都圈在罪中,让他们知罪,[29]好塞住各人的口,叫他们的罪因着律法的诫命,更显出是恶极了。从而指望他们能认罪悔改,弃恶从善,在祭司的国度里为全世界作榜样,[30]能凡事按照规范行,人人成为圣洁,率先仰望创始成终的耶稣基督,为万民作师傅,引人类到基督那里,使生活在罪中的人因信基督的义称义,因靠基督的血称义。[31]所以从这个意义上说,旧约是良善的,是圣洁的,是公义的。[32]只是以色列人作为一个民族整体在遵守这律法之约上失败了。

但是,依基督教,从上帝在旧约中所要施行的救赎计划来看,从历世历代以来还是有不少以色列人为他们的子孙后代做出了榜样。他们听命顺服,按上帝的旨意设立了会幕和羔羊的血,也正是他们,把基督引给了全人类。因为这些人都是因信行了公义,守住了旧约,得了应许,也得了美好的证据。[33]

3.1. 旧约的双面要求——信与行

论到旧约的双面性特征和要求,首先就说律法原不本乎信,只说行这些事的就必因此活着。[34]显然这里强调的是"行";又说律法是我们训蒙的师傅,引我们到基督(新约)那里,使我们因信称义。[35]显然这里强调的是"信"。其实信与行的关系在旧约时代就已经非常明确地向以色列人提出了。到了新约的时代,雅各便总结说:"没有行为的信心是死的。"[36]但上帝对以色列人所要求的信心却是从清洁的心灵深处生发出来的那种盼望的信心;所要求的行为也是在无亏的良心下表现出来的那种听命的行为。[37]从而就明确地指向了旧约的双面要求之实质:信与行的并列。有时虽然没有字面上的并列,但凡是听了耶和华的指示和命令就照着去做去行的,就都是因信而行的,如经上所记:"挪亚

27 赵敦华:《基督教哲学 1500 年》,人民文学出版社,1994 年,第 48 页。

28 参见申 28—30。

29 参见罗 3:20。

30 参见出 19:5—6;罗 2:19。

31 参见罗 5:1,9。

32 参见罗 7:12。

33 参见提后 4:7;来 11:33,39。

34 参见利 18:5;加 3:12。

35 参见加 3:24。

36 雅 2:20。

37 参见来 11:1,13;撒上 15:22。

就这样行。凡上帝所吩咐的,他都照样行了。"[38] "亚伯拉罕就照着耶和华的吩咐去了。"[39] 后来的摩西、约书亚、喇合、基甸、巴拉、参孙、耶弗他、大卫、撒母耳、和众先知等,他们因听命而表现出的行为后来就都被肯定为是基于对上帝所生发的极大的信心。[40] 虽然早就有"惟义人因信得生"[41]这样带应许的预言,但又指着这些人在肯定了他们的因信得生的同时,便也就肯定了他们一样因行为称义。依《圣经》,在旧约时代有像他们一样的许多人都是因信与行得了美好的证据。[42]

3.2. 旧约的本质

旧约的本质内涵突出表现在对以色列人所作的要求上。首先是他们对待耶和华上帝的态度,再就是他们对人及其生命的认识,最后是他们对待普通人的态度。对耶和华上帝的态度主要表现在以色列人必须崇拜独一的真神耶和华,要敬畏他的名,不可造像,不可拜像。以色列人世世代代要纪念安息日,守为圣日,即六日劳碌作工,第七日向耶和华上帝守安息日。[43] 对人及其生命的认识主要是指他们要尊敬父母,要尊重婚姻。他们在公众事务中要诚实,不可作假见证。他们在日常生活中要知足,不可贪婪。他们要懂得人的生命价值即人的神圣不可侵犯性,要尊重他人,绝不能故意伤害人,因为在上帝的律法面前以色列人是人人平等的。[44] 甚至还突出了这样一个原则,即:"以命偿命,以眼还眼,以牙还牙,以手还手,以脚还脚,以烙还烙,以伤还伤,以打还打。"[45] 第三是对待普通人的态度。这里的普通人主要包括以色列人当中的贫穷人、欠债人、孤儿寡母、无助者、寄居者以及为奴的非以色列人等。全体以色列人要在农耕上和借债等方方面面照顾并保护这些弱者。在对待非以色列人方面,旧约律法坚持主张平等对待,一视同仁,所谓"不可欺压寄居者;因为你们在埃及地作过寄居的,知道寄居的心"。[46]

3.3. 旧约的目的

关于旧约的目的也可以从三个方面来看:首先我们看到上帝用旧约

---

38 创 6:22;参见来 11:7。

39 创 12:4;参见来 11:8—10。

40 参见来 11:23—38。

41 哈 2:4。

42 参见来 11:39;雅 2:21—25。

43 参见出 20:1—11;申 5:6—15。

44 参见出 20:12—17;23:1—3。

45 出 21:23—25;利 24:19—20;申 19:21。

46 出 23:9。

中的律法规条来约束和限制以色列人的行为,使他们因触犯而知罪。使徒保罗说:"只是非因律法,我就不知何为罪。非律法说,不可起贪心,我就不知何为贪心。"[47]旧约在界定了罪的特征的同时,也就无形之中规范了以色列人的行为。[48]保罗又说:"律法本是外添的,叫过犯显多,""原是为过犯添上的。"[49]因为律法的条款越多,人就越容易犯罪。

再就是设立祭司的国度。上帝在万民中唯独拣选了以色列人作为人类的代表,是要他们作表率做榜样;要他们凡事按照规范行,人人成为圣洁。于是就事先应许他们说:"如今你们若实在听从我的话,遵守我的约,就要在万民中作属我的子民,因为全地都是我的。你们要归我作祭司的国度,为圣洁的国民。"[50]上帝便以此作为预表来指向恩典时代的"基督的教会,"[51]用原先的以色列人预表末世时代的基督徒。原来的君尊的祭司、圣洁的国度、属上帝的子民将来要由基督徒因新约的关系而承接。[52]

第三个目的就是把基督引到世上来。所谓:"谁要升到天上去呢(就是要领下基督来)? 谁要下到阴间去呢(就是要领基督从死里上来)? 当然借着这律法的义,是要去成就那信心的义。"保罗提醒说:"律法是训蒙的师傅,引我们到基督那里,使我们因信称义。"[53]所以无论是以色列人还是外邦人都要借着律法来到基督面前才有望因信称义。[54]换句话说就是只有等到耶稣道成肉身,死而复活,成就了这因信得救的理之后才有望得救。原来这因信得救的理就是真道,就是信主的道,也称信主之法。[55]

3.4. 旧约的救赎

---

[47] 罗 7:7。

[48] 参见约一 3:4。

[49] 罗 5:20;加 3:19。

[50] 出 9:5—6。

[51] 上帝在新约里所命定的教会就是"基督的教会",也是耶稣亲自在《圣经》中所命名的惟一的教会(参见太 16:18;罗 16:16)。这绝不是所谓的"天主教会"、"耶稣会"、"路德宗"、"长老会"、"归正会"、"浸信会"、"耶和华见证会"、"神召会"、"安息日会"、"真耶稣会"、"聚会处"等,也不是"三自教会"或"家庭教会"。这类教会的名称根本不见于《圣经》,显然只是人自己起的,而不是上帝所命定的。关于教会的性质和名称等问题,可参见拙文《圣经的教会观》,见《神学美学》第 2 辑。

[52] 参见彼前 2:9。

[53] 罗 10:6;加 3:24。

[54] 借着律法,不指遵行律法。当上帝的义因着耶稣基督的死而复活成就之后,人称义就不是靠遵行律法,乃是因着信了。但依着保罗的意思,则是指凡愿来到基督面前要与新约有份的人,都要了解并学习旧约的律法知识。这种学习和了解,是作为警戒,来遵行新约律法,即基督的律法,也称基督的(话)教训。

[55] 参见加 3:23;罗 3:27;10:8。

上帝在旧约中所透出的救赎计划仍可从三个方面来认识。首先是要以色列人用服从的行为来表明"信心"。于是就有了信心之父亚伯拉罕。上帝使他成为以色列人的榜样，先是教训他以顺服的态度来遵行他的旨意，亚伯拉罕便遵命而行，照着耶和华的吩咐去了。[56] 上帝并没有一上来就空洞地对亚伯拉罕强调信，而是要求他听命顺从。因为听从乃是信的本质内涵，因顺从而产生的信也才是上帝所看重的，所以直到《创世记》第 15 章的时候，上帝才肯定了亚伯拉罕的信，并指明他这顺服的信才算为义。于是就提出要与他立约，并同时应许也要和他的子孙立约，进而又指示说，要他和他的子孙以受割礼（流血）来做立约的证据。[57] 但如果我们仔细看，便会发现，上帝在与亚伯拉罕立约之前已向他提出了一个要求：做完全人。就是要他能超越自己，做敬虔和修行方面的杰出者，为上帝和自己的同胞服务。[58] 上帝这个要求是不是太高了？让我们先来看看上帝的原话是怎么说的：亚伯兰年九十九岁的时候，耶和华向他显现，对他说："我是全能的上帝，你当在我面前作完全人，我就与你立约，使你的后裔极其繁多。"亚伯兰俯伏在地；上帝又对他说："我与你立约，你要作多国的父。从此以后，你的名字不再叫亚伯兰，要叫亚伯拉罕，因为我已立你作多国的父。我必使你的后裔极其繁多，国度从你而立，君王从你而出。"[59] 其实上帝心里比谁都清楚，对亚伯拉罕来说这个要求并不高，因为亚伯拉罕的态度和行为已经证明了他蒙拣选的正确性。然而何为完全人？显然这不是指在世界和人面前，而是指在上帝面前，也就是说当上帝再召亚伯拉罕来到他面前的时候，当上帝再向他显现、再向他下达指令的时候，他仍然能顺服听从。那么他能做到耶和华怎么说就怎么信怎么行吗？如是这样，如能这样，他就是上帝面前的完全人。亚伯拉罕蒙召的时候就遵命而行，听从耶和华的话，后来又信，已蒙上帝的喜悦，已被上帝称义。[60] 所以上帝知道他会行义，有信心能行义。这就是犹太民族的第一位和创立者。[61] 我们由此可知，在上帝面前作完全人就是先听上帝的命令，再以顺服的态度，凭着无伪而充足的信心去行。这也就是作义人。因为耶和华一切的命令尽都公义。[62] 其实耶稣也是这样教导和要求

---

56 参见创 12:1—3,4；来 11:8。

57 参见创 15:6;17:4,7,10。

58 罗纳尔德·威廉逊：《希腊化世界中的犹太人》，徐开来、林庆华译，华夏出版社，2007 年，第 110 页。

59 创 17:1—6。

60 参见创 15:6。

61 斐洛：《论摩西的生平》，石敏敏译，中国社会科学出版社，2007，第 50 页。

62 参见诗 119:172。

的，他说"凡称呼我主啊，主啊的人，不能都进天国；惟独遵行我天父旨意的人，才能进去。"[63]

第二点是设立会幕。也称帐幕、圣幕。幕内设圣所和至圣所，两者之间用幔子隔开。头一层叫作圣所，里面有灯台、桌子和陈设饼。第二幔子后又有一层帐幕，叫做至圣所，有金香坛，有包金的法柜（上有施恩座）。会幕外面还有燔祭坛和洗濯盆。祭司因百姓犯罪的人多，每天无暇休息，终日站立侍奉，为百姓献祭除罪。大祭司每年一次进入至圣所，为自己，为家人，为全民献赎罪祭。大祭司必先净身，然后带着牛羊的血进入幔内。[64]那么，上帝为何在旧约中制定用牛羊这类牲畜为供物来献赎罪祭呢？《圣经》说："这些祭物是叫人每年想起罪来。"[65]依基督宗教，上帝借此对以色列人，也是对全人类发出警告：人犯罪在上帝眼里是极其严重的事，必须用生命为牺牲的代价，"因为罪的工价乃是死。"[66]其所以用一个有生命，没有罪的牲畜为代价来代替罪人死，好让有罪的人活。显然，这代罪的祭牲一面代替罪人承担罪，一面又代替他们承受痛苦与死刑，结果就叫以色列人从过犯中得到赦免，从刑罚中得到释放。而这一切实际上都是指向上帝的羔羊耶稣基督的。这正是上帝向以色列、向全人类施行他救赎计划的意思。因他将来真的要用他的儿子耶稣基督作代罪羔羊为万人作赎罪祭而献上，成为永远赎罪的事。基督不用山羊和牛犊的血，乃用自己的血，只一次就除去因信而顺服的罪人的一切的不义和罪孽，使其成为圣洁，并使那些拿无辜没有罪的动物的献祭永远停止。因为动物的血断不能除罪。[67]

第三点是设立羔羊的血。上帝指定逾越节羔羊和赎罪节山羊乃预表耶稣基督。当年在埃及，凡在门框上和门楣上涂有羔羊的血的人家就免遭杀灭，因为上帝只认羔羊的血。[68]经上曾记着说，"按着律法，凡物差不多都是用血洁净的，若不流血，罪就不得赦免了"。[69]又说，"因为公牛和山羊的血，断不能除罪。"[70]这就清楚地点明动物的血根本就不含有救赎之意。因为动物的血只是替罪人代罪，却无救赎人的生命之功效，即便代罪，也都是暂时性的。然而祭

---

63 太 7:21。

64 参见来 9:1—7；10:11。

65 来 10:3。

66 罗 6:23。

67 参见来 10。

68 参见出 12:1—2,5,7,12—13。

69 来 9:22。

70 来 10:4。

牲流血虽不尽然,却也是不得已,因为人犯罪除了人自身流血以外,谁愿替人流血洗罪呢? 所以基督到世上来的时候,就说:"上帝啊,祭物和礼物是你不愿意的,你曾给我预备了身体。"[71] 耶稣基督向上帝所表明的胸怀不也见证了上帝在此的用心何其良苦吗? 因他儿子本是灵,灵是永恒的,所以就预备了身体替罪人死。这就是上帝在旧约中用设立羔羊的血这种预表的方式,来指明将来的罪人必须用基督的血洗罪,才能免遭灭命。

3.5. 旧约的废弃

因为上帝在与亚伯拉罕和他的以色列子孙立约时,不单单是强调了遵守,更是提出了要百分之百遵守的要求,[72]这是因为上帝的律法为一完整的制度,不容破坏,就是说不容许人任意只挑其中一、二条或若干条去遵守。因为"凡不常照律法书上所记一切之事去行的,就被咒诅";[73] "凡遵守全律法的,只在一条上跌倒,他就是犯了众条"。[74]所以就把以色列人都圈在了旧约的律法之下,但却不是永远地圈住,而是圈到那将来的真道,即因信得救(因信称义)的理,即基督和他的福音到来之时。为什么说"没有一个人靠着律法在上帝面前称义"呢? 因为"律法本是叫人知罪","原是为过犯添上的"。虽然上帝有应许说行律法的守约者可以因此活着,甚至又有应许说他的义人必因信得生,但这却是指着那些因行因信得了美好证据,却仍未得着所应许之人说的,[75]因为上帝给未来所预备的更美的事,即基督(福音、新约)尚未来到。他们虽然活着,虽然得生,但他们的罪还在,他们仍不完全。"因为公牛和山羊的血断不能除罪","这祭物永不能除罪",[76]所以上帝就命令说要废掉那记在律法上的规条,要涂抹在律例上的字句,把它撤去,钉在十字架上。[77]但现在基督已经来到,照着上帝的旨意,借着永远的灵,把自己的身体无暇无疵献给上帝,作了一次永远的赎罪祭。因为他一次献祭,便叫那得以成圣的人永远完全,也就赎了人在前约之时所犯的罪过。这就是说上帝的救赎因耶稣基督向十字架的死所完成的义,可以借着十字架的救恩往前推,把赎罪的血一直洒向在旧约律法下信而顺服,听命行义的人。所以就说耶稣基督十字架的救恩是更美的事。上帝的

---

71 来 10:5。

72 参见创 17:9;申 6:1—2;8:1。

73 加 3:10。

74 雅 2:10。

75 参见加 3:12;哈 2:4;来 11:39。

76 来 10:4,11。

77 参见弗 2:15;西 2:14。

美意也就是让那些在旧约时期得了美好见证的人与我们今天继续为耶稣基督作美好见证的人同得救恩,完全成圣。[78]

《圣经》上说:"那前约若没有瑕疵,就无处寻求后约了。"[79]但这有瑕疵的前约并不是逐渐而缓慢地过渡到后约的,而是通过一个急剧的转折来实现的。原来是基督的死废弃了前约,为的是让他的死而复活和永约之血能揭开后约的新篇章。到达这废弃所经历的过程虽是漫长的,但圣殿的幔子从上到下裂为两半,则是刹那间发生的。借着基督的死,旧约得以废弃,律法的功用从此告终;又借着他的复活,律法和先知的预言得以成全,赦罪和赐生命的新约从此来到。"既说新约,就以前约为旧了,但那渐旧渐衰的,就必快归无有了"。[80]

对以色列人来说旧约已经废弃,而对基督徒来说,旧约已在新约(基督)里成全。

4. 新约

先知耶利米为了使人知道上帝要另立一个新约,就把上帝的应许写在《圣经》里了。这应许就是:耶和华说:"日子将到,我要与以色列家和犹大家另立新约。不像我拉着他们祖宗的手,领他们出埃及地的时候,与他们所立的约。我虽作他们的丈夫,他们却背了我的约。这是耶和华说的。"接着又说:"那些日子以后,我与以色列家所立的约,乃是这样:我要将我的律法放在它们里面,写在他们心上。我要作他们的上帝,他们要作我的子民。他们各人不再教导自己的邻舍和自己的弟兄说:你该认识耶和华。因为他们从最小的,到至大的,都必认识我。我要赦免他们的罪孽,不再纪念他们的罪恶。这是耶和华说的。"[81] 新约是上帝"另"立的约。既说是"另"立的,就其特质来说就不是旧约的延长,也不是从中而出,更不是加添上去,[82]而是除去在先的,[83]为要立定在后的。[84]所以这个新立的约就是焕然的一新的。这种"焕然一新"之特质乃指悔改赦罪的道和永远生命的道,是唯独新约才有的,也就是说上帝从此要赦免人的过犯,不再把得救的人的罪恶记下来以后再清算,而是完全把它忘掉,就

---

78 参见来 10:14,39—40。

79 来 8:7。

80 来 8:13;参见林前 13:9—10。

81 耶 31:31—34。

82 参见主耶稣所教训的关于新旧难合的比喻(路 5)。

83 指旧约而言,包括旧约中命定的牲畜献祭和一切的节期,如安息日等。参见来 10:9;何 2:11。

84 指新约而言。

算他没有犯过一样，不但如此，而且还赐他永生。

但赦免人的罪乃出自上帝的大爱所生的怜悯，也是他给人类的恩典。上帝叫自己的独生儿子耶稣，在十字架上受死和流血还清犯了死罪的世人的罪债，因为"罪的工价乃是死，"就是说，犯罪的结果带来死。上帝便依据耶稣基督的死这个事实来赦免世人的罪。[85] 耶稣的死是替全人类的死，而他的血是洗罪立约的血。耶稣终于替世人死了，也替罪人流了血。《圣经》说："若不流血，罪就不得赦免了"。[86] 当着耶稣被卖的那一夜，也是在他设立晚餐的时候，他举起盛有葡萄汁的杯祝谢之后，就说："这是我立约的血，为多人流出来，使罪得赦。"又因为这约原是凭更美之应许立的，所以就说新约是用耶稣的血而立的更美的约。[87]

4.1. 新约是由救主耶稣所立

《圣经》中的约是上帝与人立的，这是在一种"上"对"下"的约中。希腊文用 diatheke 来表达"约"这个概念，就满足了其用意的两种特指。一是命令关系中的上对下；二是时间关系上的死与生效。英文《圣经》译成 testament，也有这层含义。从一般意义上说的遗嘱，也称遗命，乃长辈们，如祖父母或父母在离世前对其子女们所下达的最重要的嘱托和吩咐，是要子女们在他们离世后顺命遵行的。但从法律上看，遗嘱或遗命必有个生效的日期问题。换句话说，遗嘱或遗命总是要等到留遗嘱或遗命的人离世了，即死了才生效。

上帝与人立约是讲信用的，立约的凭据乃是血（代指生命）。当耶和华与亚伯拉罕立约的时候，是要求亚伯拉罕和他的子孙（有生命的血肉之体）受割礼流血为凭据；[88] 上帝后来藉着摩西正式与以色列人立约，也不是不用血立的。[89] 所谓"正式"，乃指向上帝对立约的重视，并提出了守约的重要性和严肃性以及违约的破坏性和影响性。除了割礼之外，还必须杀一头无罪的牛或羊，用它们的血来赦罪并重申守约。这就突出地把摩西的律法拔向了一个绝对的高度，即立约守约和违约都必须用一个无辜的生命来受死并流血作凭据。

因为上帝爱这个世界，他不愿长久看着世人捆绑在罪恶之中，也不愿人随意地犯罪拿无辜的牲畜来替罪，特别是当以色列人在守约上彻底失败之后，便

---

85 参见罗 6：23。耶稣自己无罪，却自愿替罪人死，乃出自他的大爱，也因为他有复活的大能。

86 来 9：22。

87 太 26：28。参见来 8：6。

88 参见创 17：1—14。

89 参见来 9：18。

差遣他的独生儿子耶稣来与万民重新立约。上帝用耶稣作代罪的羊,用耶稣的死和血来担当并除去世人的罪孽;同时又用耶稣的血来与那些愿和上帝重新和好,立志行善的人重立新约。因为耶稣就是道成肉身的上帝自己,[90] 所以就又被称作救主,[91] 说新约是救主耶稣用自己的死(关系和时间)和血(凭据和见证)所立。其实立这新约也是要求以信为本的,所以也就暗含这也是上帝和亚伯拉罕预先所立的那约的成全。[92]

4.2. 新约是为全人类而立

因为耶稣是基督,是救主,是道成肉身的上帝,完全是上帝恩典和真理的化身,所以他呼喊:"凡劳苦担重担的人,可以到我这里来,我就使你们得安息。"[93] 这里的"凡"字显然已超越了以色列人的界限。他在复活以后命令门徒"往普天下去,传福音给万民听。信而受洗的必然得救,不信的必被定罪。"[94] 福音之所以要为全人类而设立,是因为"世人都犯了罪,亏却了上帝的荣耀。"依《圣经》,既然世人都在罪中,便没有不在劳苦之中,不在重担之下的。故都需要福音,都需要到耶稣这里来。基督中指着自己说:"我就是道路、真理、生命;若不借着我,没有人能到父那里去",在此也宣示了上帝启示的绝对惟一性。[95]

依《圣经》早在亚伯拉罕蒙召时,上帝就把万国的福音传给了他,并应许说地上的万国都必因他的后裔得福。哪个后裔呢?上帝并没有说众子孙,指着许多人,乃是说你那一个子孙,指着一个人,就是耶稣基督。[96] 因为基督被钉十字架、受死、埋葬、复活,完成了对全世界的救赎,这就是所谓福音。[97] 人顺服福音,就是顺服基督的死、埋葬和复活。使徒保罗提醒说:"岂不知我们这受洗归入基督耶稣的人,是受洗归入他的死吗?所以我们借着洗礼归入死,和他一同埋葬,原是叫我们一举一动有新生的样式,像基督借着父的荣耀从死里复活一样。"[98] 对世人来说,这丰满的救恩,是真真实实的恩典,因为上帝已用基督的

---

90 参见约 1:1,14。

91 徒 5:30—31;多 2:11—13。

92 参见加 3:17—18。

93 太 11:28。

94 可 16:15—16。

95 太 24:14;罗 3:23;约 14:6。参见朋霍费尔:《第一亚当与第二亚当》,朱雁冰、王彤译,华夏出版社,2007 年,第 69 页。

96 参见创 22:18;加 3:8,16。

97 参见林前 15:2—4。

98 罗 6:3—4。

血立了新约,只等世人来就他,来和他的新约有份。《圣经》上提醒说:"得救本乎恩,也因着信"。[99]依基督宗教,既然上帝救人的恩典早已显明,[100]世人或只是听道呢,还是听而信服做顺从之人呢?你听信这新约是为全人类而立,也是为你而立吗?你愿意顺服这由新约所担保的福音吗?也就是说你相信和基督同死,同埋葬,就必与他同复活吗?你或是根本不信或只单单相信而不顺从呢?或是像一些宗派领袖所误导的,只要相信就已得救呢?或相信并顺从主耶稣在他的大使命中所命定的悔改赦罪的道呢?[101]

4.3. 新约是完全的恩典之约

新约完全是一个恩典的约。它根植于耶稣基督丰满的恩典中,同时也显出这恩典的高贵和荣耀,使新约的应许靠着这个恩典,透过这个恩典,成就在领受的人身上,而且是恩上加恩。[102]这恩典之约之所以完全,主要表现在两个方面:一是基督的救赎;二是真理的成圣。罪人悔改受洗使罪得赦,因信得义人的地位,重生获上帝儿女的身份,领受圣灵得新的生命,以及靠着真理过圣洁的生活等,都是来源于这新约的恩典。先是犹太人,后是外邦人。因为"我们借这爱子的血,得蒙救赎,过犯得以赦免,乃是照他丰盛的恩典"。[103]不仅仅在我们悔改重生的时候,我们靠的是这新约的恩典;我们一生中迈出的每一步路,达到的每一个属灵高峰,靠的也都是这新约的恩典。基督用他的血立了这恩典的新约,要把律法下的人救赎出来,使罪得赦。这就立刻指明了上帝用这新约来确保所有靠他儿子的血称义的人获得这救赎的恩典之本意。

耶稣在受难前曾向上帝乞求,叫上帝用真理使他的门徒成圣。可见凡蒙这新约恩典而得救的人又可靠这完全的恩典之约而成为圣洁。耶稣在这之前曾提醒他的门徒说"只等真理的圣灵来了,他要引导你们明白一切的真理。"[104]而使徒约翰更是一针见血地挑明:"因为圣灵就是真理。"[105]众所周知,我们只有明白真理才能成圣,而我们明白真理靠的又是圣灵。所以当人借着水和圣灵得重生之后,就当继续靠着圣灵,"天天查考《圣经》","学习真理",

---

[99] 弗 2:8。
[100] 参见多 2:11;徒 5:29—32。
[101] 路 24:47;参见约 20:19—23;可 16:16;太 28:19。
[102] 参见约 1:14—17。
[103] 弗 1:7。
[104] 约 17:17;16:13。
[105] 约 5:7。

"昼夜思想"，"明白真道"，"领受真道"，"把基督的道理丰丰富富地存在心里"，就可"全然成圣"，"得以完全,预备行各样的善事"。[106]而且,每一个与新约有份的天国子民又必能靠这完全的恩典领受所赐的圣灵,因为"圣灵就是上帝籍着耶稣基督我们救主厚厚浇灌在我们身上的"。[107]这完全的恩典既使一个认罪悔改的人蒙恩得救,又继续使他靠着这恩典过得胜的生活。

4.4. 新约是永远的祭司之约

使徒彼得曾提醒说,每一个在新约里蒙恩得救的人（基督徒）都是有君尊的祭司。[108]古时,上帝从万民中拣选了以色列人,作祭司的民族。乃是要他们成为黑暗中人的光,瞎子的领路人。[109]上帝先要他们将长子献给他分别为圣。[110]他在西奈山上与以色列人第一次立约时,又进一步从以色列人当中拣选了一个支派,代替以色列各支派的头生的儿子,[111]要他们人人献上,完全献上,六亲不认,[112]以此来体现这职分所特有的两种精神,即分别为圣和为人师表。[113]这个支派就是利未人。分别为圣的精神就是在为上帝和以色列全家尽祭司的职分时,以上帝的心为心,以上帝的事为事,以上帝的产业为业;而为人师表就是担负起教导的职责,为全以色列人在律法上作知识和真理的模范。[114]可他们却令上帝失望了,因为他们与百姓一同犯罪,犯了律法,强解律法,错解默示,谬行审判,不顾安息日;他们偏离正道,使许多人在律法上跌倒,废弃了上帝与利未人所立的约。[115]

怎么办呢? 这回上帝竟然自己甘愿降世为人,来体察人的软弱和失败,并呼召那些愿意跟随他的人和那些劳苦担重担的人;[116]也寻找那些失丧的人和那些追求他,信赖他,彰显他的人。[117]于是就借着他儿子耶稣基督的血又立了一个约,即新约。这血也称"永约之血"。[118]他说,"日子将到,我要与以色列家

---

106 徒 17:11;约 6:45;诗 1:2;提前 2:4;帖前 1:6;西 3:16;帖前 5:23;提后 3:17。

107 多 3:6。

108 参见彼前 2:9。

109 参见罗 2:19。

110 参见出 13:2;路 2:23。

111 参见民 3:11—13;8:14,18。

112 参见申 33:9。

113 参见民 8:14—18;申 33:10;出 28:3。

114 参见申 18:1—2;33:10;罗 2:20。

115 参见结 22:26;赛 28:7;24:2,5;玛 2:8。

116 参见太 4:18—21;11:28;可 2:13—14。

117 注意:一般看来,旧约时代是以拣选为主,人是被动的;新约时代是以呼召,寻找为主,人有主动性。

118 来 13:20。

和犹大家另立新约。"又说,"他们要作我的子民,我要作他们的上帝。又要与他们立永远的约。"[119] 如何保证这新约的永远性呢?如何保证与这新约有份的人能持守这约而不违背呢?我们知道,旧约只取决于以色列人的信从,没有上帝的确保,可人是软弱无助的。这回就不同了。这回则是有了上帝的确保,即叫他儿子耶稣基督作新约的中保,成为永远的大祭司,叫每一个在新约里的祭司都跟着这位大祭司的脚踪行,使这新约成全到永远。[120] 这还不算。上帝又把他的灵放在这些祭司的心里,还要赐给一个新心,即从肉体中除掉石心,赐给一个肉心,使这批有份于新约的人,即在基督里有君尊的祭司们,自愿顺从新约,能够遵守新约,[121] 并借着圣灵的大能,往普天下去宣扬那光明者,即耶稣基督的美德,传播他的福音真道,见证他的死而复活。[122]

4.5. 新约才有悔改赦罪的道

"道"就是标准或方法,在《圣经》里也称"理"或"真理"。新约关于悔改赦罪的道只有一个。这样便使全人类都在同一个标准下罪得赦免,也就是说这道可以拯救全世界,因而也彰显了耶稣大使命的本源特质。换句话说,这标准乃是因信而悔改的人可以从水和圣灵得重生,生在上帝的家里,成为上帝的儿女。[123] 从水和圣灵得重生是指受埋葬式的洗,为要叫悔改的罪人罪得赦免。为什么一个悔改的罪人必须受洗才能罪得赦呢?因为这个罪人在受洗的时候,就接触到耶稣的血,是耶稣的血洗去了他的罪。这个罪人受洗就是和耶稣同钉十字架使罪身灭绝。受埋葬式的洗就是与基督同死,同埋葬,同复活。[124] 我在这里用的所谓"这个罪人"意思是说,人因信福音被上帝称义,再蒙赐给悔改的心和赦罪的恩,[125] 才能从水和圣灵得重生。这也就是上帝之所以要求普天下都要信从福音的原因。因为福音就是耶稣的死、埋葬和复活。[126] 受洗的人与耶稣同死在水里,同埋葬在水里,再从水里出来就是与他同复活,同联合。这也是耶稣关于从水和圣灵得重生的命定。[127]

依《圣经》,救主耶稣所制定的这个叫一个悔改的罪人因信而受洗的方

---

119 耶 31:31;32:40。

120 参见来 6:20;7:28;彼前 2:21。

121 参见结 36:26—27。

122 参见彼前 2:9;提后 4:2;徒 4:33。

123 参见路 24:47;可 16:16;约 3:5;弗 2:19。

124 参见徒 2:38;22:16;启 1:5;罗 6:5—6,8。

125 参见罗 5:1;徒 5:31。

126 参见林前 15:1—4。

127 参见约 3:5。

法，就是悔改赦罪的道。赦罪乃得救和重生的另一种说法。罪人因听道（基督的话）才可能信，因信才愿意悔改，因悔改才能受洗，因受洗才使罪得赦，罪得赦才领受所赐的圣灵。保罗提醒说："信道是从听道来的，听道是从基督的话来的。"[128] 听到基督的话而信的才是无伪的信，才会被上帝称义。这根本不是一些宗派领袖们所说的那种"因信称义"的"信"。《圣经》真理其实早就明确地作了告诫："这藉着水和血而来的，就是耶稣基督；不是单用水，乃是用水又用血，并且有圣灵作见证，因为圣灵就是真理。作见证的原来有三，就是圣灵、水与血；这三样也归于一。"[129] 这也是我们在前面所提及的，罪人在受洗的时候就接触到耶稣的血。这正是《圣经》所指的与耶稣同钉十字架的含义。当罪人与耶稣同钉十字架的时候，就接触到耶稣的血，因此就得到上帝所赐的赦罪的恩[130] 而有份于耶稣所立的新约。这个因信因悔改因受洗而称义而蒙恩、赦罪、重生的道是在耶稣复活后才全面颁布，是在耶稣升天后的第一个五旬节，在圣灵降临亲自带领下才完全施行。这才是耶稣复活后向使徒发出的大使命，即悔改赦罪的道，即信而受洗的福音。所谓大使命，即这个命令不单是为以色列人的，也是指向全世界的。[131]

4.6. 新约才有永远的生命之道

为何只说新约里才有永远的生命之道呢？当然这是因着耶稣的原因。使徒约翰说："生命在他里头，这生命就是人的光。"耶稣自己也说："我是世界的光。跟从我的，就不在黑暗里走，必要得着生命的光。"生命的光就是生命的道。后来不久耶稣又说："我就是道路、真理、生命，若不借着我，没有人能到父那里去。"[132] 而新约所指的生命之道又是指向其永远性特征的。有份于新约的人是靠着耶稣的死、血、和复活才得到新的生命。上帝在这新约里所赐下的救赎，不是依据地上的财宝金银，免得人成为钱财的奴隶；没有强调人的善行，免得有人自夸；乃是通过他儿子耶稣的流血。因为只有这样才使蒙救赎的人，不贪不傲，不奢不燥，谦虚学习，圣洁向上，活出崭新的生命来，预备将来有一天也能像耶稣那样为上帝和他人奉献自己，荣耀上帝。这些人之所以又能靠着所领受的圣灵确保这生命的永远性，因为基督藉着永远的灵，只一次献给上

---

128 罗 10:17。

129 约 5:6—8。

130 徒 5:31。

131 参见徒 1:8;2:1—47;太 28:19;可 16:16;路 24:47;约 20:19—23。

132 约 1:4;8:12;14:6。

帝,便确保与新约有份的人永远完全。[133]

旧约时代的以色列人要想持守生命之道,就必须谨守训诲。[134]但他们最终却无法得到,乃出于两个原因:一是旧约里的生命之道是暂时的,而非永远的。这里没有永远的灵,没有耶稣的死;二是属肉体的条例不能叫人完全,必须等到振兴的时候,即等到耶稣死而复活后降下圣灵来的时候。难怪耶稣曾这样批评犹太人说:"你们查考《圣经》,因你们以为内中有永生,给我作见证的就是这经。然而你们不肯到我这里来得生命。"[135]原有的生命之道本就在耶稣那里。他在道成肉身之前,甚至在复活之前,这道尚未显现。换句话说,今天耶稣已经道成肉身,又死而复活,振兴的时候已经来到,这生命之道已经显明,而同时也就随着新约的永恒性而成就了永远。[136]

4.7. 新约何时生效

新约怎么还有个生效的问题呢?从《马太福音》开始不就是新约的开始吗?怎么还问新约何时生效呢?实际上旧约也有个生效的问题。殊不知,当年上帝和亚伯拉罕立约时,先是应许,后来才以亚伯拉罕家族的男子受割礼流血而生效。[137]当上帝与以色列人立约时,也是先把律例典章告示他们,发出应许,而当摩西用牲畜的血洒向齐声应答承诺遵行的百姓身上时,这约才开始生效。[138]因为立约必须以血为凭据。也就是说约的生效必须是以流血为标志。

新约却是耶稣用他自己的血作凭据。他曾说:"这是我立约的血,为多人流出来,使罪得赦。"[139]那他的血何时才为多人留出来呢?当然是在他被钉在十字架上受死之时。当他的血尚未流尽,还在十字架上活着的时候,他赦免那个认罪悔改的强盗时,不是按新约惟有的赦罪之道,而是用他在地上所拥有的赦罪权柄。[140]

可从遵守新约的另一方来说,这约不仅与以色列人有份,而更与全世界有份。这也就是说这约不是针对属世的以色列国,而是指向属灵的以色列国,就是天国,也就是上帝的国。所以新约的生效还必须要等到上帝的国来到,就是天国的降临。由于天国的国民必须是从圣灵和水而生的人,因此第一批与新约有份的人就必须等到五旬节圣灵降临。

---

133 参见来 9—10。

134 参见箴 6:23;10:17。

135 约 5:39—40。

136 参见约 1:14;多 2:11;约一 1:1—2。

137 参见创 17:1—14。

138 参见出 19:5—8;24:3—8;来 9:18—20。

139 太 26:28;可 14:24。

140 参见太 9:6;可 2:10;路 23:39—42。

凡是相信上帝和耶稣基督的人，都相信旧约是新约的预表，而新约是旧约预表之事的实现。上帝曾有话指着旧约说："律法既是将来美事的影儿（即指将来的新约），不是本物（指旧约不是实体）的真像。"又说："基督才是那本物的实体。"[141] 这是千真万确的。属世的以色列是预表属灵的以色列；属世的以色列国，是预表属灵的以色列国；属世的以色列王，是预表属灵的以色列王。大卫是属世的以色列王，耶稣是属灵的以色列王。犹太人一直渴望再建立一个以色列国，再回到大卫王那辉煌的时代。耶稣的门徒们当年也正是这么思想的，所以才会问："主啊，你复兴以色列国，就在这时候吗？"[142] 可我们仔细一想，便会发现，耶稣虽然没有直接进行正面的回答，可也没有否认复兴以色列国，只是他要复兴的不是属地的国，而是属天的国。耶稣当时之所以没有否定要建立以色列国，是因为那时的门徒们还没有完全领受属灵以色列国这方面的真理，所以就必须要等到真理的圣灵来，领他们进入（明白）一切的真理的时候。耶稣在受难前曾这样对他们说："我还有好些事要告诉你们，但你们现在担当不了（指不能领会——引者），只等真理的圣灵来了，他要引导你们明白一切的真理。"[143]

门徒问耶稣说："主啊，你复兴以色列国，就在这时候吗？"耶稣的回答却是这样："父凭着自己的权柄，所定的时候日期，不是你们可以知道的。但圣灵降临在你们身上，你们就必得着能力。并要在耶路撒冷，犹太全地，和撒玛利亚，直到地极，作我的见证。"[144] 其含义乃是显明属灵的以色列国（即天国，即教会）之临到是带着大能的。[145] 这大能乃是指向圣灵的。因为众使徒必须经过圣灵的洗才能领受全备的真理，才能得着能力，才能从耶路撒冷开始，往犹太全地，并撒玛利亚，直到世界的尽头，传上帝国度的真理，播基督耶稣的福音，为死而复活的耶稣基督作见证。

耶稣复活后的第一个五旬节，圣灵便按耶稣所预言的，降临在众使徒身上，他们就得着圣灵所赐的能力。[146] 使徒彼得便按着圣灵所赐的口才开始传

---

141 来 10:1；西 2:17。

142 徒 1:6。

143 约 16:12—13。

144 徒 1:7—8

145 参见可 9:1。

146 能力包括口才、方言、教导、治病、赶鬼等。这与受圣灵的洗，被圣灵充满，领受所赐的圣灵，得属灵的恩赐完全是一个道理。参见徒 1:5；2:4,38；弗 5:18；林前 2:12；12:1—11。值得注意的是，这么来看，依《圣经》，今天圣灵已不再赐这种能力给基督徒了。也就是说，今天的基督徒不再领受圣灵的这种恩赐了，即不再受圣灵的洗或从圣灵得能力了。今天是圣灵借着基督的话，即真道，即新约《圣经》使基督徒蒙恩、成圣、得力了，因为"那完全的"，即新约《圣经》已经来到。参见林前 13:10；弗 3:16；6:17；罗 8:11,26—28；帖后 2:13。

讲耶稣基督的福音和大使命，即"悔改赦罪的道"。这也是耶稣大使命向普天下传播的开始。使徒彼得就这样用天国的钥匙，先为犹太人开了天国的门，叫信而悔改的以色列人能从水和圣灵重生得救，进入上帝的国得永生。[147] 他又在以后，也为外邦人，即哥尼流的全家，开了天国的门，使敬畏上帝的外邦人因信耶稣获圣灵的恩赐，得蒙救恩，受洗赦罪，进入上帝的国度。[148]

圣灵降下来，不仅是众使徒先前从耶稣得应许，要受圣灵的洗这个预言的成全，也是耶稣预言"上帝的国大有能力临到"的应验。当使徒彼得第一次传讲了这叫人悔改赦罪的道之后，就在当天约有三千以色列人受洗归主，从水和圣灵而生，进入上帝的国。他们进入上帝的国（天国），就是进入教会。天国的降临就是教会的建立。建立教会本就是耶稣的应许和预言的应验并实现。耶稣在世时曾这样对彼得说："我要把我的教会建造在这磐石上，阴间的权柄不能胜过它。我要把天国的钥匙给你，凡你在地上所捆绑的，在天上也要捆绑；凡你在地上所释放的，在天上也要释放"。[149] 耶稣在此把教会和天国连在一起，相提并论。使徒保罗也曾在一封书信中指着已经蒙恩得救的基督徒提醒说，"他救了我们脱离黑暗的权势，把我们迁到他爱子的国里。我们在爱子的国里得蒙救赎，罪过得以赦免"。[150] 这段话的希腊文和英文的动词都是用现在完成时态，表明已成事实。他又在另一封书信里同样指着已经蒙恩得救的基督徒说："这样，你们不再作外邦人，和客旅，是与圣徒同国，是上帝家里的人了"。[151] 我们由此可见，基督徒是在爱子的国里，也是在基督的教会里；与圣徒同国，就是同在基督的教会里。其实蒙恩得救的基督徒就是圣徒，因为天国（上帝的国／爱子的国）和教会都是耶稣用自己的血买来的，乃是指向众圣徒的，也就是众基督徒的，所以天国和教会就是同一个机构，同一个组织。这是上帝所应许的真理的应验，也是耶稣亲自应许的关于天国降临和教会建立的实现。[152] 经上记得很清楚，当时聆听耶稣亲口讲述这预言的人还活着的时候，天国就降临了。这个真理也就证明了耶稣的信实，他所应许的事无一不得到成全。圣灵的降临也为耶稣得荣耀作了有力的证明。[153]

---

147 参见徒 2：14—42；约 3：5；可 16：16。

148 参见徒 10：17—48。

149 太 16：18—19。

150 西 1：13—14。

151 弗 2：19。

152 参见西 1：12；林前 1：1—2。

153 参见约 7：37—39。

至此我们得知,耶稣从死里复活之后的第一个五旬节,即圣灵降临的这一天,使徒彼得受圣灵的带领第一次传讲叫人悔改赦罪的道,有大约三千人悔改顺服了新约的大使命,按着基督所命定的信主之法、赦罪之法,信而受洗使罪得赦,从水和圣灵得了重生,领受了所赐的圣灵,归主成为基督徒:新约就是从这一天开始生效的。

保罗神学中的信仰与称义

查常平（四川大学道教与宗教文化研究所）文

［摘　要］　本文在梳理了保罗神学的两个核心词汇信仰与称义后指出：它们都涉及人与上帝在基督里的关系问题。保罗在关于基督的十字架和中保的身份言说中，回答了这个问题。他一方面强调耶稣的复活永生，另一方面注重耶稣在人和上帝之间具有的特殊的中保功能。耶稣基督是上帝和人彼此绝对相关联的中保。他的这种身份，由他的神性和人性决定。中保站在双方，帮助他们达成一致的协议。中保的基督论，主要阐明上帝与人的关系，同时把这种关系的焦点放在他们的中点即基督耶稣的效用上。十字架的基督论，除了在基督里人神关系的纵向关联之外，还有人人关系横向的关联，其重点在于十字架的两端：一是纵向深入的上帝与人，一是横向接近的人与人。中保的基督和十字架的基督，在根本上都具有一样的神学所指——指向人神关系的正义，以及一样的伦理的所指——指向人人关系的平安。

在《旧约》的英文翻译里，和"信仰"对应的有两个语词："belief"（相信）和"faith"（信仰或信心）。其希伯来语词 'āman 的希斐尔（Hiphil）词根，具有稳固、确定的含义。它的动词的意思为"确信"、"相信"或"得到担保。"其他词根形式，指"信实、忠实、恒定、信心、确信、稳固和真实。这个有力的《旧约》术语，把握住了《圣经》的信仰意义，令人确信不疑。它表达出坚定的信念——以所信对象的可靠性为基础的信念。"[1]《旧约》的信仰概念，深深地植根于《旧约》的

1　Lawrence O. Richards, *Zondervan Expository Dictionary of Bible Words*, Michigan：Zondervan Publishing House, 1991, p. 113.

上帝观之中。因为，只有上帝在本性上是唯一确定不变、信实的，他就是永远是其所是的那一位，是人能够把自己交托的对象。相反，在《旧约》的作者看来，人如果放弃对上帝的信靠，而投靠人（诗 118:8）、势力（诗 62:10）、富足（诗 52:7）、军事实力（耶 5:17）、人自身的良善（何 5:17），都是愚蠢的行为。在《新约》希腊文里，用来表述"信仰"的语词为πίστις。与此相关的一组词在希腊语世界，更多地指立约双方的形式契约，强调对所签订的协议的忠心和对承诺的谨守。《新约》赋予它以上帝在基督里拯救世人的福音的动力学讯息，其信仰的对象往往指耶稣。正是耶稣，成为基督信仰的核心。所以，在《新约》里，"仅有十二节经文把上帝当作信仰的对象（约 12:44，14:1；徒 16:34；罗 4:3、5、17、24；加 3:6；帖前 1:8；多 3:8；来 6:1；彼前 1:21）。"[2] 按照《新约》的历史逻辑，上帝把自己启示在基督里，基督和他所说的话同一。当人听到基督的话后，对这位说话者从心里做出积极的回应、相信上帝使他从死里复活，同时口里宣告他为主，他便得着了上帝的救恩；通过对基督的死与复活的信仰，上帝的公义临到人（罗 10:9 - 13）。"耶稣被交给人，是为我们的过犯；复活，是为叫我们称义。"（罗 4:25）保罗如此理解信与人的得救、称义的关系。他分析亚伯拉罕在撒拉高龄的时候得子的原因，主要是取决于他对上帝的应许的信仰，亚伯拉罕因此被称为义。反之，保罗认为：没有人能够因行律法在上帝面前称义（罗 3:20）。他以自己个人的经历做见证："我已经与基督同钉十字架；现在活着的，不再是我，乃是基督在我里面活着；并且我如今在肉身活着，是因信上帝的儿子而活，他是爱我，为我舍己。"（加 2:20）只要人持续不断地生存在这样的信仰里，他便会逐渐分享上帝的公义与慈爱的品性，在与上帝的亲近中实现和人的团契。

作为基督教神学的核心术语，称义（名词为ἡδικαίωσις，justification；动词为δικαιόω，justify，可以翻译为"显为公义，发现……无罪，为……辩护"）带有审判、判断的含义。当人的行为经过考查、发现原本是正确的，他被宣告为无罪时，他就是"义的"。根据布尔特曼对保罗的义的概念的阐释，义作为获得救赎或生命的条件，是一个法庭的-末世论的术语。"它并不意味着某个人的伦理品质。它根本不是指任何品质，而是一种关系。那就是说，义（*dikaiosyne*）不是某个人如同属于他自己而拥有的某种东西；相反，它是在'法庭'判决的时候他才具有的东西。……他对法庭负有责任。他根据另一个人对他的裁定意见

---

2 Lawrence O. Richards, *Zondervan Expository Dictionary of Bible Words*, Michigan: Zondervan Publishing House, 1991, p. 117.

而成为义的。当某人被这样宣布的时候,这意思就是:万一对他的宣判产生争执,在他被'称为义'、'被宣告为义'的时候,他才具有'义'或是'公义的'"。[3]《圣经》的作者们相信:唯有上帝是宇宙万物最终的审判者,所以,只有他才拥有审判他人、为人伸冤、使人称义的权力(罗 12:19)。大卫曾经向上帝呼求:宣告他无罪、使他显为公义(诗 51:4),让他得到救恩之乐(诗 51:12);以赛亚预言耶稣在橄榄山的受难,上帝借此把众人的罪孽归在他的身上。"他必看见自己劳苦的功效,便心满意足。有许多人因认识我的义仆得称为义;并且他要担当他们的罪孽。所以,我要使他与位大的同分,与强盛的均分掳物。因为他将命倾倒,以至于死;他也被列在罪犯之中。他却担当多人的罪,又为罪犯代求。"(赛 53:11—12)凭借耶稣的受难行为,上帝将使信他的人称义。保罗在彼西底的安提阿的会堂的演说中说:上帝宣称凡是信靠耶稣的人为义(徒 13:39)。在《罗马书》,他详细阐发了称义的教义。按照保罗的理解:在上帝眼中,所有人都是罪人,亏欠了上帝公义的神圣标准,人唯一的希望在于:除非上帝主动采取行动,否则,人就不可能得到拯救。"**上帝的义**,因信耶稣基督,加给一切相信的人,并没有分别。……上帝设立耶稣作挽回祭,是凭着耶稣的血,藉着人的信,要显明上帝的义;因为他用忍耐的心宽容人先时所犯的罪,好在今时显明他的义,使人知道他自己为义,也称信耶稣的人为义。"(罗 3:22—26)人因信耶稣基督称义,与上帝相和(罗 5:1),上帝不再把人看成是罪人。这样,上帝的慈爱,就显明在人还做罪人的时候基督为人受死的恩典行动中。"对于保罗而言,上帝的义是上帝的救赎行动。它不是对上帝本质的某种描述,也不是对在上帝面前的人的本质的描述。……和他的传统相反,保罗言述上帝的义,作为现在就在基督事件里。在这种末世论的救赎介入中,上帝中断了旧世代,并且正在创造新世代。"[4]保罗在《加拉太书》2:16 重复了因信称义相对于律法的含义:"人称义不是因行律法,乃是因信耶稣基督……因为凡有血气的,没有一人因行律法称义。"不仅如此,作为一种存在的状态,保罗继续说:"义人必因信得生。"(加 3:11)"称义,不是被称义者能够自由处置的所有物。它是一种状态,一种被迫在信仰中开始与持续的实存。上帝的救赎行动要求人回应。'上帝的义',是他的恩典强烈的显明。他的恩典,呼唤人过一种顺服的生活。"[5]

围绕信心与行为之间的关系,教会历史上一直存在着对《雅各书》的攻击,

---

3 See Rudolf Bultmann, *Theology of the New Testament*, translated by Kendrick Grobel, New York: Charles Scribner's Sons, 1951, vol. 1, p. 272.

4 See E. P. Sanders, *Paul and Palestinian Judaism*, London: SCM Press Ltd, 1977, p. 540.

5 Ibid. .

原因是其中的称义的教义和保罗的相冲突。二章 24 节写道:"这样看来,人称义是因着行为,不是单因着信。"[6]《罗马书》三章 28 节为:"所以(有古卷作'因为')我们看定了,人称义是因着信,不在乎遵行律法。"[7]在表面上,它们是相互对立的。事实上,"对于保罗而言,信总是意味着顺服。信仰基督,不但会把基督徒引入某种新的存在,而且会引向一种新的生活方式。这种生活方式,并不是被认为和前者相分离而是直接与之相关联的东西——换言之,它会引起一种源于信的行为方式。仅仅在这种前提下,《罗马书》三章 28 节才是正确的。""换言之,保罗借助'信'所要表达的意思,现在只能通过'信与行为'来表达:这种顺服的因素,暗含在保罗的信的概念里。现在,它已经和信的概念分离,由作者(雅各——引者注)增添为一个独立的实体——即'行为'"。[8]"所有关于他(保罗——引者注)的教义的各种伦理结果的误解,都因着他对遵守上帝诫命的(林前 7:19;参照罗 8:4)、或者对完全基督的律法的无条件要求(加 6:2),因着他坚持主张避免一切不道德的生活作为得到祝福的一个条件(林前 6:9以下;加 5:21;罗 8:5—13),因着当基督徒实际的行为将被审问的时候、他期待某种审判临到他们(林后 5:10;罗 2:6 以下各节,14:10;林前 4:3—5),而被排除了。"[9]另一方面,保罗在《罗马书》4:16—25 节,主要是从恩典与律法的关系谈因信称义。亚伯拉罕信耶和华,所以耶和华就称他为义(创 15:6)。这"不是在受割礼的时候,乃是在未受割礼的时候。并且他受了割礼的记号,作他未受割礼的时候因信称义的印证,叫他作一切未受割礼而信之人的父,使他们也算为义;又作受割礼之人的父,就是那些不但受割礼,并且按我们的祖宗亚伯拉罕,未受割礼而信之踪迹去行的人。因为上帝应许亚伯拉罕和他后裔,必得承受世界,不是因律法,乃是因信而得的义。"(罗 4:10—13)正因为是在讨论律法与称义的关系,所以,保罗接着举出亚伯拉罕满心相信上帝的应许近

---

6 此节希腊文为:ὁρᾶτε ὅτι ἐξ ἔργων δικαιοῦται ἄνθρωπος καὶ οὐκ ἐκ πίστεως μόνον。

7 此节希腊文为:λογιζόμεθα γὰρ δικαιοῦσθαι πίστει ἄνθρωπον χωρὶς ἔργων νόμου。另外,雅各没有否定人称义是因着信,他使用μόνον这个词强调不只是因着信。保罗是在比较信和律法的功用对于人称义的地位,只是说人被称为义是因为信,而不是说人只是因为信才被称为义。《雅各书》中的μόνον在保罗那里却消失了。显然,两段经文没有矛盾。日本《圣经》协会 1990 年口语版《圣经》在翻译《雅各书》2 章 24 节时,同样保留着μόνον(だけ)的含义:これでわかるように、人が義とされるのは、行いによるのであって、信仰だけによるのではない;马丁·路德翻译的 *Die Heilige Schrift* 的此节为:So sehet ihr nun, daß der Mensch durch Werke gerecht wird,nicht durch Glauben allein.

8 See W. Marxsen, *Introduction to the New Testament*, tran. By G. Buswell, Philadelphia, Fortress Press, 1983, p. 230.

9 See Theodor Zahn, *Introduction To the New Testament*, Vol. I. New York: Charles Scribner's Sons, 1917, p. 129 Note 1.

百岁得后嗣的例证,来阐明他是因信称义的典范。相反,雅各却是从信心与行为的关系,理解亚伯拉罕因为信上帝而被上帝称为义的。他取用的例证,不再是亚伯拉罕年老得以撒,而是他将儿子以撒献给上帝的事件。这个事件,和行为直接相关联。雅各还用原本为罪人的妓女喇合"接待使者,又放他们从别的路上出去"(雅 2:25)的事件,补充说明信心与行为并行、且是行为成全信心的教义。"他的目的,是要把一直被误解和歪曲的保罗学说带回到保罗真正的立场上。他竭力解释说:基督教信仰,必须是赋有生命力的、主动的、创造性的信仰——他没有陷入理性的原因的证明,而只是强调它必须是这个的事实。"[10] "雅各在 2 章 14—26 节所反对的,不是某种教义,而是某种宗教的认信。这种认信,是非健康的、不真实的。同样,另外假设:在此所说的内容是针对保罗称义的教义的实际滥用,也是不成立的。[11] 众所周知的事实为:使徒时代及稍后,福音传播的结果在那些表面上受到它影响的人中,与其说是唤起了道德激情,不如说是带来道德的冷漠。所有的使徒,都发出了警告它的声音或者证明反对它(加 5:13;彼前 2:16;犹 4;彼后 2:1 以下各节,参照约壹 1:6,2:4;启 2:14、20—24;林前 6:9—20),捍卫基督信仰,反驳非基督徒据此做出的各种指责(罗 3:8,参照 6:1)。"[12] 总之,保罗所要强调的,是因信称义的教义。这义,是上帝的义($\delta\iota\kappa\alpha\iota\sigma\sigma\acute{\upsilon}\nu\eta$ $\theta\epsilon\sigma\acute{\upsilon}$)[13],而非法利赛人的义,即不是人的义对上帝之义的替代品。"其唯一的基础,是上帝的恩典——它是上帝赐予的、上帝判决的义。"[14] 但是,保罗不否认:人称义之后行为的重要性。"靠着恩典得救,和因诸种行为受惩罚与获奖赏不是不相容的。"[15] 因为,即使是称义后的基督徒,同样也面临审判。雅各没有否定信对于人称义的作用,而仅仅是说不能只是因信称义就足够了。"在保罗和雅各之间,根本上不存在冲突;保罗继承

---

10 See W. Marxsen, *Introduction to the New Testament*, tran. By G. Buswell, Philadelphia, Fortress Press, 1983, p. 231. 由于 Marxsen 认为《雅各书》成书时间较晚,大约为公元一世纪之交,所以才有引文中的结论。

11 在早期教会,不过的确存在对保罗书信的曲解现象,见《彼得后书》3:15—16。

12 See Theodor Zahn, *Introduction To the New Testament*, Vol. I. New York: Charles Scribner's Sons, 1917, pp. 124 - 125. 在 2 章 20 节,雅各所说的"虚浮的人"($\check{\alpha}\nu\theta\rho\omega\pi\epsilon$ $\kappa\epsilon\nu\acute{\epsilon}$),和 2 章 5 节中"在信上富足的人"($\pi\lambda\sigma\acute{\upsilon}\sigma\iota\sigma\varsigma$ $\acute{\epsilon}\nu$ $\pi\acute{\iota}\sigma\tau\epsilon\iota$)相对照,实际上指那些没有显明信心的行为的人。对此的详细讨论,见同书 pp. 129—131 的注释 1。

13 罗 1:17,3:21—22,10:3。

14 See Rudolf Bultmann, *Theology of the New Testament*, translated by Kendrick Grobel, New York: Charles Scribner's Sons, 1951, vol. 1, p. 285.

15 See E. P. Sanders, Paul and Palestinian Judaism, London: SCM Press Ltd, 1977, p. 517.

了雅各留下的思想，并进一步发展了它。"[16] 否则，保罗就不会在每封书信后半部分讨论信徒的行为伦理。

信仰与称义，实际上都涉及人与上帝在基督里的关系问题。保罗在关于基督的十字架和中保的身份言说中，再次回答了这个问题。

一、十字架的基督

保罗神学中，十字架代表着基督的受死，它决定着基督的一生。"基督站在历史当中不是作为道成了肉身（约 1:14），不是作为大祭司宣告他与我们休戚相关，团结一致（来 4:14—16，5:5:10），而且不是作为末世那位殉道的先知（徒 3:13，4:27）。在保罗看来，基督乃是被钉十字架者。"[17] 因为，保罗"只知道耶稣基督并他钉十字架"（林前 2:2）。"被上帝所复活的钉在十字架上的耶稣是保罗关于上帝与人的看法的中心。"[18] 对于他而言，十字架，不但是一个执行死刑的工具（西 2:14），而且是传达耶稣基督的受难与复活的辩证关联的神学术语（加 5:11；腓 3:18）。它取代了以色列人在肉身上以割礼为同上帝立约的记号，是上帝与人重新立约的标记。上帝在十字架上成就的恩典，这即是保罗在传道中特别关注的"上帝在基督里完成的一切"[19]，目的是为了唤起人更新生命的回应，与上帝和好（林后 5:19）。外邦人得到福音，这出于上帝的恩赐；以色列人被拣选，这是上帝的呼召。保罗"只夸我们耶稣基督的十字架；因这十字架，就我而论，世界已经钉在十字架上；就世界而论，我已经钉在十字架上。"（加 6:14）对于依靠自身遵从律法达到义的人，他们乃是"基督十字架的仇敌"（腓 3:18）。基督的十字架，粉碎了一切人的智慧与知识在伦理上的谋划。人从开始因自己的恶行同上帝的隔墙被拆毁了。在基督的十字架之前，最初因外邦人的不顺服，上帝使以色列人蒙怜恤；在基督的十字架之后，而今

---

16 See Theodor Zahn, *Introduction To the New Testament*, Vol. I. New York: Charles Scribner's Sons, 1917, p. 127. 这种推论，基于 Zahn 认为：《雅各书》写于公元 50 年或之前；保罗还仔细地阅读过《雅各书》。参见氏著 p. 124. 由于无法准确地确认《雅各书》的写作时间，虽然我们可以从它与《罗马书》的相关性和差别性两方面来阐明它们的内容，但是，两个事物的相似，并不能得出它们彼此之间有源流关系，即认为一个受到另一个的影响。历史逻辑的研究方法，不能代替对历史文献的编年史谱系的考察。而且，这种考察，实际上和历史学家个人的信仰（即对某些历史事实的价值的绝对信赖）有关。见《现代西方历史哲学译文集》中萨缪尔·莫里逊"一个历史学家的信仰"，上海：译文出版社，1987 年，第 259 页。

17 郭培特：《新约神学》，古乐人译，卷下，香港：种子出版社，德文 1971 年，1991 年，第 167 页。

18 汉斯·昆：《基督教大思想家》，包利民译，香港：汉语基督教文化研究所，1995 年，第 14 页。

19 See E. P. Sanders, *Paul and Palestinian Judaism*, London: SCM Press Ltd, 1977, p. 444.

是以色列人不顺服,使外邦人蒙怜恤;面对基督的十字架,外邦人的蒙怜恤最终将导致以色列人的得救(罗 11:30—31;弗 2:10—19)。保罗由衷地对"上帝丰富的智慧和知识"(罗 11:33)发出赞美。

"保罗用他关于'十字架'所说的那些话,正是要攻击犹太人的或以智慧为定向缓和侮辱耶稣之死的做法!加拉太的犹太教徒要的是一种本于律法的义,一个道德上的耶稣,和一个有道德的人,因为他们想规避十字架;十字架是人的失败和上帝钉人的罪的记号;它是激起想靠律法生活的人反对的记号(加 6:12;请比较 5:11)。"[20]基督"因软弱被钉在十字架上,却因上帝的大能仍然活着。我们也是这样同他软弱,但因上帝向你们所显的大能,也必与他同活。"(林后 13:4)保罗反思自己皈依前的人生,那时,他依据自己的经验、智慧塑造他的存在,结果反而把自己引向了残暴的无人性的行为——他喜悦司提反的被害(徒 8:1)。所以,他说,基督差遣他传福音,"并不用智慧的言语,免得基督的十字架落了空。因为十字架的道理,在那灭亡的人为愚拙;在我们得救的人,却为上帝的大能。"(林前 1:17—18)"我们却是传钉十字架的基督,在犹太人为绊脚石,在外邦人为愚拙;但在那蒙召的,无论是犹太人、希腊人,基督总为上帝的能力,上帝的智慧。"(林前 1:23—24)"因此,耶稣的死被了解为'十字架',那就是被了解为标明人想靠己力建立自己已崩溃的路标。从崩溃的亮光来看,它是为上帝所以为上帝,即为'……使无变为有的'那一位所立的路标(罗 4:17)。"[21]基督的复活意味着:"基督的**主宰**、他的**再来**、**审判**和**一切相信的人的得救**。"[22]

保罗一方面强调耶稣的复活永生,另一方面注重他在人和上帝之间具有的特殊的中保功能。从人的角度,人得着基督,并且在他里面,"不是有自己因律法而得的义,乃是有信基督的义,就是因信上帝而来的义"(腓 3:8—9),认识基督复活的大能,与他同死同复活(腓 3:10—11);从上帝的角度,人在耶稣基督里称义,即在死里复活升天在父神右边的耶稣基督里(罗 8:34),人成为人、上帝成为上帝。这种人和上帝的公义关系的建立,乃是基于上帝在永恒中的作为:"因为他预先所知道的人,就预先定下效法他儿子的模样,使他儿子在许多弟兄中作长子。预先所定下的人又召他们来;所召来的人又称他们为义;所称为义的人又叫他们得荣耀。"(罗 8:29—30)上帝没有差遣他的儿子降世,

20 郭培特:《新约神学》,古乐人译,卷下,香港:种子出版社,德文 1971 年,1991 年,第 170 页。
21 同上,第 171 页。
22 See E. P. Sanders, *Paul and Palestinian Judaism*, London:SCM Press Ltd, 1977, p. 445.

人从哪里获得对上帝的信仰对象呢？所以，人被上帝主动称为义人——人和上帝有着正当的关系，其主动性表现在上帝在时间中的过去对他拣选的人的"预知（προέγνω）"、"预定（προώροσιν）"、"呼召（ἐκάλεσεν）"。

二、中保的基督

保罗书信中的赞美诗，描绘的是基督降下-升高-救主（the descending-ascending-redeemer）形象（腓 2:5b—11）。[23]这种形象，既与上帝绝对相关，又与人绝对相关。正如保罗所言：基督耶稣"本有上帝的形象，不以自己与上帝同等为强夺的；反倒虚己，取了奴仆的形象，成为人的样式；既有人的样子，就自己卑微，存心顺服，以至于死，且死在十字架上。"（腓 2:6—8）他被钉死在十字架上，成为他的降下与升高的转折点。他因在十字架上的受难和在十字架下的复活，成全了上帝与人和好的使命（林后 5:18）。

在保罗看来，耶稣基督是人神关系的中保，唯有承认他的这种中保身份，人才能成为人，不至于越过他把自己神化；上帝才能成为上帝，在人的这种承认中永恒地持有自己的超越性，并同时借助耶稣基督深入到人的生活中。"在上帝和人之间，站立着耶稣基督这个人，他既是上帝本身又是人本身，因此，他充当两者的中介。在他里面，上帝把他自己显现给人。在他里面，人看见并认识上帝。在他之中，上帝站在人面前，人站在上帝面前，就像上帝永恒的意志一样，就像和这种意志相一致的人的永恒的定命一样。在他之中，显明了上帝对人的计划，实现了上帝对人的审判，完成了上帝对人的救赎，成全了上帝对人的恩赐，宣告了上帝对人的要求和应许。在他之中，上帝将他自己与人联合。因此，人也为他的缘故而存在。正是由于他、耶稣基督，为了他和归于他，宇宙被创造成为上帝和人往来、人和上帝往来的剧场。上帝的存在就是他的存在，同样，人的存在本源地就是他的存在。没有什么东西不是源于他、因为他和归于他。"[24]

在《以弗所书》，保罗把耶稣基督作为人与上帝的中保身份的教义，表达为"在基督里"（弗 1:3）。"愿颂赞归与我们耶稣基督的父上帝！他**在基督里**（ἐν χριστῷ）曾赐给我们天上各样属灵的福气：就如上帝从创立世界以前，**在基督里**拣选了我们，使我们在他面前成为圣洁，无有瑕疵；又因爱我们，就按着

---

23 See Norman Perrin, Dennis C. Duling, *The New Testament: An Introduction*, New York: Harcourt Brace Jovanovich, Inc., 1982, p. 174.

24 See Karl Barth, *Church Dogmatics*,北京:中国社会科学出版社,1999, pp. 110-111.

自己意旨所喜悦的,预定我们藉着耶稣基督得儿子的名分,使他荣耀的恩典得着称赞;这恩典是他**在爱子里**所赐给我们的。我们**在他里面**(ἐν ῷ῀)藉这爱子的血得蒙救赎,过犯得以赦免,乃是照他丰富的恩典。这恩典是上帝用**诸般智慧聪明**,充充足足赏给我们的;都是照他自己**在基督里**所预定的美意,叫我们知道他旨意的奥秘,要照所安排的,在日期满足的时候,使天上、地上、一切所有的,都**在基督里面**同归于一(ἐν αὐτῷ)。我们也**在他里面**得了基业;这原是那位随己意行、做万事的,照着他旨意所预定的,叫他的荣耀从我们这首先**在基督里**有盼望的人可以得着称赞。"(弗 1∶3—12)[25] 此段再加上前面的两节和后面的第 13 节,使用耶稣基督的"名或号('基督'、'耶稣基督'、'基督耶稣'、'这爱子')或代名词、所有格('他'、'宾格的他'、'他的'),不少于 15 次。片语'在基督里'或'在他里面'出现了 11 次。"[26] 全部保罗书信中,"在耶稣基督里"的片语共计出现过 165 次[27]。按照布尔特曼的理解,"在基督里",不是指个人与基督的某种神秘关系,而是指"信徒个体的现实生活由基督决定。信徒活着,不是出于他自己,而是出于救赎的神圣行为。无论保罗说信徒存在于基督中还是说基督存在于信徒中,都没有差别。"[28] 在此,保罗给出了人类团契的一个新的原理。根据保罗的观点,人类从前在亚当里堕落了,而今在基督里得救。"正是'在基督里',上帝在时间中赐福我们,又在永恒中拣选我们(3—4节);正是'在爱子里',他赐予我们他的恩典,我们因此'在他里面'得到救赎或赦免(6—7 节);是'在他里面',最初的犹太教信徒成为上帝的选民(11—12 节);而且,也是'在他里面',外邦信徒打上属于上帝的印记(13—14 节);也是'在基督里',上帝预定了他将万物同归于一或以他为首的计划(9—10 节)。"[29] 总而言之,耶稣基督是上帝和人彼此绝对相关联的中保。他的这种身份,由他的神性和人性决定。中保站在双方,帮助他们达成一致的协议。担任中保的对象,必须具有双方的特性,为他们所悦纳,否则,他就没有资格做他们的中保。"因为只有一位上帝,在上帝和人中间,只有一位中保,乃是降世为人的基督耶稣;他舍自己作万人的赎价,到了时候,这事必证明出来。"(提前 2∶5—6)"耶稣基督既是上帝又是人,因此,他能够成为上帝和人之间的'仲裁者'。

---

25 此段译文据希腊文有改动,黑体为引者注。

26 See John R. W. Stott, *God's New Society*, Illinois∶InterVarsity Press, 1979, p. 34.

27 黄天海:《希腊化时期的犹太思想》,上海:上海三联书店,1999 年,第 187 页。

28 See Rudolf Bultmann, *Theology of the New Testament*, translated by Kendrick Grobel, New York∶Charles Scribner's Sons, 1951, vol. 1, p. 328.

29 See John R. W. Stott, *God's New Society*, Illinois∶InterVarsity Press, 1979, p. 34.

在他完全的生活与受死(substitutionary death)之中,他满足了上帝圣洁律法的各种正义要求。他是'万人的赎价'。"[30] 耶稣基督作为中保,在上帝面前,他为人辩护;在人面前,他为上帝辩护。约伯曾抱怨说:"没有听讼的人"(伯9:33),把他的讯息带到上帝宝座那里。他在信仰上怀疑过上帝的慈爱,宣称上帝会亲自为他的无辜作证。他渴望上帝在正义的天庭为他辩解。他呼求说:"现今,在天有我的见证,在上有我的中保。"(伯16:19)这种呼求,上帝在耶稣基督里做出了回答:"若有人犯罪,在父那里我们有一位中保,就是那义者耶稣基督。"(约壹2:1)

在预表论的意义上,《旧约》因上帝通过天使赐予摩西以律法(徒7:53),把耶稣的中保功用理解为"众民之约(a covenant of the people)"(赛42:6,49:8)。另外,即使我们把《希伯来书》纳入"伪保罗书信"的范畴,但至少在关于耶稣基督的中保地位上,它与保罗的其他书信乃是一致的。耶稣是永存的祭司,"凡靠着他进到上帝面前的人,他都能拯救到底"(来7:25);他是无罪的大祭司,所以,他是"更美之约的中保"(来8:6);摩西当日照着律法,将各样的诫命传给以色列人,他把牛犊、山羊的血洒在他们身上,说:"这血就是上帝与你们立约的凭据。"(来9:20),同样,上帝以他儿子的血立定《新约》,使他"作了《新约》的中保"(来9:15)。《希伯来书》中,由于耶稣基督是在这末世向人言说的那一位(来1:2),"他是上帝荣耀所发的光辉,是上帝本体的真像,常用他权能的命令托住万有。他洗净了人的罪,就坐在高天至大者的右边。"(来1:3)他超过天使以及《旧约》的摩西、约书亚、先知和大祭司,所以,他成为人与上帝的中保。在《旧约》,过去的大祭司在地上的每一次献祭,只不过是对耶稣作为上帝之子的献祭的预表,"他们供奉的事本是天上事的形状和影像,正如摩西将要造帐幕的时候,蒙上帝警戒他,说,'你要谨慎,作各样的物件都要照着在山上指示你的样式。'如今耶稣所得的职任是更美的,正如他作更美之约的中保。这约原是凭更美之应许立的,那前约若没有瑕疵,就无处寻求后约了。"(来8:5—7)"他不像那些大祭司,每日必须先为自己的罪,后为百姓的罪献祭,因为他只一次将自己献上,就把这事成全了。律法本是立软弱的人为大祭司,但在律法以后起誓的话,是立儿子为大祭司,乃是成全到永远的。"(来7:27—28)"他既得以完全,就为凡顺从他的人成了永远得救的根源,并蒙上帝照着麦基洗德的等次称他为大祭司。"(来5:9—10)耶稣是上帝在永恒之中为人膏抹的

---

30 See Warren W. Wiersbe, *The Bible Exposition Commentary*, vol. 2, Colorado Springs: ChariotVictor Publishing, 1989, p. 216.

大祭司(4:14—5:8)。用彼得的话说:除了拿撒勒人耶稣基督以外,"别无拯救;因为在天下人间,没有赐下别的名,我们可以靠着得救。"(徒 4:12)祭司反复献祭,只表明这种献祭效力的有限性,因而呼唤最有效的一次进入圣所、永远完成对人的救赎的献祭方式(来 9:6—12,10:10—14)。并且,耶稣的献祭,和他将来的显现、审判的末世论事件相关(来 9:23—28)。

中保的基督论,主要阐明上帝与人的关系,同时把这种关系的焦点放在他们的中点即基督耶稣的效用上。十字架的基督论,除了在基督里人神关系的纵向关联之外,还有人人关系横向的关联,其重点在于十字架的两端:一是纵向深入的上帝与人,一是横向接近的人与人。因钉死在十字架上的耶稣基督,人与人相互之间、人与上帝的隔墙才被拆毁了。从此,人"并不分犹太人、希腊人,自主的、为奴的,或男或女。因为你们在基督耶稣里都成为一了。"(加 3:28;林前 12:13)人才能把自己的爱惠及他的敌人,在否定的意义上不加害于害他的人(罗 13:10),在肯定的意义上为逼迫、凌辱他的人祷告(太 5:44;罗 12:14)、恩待恨他的人、祝福诅咒他的人(路 6:27—28),最终以爱成全律法,"以善胜恶"(罗 12:21)。因为,对于人人关系而言,全部的律法,都总括在"爱邻人如自己"这句话中(加 5:14)。但是,中保的基督和十字架的基督,在根本上都具有一样的神学所指——指向人神关系的正义,以及一样的伦理的所指——指向人人关系的平安。后者要求人"务要存弟兄相爱的心"(来 13:1),"总要尽力与众人和睦"(罗 12:18),否则,上帝成人事件就失去了它的根本意义。

总之,"保罗神学的中心并非一般来说的人类或者教会,甚至不是拯救之历史,而是被钉十字架并复活的耶稣基督。"[31] 他所传讲的"基督的福音"(帖前 3:2;林后 2:12)或"上帝的福音"(帖前 2:8—9;林后 11:7),在一定程度上呈现出《新约》的基督论的特征:"基督死了,上帝已经使他复活,基督是主,主将再来,不信者(apistoi)将被毁灭(林后 4:3 以下),信徒们会得救——如果他们活着,他们会因身体变形而得救;如果他们死了,他们将以某种'灵性的身体'(林前 15:44)的形式复活得救。保罗无疑传讲了其他许多内容,但这就是他的福音。因此,他并不是从人的罪、过犯开始,而是以上帝提供的救赎的可能性(从这里,人才能拒绝罪)为起点。""保罗福音的重要主题,是上帝在基督耶稣里的拯救行动,以及他的各种听者如何参与该行动。"[32] 这同样是保罗神学的历史逻辑的核心内容。耶稣基督本人,从保罗的时代开始形成了基督教与犹太教的分界线。

---

31 汉斯·昆:《基督教大思想家》,包利民译,香港:汉语基督教文化研究所,1995 年,第 14 页。

32 See E. P. Sanders, *Paul and Palestinian Judaism*, London:SCM Press Ltd, 1977, pp. 445 - 446、447。

名 典 迻 译

美学方法

[瑞士]巴尔塔萨(Hans Urs von Balthasar)文

王再兴(襄樊学院神学美学研究所)译

  作为首次对本研究领域的范围进行考察的尝试,我们暂且不去理会我们在跨越自然之美与恩典之美的界限时所遇到的警示,而是选择自下而上的方向,即从哲学与神学的分野开始。在我们看来,美的形象是那样超越,它总是以完美的连续性从自然领域滑向超越领域。"优美"(Charis)指的是一种从美的形象散发出来的诱人魅力,但它也意味着"恩惠"(grace)。有一首用于婚礼的诗歌这样赞美道:"在你的嘴里满有恩惠"(诗篇 45 篇 3 节)[1]。我们相信,由于美总是表现为一种精神,所以世界上的美好事物莫不具有完整的维度,它也呼唤我们做出道德决定。如果这是实际情形,那么从美学出发,我们也必然被引向宗教层面,而宗教层面本身又包含了人对上帝的发问和人对上帝的追问做出回答。但是,如果说无论人的本质是多么超越,上帝之"道"总是将任何人性的事物都置于它的审判之下,这是要引来反对意见的。审判并不必然地意味着定罪,而是更多地指向某种拯救行为,即对于那些属于人性的事物予以接纳和完善。然而无论如何,审判总是表明为一种出于上帝的自由宣告,尘世之物无一可得豁免,尤其不应忘记(否则会很危险),上帝的自由审判权是神圣不可侵犯的。然而,人们屡屡在关于美的本质的美学探讨中不知不觉地跨越了这一界限,而且这种现象几乎发展为不可避免之势。相对于形而上学和伦理学而言,美学更倾向于朝着媚俗的方向进行某种内在的自我转变,这种转变甚至早在人们刚刚开始关注审美学问题的时候就已经出现了。与此同时某种审

---

1 实为旧约《诗篇》45 篇 2 节,可能是原文笔误。——中译者注。

美的感性标准也参与到游戏规则中来了,这正是形而上学和伦理学试图与它联合并寻求达到终极和谐的地方。因此,启示必然要揭露这种入侵行为,对它们做出审判并引导它们找到各自的正确位置。神学的任务就是忠实地反映了这场通过启示发出的审判。

但是,是不是审判就意味着美学除了局限性以外一无是处,甚至还要指责它拆毁了自然美与超越美之间的桥梁呢?这里,让我们首先假定,本文先前确定的自下而上的取向总体上来说是不错的,因为这样一个时刻确实存在,精神在这里由内而外发出亮光并且创造出某种形象来。而作为"精神质料",(spiritual matter),它又不得不将此形象交托给一个更高级的形象创造者之手。这是因为,精神必须服从某种可以让它借以表现自我的内在法则,而该法则并不破坏它的自主性,而是使之成为可能,并创造性的实现这种自主性。我们还假定,在精神现象中存在着这样的时刻,对此异教徒也能感觉到,但只有基督徒能够用信心确切地把握它,在此时刻,某种自由精神会神秘地通过心智、通过灵性或内在之神传递出来并形成灵感,而那个神灵居于其中的精神('spirit that contains god')却服从于一种更高的命令,这命令意味着形象与恩赐。基于以上理由,某种存在于美的两种形象,或者说两个阶段之间的内在相似性是不可以被人随意涂抹掉的。于是就得出了这样一条定理:从一种以"自我成形并决定"(self-formation and-determination)为原则的精神层面,到对某一更高精神处于接纳状态的精神层面,两者之间天然地存在着一个关联步骤。用基督教的语言,我们可以说,该步骤就是信仰一位具有超越人格和自在权能的"神灵"(Spirit-God)。这里所说的信仰并不是说我们应该简单地将自己交托给一位神秘的上帝,如同交托给一位超越于所有尘世形象之上又与之保持联系的"绝对之神"(an Absolute),也不是说我们应该将自己交托给一位毁灭所有形象的原始地母神(a primal Ground),而是说我们应当相信自己,同时也对造物之神(Creator Spiritus)心存信仰,因为祂从太初就是造物主,而且祂不会像印度神话中讲的那样让万物在神秘之舞中最终走向毁灭,而是走向一种创造性的形象,无论在人的形象和这个世界的形象之中还有多少杂质(dross)需要提炼净化。于是可见,这种创造性的形象既是上帝的作品,同时也是人的作品,因为他安心乐意地将自己交托给神圣造物主,接纳祂,并与祂同工。

这样,在基督徒的生活处境中,"艺术"就成了一种可供选择的生命形象。从严格意义上来讲,先知的生存方式就是这样的,他用信心克服了任何自我塑造的意愿,让自己成为上帝拣选的器皿。从亚伯拉罕、以撒、雅各、约瑟夫、摩西、满有圣灵恩赐的士师们、先知和那些虔诚的殉道者,直到早期圣徒们,还有那些"主的使女们",在他们身上集中体现了"锡安女儿们"的女性温柔与新娘般的可塑性的,而且就他们作为"神的艺术作品"和"建造得体的圣殿"而言代表了最高形式的朝圣。上述每一个实例都为我们提供了活在圣灵里的生命形象。这是一种隐蔽的生命形象,但是他们在不求显赫的同时又显得那样的让人景行仰止,他们的地位、处境与命运形成了一种明确无误的剪影,在整个信心的历史中散发出典范的能量。他们的反面是那些用有限的自我——他们的人格核心——包裹着自己的生存方式,这是一种本质上既无制约也无定型的生存方式。在此,我们要领悟的是一种新的精神形象,它从坚实的生命磐石中雕凿出来,同时又确定无疑地源于上帝道成肉身的形象。现在我们一致公认的事实是,形象的神圣性原则与世俗之美的原则在许多方面都形成鲜明的对比。然而,尽管存在着这样的对比,如果上帝的"目的"是要将祂的形象赐给人,并且定意要塑造他,——这里的"目的"指上帝要完善那件祂在伊甸园中就已经开始的工作——那么我们就不得不承认,上帝在自然界中赋予形象和塑造形象的力量与祂将自己的形象赐给人并进行塑造的力量之间是存在着类比关系的,因为人生长于自然界之中。

如果我们沿着上述类比的全部深度和广度前进,我们还可以不断地标识出许许多多的问号和警示记号,可是这些记号只能用在那些随时都可能误用这个类比的地方,而不是能正确使用该类比的地方。简言之,误用这个类比就是让上帝的启示屈从于人们自己的形象,不仅屈从于他们的形而上学和他们的社会伦理学,还包括屈从于他们的世俗美学,而不敬畏那已经彰显于造化之工中的上帝之权能。这种误用现在更加频繁更加过分地出现在美学中,因为世俗美学比世俗形而上学和伦理学显得更吸引人,尽管后两者也有其固有的问题。对于世界的根本性质和人类活动的公义要求,人们大多不敢做出最终确认。可是所有那些曾经被世俗的自然美,或个性生活的美以及艺术美深深感染过的人,肯定不会说他们对于美没有一点印象。美总是带有一种自明性,不需要借助思考来启发它。这就是为什么我们要用美的范畴来感知上帝启示的原因之所在,同时我们又几乎是不自觉地让这些范畴以世俗形象出现在我们身边。只有当这种世俗美学不再适用于启示的超越形象时,我们才恍然大悟,意识到不能再沿着这条路走下去了。这时,如果将我们从前对于世俗美的认知应用到启示的层面上,其情形看起来就像,或者简直就是一种"狂想"(rhapsodic)式的对于美的滥用,结果最多也不过是换取一阵天真的亢奋或卑俗地作这种重复性积累而已。所以我们不允许自己以任何形象误用或者贬损美的范畴,因为这样做不合乎上帝之道的崇高、令人敬畏,以及它的,从字面上来讲,无与伦比的卓绝(Pre-eminence)。

正如内贝尔(Gerhard Nebel)所推测的那样,也许存在着这样一个历史的"时候"(kairos),此时世俗艺术与基督教的启示在某个场合下相遇了,其中既有雕刻的偶像,也有长方形会堂,罗马式主教座堂,雕塑和绘画。可就是从这时候起,太多的误解与太多可怕的事在我们身边发生了,直到有一天我们发现这两个领域之间的相似之处更多于它们的相异之处。人们习惯于称那些打动他们并且看似(至少在尘世中如此)难以企及的事物为美。于是看来,至少在现实生活中可以这样说,我们应该而且有必要将美学观念中的神学应用要素搞清楚。那种适应上述观念的神学将迟早不再被称作"神学的美学"(theological aesthetics)——以神学的高度和神学的方法来探讨美学,而是退化成为一种"审美的神学"(aesthetic theology)——将它原有的神学本质背叛和出卖给某些流行的思想观念和世俗的美学理论。

无论那些防患此类危险的警示标志是如何明显地公示出来(而且这方面的内容还必须用粗大的字体予以强调),我们仍然要保持警惕,以防这种危险因素掺杂到我们刚刚开始的理论探索中来,以至被它引入歧途。对于拥有特殊装备和专长的人,也许可以说,通往危险的歧途仍不失为一条路,但是那毕竟不是一条可以向所有人开启的路,所以还是应当在这里标明"此路不通"。接下来我们必须首先明确的理论问题是,如果我们将美限制在一种世俗的"质料与形式"关系里面,或者是将其限制在"显现者与显现本身"的关系里面,限制在想象与通感之类的心理学事件之内(这些现象当然是存在的,因为它们表现为感知与呈现两者之间关系),这样做在客观上是否有正当理由?又或者,我们是否可以将美想象为存有(Being)或诸如此类事物的超越属性之一,于是将美与用途(application)归类在相同的序列里面,或者将其与"太一"(the one),"真"(the true)和"善"(the good)归类于内在相关的同一个形象里面?在传统神学中,甚至是具有很高学术地位的教父们也曾毫不犹豫地做出过如是选择。这种结果系双重推动因素所致,首先是他们所持守的创造论神学观,反过来这种神学观显然也可以归因于创造论的审美价值观,因为对于创造论原则本身而言,这种审美价值观具有不容置疑的显著地位。其次是他们关于救赎论神学与创造论神学互相补充的思想体系,这种神学理论将创造的全部意义和最终结局都归属于上帝的至高作为,尤其是在涉及到上帝主动启示末世形象方面。但是,这种末世论形象早在主复活,即那个向全教会和所有蒙受恩典的受造之物倾注至高荣美(sublime splendour)的事件出现之时就已经开始了。难道这不应当促使我们去追问这样一种神学思想：将十字架上的救世形象视为唯一可以理解整个救恩史轨迹的形象是合宜的么？多位教父，特别是奥古斯丁(Augustinus)，都曾对这个问题表示过深度关注。然而，至于他们是否以正确的方式回答了这个问题，这还不是我们目前要关心的问题。这会儿我们还要提出这样一个悬而未决的问题，那就是必须选定这样一个视角，通过它可以触及到我们以下要讨论的主题，而不是方法论方面的特殊细节。教父们曾经将美视为一种超越之物，而且据此展开他们的神学讨论。这一理论预设在神学论证的方法与内容两方面都留下了极为丰富的余绪，因为一种关乎美的神学只能是以一种美的方式来完成。题材的特性必然要在某种特定的方法上反映出来。这样的情形出现在教父们所作的关于创世与乐园故事的大量注释中，他们是提亚非罗(Theophilus)、爱任纽(Irenaeus)、巴西勒(Basil)、尼撒的格里高利(Gregory of Nyssa)、安布罗斯(Ambrose)和西乃的亚那他修(Anastasius of Sinai)。这种情形也出现在关于救赎论，作为永远常存并且在道成肉身中最终体现为上帝话语的理解中。关于这方面的论述我们见过的有克莱门(Clement)、奥利金(Origen)、麦多丢斯(Methodius)、亚他那修(Athanasius)、耶柔米(Jerome)、维克多里拉(Victorinus)和奥古斯丁的著述。最后，这种情形还出现在讨论肉身之道与十字架之道两者关系的论述中。留下这方面论述的有：依纳爵(Ignatius)、赫马(Herma)、德尔图良(Tertullian)、那西昂的格里高利(Gregory of Nazianzen)、安东尼(Anthony)、加西恩(Cassian)和本尼狄克(Benedict)。题材与论述方法能够幸运地结合起来，这一点在教父们关于教义的思考中表现得尤为真切。从奥利金到伊瓦格里斯(Evagrius)，马加里斯(Macarius)到奥古斯丁，而且往后直到大格里高利(Gregory the Great)和忏悔者马克西姆(Maximus the Confessor)，他们都教导人们作一种向内和向上的思想升华，以期达到这样一种高度：在这里，永恒之光将尘世中仍处于遮蔽状态的救赎形象清楚的显明了，在这里，通过观想那位以奴仆的形象显示出荣耀来的主，这就意味着末世形象的预表。然而，也确有几位教父真切地看到了救恩史的美景从此隐蔽的形象中散发出来。以这种方式，奥利金看到了圣灵在字里行间燃烧着；爱任纽从神的家政管理(oikonomia)中认识到上帝的最高艺术，即各个历史时代在救恩史中的有序排列；西普里安(Cyprianus)和希拉里(Hilarius)从道德律法和教会的圣事与礼仪中看到了爱的光照；利奥一世(Leo der Grosse)从教会节日的乐舞中看到了最高的和谐；还有伊瓦格里斯看到永恒之光通过那些认识上帝的灵魂反射出来。无论其中某位教父选择从哪个方面或采取了何种方法，他们都明确的意识到并且强调提出,在内观默想中总是有美的显现时刻。由此可见,内观默想实际上就是对于这一时刻的专注。

内观默想里面本身必然包含着某种"审美"时刻,这一结论常常被人们轻易地臆测为来自古希腊灵性生活的影响。进而,那些将内观默想实践视为一种"希腊化对福音的腐蚀"并加以排斥的人也乐于宣称,我们的现代神学已经从自身内部摆脱了这种"外来人侵"。更强烈的反对来自于那些标榜"去艺术化"的潮流,它们历经了整个教父时期,接着又在拜占庭反圣像争端中爆发出来,从利奥三世诏令(730)一直持续到忒奥多那二世在位时(843)"东正教大斋节"(Feast of Orthodoxy)的确立。我们不能说,支持圣像这一方的神学争论总是很有说服力的,其中有些争论是以大巴西勒(Basil the Great)的"三一神学",尤其是该教义中关于圣子作为形式与肖像的特性以及原形(Urbild)与映像(abbild)之间联系与差异思想为依据的;又有一些争论源自亚略巴古的德尼斯(Denys the Areopagite),认为圣像对于被赋予了官能的人性是有必要(亚略巴古的德尼斯毕竟是最严格意义上否定神学的开创人);第三种争论认为,谁要是拒斥形象,谁就会拒斥形象所表达的意义;第四种争论主张,基督的道成肉身本身就是形象崇拜的依据,因为上帝在基督里的人性排除任何一种幻影说(Docetism);最后一种,也是特别没有说服力的争论甚至构想出这样一种神秘观念,认为形象中"居住着"原始实在,并进而指出,神迹就产生在圣像中并通过圣像而产生,理由是它们需要"降临"(acheiropiia)的地方,但它们是"从天堂降落下来的",所以其源头"并非人手所造"。所有这些论证中几乎没有哪一条是与旧约中不可拜偶像的诫命相符合的。在新约中,耶稣曾公开表示并不是要废除诫命,也没有证据表明早期教会曾明确地限制或是减少圣像的使用。在这场争论的另一方,我们倒是从圣像废除者康士坦丁五世那里得到了好些思想的食粮。他说,只说基督是人类的代表——因为从神性的那一面来讲,无人能够以他作为代表——这已经构成了对基督论的损害,而且最终要走向聂斯托利派神学(Nestorianismus)。康士坦丁的争论是有说服力的,至少从以下角度来讲如此,那就是,任何时候都不允许将"这形象本身"(the Image itself)——它是上帝造就并让它出现在世界中的,所以"这形象"就是上帝的儿子——的含义延伸到与其他肖像(images)为伍的地步,无论这些肖像具有什么样的宗教关联,因为它们只属于审美领域。从这一层意义上而言,反圣像运动可以视为一次对教父神学相关方面的校正,它不应该只是被当作一场理论大辩论,而是应该恰如其分的被当作一场警示性的纠偏运动来对待,特别是考虑到当时,教会在其历史发展轨迹中只是接受了那些比较温和的(图式)画像。后来,反圣像运动曾小规模地再次出现在加洛林时代(Carolingian)和西多隐修会(Cistercian reform)的改革中,并借此表达了对罗马穷奢极侈的尖锐批判。宗教改革时期的反圣像过程就不用说了,直到今天,我们仍可以在教堂建筑和教会艺术的各个方面感受到它的存在。然而,即使是这样一些历史的前车之鉴也并不能比一种理论和实践上的呼吁走得更远,因为后者提示我们要时时保持警惕,不要让启示的超越之美滑落到某种世俗的自然美同等的地步。

在我们拓宽问题面,进一步追问教父们在论及启示美方面是否也有足够丰富的教导,以及应当采取什么样的形式来展开这方面的内容之前,我们还必须利用导论中的篇幅对《圣经》,作为神学基本资源同时又是一本虽不能说全部也可以说大部分由诗歌文体组成的书,作一个简要的探讨。在这里,我们不应当过多地强调《圣经》诗歌文体的外在形式,因为大量的历史论述可以提出相反的证明,《圣经》的神学意义并不在于这样一种文体形式。例如,人们可以举出这样一条理由,大部分《圣经》书卷产生于这样一种历史文化背景下,当时还没有出现如后世(希腊历史学家可作这方面的代表)所使用的叙事性文体。那时,不仅歌曲、颂诗、比喻、智慧文学、礼拜赞词和处在手抄传统的先知言论都以诗歌为常见文体,而且法律文告、哲理化历史传奇、民间传说、寓言故事也都是这样。最早的文学体裁莫不首先考虑方便人们记忆。因此,人们对《圣经》的诗歌文体特征不得不作这种历史背景上的理解,这既是哈曼(Hamann),也是赫德(Herder)和他的门徒们所主张的。他们认为,诗歌是人类首先获得的也是最古老的语言,也是最具有表现力的文学形式,因此《圣经》必须被视为最可靠和"最古老的关于人类生活写照的文献资料"。此外,另一种理解也许更缜密。我们知道,《圣经》文本在历史上的编排秩序和分类情况是,"圣文集"总被安排在"律法书"和"先知书"之后,属于第三部分。在这一部分经卷中,一种确定无疑的美学成分自发地表现出来。相比之下,前面两个部分的经卷中就表现得不明显。不过,即使在这里,文本的上下关联中还是出现了那位"智者"的身影,他戏剧性地思索着宗教与政治发展变迁史,通过"七经"(Heptateuch)[2]与其相关的附带经卷,还有先知书,共同编织成了一部展现在人们眼前的史前史。无可置疑的是,智慧文学中的内观默想内容显然属于较晚时期,这时,上古英雄时期波澜壮阔的历史画卷和中古王朝那些悲剧性事件都已成为"从前"。这里我们还要补充的一点是,希腊化影响确实促进并孕

2　即摩西五经加上《约书亚记》与《士师记》。——译注

育了内观默想的传统,而且有关审美价值方面的经验也随之而来。在新教里面,有人对这一时期的作品表示不以为然,但教会领袖们始终认为应当将它们接受为《圣经》正典。在犹太教方面,马丁布伯也许会认为,既然它们是用希腊文写成的,那么就只能被当作可有可无的附录来对待。然而,它们最终还是构成了天主教《圣经》正典中一个有机的组成部分,罗马教会认为,在不那么严格的意义上来看,它们仍然是富有启示性内涵的作品。诚然,由于这些书卷填补了旧约的完成与新约的到来之间那一段沉默无声的"停顿",教会认为它们是启示性文本大家庭中不可缺少而又弥足珍贵的一部分。

在智慧书部分的经卷中,《圣经》的记载是,"圣灵"(Holy Spirit)直接启示它自身。但是,在这里圣灵不仅像从前那样因大能而成为被赞美的对象(智10—19;德44—50),而且还出现在大自然的光辉中(智13;德42:15—43;诗8,104等;约38以下),出现在人类的有限性及其处境中(参见《传道书》和《约伯记》)。智者的内观默想媲美于"荣耀与颂赞",而且以这种方式,正如先知预言与诗歌曾作为上帝在历史、自然和人类生命中的启示,人们也发出了同样的赞美。这样一来,那种宣称旧约前两个部分中的诗体文可以作为纯历史文本来解读的论调再也站不住脚了。而且现在反思起来,这种论调原本就很成问题。那富有灵感的内观默想以特殊的《圣经》形象在以往(以后也还是这样)的救赎史中曾经放射出审美之光,这光也使得律法书和先知书中那些对于超自然维度的奇异经验同样可以通过描写大自然的诗歌形象表现出来。因此,我们现在无需变相地让过去漫长而又史诗般的"黄金纪元"作一种罗曼蒂克的再现,仿佛它已姗姗来迟的样子。我们有必要做的就是去见证:有那么一种光,它放射出来,显现为人类认知上的审美维度,而这种审美维度又内在于那奇特的救赎史剧,成了神学美学探索的恰当目标。

"上帝需要先知,以便让祂自己可以被人知晓,而所有的先知都必然是艺术家,因为先知所说的话不可用叙事散文的方式说出来。"[3]然而,尽管从某种宽泛的意义上来讲,也许他们都曾以这样或那样的方式显示其艺术天赋,但先知们都是艺术家,而非所有的艺术家都是先知。于是,自然美学与超自然美学之间的类比关系又一次出现了,这就为圣灵留下了一个自由的空间,好让全人类都可以用各自的诗歌语言来表现祂,侍奉祂。学者们还注意到《圣经》中存在着各种不同的文学风格,而且对解读这类风格的《圣经》文本时应坚持的一般原则给予了足够的重视,这都是对的。但是,这种做法无论如何都谈不上完

---

3 F. Medicus, Grundfragen der Asthetik (Jena, 1907), p.14. 原注。

全解决了《圣经》独有的诗学问题。事实上,这个问题也只有在其他更基本的考察完成之后才可能被提出来。尽管也可以用人们理解精神现象的一般原则来加以理解,但《圣经》诗学是对"此一"灵感——一种特殊精神形象进行理解的问题,在这里,理解者自己也感受到了一种与他从题材中获取的精神形象相伴而生的灵感,这种情形就好比神圣智慧(the divine Sophia)理解并欣赏祂自己的智慧工作。所以,我们必须对文学和考古学研究方法的有效范围时刻保持一种清醒的认识,并知道它们在哪些地方还应该用某种特殊的方法来加以补充,甚至加以拓展,这才符合研究对象的特别要求。教父们常常展示出后一方面的内容,遗憾的是前一方面的内容却常常缺席。在现代学者的研究中,无论有没有后一方面的内容,但有关前一方面的内容总是能够找到的。

诚然,问题还会变得更加尖锐起来,因为人们可能对《圣经》文学的方法与教父学和经院哲学的方法之间的互补性关系做出历史地相对化处理。在这个问题上,人们还可以将这一关系追溯到它们两者并存于同一种文化背景下的古代晚期,它们之间的相互影响甚至延续到了中世纪结束之时。后来,人们试图一劳永逸地超越这种相互影响,于是采取所谓"去神话化"(demythologization)的方式,从《圣经》学和神学史中彻底剔除了审美维度。然而,对此我们要问,这样的超越又有何益呢? 有益于(也许)理解哈那克(Harnackian)的"基督教的本质"? 还是有益于领悟布特曼(Bultmannian)的"存在论理解"? 可是请注意,从晚期旧约经卷的文学宗旨来看,这一相互关联的传统交给了保罗,《希伯来书》的作者,也交给了约翰,是他在叙述基督生平和受难的过程中敬畏地展示了耶稣改变形象以及沉思默想的情形。与此类似的情形也曾出现在旧约智慧书的编纂中,并且该编者也以同样敬畏的态度对待律法书和先知书。在新旧约中各自都有一组最后编入的书卷,两者在许多方面存在隐秘的关联,即它们凭借某种源于《圣经》的"灵智"(gnosis)潜流彼此相通。这种潜流也曾经浸淫在古代晚期的文献中,例如斐洛(Philo)的作品,早期灵智派的神秘主义作品和释经学文献,以及亚历山大学派的神学作品。如果将这些东西从《圣经》的启示中切除出来,这将意味着抛弃《圣经》启示的历史关联,剩下来的只是某种道德说教。由于这种道德说教是非历史的,因此,它即使存在着,也没有说服力。

(选自 Hans Urs Von Balthasar, *The Glory of the Lord: A Theological Aesthetics vol.: Seeing the Form*, San Francisco: Ignatius Press, 1982:34 – 44.)

思想 告 白

祈祷的经济

——《马太福音》第 6 章 1—9 节中作为"他者"的"暗中的父"

曾庆豹(台湾中原大学宗教研究所)文

[内容提要]　本文操作解构作为对《马太福音》六章一至九节的诠释,对作为"他者"的"暗中的父"这个主题展开关于"祈祷"的探讨。

基于向"暗中的父"祈祷,对于我无法看见、他却看着我的这位"暗中的父",祈祷究竟意味着什么?上帝既然知道一切,是否祈祷变得多余或无必要?祈祷拒绝交换,包括最为基本的"认识论"意义的反思性交换也予以反对,不求回报、超越交换的祈祷是否可能?

一种与解构相合宜的祈祷,以及与祈祷相合宜的解构,即是必须放弃一切期待、一切确定性,宛如否定神学。解构允诺把一种关于"不可能性"的经验带给我们,祈祷是以"不可能性"作为其可能性的条件,正是此一不可能性,不仅使祈祷变成可能,而且,祈祷还是一种义务。祈祷也是未来、是约翰启示录式的"到来",通过祈祷,一种称之为弥赛亚的经验带给了我们:眼未见、耳未闻、心未思及(林前 2:9)。

一

主啊,我愿意听取一位圣徒的教诲:

我们在做一切事之前必须首先祈祷,尤其是我们打算要去讨论上帝的事。我们不可能将无所不在而又不在任何一处的那个权能拖向我们。但是通过神圣的启示和祷告,我们或许能将自己托付给祂,加入祂。[1]

---

1 Dionysius the (Pseudo-) Areopagite,《神秘神学》,包利民译,香港:汉语基督教研究所,1996,23。

何况我正打算进入对于"祈祷"这件事的讨论,岂不更加应该以祈祷的方式进入吗? 还能以其他的方式来讨论祈祷比进行祈祷更加合宜吗? 主啊,你知道我拙口笨舌,不是因为我害怕说得不好,我真正害怕的是以祈祷的方式来讨论祈祷会得罪你,请你先赦免我那隐而未现的罪,正如你早已知道的那样,我尚未说出,你早已知道,求主先赦免我无法避免的犯错。

啊,我的主,我听人说:"无神论者无须祈祷",然而,我发现:"有神论者也未必祈祷"。当然,有神论者祈祷不会有人质疑,无神论者也祈祷恐怕就易招来质问:它会是向"谁"祈祷?

求主赦免我如此地想:一位无神论者真的就没有可能祈祷吗? 如果无神论者也祈祷,那是何种意义的祈祷? 无神论者与有神论者的"祈祷"仅仅是有神与无神的差别吗?

请容我喋喋不休再问:难道有神论者的祈祷就不会有异议吗? 关于祈祷,是关于"祈祷的对象"或是"何须祈祷"的问题,或者可能是"祈祷如何可能"的问题? 首先我们应该追问:那是何种意义的有神论? 究竟是何种意义的有神论者的"祈祷"才算作是"祈祷"? 问题可能不在于祈祷者是否为"有神"或"无神"? 而在于何种"祈祷",这才是"祈祷"是否可能的问题所在?

主啊,那一位被卡普托(John Caputo)先生称为"使徒"(Apostle)的德里达(Jacques Derrida),据说他是一位犹太人,在他那深情的《割礼告白》(*Circonfession*)一书中,透露说他是一个经常祈祷且流泪的人,正当他还当着共同作者班宁顿(Geoffrey Bennington)之面述说到他一直在祷告这样的事时,他随即说到别人一定会感到奇怪:"如果我告诉他们我在祷告,并描述了〔祷告时〕发生的事情,那会是根据什么样的方言和仪式,是跪着还是站着,在谁或哪本书面前呢? 因为如果你,G.,知道了我的祷告经验,你就知道了一切……。"[2]这就不得不令我产生困惑了,这一位被许多弟兄称之作"无神论者"的思想家,他所谓的"祈祷"究竟意味着什么? 如果德里达被正确地称作一名"无神论者"且也祈祷,他是在向谁祷告呢? 他的祷告将会获得怎样的回答? 他希望谁来回答这些祷告? ……他确实不像我们这些相信你的人(有神论者)那样视祈祷为自然而然,甚至理所当然,德里达这位"使徒"可能祈祷吗? "解构"不是埋葬一切吗? 他的祈祷不是与他否定一切的做法自相矛盾吗? 主啊,这些都是我经常听到那些虔诚且热心的基督徒所做的批评。

---

2 'Circonfession,' in Geoffrey Bennington and Jacques Derrida, *Jacques Derrida*, Chigaco: The University of Chicago Press, 1993, 188.

主啊,求你让我明白,如果解构意味着否拒一切,像个无神论者一般,根本地质疑祈祷,祈祷还是可能的吗? 如果说:"解构主义者也祈祷",解构主义者的祈祷算是何种意义的祈祷? 在有神论与无神论的对峙之下,"解构主义者的祈祷是不可能的",或许,正是这样的"不可能",使"解构与祈祷"发生关系,"解构"意味着"祈祷是不可能的","解构是一种不可能的祈祷",解构的祈祷的姿态究竟是一种怎样的姿态? 这是我此时此刻向你祈祷并讨论祈祷时所萌生的问题。

主啊,我愿回到你的话语中,因为"当我们想要对上帝有任何言说时,我们不应当用人的智慧的似是而非的言说,而应当用圣灵和大能对《圣经》著述者的明证来确立真理。"[3] 所以,我从耶稣教导我们如何祈祷开始学习、明白何谓祈祷,祈祷是可能的吗? 我相信你的话可以让我明白祈祷的真意是什么,求你指教我,用你的圣灵开启我的眼睛,使我不仅"知道"何谓祈祷,更是使自己进入你话语之中,热爱祈祷。

二

主啊,我的上帝,耶稣在"登山宝训"中如此说:

你们要小心,不可将善事行在人的面前,故意叫他们看见;若是这样,就不能得你们天父的赏赐了。所以,你施舍的时候,不可在你前面吹号,像那假冒为善的人在会堂里和街道上所行的,故意要得人的荣耀。我实在告诉你们:他们已经得了他们的赏赐。你施舍的时候,不要叫左手知道右手所做的;要叫你施舍的事行在暗中,你父在暗中察看,必然报答你。你们祷告的时候,不可像那假冒为善的人,爱站在会堂里和十字路口上祷告,故意叫人看见。我实在告诉你们,他们已经得了他们的赏赐。你祷告的时候,要进你的内屋,关上门,祷告你在暗中的父;你父在暗中察看,必然报答你。你们祷告,不可像外邦人,用许多重复话,他们以为话多了必蒙垂听。你们不可效法他们;因为你们没有祈求以先,你们所需用的,你们的父早已知道了。所以,你们祷告要这样说:……(太6:1—9)

上述这段经文是耶稣教导人如何祈祷前的"开场白",这段不算短的"开场白"意味深长地作为正式进入祈祷之前必须有的"准备",这里说明了祈祷不是

3《神秘神学》,2。

一件稀松平常的事,尽管祈祷不需要什么深奥的神学理论,但是若未认真地面对祈祷、对祈祷做出相应的准备,恐怕我的祈祷并不符合耶稣所教导的"真正的祈祷"。

主啊,我就是深怕在"祈祷"这件事上得罪你,我总这样认为,在"祈祷"方面得罪你,我的祈祷也就失效,即使花再大的力气呼求你,也是"打空气"。

主啊,我的主,祈祷是信仰生活中最为神圣,也是最为核心的部分,所以,在耶稣教导我们开口呼求你的圣名说:"我们在天上的父,……"之前,未有充分的"准备",还是不随便开口的好。甚至我还在《圣经》上读到耶稣曾有过一次气急败坏的样子,即是拿起鞭子来赶打那些把你的圣殿充当作市场或交易所的人,那些习以为常的经济行为在耶稣眼中看来极其的狰狞、忍无可忍,如此温柔的他也不免以最为凶悍的动作大声疾呼地引述《圣经》记载的话说"我父的殿必称为万国祷告的殿",我们倒使它成为贼窝了(可 11:15—17,太 21:12—13,路 19:45)。

耶稣来到圣殿,这是你的殿,他来到这里宣示你的"主权"。主啊,我明白耶稣并不是拒绝有这些交易的行为,因为没有"兑换银钱",异乡返国进殿献祭的犹太人怎可能买到东西呢? 若没有"卖鸽子的",又如何买到可献上的祭品呢? 耶稣显然不是对这种常识视而不见,否定宗教行为的必要。相反的,耶稣所拒绝的,正是祈祷受制于"资产阶级的世界观",将交换行为合法化为普遍法则,以这种经济行为决定一切,祈祷一旦沦为交易买卖,上帝的主权将彻底的丧失,重申"祷告的殿",即是重申"上帝的主权",重申祈祷不容被出卖,不容上帝落入资本家的手,成了"商品"、"货币"。上帝的主权,即在祈祷那里;祈祷一旦沦为交换逻辑、市场资本,上帝也就被殖民了。

主啊,这就是我所害怕,因为我自己正深处于"资产阶级全面胜利的时代",市场决定谁拥有主权,价格是取胜的标准,一切都根据"计算"来衡量荣辱、祸福。求主帮助我,我知道自己非常容易地将祈祷变成某种显而易见的东西,把最为神圣的祈祷扭曲作某种交易或买卖,你变成了资本家、跨国企业主、集团总裁,不是听人曾经如此媚俗地说你是"富爸爸"吗? 这话听起来和耶稣所说的"贼窝"在意境上相距不远,"富爸爸"听起来似乎比较有"《圣经》依据",但却要狡猾得多了。

主啊,感谢你话语的教导,上述这段经文让我意识到,人们去圣殿未必是去"祷告",圣殿可能有别的用途,或者,"祷告"可能变成别的什么东西,耶稣特别提及圣殿是"祷告的殿"作为对抗"兑换银钱和卖鸽子"所代表的"交换辩证法",与他在"登山宝训"关于祈祷的教诲关系密切(太 6:1—9)。问题应该不在于否定"兑换银钱和卖鸽子"这种现象的存在，而是一旦这种"兑换银钱和卖鸽子"背后的交换逻辑扩大成入侵"圣殿的生活"，就等于侵蚀了"祷告的生活"，一旦"祷告的生活"沦为一种交易或买卖，没有比这更为恶劣的后果了。[4]

亲爱的上帝，你的话语把"祈祷"带到一种解构的境地，因为祈祷极为容易变成一种在场形上学或再现、交换循环，因此，不可能会有"祈祷的现象学"，只可能有祈祷的现象或祈祷自身的问题，因为一旦我们可以把祈祷当作企图述说着"什么"并期待"响应"时，祈祷就消失了，祈祷就不过是一种"贼窝"。

主啊，不为任何回报的祈祷是可能的吗？超越交换的祈祷是一种怎样的祈祷？祈祷不总是为了某种回报（目的、结果、致谢、奖赏、应答）才祈祷的吗？主啊，上帝，我已深陷于困惑中，经上述的分析，我发现我的祈祷中处处操作着这种"交换经济"的行为，想象你是提款机、自动贩卖机（dues ex machine），《圣经》上不也说"得不着，是因为不求"（雅 4：b2—6），那么，"求，不就得着"吗？《圣经》不是允诺人说："叩门就给你们开门"、"求鱼不会给你蛇，求饼不会给你石头"吗？难道祈祷不同于有求必应、心诚则灵、有拜有保佑吗？到底，祈祷是什么？尽管我不该在向你祈祷之时还不断地提出了那么多的问题，我还是想问：祈祷是可能的吗？

请求赦免我的软弱，除非我确信在祈祷的另一头上帝能够显现，而且，我们制造了一个接受祈祷的人，否则祈祷是不可能的。主啊，如此严格认定时，祈祷是可能的吗？祈祷应该是不可能的吧。当我想要为我自己或我心爱的人做些什么时，这种印象便是计算了。如果通过这祈祷，如果因为不能计算那不可计算者而放弃计算，之前的情况也许就改变了。作为交换经济的祈祷就是计算，它努力将不可计算者整合到一种计算中，并企图通过此计划以获得某种来自于祈祷的确定性，来自于适当地回报。

主啊，是不是根据〈马太福音〉六章一至九节这段经文来看，"祈祷"之所以可能即在于这样一种"不可能"的经验？你在垂听我的祈祷，但我根本无从证明你是否在垂听，因为你是一位"暗中的上帝"。向你祈祷时，宛如你不在场一

---

4 更进一步地说，祈祷终将堕入为一种"贿赂"的媒介，或者由于祈祷手段化而将"祈祷"视为一种必要，将"贿赂"正当化。结果，"祈祷"成了"要挟"，正如卡普托所认为的，"责求是一个普遍的理性原理，它可被传扬，被委以重任，然而一个被委以重任的赠礼却被称为勒索，是一种'贿赂'。"John Caputo, 'Apostles of the Impossible: On God and the Gift in Derrida and Marion,' in *God, the Gift, and Postmoderism*, eds. by John Caputo and Michael Scanlon, Bloomington: Indiana University Press, 1999,213.

般，无法确定你是否垂听我的祈祷，我"只是"祈祷，除了祈祷别无他事，"漫不经心"的祈祷、"无所为"的祈祷。如果我"知道"了，或者只是期待一种"回答"，那将是祈祷的终结。⁵

主啊，真的是这样吗？真正的祈祷是必须放弃一切期待、一切确定性，此时此刻我正想着否定神学（negative theology），在想着那不可命名者，以及完全受到了信仰蒙蔽的可能性等等。这是一种非常"富于怀疑"的祷告，我们不喜欢"富于怀疑的"这个词，我们总认为"怀疑"与"祈祷"是不相容的。然而，这种"信仰地怀疑"却是祈祷的一个部分，一个不可或缺的。也许可以不用"怀疑"这个字，而是说成"悬置"（epoché），这个字是指对"确定性"而非对"信仰"的悬置，信仰之所以为信仰，其根本就是对所谓的"确定性"表示怀疑，因为一旦"确定"，当然也就无须"信仰"。⁶对确定性的这种悬置是祈祷的一个重要部分。

而且，在祈祷之前，"你们所需用的，你们的父早已知道了"。你既然知道我的一切，是否祈祷变得多余或无必要，祈祷如果只是想让你知道，显然并不是祈祷的关键所在，这也就意味着祈祷并不是受制于一种"必然的逻辑"，因为"为了让上帝知道，所以向祂祈祷"，存在着一种比"知道"与否更为重要的东西，祈祷之所以必要，与你是否事先就知道并无关系，尽管你早已知道。也许根本就不存在着所谓的"祈祷"，一切的祈祷就不过是"倾诉"那早已为你所知道的，我开口祈祷，与说些什么内容没有太大的关系。

祈祷的生活是我的生活中最为深层的状态的反映，有怎样的祈祷就会有怎样的生活方式，尤其是民主时代，祈祷不仅不应该放弃，甚至还要严肃地面对祈祷背后的逻辑，我感到现代人若不祈祷或祈祷扩大了交换体系，都同样是一场灾难。主啊，求你指教我，当我向你祈祷时，我究竟在祈祷什么？祈祷是否可能？祈祷能否不依赖于交换逻辑？是否存在着超越计算经济的祈祷？怎样的祈祷才是与你的关系相合宜的祈祷？

主啊，要讨论祈祷，恐怕要先谈论你这位垂听祈祷的上帝究竟是一位怎样的上帝，如果你不在，如果你根本就不听我们的祈祷，如果你是别的什么而不是我们可以寄予祈祷之望的，那么，我们的祈祷将会不一样。

我曾听过那些虔敬热心的弟兄都如此说：祈祷无关于神学理论，祈祷无须

---

5 Mark Gedney, 'The Saving or Sanitizing of Prayer,' in *The Phenomenology of Prayer*, eds. by Bruce Ellis Benson and Norman Wirzba, New York: Fordham University Press, 2005,185-187.

6 'Epoché and Faith: An Interview with Jacques Derrida,' in *Derrida and Religion: Other Testaments*, eds. by Yvonne Sherwood and Kevin Hart, London: Routledge, 2005,46-47.

知识,重要的是做出祈祷这个行为。主啊,我没有说弟兄所言的不正确,事实上,我赞同祈祷不是神学理论,所以无须进行神学论辩的说法。可是,我也不免怀疑,毕竟不是只有基督徒在祈祷,任何的宗教徒都会强调祈祷,那么,主啊,我要如何区分这些不同的祈祷,如果不是祈祷的对象不同,我们当然无法谈论祈祷,也无须讨论祈祷,但是,恐怕还不仅仅是对象不同吧!

三

主啊,听我祈祷的上帝,这意味着我必须先回到你那里,从你这位垂听祈祷的上帝——"暗中的父"开始。我发现,德里达对于"礼物"的思考与《马太福音》六章一至九节经文有关,而且,其中该段经文的第六节即是论及"祈祷"的问题,与"礼物"的思考有关,"祈祷"同样得面对这一位"暗中的父"。[7]

主啊,在我继续往下说之前,请容我再次向你请求,面对你这一位"暗中的父","请赐予我那高高在上的道,和那只能自己来说明自己的无所不能的表达的方式,以使我能够顺应你们的理解力来解释那超出任何感性、知性、理性的视力而启示自身的神奇。"[8]求"暗中的父"让我明白"祈祷"如何可能:"不要叫左手知道右手所做的"和"行在暗中":

> 你们祷告的时候,不可像那假冒为善的人,爱站在会堂里和十字路口上祷告,故意叫人看见。我实在告诉你们,他们已经得了他们的赏赐。你们祷告的时候,要进你的内屋,关上门,祷告你在暗中的父;你父在暗中察看,必然报答你。你们祷告,不可像外邦人,用许多重复话,他们以为话多了必蒙垂听。你们不可效法他们;因为你们没有祈求以先,你们所需用的,你们的父早已知道了。

求主赦免我如此地问:这种经验是可能的吗? 就像不依赖凭据的信仰(亚伯拉罕)是可能的吗? 不求回报的善行(乔布)是可能的吗?"不可能者的使徒"德里达提及过宽恕的不可能性、哀悼的不可能性、责任的不可能性、礼物的不可能性,如何提出"祈祷的不可能性"则是我想进一步思考的,这类思考与其说源于"解构"、源于"延异",不如说是源于对"他者"——这位"暗中的父"的思考所致。

主啊,上帝,你的话语中在《马太福音》六章四节(论施舍)、六节(论祈祷)、

---

7 另参见拙作〈礼物的不可能性:德里达论上帝作为赠予的(不)可能性或否定神学〉(未刊稿)。
8 尼古拉·库萨:《论隐秘的上帝》,李秋零译,香港:道风山基督教丛林,1994,70。

十八节（论禁食）均提到你是一位"暗中的父"，而且，你还是有着"一双眼睛"、藏身于隐秘之处的上帝："你正注视着我们"，但是，我们对于你这么一位凝视着我们的上帝无从证实，关于你是否注视我这件事，完全超出了我能"看得见"的范围。正如德里达所说："上帝的名字代表了我得以保有一个从内在而非外在被看见的奥秘之可能性"。[9]

上帝啊，"你"有着一双眼睛，你之所以起着作用，就源于你看到了我的内在而非外在，社会的关系系统可以看到我的外在却看不到我的内在。因此，"暗中的父"即是代表着这样一种秘密，一种无法证实、却只能以信仰的方式盲目以对的"正义的眼睛"。

因此，就像"给予"（礼物）同时意味着一种责任，这样的一种"绝对的责任"与"上帝之眼"的"隐匿察看"有关，或者，真正的给予就像责任一样，完全不在我的视觉经验中可能把握的事物，尽管我无法"看见"藏身于暗中的你在"察看"我，我仍必须如此按正义而行，只有在此"绝对的隐秘"之下的"给予"才是真正的"给予"，才是"正义"的。[10]

"你的观看就是你的存在"，库萨的尼古拉（Nicolai de Cusa）祈祷说：主啊，你具有眼睛而且观看。你就是眼睛，因为，你的"具有"也就是你的"是"。[11]然而，对于你观看着我这件事情，我却无从观看，你把这件事启示给我，但它仍是隐秘的，"用圣洁的方式说，你在启示之中仍是隐秘的"，[12]所以我并不知道这件事，我只是认为我知道，源于我对你隐秘的启示的信仰。

主啊，如果我根本无法确定上帝是否在察看我的一切，祈祷正源于这种无法确定的目光，这样，祈祷即是向"完全的他者"（*Tout autre est tout autre*）祈祷。我就此得出一种名为"不可能"的经验。对于你这一位"不可能者"上帝，我所经历到的是这样"不可能"的经验，啊，主啊，是不是祈祷的可能性条件即是不可能性，或者不可能性即是作为祈祷的可能性条件，"可能性"、"不可能性"、"不可能性的可能性"，……啊，我究竟在说什么呢？对"不可能者"的经验，这又是如何可能的呢？主啊，求你指教我，我的舌头都快打结了……

主啊，当我向你祈祷，我是向你这一位"暗中的父"祈祷，事实上，不管我是

---

9 Jacques Derrida，*The Gift of Death*，Chigaco：University of Chicago Press，1995，108.

10 "不可能者的使徒"德里达理解到《圣经》使用视觉语言经常是与你的"委派"有关，因此无例外的，责任在此成了："我必须响应他者的召唤，这必须是一件绝对、无条件与立即的事"。*Questioning Ethics：Contemporary Debates in Philosophy*，ed. by Richard Kearney，London：Routldge，1999，72.

11 《论隐秘的上帝》，89。

12 《神秘神学》，213。

在祈祷或不在祈祷的状态中，你仍是在暗中，你从来就在那里，包括我不在祈祷之时，你也在暗中察看我，所以，我不祈祷时，也与祈祷时的状态无异，不会因为我不祈祷而有所改变。

"暗中的父"是一个他者的名字，对于这一他者，祈祷具有一个绝对的义务，这一义务压倒了其他任何的义务。信仰完全是对他者的"召唤"的接受，我们对其负有责任的"他者"是亚伯拉罕、乔布、耶稣的唯一的他者。[13]主啊，我渐渐可以明白了，原来，祈祷首先是一种"义务"，向你这位"暗中的父"所做出的义务：中断交易、无以回报，连"视觉"上都无法产生出"辩证法"来，所以，祈祷就是我对你的义务，"绝对的义务"，无以遁逃。

主啊，你明确地反对将祈祷与"交换"的关系，即反对通过这种"礼尚往来"的资本主义等价交换或要求偿还的循环关系来理解"祈祷"。因此，正是"义务"的意义使得原来无条件性的"祈祷"成了一种负担或亏欠。

啊，真正的祈祷在于思考怎样形成一种"无责求或债务的责任"（*responsibility without duty or debt*）。祈祷的背后不应该是规则、衡量、或强制，而是"无限的给予式肯定"（*affirmation donatraice illimitée*），所以德里达说："应当要超越责求。"（*Il faut aller au-delà du devo.*）[14]

主啊，也许祈祷真的无需作出回答，祈祷只是我的义务，不求回报。祈祷不会与"学术引文"有任何直接的关系，因为它不是神学性的，不是一封书信，祈祷是某种秘密的事，它是绝对秘密的。就像一旦被问起"向谁祈祷"时，对于是否在向某个不可见者、向超验者祷告，或者是否在向我之中的那些他者祈祷，我们是无法说出"什么"来的，面对这位"在暗中的父"，我无从察觉到你，也无法确定你是否"在"垂听我的祈祷。你仍是无始无终的不在场，在祈祷的另一头也许根本就没有垂听者，这种可能性是祈祷的前提条件。……所以，这就是为什么有人会说在祈祷这里应该存在着关于"无神论"的特定时刻的原因。

主啊，我现在约略地明白了，根据"知道无法知道"你是否在、你是否在听，真正的祈祷，存在着一种对任何知道、期待、任何经济、任何计算的悬置。因为没有期待、没有希望、不去知道，祈祷则成了无望的，彻底的，彻底无望的呢喃。这种"无望性"就是祈祷应有的一个部分，即"不求回报"的祈祷。然而，作为信

---

[13] 正如德里达说："上帝在看着我，在隐匿中察看（*videre in abscondito*），但我看不到他，也看不到他正在看我，即使他面对面地看着我，而不像精神分析者那般从背后来看我。……上帝看着我，而我并未见着他，就是基于此一选中我的凝视赋予了我责任。"*The Gift of Death*, 91.

[14] Jacques Derrida, 'Passions："An Oblique Offering,"' in *On the Name*, California：Stanford University Press, 1995,133. n. 3.

仰的祈祷,我们即使"知道不去知道"还是有希望的,还是有计算的祈祷。如果存在着"祈祷的经济学",究竟会是哪一种经济呢?它是一种孩子的经济、税吏的经济,还是法利赛人的经济。上帝啊,我相信,在祷告时有某种事情在发生,即便没有任何以接受我祈祷的父亲或母亲的形式存在的上帝存在,仍然发生着某些事情。我相信,通过荒漠中的祈祷行动,或出于爱,某种事情或许已在祈祷之中发生了。我相信,通过这样做,我试图(我并不必然会成功)肯定和接受我之中的某种事物,它不会伤害任何人,尤其是我。

啊,主啊,祈祷真是一种非常复杂的结构,在这一结构中,我甚至很难确定是我在讲话,是我在就我的祈祷、我祈祷的方式等等讲话,"况且我们的软弱有圣灵帮助,我们本不晓得当怎样祷告,只是圣灵亲自用说不出来的叹息替我们祷告。鉴察人心的,晓得圣灵的意思,因为圣灵照着神的旨意替圣徒祈求。"(罗 8:26—27)。祈祷并不是在证实什么,祈祷是一种"纯粹的外边","暗中的父"的沉默是一切祈祷的源生地,主啊,你完全地占据了我,我已无力于反思,受你摆布,祈祷经常把我带向不可能去的地方。[15]

主啊,上帝,当我向你祈祷时,我正体验到了某种奇怪的东西,这种源于"不可能性"的经验,正是祈祷之所以为祈祷而不是其他的"经验"。[16]

祈祷的不可能性是唯一可能的祈祷。事实上,正是不可能性成就了祈祷的可能性。祈祷的不可能性是一条打破规则的规则,一条被取消时才能满足的规则:"不可能的规则"(la régle-impossible)。

四

主啊,当我祷告时,如果我对你说"上帝",如果我对你讲话,我真的不知道

---

15 德里达提到:不要忘记祈祷过程中所说的话——这个祈祷要求上帝给予自身,而不是给予礼物:"*Giebstu mir dich nicht selbst,so hastu nichts gegeben*——如果不把你自己给我,你就什么也没有给"。这再次解释了上帝的神圣性是一种礼物或给予的愿望。Jacques Derrida, 'Sauf le nom,' in *On the Name*, 56.

16 正如德里达所说:我就必须面对"一个可能是他者的东西,而这他者(*la chose serait done l'autre l' autre chose*)给我一个命令,或对我宣讲了一个不可能的、不妥协的、不知足的要求,没有交易,没有事务,没有可能的契约。没有言词,它没有对我说话却对我宣讲了它自身。在我不可替代的单一性中,在我的孤独中,他只对我宣讲。我亏欠了这个东西一个绝对的敬意,这一敬意并非为普通规律所考虑的;这一东西的律法也是奇妙而与众不同的。一个无限的亏欠将我与它相连,一个没有资金或根基的责任将我与它相连。我决不会向它推卸自身的责任和义务。因此这东西不是一个对象,它也不可能成为一个对象。Jacques Derrida, *Signéponge/Signspoege*, New York: Columbia University Press, 1984,14 - 15.

我自己是在提及还是使用"上帝"一词的。

在使用"上帝"一词时，我可能仅仅是在提及它而已。在某种意义上，提及"上帝"一词就已经是一种信仰行为了。主啊，我很难确定自己是否有纯粹的信仰，但如果有，它就在于问这样一个问题，"当我使用'上帝'一词时，我是在指某某（someone）还是在提及一个名称？"[17]

"上帝不是不可言说。毋宁说，他在一切事物之上而是可言说的。因为，他是一切可称道的事物的根据。因此，赋予其他事物以名称的上帝，自身怎么会没有名称呢？"[18]当我们命名上帝或是祈祷呼叫上帝的名字时，我们在做什么？这一命名有哪些界限？事实上，你是无名的，超越了名称。在《圣经》传统中，作为"上帝"的你是一个空的地方，超越了任何名称。但我在命名那无名者，我在祈祷时呼求无名者的东西，当我在命名"不存在者"或"无以察觉的暗中的父"时，命名是或不是无名者的东西时，我究竟是在做什么？这就是为什么，作为一位秘密的信仰者，宛如成为一名无神论者。

事实上，一个词不是无物（nothing）；存在着命名，存在着呼召。当我提到上帝之名时，我是在给出一个名称，在命名，还是在呼召？要思考命名的经验而不同时指涉呼召的经验是困难的。命名就是呼召。如果我称呼你为"上帝"，我在做什么？呼召是什么？某些无信仰者会说："你只是在称呼"。但对我而言，主啊你是知道，这意味着上帝通过我而被呼召了；在我之中有某种事物在呼召上帝，这就是我的信仰。

主啊，当我提到了这个"名称"，有人会说："你在呼召，这一事实已经不是以下这点的一个证据，而是它的标志（sign）了：上帝就是使你向上帝呼喊的那一位。"可能有另一些人则说："如果我感受到了呼喊上帝的动机和冲动，这意味着上帝通过我而被呼召了；在我之中有某种事物在呼召上帝，那就是我的信仰。"

"上帝既不是无，也不是不存在，也不是既存在又不存在，而是存在与不存

---

[17] 通过那不能被给予的礼物的给予，那通过名字（它是不能说的）召唤上帝的到来，祈祷即使强烈要求，甚至那恳求祈祷，仍然是只能通过那不能被给予的礼物的给予，通过名字（它是不能说的）召唤上帝的到来；所以，当这破碎的时候，这一破坏发生在日常生活中。在那祈祷的异常时刻，我们回到了名称那里，回到了名字的名字、无名的名字，或无地点的地方，等等。我们并非简单地向某人言说，我们向某个人——假如你想要的话，上帝，某个独特的允许我们向他祈祷的……言说。它是跟在被祈祷者之后的祈祷——这是在祈祷者前的祈祷，为了祈祷者的祈祷。David Shapiro, Michal Govrin and Jaques Derrida, *Body of Prayer*, New York: Cooper Union for the Advancement of Science and Art, 2001, 61 - 63.

[18] 《论隐秘的上帝》，18。

在的一切本原的源泉和起源。"[19]怀疑的人会说,这是一种对呼召的唯名论经验,但我却认为这是信仰的一部分。如果我确信,当我呼召的时候就有某一位(someone)真实地在另一端存在,我就不会呼召了。怀疑是信仰的一部分。如果上帝已经在场,一种确定的、当然的在场,我就不会呼求,相反的,正是上帝的不在场,使我发出了呼求。这就是为什么在怀疑和信仰之间竟如此奇妙地交织在一起的原因。

上帝啊,你这个名字的"翻译"曾在我的语境中有过争辩,最终我发现,你的名字是作为礼物被给予,所以我并非拥有"上帝"的名字,一旦我呼求你的名字时,不管是 God,Gott,Deus,我是被你的名字所吸引、所拥有。正如德里达所说,名字的礼物给了那它并不拥有的,在其中是先在于任一事物并构成了本质的,也就是说——超越存在——的礼物的非本质。[20]

主啊,你有名字吗?事实上,YHWH 不正是提供了一个例证来说明:同时"命名和去命名(denomicaiton)"吗?

五

主啊,"你的爱就是你的观看"。[21]

主啊,我了解被你观看的感受会是如何,事实上,我渴望被你"暗中"观看,因为你的目光是爱的目光。库萨的尼古拉祈祷地说"由于眼睛所至便是爱之所至,所以,我体会到你对我的爱,因为,你的双眼专注于我,你的仆人。主啊,你的观看就是关爱,就像你的目光如此专注地看着我,从未在我身上移开一样,你的爱亦是如此。"[22]

祈祷是秘密,是绝对的秘密,亚伯拉罕式的秘密。[23]主啊,我向你祈祷,应该是一个秘密,应该行在暗中,可是我却在此公开了与你的对话,这是否意味着祈祷已然被终结了呢?

主啊,祈祷也是未来、是约翰启示录式的"到来"。我的祈祷都是"未来"的

---

19 《论隐秘的上帝》,19。

20 *The Gift of Death*,84 - 85.

21 《论隐秘的上帝》,87。

22 《论隐秘的上帝》,76。

23 德里达在《给予死亡》中说:我们分享着亚伯拉罕那不可分享的:一个我们一无所知的秘密,无论是对他还是我们。分享一个秘密并不是去知道,或者去揭示,而是去分享不知道的东西:我们本不该知道,我们不能决定。所谓秘密就是无的秘密而分享就是无所分享,这就是作为绝对责任与绝对激情的信仰的真理的秘密。*The Gift of Death*,80.

祈祷，我向你的祈祷都是呼求你的到来，祈祷与未来、弥赛亚性有关。在"这里有某人仍在来临之中的可能性，必须有一个来者……一个完全不确定的人……他被称作弥赛亚。"弥赛亚精神即对将到之物无期待的希望，祈祷的期望持续于弥赛亚到达的不可能性，弥赛亚精神包含着那个要来者的不断到来、一个不断向未来推延的现在、一个永远要被赠予的赠予、一个拒绝进入任何一范畴中的全然的他者（tout autre）。²⁴

主啊，也许一切的祈祷只能是为进入祈祷做出准备；也许，我们永远无法进入，我们只能在祈祷之门外，但是，没有此一"尚未"（弥赛亚性），祈祷也就不再必要，不再可能。

主啊，我相信弥赛亚迟早总是要来，这个理念是永恒的"到来"，是总是迫近但永远不能实际在此的他者，这一他者使我们不断地意识到我们的概念和经验的局限和不可超越性，尤其是祈祷他的到来那种"不可能性"的经验。解构并不是对祈祷的怀疑论的舍弃，而是为一个新的判断清理地基，为某种"不可能者"的到来做出"欢迎"的手势："阿们！主耶稣啊，我愿你来！"（启 20:22）²⁵

主啊，求你原谅，我这篇含有"学术引文"的"祷文"是一篇最为"失败"的祈祷，看起来确实荒谬可笑。我必须在此结束我的祈祷了，我愿照着耶稣教导向你祈祷的祷文说：

> 我们在天上的父：愿人都尊你的名为圣。愿你的国降临；愿你的旨意行在地上，如同行在天上。我们日用的饮食，今日赐给我们。免我们的债，如同我们免了人的债。不叫我们遇见试探；救我们脱离恶者。因为国度、权柄、荣耀，全是你的，直到永远。阿们。（太 6:9—13）

---

24 John Caputo，*The Prayers and Tears of Jacques Derrida*，Bloomington：University Indiana Press，1997，69‑87. 另可参见拙作〈眼未见、耳未闻、心未思：德希达与解构的弥赛亚性〉（未刊稿）。

25 "不可能者的使徒"德里达在〈论礼物〉中说到："我所感兴趣的是欲求不可能者的经验，也就是，作为欲求之条件的不可能者……。透过不可能者，我们继续去欲求、继续去梦想。"Jacques Derrida，'On the Gift,' in *God, the Gift, and Postmodernism*，72. 那位不可能者刺激我们的欲求，喂养我们的信仰，滋育我们的热情；那位不可能者就如同是我们用以编织梦想的材料。正是当我们看到这是不可能的，我们的心才因此被激动，被提升至平庸之可能性的视域之上。对德里达而言，我们绝不能失去对不可能者的信仰，这也是我们对礼物的信仰、希望与爱。礼物，那位不可能者（*the impossible*），你来吧（*viens*），来啊（*oui*），来啊（*oui*）！John Caputo，'Apostles of the Impossible：On God and the Gift in Derrida and Marion,' 205。

编后寄语

　　这里的"编后"可真是"编后"了,不仅对于这第三辑,而且对这个名曰"神学美学"的第一、第二辑皆然。因为与一般刊物创刊时大多有"创刊词"或"发刊词"不同,《神学美学》创刊没有类似的文字。这不是想要故意与人不同,首先的原因是:我们心里不知道这个辑刊能存在多久、出版几期。也就是说,我们不知道这里所说的那些话能被我们处身其中的"语境"容忍多久;另一方面,也不知道有没有可让辑刊一辑辑办下去的金钱,毕竟"没有钱是万万不能的"。发刊词总要提及办刊的原由、宗旨及意愿等等,可如果还没怎么出便销声匿迹了,多说又有何益? 不如先做吧,你的"原由、宗旨及意愿"等,凡愿意来翻看你刊物的,岂不会一望而知吗?

　　比如,《神学美学》所登的,并不全是纯然堪称神学美学的文章,哲学、宗教学乃至神学方面的文章不仅与神学美学类文章一同现于一刊,且所占位置亦甚醒目。不难看出,我们想传达的是:对神学美学研究,哲学、宗教学、神学是不可缺的。我们想,也许如此这般的诸"学"有缺,乃是神学美学自上世纪九十年代被刘小枫先生介绍进来以后,虽广受关注,却至今进展不大的原因之一吧。当然,更深的原因似是:治神学美学要求神学、美学兼修,而目前我国的情形是:治神学(及宗教学)者,对美学肯涉足者不多,而治美学者,对神学(及宗教学)肯涉足者也少。因此,如何让神学走近美学,让美学走近神学,在这两者中间搭桥,便是本辑刊的"宗旨"吧! 而神学美学既有,自不可与文学艺术之创作不搭界,由此便有"神学批评"、"基督教与艺术"及"影视评论"等栏的设置了。显然,这是本刊想要搭的又一个桥吧!

　　《神学美学》至今已出三辑,"三"字特别,让人觉得不说点什么便难释怀。只说近的:2006年我们召开我国首届神学美学国际研讨会时,新加坡三一神学院潘朝伟牧师辛苦担任会议主翻译,又将给他的辛苦费全部捐给了襄樊学院神学美学研究所,不说句道谢的话,让人疚愧久也,虽此德难一"谢"字了得! 还必须向各位作者、读者致谢,他们的支持和热情是催促我们将辑刊努力办下去的动力——为此,我们更要为我们通联工作中的差错、纰漏向相关的朋友致歉啊,祈谅之!

编　者

稿　约

　　《神学美学》由襄樊学院神学美学研究所主办,并得到北美华人基督教学会(Chinese Christian Scholars Association in North America)的支持和香港道风山汉语基督教文化研究所的部分资助。本辑为第三辑。本刊暂定每年一辑,截稿时间为每年8月底。本刊辟有"神学美学"、"神学批评"、"神学与文化研究"、"基督宗教与艺术"、"《圣经》研究"、"名典迻译"、"学者告白"等常设栏目,并设有"学术前沿",专门刊发时下业界所关注议题之文章。本刊欢迎中外学人、教俗两界读者不吝赐稿。来稿格式如下:

　　一、论文字数一般限于8000—15000字以内。

　　二、来稿请务必提供内容提要(中、英文各500字)和作者简介(中、英文各100字)。

　　三、译文请附原文复印件,并负版权责任。

　　四、注释请用脚注,其格式为:[国籍](中国作者不必注国籍)作者名:书名,版别,卷次,出版地,出版时间,页码。引自外文书目者,不必翻译,照录原文。外文期刊论文引用,刊物使用斜体,文章名加引号,不用斜体。

　　五、来稿可用电子邮件投寄。本刊自收到稿件之日起,即视为获得版权转让;其间如有任何变化,务请作者立即通知本刊。

　　六、本稿一经刊用,即付薄酬。请务必注明详细联系地址、通讯方式和汇款账号。

襄樊学院神学美学研究所《神学美学》编辑部
联系地址:湖北省襄樊市隆中路7号
邮编:441053
电子邮件地址:guangyao05@yahoo. com. cn

图书在版编目(CIP)数据

神学美学.第三辑/刘光耀,杨慧林主编.—上海：
上海三联书店,2009.12
ISBN 978-7-5426-3178-7

Ⅰ.神… Ⅱ.①刘…②杨… Ⅲ.神学:美学—文集
Ⅳ.①B972-53②B83-05

中国版本图书馆 CIP 数据核字(2009)第 211306 号

神学美学(第三辑)

主　　编 / 刘光耀　杨慧林

责任编辑 / 黄　韬
装帧设计 / 鲁继德
监　　制 / 任中伟
责任校对 / 张大伟

出版发行 / 上海三联书店
　　　　　(200031)中国上海市乌鲁木齐南路 396 弄 10 号
　　　　　http://www.sanlianc.com
　　　　　E-mail：shsanlian@yahoo.com.cn
印　　刷 / 上海展强印刷有限公司

版　　次 / 2009 年 12 月第 1 版
印　　次 / 2009 年 12 月第 1 次印刷
开　　本 / 710×1000　1/16
字　　数 / 340 千字
印　　张 / 19.5

ISBN 978-7-5426-3178-7/C·335
定价:38.00 元